文化的力量

张蔚妍 路卫国 著

欧初传记

暨南大学出版社
JINAN UNIVERSITY PRESS

中国·广州

图书在版编目（CIP）数据

文化的力量：欧初传记/张蔚妍，路卫国著．—广州：暨南大学出版社，2021.3
ISBN 978 - 7 - 5668 - 3075 - 3

Ⅰ．①文…　Ⅱ．①张…②路…　Ⅲ．①传记文学—中国—当代　Ⅳ．①I25

中国版本图书馆 CIP 数据核字（2020）第 266229 号

文化的力量：欧初传记
WENHUA DE LILIANG：OUCHU ZHUANJI

著　者：张蔚妍　路卫国

出 版 人：张晋升
策划编辑：杜小陆
责任编辑：黄志波
责任校对：曾小利
责任印制：周一丹　郑玉婷

出版发行：暨南大学出版社（510630）
电　　话：总编室（8620）85221601
　　　　　营销部（8620）85225284　85228291　85228292　85226712
传　　真：（8620）85221583（办公室）　85223774（营销部）
网　　址：http://www.jnupress.com
排　　版：广州良弓广告有限公司
印　　刷：深圳市新联美术印刷有限公司
开　　本：787mm×960mm　1/16
印　　张：27.25
字　　数：380 千
版　　次：2021 年 3 月第 1 版
印　　次：2021 年 3 月第 1 次
定　　价：79.80 元

序 文化的力量

⋮

《文化的力量：欧初传记》叙述了一个不忘初心的共产党人奋斗并自我完善的一生。

传主的名字叫欧初，他来自珠江三角洲的五桂山下，曾是广东人民抗日游击队珠江纵队第一支队队长，粤桂边人民解放军政治部主任、东征支队司令员兼政委，中华人民共和国成立后担任中共广州市委书记，广州市人民代表大会常务委员会主任、党组书记。在退休后的三十年里，他组织推动孙中山研究、中华文化研究、易学研究、海洋文化研究，在粤港澳台等地举办多场研讨会，先后主编、著述了《少年心事要天知——抗战时期回忆录》《有志尚如年少时——解放战争回忆录》《我亲见的名人与逸事》《五桂山房诗文集》《五桂山房书画集》《屈大均全集》及"岭南文化论丛"等十多部书。他创办欧初文化基金会，捐助支持广州艺术博物院，资助贫困大学生，从文化的角度指导音乐舞蹈史诗《天下为公》的创作和上演。

文化的力量始终是一个谜，它可以让一个刚烈的武将变成一个儒雅的文人。欧初从敬仰孙中山到信仰马克思主义，无论是在狼烟滚滚、湿气漫漫的粤西丛林，还是在雾岚重重的下放地英德，在他的视野里，有血与火的交战，有晚霞下农舍升起的缕缕炊烟，有山脊牧归的牛群剪影，更有在斗争哲学与和谐哲学、自下而上的市场经济与自上而下的计划经济、革命的阶段性与终极性、中国特色的社会主义经济建设与文化建设、公有制与私有制、集中与民主、廉洁与高效中作出的选择和权衡。

呼吸天地间，他体验着严峻的痛苦、迷惘，却努力求索。他常"居庙堂之高"，也曾"处江湖之远"，但始终怀着"为天地立心，为生民立命，为往圣继绝学，为万世开太平"的志向和抱负。

他是改革开放的先锋，又是中华文化的传人；他是乐善好施的慈善家，又是自然科学的执着探索者；他是忠实执行政令的中国共产党人，又是中国崛起道路的探索者。正是文化的力量，使这位具有多种智慧的人物有着宽容的人格。

《文化的力量：欧初传记》开篇于20世纪20年代，结束于21世纪的2017年，分为五大部分，包括"书剑自铿锵""探寻崛起路""改革风清扬""大笔试平章""但求天下暖"。传记用史诗般的手法呈现了欧初所处的时代背景，通过描写人物的立场、初心、善思、求真和望远，勾勒出传主的成长轨迹，让读者感受到中华民族的命运、中国的发展、中国共产党的成熟，以及中华文化对人类的贡献。作者用"兼工带写"的写作手法，让本书的史料性、文学性、思想性和谐融合，有较好的可读性。

从传主的成长轨迹可以看到，中华文化几千年来生生不息、永不枯竭，具有超越时空的力量。中华文化提供了创造的土壤和环境，也给整个民族提供了创造的勇气和精神，在不断的文化交流、交融、交锋中，产生了强大的实践创造力。中华文化有讲仁爱、重民本、守诚信、崇正义、尚和合、求大同等思想，有自强不息、敬业乐群、扶正扬善、扶危济困、见义勇为、孝老爱亲等传统美德，这是中华文化的立场和基因，不论过去、现在、将来，都永不褪色。

文化自信是更基本、更深沉、更持久的力量。中国960万平

序 文化的力量

方公里国土构造的棋盘上，纵横的阡陌，奔腾的江河，就是棋盘上的经纬线。绵延几千年的中华文化，是中国特色哲学社会科学成长发展的深厚基础。把中国实践总结好，就有更强的能力为解决世界性问题提供思路和办法。站立在广袤的中华大地上，吸吮着中华民族漫长奋斗积累的文化养分，中国人民应该具有无比强大的前进定力，每一个中国人都应该有这个信心。

文化，是人类作为终极智能生命所独有的属性特征，人类始终保持着对大自然的深深敬畏和感恩，并由此派生出对大自然和同类的责任及使命。这就是文化的终极目的和力量。

传主欧初用他的一生体验着这样一句话：天是世界的天，地是中国的地。

我们不妨尝试像他那样，向着人类最先进的方面注目，同时真诚直面当下中国人的生存现实，我们才能为人类提供中国经验，我们的文化才能为世界贡献特殊的声响和色彩。

董光璧

2018 年 10 月 19 日

（董光璧系中国科学院自然科学史研究所研究员）

自 序 初心未敢忘

．
．
．
．
．

回首近百年，大江流日夜。

我本名欧舜初，父母寄予我守护社稷黎民、建功立业之愿望。珠江岸边，广州古城，乃我生于斯、长于斯的摇篮。孙中山先生之《总理遗嘱》，字字句句，入心入脑。当铁肩担道义的记者，是我少年时的理想。

忆昔国运未昌，外敌启衅侵华，羊城被炸，广雅校园学业难继。我一懵懂少年，痛感山河破碎，空负头颅，奋而返回祖籍中山乡下。守土守乡，且教书且扛枪，加入中国共产党，在广东人民抗日游击队珠江纵队第一支队、中国人民解放军粤中纵队行军打仗。土坯茅舍，板桌绳床，刀光剑影，血泪交迸，燃烧生命热血与激情。

我仰视云天，未能忘，那年月，有说不尽的金戈铁马，英雄无悔；那年月，更有道不完的剑胆琴心，啸歌如在。

及至中华人民共和国成立，我有幸守护和平，担当公职，重建城阙。历任中共中央华南分局办公厅副主任，中共广东省委副秘书长兼办公厅主任，广东省人民政府秘书长，中共广州市委书记，广州市常务副市长，广州市人大常委会主任，中共广东省顾问委员会常委，中共十二大及全国三届、七届人大代表等职。从百废待兴、大干快上、云旗雷鼓到拨乱反正、改革开放、风清月明，我有幸亲历这波诡云谲的大时代，目睹开国元勋，运筹帷幄，同心勠力；我有幸亲历这近百年来中国人思想、文化、艺术的觉醒、成长与发展。

发人深省之间，感悟中华文化对中国人心灵影响巨大且深刻。慨然，在此充满色彩和冲突的时代，英雄辈出，功绩赫赫；在此充满悖论和悬念的时代，名士纷纭，佳言如屑。

我的师长、战友、同志、朋友、爱人、亲人，在我身边，或萍聚，或星散。他们或智，或勇，或智勇相济、大智若愚；或语，或默，或语默并存。他们矛盾纠结，爱憎分明，做着人生的各种实验，力图探寻中华崛起之道路，力图活出作为中国人之尊严。他们的性情千姿百态，引人入胜。萍聚与星散之间，有真性情，因而有真故事。百年弹指一挥间，历史，文化，推陈出新；初心，守真，雨打风吹总不去。

光阴如逝，岁月留痕。

今日世界发展，国运昌盛，实力日强，与时俱进。

我曾任中华炎黄文化研究会常务副会长、国际易学联合会顾问、孙中山基金会创会会长、广东炎黄文化研究会名誉会长等职。我有幸目睹中华文脉如凤凰浴火重生，拓展国际文化交流，嘉誉渐满寰中。中国特色社会主义道路令我们踏进新时代——国家繁荣富强，世界一流可望；而今海洋文化蓝图已具，禅宗鲲鹏正举。

守真者，常怀赤子之心，保持纯真本性之谓也。保持初心，即不作假，不虚妄，言行统一；保持初心，不违科学规律，实事求是，追求真理；保持初心，忠以任事，诚以待人，互挹清芬，体恤黎民。故曰，不忘初心乃中国共产党人立身之本，当下神州广宇倡导之风也。凡我同辈以及后辈，尤应惕厉。

　　故回眸过往岁月之所思，记录征程，彰显前贤，激励后昆。共期接踵天南，雄关再越，守护初心而修身养性，为人民服务，不负神州厚望。

　　是为序。

2017 年 10 月

目
录

书 剑 自 铿 锵

第一章

引 子

⋮

2016 年 11 月，纪念孙中山 150 周年诞辰的日子，从越秀山山顶的纪念碑俯瞰广州中山纪念堂，仿佛有长风从耳边呼啸而过。这风来自历史的深处，卷走落叶尘埃，只留下身边粗粝凝重的碑石，以及眼前纪念堂上那片湛蓝的琉璃瓦飞檐。

中山纪念堂，在时代的惊涛骇浪冲刷之下，凝结为屹立不动的伟大建筑。孙中山先生手书"天下为公"漆金大匾更显安详、端庄，舞台后壁上镌刻着的《总理遗嘱》，每字每句都似乎被《辛亥革命歌》的歌声唤醒。

音乐舞蹈史诗《天下为公》，正在这里演出。

一位年轻的女报幕员用中英文给现场观众报告刚刚收到的消息：

孙中山的孙女、孙科的女儿——94 岁的孙穗瑛、91 岁的孙穗华姐妹俩从美国给剧组寄来贺信：

We wish you a successful performance of music and dance epic of *The World for All*. Warmest regards to all performers and staffs.

我们祝愿音乐舞蹈史诗《天下为公》演出成功，并向台前幕后的全体演职员致以深切的问候！

随信还附上她俩的近照。这是来自孙中山后人的关注和认可。

We wish you a successful performance of music and dance epic of "The World for all".

Warmest regards to all performers and staffs.

孙穗瑛, Pearl Sun Lin
孙穗華, Rose Sun Tchang

我們祝願音樂舞蹈史詩《天下爲公》演出成功！并向臺前幕後的全體演職人員致以深切的問候！ 孙穗瑛·孙穗華

孙穗瑛、孙穗华从美国寄来照片和信，祝贺《天下为公》演出成功，剧组专门制作了纪念座①

在以翠亨村牌坊作背景的舞台上，一群农家姑娘鱼贯而出，唱起了《天下为公》的主题歌《启明星》：

美丽的夜空，

---

① 剧组编导徐东摄影。

多么明朗，
星星挂天上啰哟。
有一颗星星，
光辉洒向大地，
它亮堂堂呀啰。
星星的名字叫中山，
启明星光辉照四方呀哩啰。

随后，剧场里响起了一百多年前孙中山的原声录音："今天中国的安危存亡，全在我们中国的国民睡还是醒……大家都立志来救中国，那末中国很快的可以变成一个富强的国家，与列强并驾齐驱了。这就是我所望于诸君的。"

剧情在延展。

舞台上出现了烈火浓烟升腾、火光冲天的场景，还有淞沪保卫战的阵地、硝烟、激战中的士兵。

舞台上的场景和音乐氛围回溯到八十多年前的中华故国，凝重，深邃，又让人热血沸腾。

一位老人坐在观众席的一角，他满头白发，脸部表情凝重，熟悉的歌声把他的思绪带回到久远的年代，他随之时而愤懑，时而喜悦，时而眼含泪水。

传主回忆的闸门已轰然打开。

第一节　帝尧舜初之名

:::::::

欧初所诞生的地方，所诞生的年代，都打上了风雷激荡的烙印。

1921 年 6 月，广州炎热的季节，阳光晃眼，人走在路上总觉大汗淋漓。然而，潮润的珠江凉风，瓢泼如帘的南国夏雨，褪去人们心头不少的焦灼。

在广州，广东非常国会议决废除军政府，通过中华民国政府组织大纲。同年，孙中山在广州就任非常大总统，下令讨伐桂系军阀。粤军占领梧州。国内罢工风潮迭起，如火如荼。粤汉铁路、陇海铁路、英美烟厂、汉口人力车的工人为改善生活待遇先后举行罢工……

这一年，中国共产党诞生。在中国历史上，这是开天辟地的大事件。因此，1921 年也是中国共产党创造历史的开端，在中国革命史上具有划时代的意义。

这一年，黄沙居安北街一个小屋里，从中山县左步村来广州打工的欧毓鸿、李珍夫妇，有了第一个儿子。新生婴儿响亮的啼哭声给夫妇俩带来无限欢欣。国家动荡，百姓忧患，何以得安？他们要给儿子起个好名字。欧毓鸿想到了"欧舜初"三个字，还要给儿子再起一个乳名叫"帝尧"。李珍很高兴，抱着小孩儿，细声唤着："阿尧，阿尧……"她看不够，笑不停，希望孩子早日长大成人，能够理解父母对社稷安宁、黎民富足的愿望。

欧家人对于孩子寄予如此宏大厚望并非偶然。欧氏家族名人欧赓祥是清光绪十四年（1888）戊子科顺天第三百二十名举人，民国临时政府成立后，他曾作为唐绍仪的参赞参与南北和谈，其后，在主管全国铁路的唐绍仪和梁士诒的支持下，于1917年继詹天佑出任粤汉铁路第二任总理，也称总监。

行驶在粤汉铁路上的火车头①

中山迄今仍有一个祠堂，叫作欧氏大宗祠，坐落在南蓢镇左步村欧家企巷48号，建于清代，于1999—2001年重修。所以，追寻欧家的踪迹不算什么难事。据欧氏族谱记载，左步欧氏的始祖为宋代的真堡公。

从欧赓祥开始，大批中山左步村人先后到新兴的铁路行业打工挣钱，担任技术或行政职务。由民族资本企业开始，左步村人参与了中国大陆最早落成的唐山煤矿、唐山铁路、粤汉铁路的兴建。欧初的父亲就是因此而离开家乡，在广州黄沙车站附近工作

---

① 图片由中山市左步人文历史展馆提供。

并安居于此。

祠堂古庙、旧民居、青石板、大榕树、潺潺的山泉水，甘蔗、桑树、果林环绕的三基鱼塘……这个不大的村庄今日悠然依旧。

中山左步村欧氏大宗祠①

当香山还是海中岛屿时，左步一带是宽阔的海湾；随着围田的开发，涌口门内先是形成古村落左溪，后来改称平步头、左埗头，最后演化为左步、涌口两个村子。"埗头"是中山土语，意即船艇靠岸之处。

关于南蓢镇左步村，史书上有载：建村于明代成化年间，处于广东中山市丰阜湖古涌南岸码头左侧；在清代得名左埠头，又写作左埗头；宣统二年（1910）改为左步，沿用至今。600多年来，袁、孙、阮、欧、方等姓的人氏在此地聚居。

左步靠山面海，得比邻港澳之利，从19世纪开始，左步村人不约而同地打破固守局面，走异地，探寻别样的人生。

这里走出了中国民主革命的先驱孙中山，左步村是孙中山的祖居地。1912年5月，孙中山和夫人卢氏专程回左步的孙氏宗祠

---

① 本书作者摄影。

祭祖。

这里走出了中国民族工业的创始人方举赞与孙英德。1866 年，左步人方举赞与孙英德在上海开办打铁小作坊——发昌机器厂，能自造轮船、车床、汽锤，成为中国近代首家机器制造企业，被载入《中国通史》第十一卷。

这里也是早期著名影星阮玲玉和著名漫画家方成的家乡。

在中国近代化的第一波发展大潮中，左步人敢于做第一拨"弄潮人"，为中国近代早期的政治社会、矿山铁路建设和文化艺术立下了不可磨灭的功勋。

阿尧从记事起，就在父母的絮叨中，在家乡亲戚走访省城广州的笑谈之间，如此这般地记住了左步名人的故事，记住了自己的家族和乡人走出小村庄，在中国这个大舞台上留下的足印。

经过将近一个世纪的风雨历程，人间世事几番更替，阿尧已变成年逾古稀的老者。欧初先后于 1997 年和 2000 年，分别在家乡中山左步的门楼和故居题下两阕联句，合起来相映成趣。

浩瀚伶仃无不济，
昂扬志气自来传。

仰先贤，光闾里。
有令德，望子孙。

第二节　西关老街的哺育

居安北街是广州黄沙路上的一条长长的麻石窄巷，东连多宝路，西接恩宁路永庆坊。一边是货如轮转的商铺，另一边是粤剧艺人开班的戏堂。走进黄沙车站，就是当时连通中国南北交通和经济大动脉的粤汉铁路。

20 世纪 20 年代的黄沙车站[1]

---

[1]　图片由中山市左步人文历史展馆提供。

居安北街尽头那间连排屋里，阿尧的妈妈一边在拆补衣服，一边在哄着脚边的孩子。阿尧趴在妈妈膝盖边，看着窗边的细叶榕树出神。"轰哧轰哧轰哧——呜！"

阿尧被忽然传来的一声巨响震得抖了一下。

妈妈轻轻摸了一下阿尧的头："不用怕，这是黄沙火车站的火车叫，你们阿爸就在那里上班，你们舅舅也在那里上班。火车好长好长，搭火车可以去到好远好远的地方。"

阿尧似懂非懂地看着屋门外远远的地方，听妈妈这么说，搭火车应该很好玩，他也就不怕了。

"哐哐哐……咿——咿呀呀！"这又是什么声音呢？阿尧睁大眼睛看着妈妈。

妈妈轻轻笑着对阿尧说："銮舆堂的戏班开始唱戏啦，很好听的呢，等阿妈得闲，就带你们去永庆坊睇大戏。"

阿尧也高兴起来。正在这时，阿爸拉开角门，推开趟栊，匆匆走了进屋："阿珍，阿珍，我的长衫，快帮我把长衫找出来，我下午要去局里送文件。"

李珍赶紧起身，把热腾腾的粽子端出来给丈夫做午饭，又从木枕里取出长衫，欧毓鸿吃粽子的当口，李珍早已麻利地把衣服熨得服服帖帖的。欧毓鸿穿上长衫，出门了。

晚上，阿尧看到爸爸回家的时候很兴奋，一边吃饭一边眉飞色舞地讲话："阿珍，今天我见到詹天佑先生了！詹先生是全国修建铁路最厉害的人，他是粤汉铁路的总理，还兼着总工程师。"

阿珍从丈夫的口中知道，孙中山先生辞去临时大总统职务后，担任中华民国铁道协会会长。他提出发展交通、建设铁路的宏伟计划，设计了连通全国的南路、中路、北路三条主要铁路的干线网。孙中山提出的"路矿救国"的口号成为当时有识之士的集体意识。广东南海人詹天佑留学美国耶鲁大学，回国后，于1889年开始了修筑中国铁路的大事业，成为中国铁路之父。詹天佑主持修建京张铁路之后，1916年担任了粤汉铁路总工程师。

当时，在广州的铁路户籍职员已经开始用阿拉伯数字造册登记。为了考取铁路户籍职员这份公职，欧毓鸿天天苦练10个阿拉伯数字，他读过私塾，写得一手工整漂亮的毛笔字，又会写阿拉伯数字。于是，欧毓鸿很快就被录用了。

欧毓鸿告诉李珍，詹先生很有学问。"他说，年轻人要各出所学，使国家富强，不受外侮，足以自立于地球之上。我们的孩子，也要让他好好读书，以后做大事情。"

三年之后，1919年，疲劳过度、心力衰竭的詹天佑病逝。他的临终遗嘱言不及私，只向国家陈述遗愿，字字不离修建工程与铁路，以扬国光。

火车的汽笛声常常伴随着幼年的阿尧进入梦乡。

阿尧大一些了，欧毓鸿准备带他一起回乡祭祖。

这天，欧毓鸿又换上长衫，带着妻子阿珍、儿子阿尧回中山。那时从广州到中山，要坐半天的船，再走半天的路。一到南蓢镇，欧毓鸿就租了两顶轿子，让自己和妻儿坐着轿子进入左步村。

当初，欧毓鸿离开左步到省城广州，多少都因着妻子李珍家里的缘故。现在举家回乡下祭祖，可得风风光光的。中山左步村人，哪一个不看重礼仪与体面？

然而，从母亲这一支血脉上，人们多少可以找到欧初个性中特立独行的源头。

李珍，样貌清秀，做事麻利，虽然没有上过学，却能说会道，待人处事极有主见。她从南蓢镇李屋边村嫁到左步村欧家时，自家的几个兄弟都已在粤汉铁路任职。阿珍见欧毓鸿会断文识字，就试探着提出，让他也跟着自己的兄弟到广州去找活干。阿珍聪明伶俐，识大体、重情义，欧毓鸿深爱着她。他觉得听妻子的话没错，当即表示，愿意出去闯一闯。这对年轻人就这样来到了广州。

他们在居安北街一住就是十多年。在这个小窝，他们先后有了大儿子欧初，后来又有了两个女儿和一个小儿子。

生活虽然拮据，但是欧毓鸿总有一样嗜好不改，那就是每天都要吃个夜宵，这让他一直过得有滋有味。

阿尧记得，父亲经常到巷口卖咸鱼的食档吃夜宵。

"咸鱼陈，给我一碗白粥、一块咸鱼。"

"好咧！光吃咸鱼，你不怕咸吗？"

"多谢咸鱼陈！有夜宵吃，日子才不算白过呀。"

除了爱吃夜宵，欧毓鸿还喜欢听大戏。广东人把听粤曲称作听大戏。居安北街离西关多宝路的銮舆堂不远，銮舆堂是由粤剧艺人组成的八和会馆所开，他们天天在那里开堂唱戏。

欧毓鸿和李珍常常听着听着，也哼哼几句。日复一日，这种婉转的曲调、雅丽的唱词慢慢在阿尧心中留下印记。这就是广府人最爱的戏剧音乐和旋律。

然而，欧毓鸿一家平静的生活很快被风雨欲来的动荡打乱。

沙基惨案就发生在自己家门口，那一年，阿尧才4岁。

1925年6月，为了声援上海的罢工工人，香港、广州工人相继举行罢工。6月23日，广东各界人士在广州东校场集会，会后举行大游行。下午，游行队伍走到黄沙附近的沙基、西堤一带，在沙面的英法军队用机枪向沙基扫射，游行队伍中死亡多人。这就是震惊中外的"沙基惨案"。事件发生路段后来被定名为"六二三路"。当时的广东革命政府在珠江河畔竖立了刻有"勿忘此日"的石碑，以示纪念。

枪声、呐喊声过早地进入了阿尧敏感的心灵，虽然他还弄不明白这个人世间如此纷乱的原因。

阿尧在八和会馆开办的八和小学读了一年。每天放学，他经过銮舆堂，都忍不住从门口探头进去，听一会儿大戏，看一会儿艺人练功。那时，他并不知道，在八和会馆那两扇高达4米多、厚10厘米的柏木大门和趟栊的背后，藏着让粤剧艺人们魂牵梦萦的丰厚故事。直至后来，这栋老屋被梨园子弟称为广州粤剧艺人的精神祖屋。

欧初曾在广州西关銮舆堂附近的八和小学读书。图为永庆坊街口①

这一年，阿尧和许多梨园子弟成为学友。后来他与红线女、卢秋萍、汪明荃等粤剧艺人成了很好的朋友。

永庆坊銮舆堂的粤剧大戏、黄沙火车站的汽笛声声、居安北街的咸鱼飘香……都刻印在阿尧儿时的记忆深处。

路轨的"咣当"声、悠扬的粤曲声，还有雄浑的游行呐喊声以及凄厉的枪炮声，交错糅合，成为哺育阿尧童年成长的摇篮曲。

西关一律·为《荔湾区地方志》出版纪念②

弦歌赓雅颂，商贸早知名。

一苇西来地，千秋陆贾城。

蝉鸣丹荔熟，风暖画桡轻。

际会又新纪，悠悠今古情。

---

① 本书作者摄影。

② 欧初写于 1997 年。

第三节　少年心事要天知

永汉路的街头，阿尧和一群学童站在小舞台上，大声诵读《总理遗嘱》：

余致力国民革命，凡四十年，其目的在求中国之自由平等。积四十年之经验，深知欲达到此目的，必须唤起民众及联合世界上以平等待我之民族，共同奋斗。

1925 年 3 月 12 日，孙中山先生于北京病逝。痛失总理，举国上下为之悲恸，孙中山的《总理遗嘱》，许多中国人出口成诵，也成为阿尧在小学时每周晨读的功课。

不管是在课室晨读，还是在童子军的队伍中背诵，孙中山在《总理遗嘱》凝重的文辞中明确提出振兴中华的理想和遗愿，字字句句，让年幼的阿尧入心入脑，一次次热血沸腾。

阿尧班上的国文先生认为他这个学生孺子可教，让他背诵了不少古文，念熟了"平平仄仄仄平平"。学校组织孩子们上台朗诵，阿尧每次都被先生点名参加。

"妈妈，先生让我们明天上街诵读诗文。"

"你先念给妈妈听听。"妈妈不识字，却很喜欢听阿尧读书念诗。

"好啊！"阿尧非常听妈妈的话，连忙站直了，目视前方，念了起来：

诗经·蒹葭

蒹葭苍苍，白露为霜。所谓伊人，在水一方。
溯洄从之，道阻且长。溯游从之，宛在水中央。

阿尧脆脆朗朗地念着。一朵微笑的花开在妈妈瘦削的脸上。没有人给她解释诗歌的含义，但她好像听懂了。她觉得很美。

是的，很美。年少的阿尧觉着那个"伊人"，就是一种尽善尽美，一种理想的超越。只要是他心目中认定的那个"伊人"，不管怎样的艰难险阻，不管付出怎样的执着追求，也是值得的。

欧初（第二排右四）在广州市市立第一中学校（今广州市第二中学）的初中毕业照①

———————————

① 图片由中山市左步人文历史展馆提供。

13 岁，阿尧考上了广州市市立第一中学校，后来改名为广州市第二中学。这里是粤海堂的旧址，坐落在越秀山麓，由曾任两广总督的阮元创立。

儿子考上了好学校，但每天得走很远的路去上学。妈妈总是宁愿自己饿着，也要从家里不多的存粮里扣点出来，每天阿尧出门，她都要把一块红薯干塞到阿尧手里。

1931 年，"九一八"事变爆发，日本关东军制造借口，突然袭击奉天北大营，继而侵占全东北。东北抗日义勇军打响了抗日第一枪。

欧初觉得自己在迅速长大。那段日子，他对萧军的小说《八月的乡村》爱不释手。书中，关东大地的莽莽森林、繁密的枪声，让欧初感受到悲愤强悍的气息和粗犷奔放的推动力。"率领队伍袭击了日军运送给养的火车，夺得了大批火药……"的铁鹰队长，深深印在欧初的脑海中，一个横枪立马、沙场杀敌的英雄偶像，藏于欧初内心，令他崇拜。

怀着当"铁肩担道义"的记者梦想，欧初迎来了高中考试。广州西村有一座古色古香的广雅书院，由晚清两广总督张之洞创办。辛亥革命后，广雅书院改名为广东省立广雅中学。校园里的冠冕楼、山长楼，优雅的古亭、古桥、荷花池……出色的师资，古色古香的校舍、图书馆，从这所名校走出的著名校友杨匏安、谭天度、吴冷西……使广雅中学成为全省中学生最心仪的学府之一，也成为少年欧初向往的高中学府。

少年人，哪个不好胜呢？

1937 年期末，16 岁的欧初坐在考场里奋笔疾书。他的心愿，就是在广雅中学毕业后，去读大学，当记者，周游四方，针砭时弊。广雅中学的入学考试非常难，总共 120 个名额，报考的却有 2 000 多人。

初夏，考试放榜了，欧初接到了广雅中学的入学通知书。

然而，风云变幻。日本军队侵入中国大地，"七七"卢沟桥事变爆发了。全民愤慨，抗日救亡责无旁贷。

为了免遭空袭，广雅中学临时迁址顺德县碧江镇。欧初和同学们一起来到碧江的临时校园。

这里河涌纵横，房屋青砖绿瓦，田野上芭蕉茂盛，环境优雅，是个读书的好地方。但是，欧初心中牵挂着被空袭的广州、面临危难的家人，每到周末，就想方设法回家去看看。

9月上旬的一天，欧初才入广州城，空袭警报刚过去。欧初的心马上揪紧了。他急急地往家的方向跑去。啊，只见西关一带烈火熊熊，大片房屋被炸毁，黄沙火车站被夷为平地。

居安北街，有好几栋房子被炸塌，四处是血肉模糊的尸体。自己的家被埋在瓦砾之中。

"爸——妈——弟弟——妹妹——"

欧初大声喊着，急得四处狂奔。

终于，他在六二三路的骑楼下找到了爸爸、妈妈和弟弟、妹妹。

"阿尧——"妈妈紧紧地抱着他。一家人幸好安好！

欧初看看周围，有好些人在撕心裂肺地痛哭。那一天，有多少广州的人家被炸得家破人亡。

欧初的心志、豪情与担当，也在这一天天的潜移默化中存于心底，融入血脉。

1938年5月，广雅中学的碧江校园，欧初和周增源等几位同学正在迎接时任十八集团军参谋长的叶剑英等名人到学校，他们作了宣传抗日的演讲。当天的情形让欧初永远难忘。

上午10点左右，一艘小轮船徐徐靠岸。身穿中山装的叶剑英在一片掌声中踏上校园的码头。他身材高大，仪态威严从容，一派儒将风采。叶剑英先向广雅中学的黄慎之校长致谢，然后与前排的师生逐个握手。欧初站在前排，他清楚地记得，叶剑英和他握手的时候，还问了句："你叫什么名字？"

"欧舜初。"

叶剑英微笑着点了点头，然后步入名为"振响楼"的旧祠堂，开始演讲。

叶剑英分析了抗战胜利的基本条件，怎样才能打败日本侵略者呢？他认为，有三个条件必须具备：第一，全国军民必须精诚团结，一致抗日；第二，必须争取国际上的同情和各国人民的援助；第三，在抗日前线，必须使正面战场、敌后战场等各个战场密切配合，灵活运用战略战术，共同打击敌人。中国抗战的前途如何，能否取得胜利，要看我们能否把握住上述基本条件。只要紧紧握住这三个条件，我们就一定能打败日本侵略者。

欧初紧张地在笔记本上记下每一句话。

演讲持续了将近两个小时。

临结束时，叶剑英提高了声调："老师们！同学们！广雅中学是抗日的大熔炉，我今天到革命的洪炉，向革命的青年致以革命的敬礼！国家兴亡，匹夫有责。现在我们的国家受到日本侵略者的践踏，我们的同胞正受到欺凌。我希望大家都能投身到中华民族的解放事业来，以求得整个中华民族的自由解放！"

欧初、周增源和同学们高喊和应："中国不会亡！中国不会亡！"

这次演讲之后，广雅中学成立了"广东青年抗日先锋队广雅支队"。欧初成为第一批报名参加的学生。

好男儿就要为自由和平等而战！他和周增源、李君毅、李泰来、刘社聘、杨官暖、冯棣彬、余捷文、方秉等一批中山籍的同学组织了"战社"，传阅宣传抗日救亡的书籍，走上街头募捐，表演话剧《放下你的鞭子》《打鬼子去》《重逢》等，利用假期回中山，向民众宣传抗日救亡。

五十多年后，欧初把这段如火如荼的"少年记忆"记录下来，发表在他的《少年心事要天知——抗战时期回忆录》中。1997年，他回到当初叶剑英演讲的广雅校园，重新坐在当年坐过的那个位置，依然心潮澎湃。

1997 年 12 月 10 日欧初重回碧江广雅振响楼①

恭赠叶剑英元帅②

长驱拔剑起英年，老爱黄昏夕照天。

羊石举旗倡义早，香洲靖乱著鞭先。

烛奸拒虎关全局，决胜屠鲸载史篇。

记得战时聆讲演，碧江处处灿红棉。

---

① 图片由欧初长子欧伟明提供。

② 欧初写于 1986 年 2 月。

第四节　开山辟地浪翻江

⋮

广州沦陷前后，大批文化人流亡到了港澳，他们利用这里的特殊地位，风风火火地进行抗日鼓动。

"请问这里是黄槐先生家吗?"

17岁的欧初和周增源等几位同学来到澳门，在板樟堂街找到社会名流黄槐先生的寓所。

黄槐原在国民党中山县政府任职，这时旅居澳门。他素来仗义疏财，在中山、澳门有一定的声望。

"住下吧! 我们都是中山乡里。"

一见面，黄槐就让欧初及同学们住在自己家，他豪爽好客，在家里接济了不少因战乱来澳门避难的朋友。

这天，黄槐的客厅里突然人来人往，大家高声谈论着什么。欧初连忙来到厅里围观。只见一位皮肤黝黑的壮汉正从黄槐先生手里接过一碗茶，咕嘟咕嘟一口喝干，面对屋里围着他的人们，愤慨地说："我吴发仔是三灶岛人啊，那些日本仔无人性，将三灶岛变成屠宰场，他们是要在那里修建机场，派飞机来炸我们省城! 我怎么可以不出手?"

欧初这才知道，原来这位壮实有力的汉子就是赫赫有名的抗日豪侠吴发仔。吴发仔杀敌勇猛，受到当时广东省军政通令嘉奖的消息，早在民众中广为传扬。今天吴发仔来到跟前，说起日军的暴行，更令欧初按捺不住冲上战场的决心。

从 1937 年 8 月开始，广州、佛山等华南重镇以及粤汉铁路、广九铁路等连接外援进入内陆的交通命脉先后遭日军狂轰滥炸，死伤者不计其数，成为广东抗战史上一段惨痛记忆。其时日军主力仍集结在华北、华东，频繁出没华南的日军轰炸机究竟从何而来，当时一度成为谜团。

答案其实就在距广州 120 多公里外的三灶岛。日军进驻三灶岛后，在岛上设立陆、海、空军司令部，配备舰船、飞机，并强迫来自日本、中国台湾、朝鲜的 3 000 多名工人及本地农民修建了大批军事设施和一个可停放 100 多架飞机的秘密空军基地，用来轰炸广州、佛山等城市。

为防止走漏风声，日军派兵驻守沿海各村，日夜巡逻，切断了这里同外界的联系。后来，当日军轰炸机从这里起飞轰炸广州等城市时，中国军民在很长一段时间都不知道这些飞机从何而来。除了强征本地居民干苦力，日军还在岛上奸淫掳掠，实行屠杀政策，制造了震惊一时的"三灶惨案"。这次屠杀延续多日，但主要集中在 1938 年农历三月十二日至十四日。

三灶大屠杀后的血腥景象，即便在日本，也让民众触目惊心。日本于 2010 年出版的《名护市史》也对此进行了反省。当时年仅 12 岁的日本人与那城隆幸多年后直言不讳，海军占领三灶岛的时候，大肆破坏村庄，将当时住在那里的人们或是残杀或是驱逐，"让人无法忘记的还有村落附近草丛里堆积如山的被斩首中国人的头盖骨"。

日本 NHK 电视台于 2000 年制作的一部反思"二战"的纪录片《日本海军：400 小时的证言》中，一个名叫大井笃的日本军官在镜头中说："1938 年发生了三灶岛事件之后，我去了一趟。真是尸臭熏天，海军在三灶岛那边建了飞机场，可是岛上还有居民，于是就把当地居民全杀了。"

吴发仔当时是中山自卫团的大队副，他带了十九个人，趁着天黑，潜水到三灶，偷袭了日军在盘古庙的哨所，杀了几个日军士兵，缴获一挺机枪，几把步枪和手枪。撤退时，吴发仔还将日军的首级砍下带走。

中国人不能任人宰杀！

当时广东省军政首脑余汉谋特地向吴发仔等人颁发了奖金，并通令全省予以褒扬。

时隔八十多年后，有学者认为，吴发仔带领自卫团袭击日军驻扎盘古庙的一个岗哨是"华南抗日第一枪"。

吴发仔的壮举鼓舞了华南民众抗日的斗志，也直接激励了欧初。

但是他想，自己要寻找一个伟大而强有力的组织，而不只是像吴发仔那样单枪匹马地干。

1938 年 10 月，日军在惠阳大亚湾登陆。粤东重镇惠州城失守。广州、顺德、南海、花县、番禺、从化、佛山相继沦陷。

国家沦亡，书桌自然也失去了存在的意义。

日军处处设防，广州沿路都有日本兵把守着一个又一个关卡，来往的市民路过都要立正行礼，出示"良民证"，还要被搜身。种种侮辱，让年少的欧初常常在梦中也恨得咬牙切齿，他无法承受又不得不承受。

"我该到哪里去？我该到哪里去？"

正当少年欧初苦苦求索之时，全中国掀起了抗日救亡运动。

早在 1936 年 9 月，中共南方临时工作委员会就成立了。广州市委、中山县委等各地党组织相继成立。1937 年 11 月，中共澳门支部成立。而在 1935 年，受潘汉年领导、在香港从事中国共产党地下联络的柯麟奉命到澳门开展工作。秋天，柯麟举家迁往澳门，在板樟堂街租了一间小屋，开设诊所作掩护，从事地下活动。后来，柯麟凭着名医的身份，进入澳门镜湖医院工作，他创造有利条件，组织了大批澳门同胞奔赴抗日前线，驰骋战场。

1937 年 8 月，旅澳中国青年乡村服务团成立，它由澳门的中共党组织直接发动组成，简称"旅澳服务团"，当时报名参加的一次就有将近 50 人。

1938 年 1 月，以廖承志为负责人的八路军驻香港办事处成立。办事处以合法名义协助中共地方党组织开展抗日救亡活动，动员和组织海外华侨、港澳同胞回国回乡参加战地服务。

1938 年 8 月 12 日，澳门"四界"救灾会正式成立。澳门当时是"中立"地区，澳门的社团不得公开使用"抗日""抗敌""救国"等字眼，由中国共产党领导的澳门救亡团体就以"救灾"的名义开展工作。"四界"包括新闻、教育、学术、体育、音乐、戏剧、美术等各个方面的单位及有关人士，这是澳门具有较大规模并有重大影响的抗日救亡团体。

1938 年 8 月，旅澳服务团分三批共 27 人到中山三区、九区开展抗日救亡活动。10 月，许多返回内地的港澳青年纷纷加入旅澳服务团。一些撤至香港和澳门的爱国商贾，也倾力解囊相助。

1938 年 10 月 15 日，澳门"四界"救灾会召开了全澳青年爱国团体联席会议，商讨发动青年回乡参加战地服务问题，并决议当即成立澳门"四界"救灾会回国服务团工作委员会，专责处理招收团员和集训等事宜。

10 月 21 日，广州沦陷当天，澳门"四界"救灾会回国服务团正式成立，并在港澳各报多次刊登征招男女团员启事。报名者十分踊跃，经考核后，共吸收了百余名青年参加。在党组织领导下，服务团回内地进行了艰苦卓绝的抗日工作。

欧初收集了众多朋友的主意，其中一个办法就是去香港找抗日团体联系人。

他告别了黄槐，从澳门氹仔码头乘船赴香港。但是，当船靠近香港，他满怀希望走上香港上环码头的时候，却被羁押起来。

原来，当时香港为了控制难民入境，规定由澳门乘船至香港的人至少要有 20 元港币，才准上岸。此规定并非每个人都得接受核查，而只是抽检，欧初却不幸被查到，结果被押上囚车，关在西营盘差馆。香港当局又规定，只要有香港当地居民出保，被羁押者可以释放。好在欧初记性强，他想起了老同学林家潼及其电话号码，便请警察代为联系。天黑时，林家潼匆匆赶来将欧初保出。

虽然这次香港之行没有找到抗日团体联系人，但欧初还是听到很多令人鼓舞的消息。他听说，澳门"四界"救灾会回国服务团在招募青年，团员出发前都集中在中山县湾仔乡培训，已经有100多人先后开赴广东的西江、东江、北江以及珠江三角洲抗日战场。于是，欧初决定回内地、回自己的家乡参加救亡服务。

一个月后，欧初回到中山县左步村，当时称左埗头乡。

这时是1938年底，欧初和父母、弟弟、妹妹一起，住在祖居——欧家上村一巷3号。

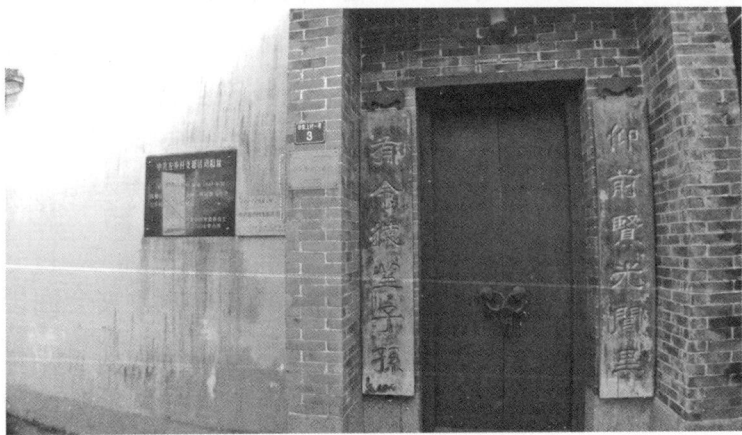

中山南蓢镇左步村欧初的祖居[①]

欧初在本村左埗头学校任教，担任小学五年级的班主任。他一边教书，一边投入当地的抗日救亡宣传。课堂上，欧初教学生唱爱国歌曲，给他们讲抗日形势，讲抗日英雄的故事。课余时，欧初带学生一起贴标语、演话剧……17岁的欧初精力充沛。他觉

---

① 本书作者摄影。

得自己很幸运，能够在一所开明进步的学校任教。

他没有想到，左埗头学校的校长欧晴雨就是一名中共党员。

欧晴雨是 1936 年在中山县委书记孙康的影响下，由中国青年同盟组织成员转而成为中共党员的。

1938 年 11 月中旬，根据中共中央有关武装工作的指示，中山县委在石歧太原第召开武装工作会议。会议决定举办游击干部培训班，掌握一定的武装力量，为开展抗日武装斗争作准备。

1938 年底，中共中山县委组织建立了不脱产的群众抗日武装别动大队，县委书记孙康任大队长，欧晴雨、缪雨天任副大队长，队部就设在左步村欧氏大宗祠。

中山南蓢镇左步村欧氏大宗祠①

1938 年 12 月 9 日，中共中山县委根据中共中央团结抗日的原则，成立广东青年抗日先锋队中山县队，推选时任中山县县长张惠长为县抗先总队长。抗先队员一共 3 000 多人，为全省之冠。欧初参加了首期游击干部训练班，随后，他被派到白米山青年模范营担任政治训练员。

---

① 本书作者摄影。

1938 年 12 月广东青年抗日先锋队中山县队的成立地——中山县立第七小学①

1939 年的寒假要来了，欧初在一次带学生外出参加宣传活动之后，正准备回家，欧晴雨校长喊住了他："小欧老师，我们一起散散步吧。"

欧初答应一声，跟着校长往田垄上走。此时暮色苍茫，四周并无旁人。

欧晴雨问："你愿意加入中国共产党吗?"

欧初万万没有想到，自己寻找的那个伟大而强有力的组织，竟然就在自己身边! 经过交谈，欧初确认，欧晴雨校长所提出的政治主张，与自己平时通过看书了解到的关于共产党的理念是完全一致的。

"一个幽灵，一个共产主义的幽灵在欧洲徘徊……"

欧初激动地握住校长的手。

一个月后，欧初再次来到欧晴雨校长的住地。很特别地，当天，房间里挂起一张大红纸。

"欧初同志，你已经被批准加入党组织了! 现在，我们要进行宣誓。"

---

① 图片由中山市左步人文历史展馆提供。

简单的一张红纸，虽然没有锄头镰刀图案，欧初却明白，它是象征着中国共产党的党旗。

面向党旗，欧初举起右拳，一字一句，用低沉的声音宣誓。

从这一刻开始，欧初成了中国共产党党员。

从这一刻开始，欧初成了那个伟大而强有力的组织的一员，他可以为心中所系的人民去做事、去奋斗，他将不再是一个单打独斗的人。

从这一刻开始，直至七十多年后，欧初都永远记着这一天。

他用了一生去践行这一天的诺言。

澳门纪事诗·述怀①

少年无奈栖濠镜，异地饥驱永不忘。
一家席地天偏冷，单衣半截夜何长。
为求御敌思跃马，岂因骇浪怕笛航。
香炉秀出马交侧，人醉风流乐未央。
我来我去本常事，有理难说愤炎凉。
警士睥人生白眼，囚车推上面凝霜。
待邀林君伸手助，电话通时犹隔墙。
感时抚世共嗟惜，寇巫仇深即回乡。
上阵挥旗长执戟，开山辟地浪翻江。

…………

----

① 欧初写于 1986 年 4 月。

第五节　提枪跃马上战场

……
……

战火在燃烧。

1939 年初，左步村共有 7 名中共党员。欧初成为其中一员，成立中共左步村支部的地点就在欧初的家里。

欧初的祖居曾经作为中共左步村支部的活动据点[①]

---

① 本书作者摄影。

中山的抗日救亡宣传和组织工作，由中共中山县委书记孙康领导，他是 1926 年入党的共产党员，是中山的归侨，曾经受到毛泽东、周恩来、彭湃、恽代英等中共领导人的直接指挥。1927年 4 月 23 日，孙康根据党组织指示，率领中山农民自卫军在卖蔗埔举行武装起义，抵抗国民党的"清共"。卖蔗埔起义是中共中山党组织在领导工农革命运动中，用武装夺取政权的一次反应最快速的尝试，所产生的影响是深远的。孙康个性勇敢沉着，应变能力强，善于开展统一战线工作，抗日战争爆发后，孙康以出色的统战艺术，争取到当地名流张惠长以及国民党中山守备队对抗日救亡运动的支持，达成了合作默契。经过孙康的推动，张惠长出任广东青年抗日先锋队总队长，孙康自己担任副总队长。广东青年抗日先锋队的中山县队，是全广东人数最多的县队。

年轻的欧初在左步乡抗日先锋队负责训练工作[①]

作为共产党人，孙康对于革命的坚定，在统战工作中的高超能力，对欧初产生了深刻影响。

---

① 图片由欧伟明提供。

欧初在左步乡抗日先锋队负责训练工作。从加入游击干部训练班伊始，欧初就人不离枪，枪不离身。就在这一年，欧初生平第一次走上了战场——参加横门保卫战。

横门是珠江入海的门户之一，坐落在南葫墟以北，离左步头不过一箭之遥。当时，河流入海处有几块巨大的礁石，激流冲过，巨响如雷，令人飒然生惧。落潮时分，水流更加湍急，水面上不时还有漩涡，其面积比谷萝还要大。渔民们都说，再壮的汉子都无法在这湍急的河流划艇逆流而上。如果横门失陷，中山县城石歧将无险可据。

1939年7月，日本侵略军大举进犯横门。驻横门一带的国民党中山守备队奋起抗击。由中共中山县委领导的守备中队也开赴第一线作战。中共中山县委以"抗日先锋队"的名义，成立了横门前线支前指挥部，总指挥就是孙康，欧初在当中担任总务部部长。

战斗一打响，枪炮声震耳欲聋。日军的火力非常猛烈，飞机在头顶盘旋，频频轰炸，地面炮火连天。横门前线支前指挥部受到空袭影响，不断转移。

在前线，欧初带着粮食队、弹药队、担架队左奔右突。一幕幕惊心动魄的血战场面印在心头。

日军的舰艇在水面横冲直撞，用舰炮不断轰炸中国军队阵地及后方；天空中，日军飞机来回盘旋，投弹、扫射；大王山阵地上，处处升起烟柱；日军的冲锋艇企图凭借烟雾的掩护，冲击国民军的滩头阵地。

指挥这次阻击战的是国民党第四战区第一游击区司令部参谋长萧祖强，他头戴钢盔，冒着炮火，坚守在前沿阵地。张惠长将自己的家当作指挥部，与萧祖强并肩作战、指挥保卫战。守卫官兵绝不言退，一次又一次地击退日军的冲锋。经过七昼夜的血战，日军始终无法撼动横门守军的阵地，只好狼狈而退。

9月上旬，日军再次集结攻打横门。日军动用了飞机军舰，出动约1 500人的地面部队，还是无法撼动中山军民的防线。

萧祖强身先士卒，在阵地上勇猛冲杀。带领担架队支援前线的欧初来到弹片横飞的阵地上，"突突突"，耳边一阵枪响，欧初一抬头，正是萧祖强举着一挺机枪向头顶冲来的轰炸机一轮猛射，敌机被击落了！

"打得好！"欧初和周围的士兵、民众都大声叫好。

第二天，阵地上又传来好消息，说萧祖强的部队用水雷击沉了一艘日军舰艇，成功阻击了日军的几波进攻。

10月，日军开始从石岐撤退，萧祖强率部追歼，中山县城不久被收复。

1939 年 7 月 24 日至 30 日，9 月 7 日至 20 日，日军两次出动舰艇，以飞机大炮掩护，向中山横门沿岸进犯①

1889 年出生的萧祖强，军校毕业后投身军界，获陆军少将军衔。1939 年，萧祖强任职第四战区第一游击区司令部参谋长，指挥横门保卫战。

---

① 图片由欧伟明提供。

抗日将领萧祖强①

两次横门保卫战告捷，不论共产党还是国民党，同仇敌忾，联手顽强阻击，打破了"日军不可战胜"的神话，从此拉开了中山抗日武装斗争的序幕。

1940年3月6日，日军从大冲、叠口、金钟、唐家等地登陆，大举入侵中山，其中一路日军在崖口附近，遭到共产党员谭桂明、肖志刚等领导的乡警队的阻击。当时国民党中山县当局与驻军已经全部撤到鹤山县，日军轻而易举地占领了中山。

中山沦陷后，日军在石歧、港口、横门、唐家等地驻扎重兵约20 000人，伪军近4 000人。在被誉为"三民主义模范县"的中山，日伪军横行，土匪为患，民不聊生。

中共广东省委在此危急时刻，决定建立南（海）番（禺）中（山）顺（德）中心县委，统一领导珠江三角洲中心地区的工作，着重武装斗争。孙康因为工作安排被调走后，年仅28岁的梁奇达担任中山县委代理书记。中心县委委员林锵云率领"广游二支队"第一中队，在南海、顺德敌后高举抗日大旗。

中山沦陷前夕，组织上安排欧初到五桂山外围的土草蒗，以教书为掩护，继续做群众工作。为了鼓动宣传群众，党组织在各地出版油印报刊，欧初作为四区区委青年委员，在区委书记谭桂

---

① 图片由萧祖强的儿子萧秉多提供。

明的支持下，与区委副书记兼宣传委员曾谷一起创办《民气》报。这份刊物共出了 10 期，由各乡、村支部供稿及散发，对群众起到了宣传和教育的作用。

1940 年 4 月，中心县委决定，在中山九区建立一支由共产党直接领导的独立主力武装，派欧初到九区组建这支部队。九区，就是与顺德、番禺邻接的小榄、沙栏、黄圃、孖沙、南头、浮墟一带，位于中山县的西北部。

欧初接令，马上启程，从中山的东南部，取道南蓢、榄边、小隐，在横门雇小艇前往九区。

一路上，敌伪武装关卡林立，欧初和秘密交通员黎源仔几次被盘问，欧初都自称外出谋生的教书先生，一一对付过去。

往日热闹繁华的一座座城镇，如今十室九空。已是清明时节，田野却见荒凉，大片良田丢荒。往常，在纵横交错的河涌上，总会听到水上人家唱的"咸水歌"，词句虽简单，旋律却悠扬婉转。如今却四处寂然，沿途看去，到处是被战火焚毁的房屋和日本国旗，不由得让人溅泪惊心。

欧初临行前，梁奇达书记向他郑重叮嘱："党信任你，希望你尽快建立这支武装。这个担子不轻啊！"

好男儿就要提枪上阵，把外敌驱逐出国土乡关！欧初心中升腾起一股"捐躯赴国难，视死忽如归"的气概。

鹧鸪天·厓门怀古①

烽火厓门古战场，冯夷鸣鼓怒敲江。撄心史事空慷慨，入眼秋山尽莽苍。　　歌正气，说兴亡。堂堂祠庙丰碑在，一瓣香心礼国殇。

---

① 欧初写于 1995 年 12 月。

第六节　组建抗日游击队

> ⋮

为了收复失地，多少中国人毁家纾难。

从南蓢到沙栏路并不远，但此时，欧初与家人却有如咫尺天涯。

中山沦陷以来，欧初的父亲欧毓鸿一直失业，一家人的生活就靠欧初当老师的收入来支撑。如今，欧初全身投入抗战，家里唯一的经济来源等于停顿了。由于秘密工作的关系，他离家时，甚至连家人也不能打招呼。

国难当头，再是牵挂，也要离家。辗转之间，沙栏到了。

夜幕低垂，街道空寂。

欧初径直走入一间叫蒙馆的私塾，地下党员郑涯洲正在这里等他。

蒙馆只有二十多个学生，老师没有工资，只靠学生各自带来的米和菜开伙。晚上学生回家了，蒙馆就成了地下党员隐蔽和开会的好地方。欧初以郑涯洲朋友的身份住在蒙馆，偶尔代上几节课。

几天后，一位帅气的军官来找欧初。暗号对上，欧初紧紧握着来人的手。原来，他叫杨日韶，是一位地下党员。

欧初和他一见如故，很快就熟络地聊了起来。原来，杨日韶是中山翠亨人。抗日战争爆发后，杨日韶由党组织派遣打入国民党军队，当时是第七战区挺进第三纵队第一支队第三大队的副官。谈吐之间，欧初发现眼前这位地下党员经验老到，能把很多复杂的问题梳理得清晰明了。

此刻，他向欧初详细介绍了当地"民利公司"的由来。

在兵荒马乱的年代，富庶之地珠江三角洲匪患不断，三区和九区位于中山的腹地，土地肥沃，物产丰富，加上归侨、侨眷众多，不少乡镇富名远播，各村庄自建武装对付匪徒，这类带有民团性质的武装通常由当地最有势力的人统制。中山沦陷初期，这些武装有的拿到了国民党军队的番号，但又领不到供给，于是趁着混乱局势，白天以抗日游击队的面貌示人，夜晚出来当土匪。

抗日当前，为了缓解民众怨气，1939 年，中山三区的几位武装头领聚会商谈对策。在座的还有一位受党组织派遣打入土匪武装的地下共产党员，名叫梁伯雄，当时任大队长。梁伯雄提倡组织起来，不要抢劫百姓，而是要保护治安，为民谋利。众头领便同意合建一个堂口，堂口就简称"民利公司"。

民利公司向国民党领的番号是"第七战区挺进第三纵队"（简称"挺三"），下辖八个支队。这些武装最多的只有两三百人，有些不过三十几人，他们以拥有多少"大枪"（轻机枪）来衡量势力。

民利公司的军纪极为散漫，每支队伍设有赌档，每逢开会，就以赌博为娱乐。而在抗日的态度上，八支队伍也不尽相同。有些较为积极，有些则比较消极但又不至于投敌，再有些后来投靠日军，挂上伪军的番号。民利公司就是这样一个在特定的历史、地理环境下出现的奇特的武装力量。

听完杨日韶的介绍，欧初陷入了沉思。他在思考如何把现有条件善加利用，尽快把队伍建立起来。

中山县委开会决定，在梁伯雄部队内建立由中山党组织直接领导的第一支抗日武装，番号为"挺三"第一支队新建小队。一方面要保持武装的纯洁性，另一方面要以灰色的面貌来掩蔽自己，积蓄力量，等待时机。中山县委还决定，立即从地方党组织和原"抗先"队员中抽调最好的干部和骨干来参加这支主力小队，着手收集武器。

会后，欧初要做的第一件事就是去筹枪。

为了不引人注意，欧初独自一人潜入崖口，兜兜转转找来几支枪，悄悄装上一条小艇的仓底。一路上，他避开重重岗哨的盘查，终于把这九支步枪安全运抵大南沙。

欧初一到驻地，队员们就欢天喜地喊起来："欧初把九条'风龙'带回来了，这些都是我们的宝贝啊！"

几天后，从各地抽调来的骨干陆续抵达大南沙镇白莲池乡。这天晚上，欧初召集全队队员在白莲池乡一个果园里集中，宣布"挺三"第一支队新建小队成立，这实际上标志着由中山九区共产党领导的第一支武装队伍正式成立。明亮的月光照着他们年轻的面孔。他们都知道，前面就是九死一生的战场。

这支小小的队伍只有 13 个人。郑刚拔任新建小队队长，欧初为党代表，公开名义是小队副。队员有罗章有、谭帝照、冯洪昌、李新知、缪雨天、邓准、陈超、郑毅、陈庆池、黎少华、黎源仔。

他们除了农民，就是老师或学生，要杀敌锄奸，得先学会拿枪。

杨日韶来给大家上军事课，从瞄准、射击教起，学如何利用地形、地物。步枪不够，队员们就轮流用；没有机关枪，罗章有就砍一棵芭蕉树，将树干雕成机关枪的模样，给大家操练。欧初和队员们一丝不苟，日夜苦练。

这里的地主武装叫"大天二"，由赌具天九牌里的名目而来，即割地称雄之意。"大天二"的头目爱逞威风，不可一世，身上金链耀眼，金牙满口，每逢外出，一定带上卫队，卫士称作"马仔"。他们江湖气很浓，有自己的一套规矩，一般不能向朋友索看对方所配的枪。如果对方要看，要紧握枪管，不要以枪口指着对方。

这些行为习惯离奇又琐碎，如果掉以轻心，就可能暴露身份。欧初和队员们都把这些一一记在心里。

主力小队站稳脚跟后，立即展开杀敌锄奸行动。欧初、罗章有、谭帝照、缪雨天等几位主力队员屡立战功。

崖口的伪乡长谭日潮，依仗日军撑腰，横行乡里，欺压百姓，被秘密处决。容奇海尾驻有日伪军一个班，被主力小队消灭。号称珠江三角洲土皇帝的大汉奸李辅群，外号"李塱鸡"，他和自己的小舅子气焰嚣张，企图攻打中山三九区，结果"李塱鸡"的小舅子被主力小队击毙。

主力小队自此名声大震，人数迅速增至 50 多人，改成主力中队。

人多了，粮饷却严重不足，队员们每天只能吃两餐稀粥。有个战士叫阿水，饭量特别大，实在吃不饱。当时规定站岗的人可以多分一碗粥，阿水就主动要求站两班岗，希望可以多分两碗粥。

艰苦的生活如同往返的巨浪，淘沙存金。原队长郑刚拔熬不住了，开始变得颓唐，继而想做走私枪支的生意，后来逃跑过，最终叛变投敌。主力中队转由欧初独自负责。

很多思想意识上出现的模糊问题，促使欧初去寻找答案。他找到中共中央领导人的最新讲话资料，如饥似渴地学习。1940 年 1 月，毛泽东发表《新民主主义的政治与新民主主义的文化》（2 月改名为《新民主主义论》），系统论述新民主主义革命的理论和纲领。3 月 11 日，毛泽东作《目前抗日统一战线中的策略问题》的报告，提出"发展进步势力，争取中间势力，反对顽固势力"的策略思想和"有理、有利、有节"的原则。

1940—1945 年中山敌后抗日根据地活动地区示意图①

在这期间，刘少奇在延安马列学院作《论共产党员的修养》的演讲。欧初反复读着文章中的这段话：另一个封建思想家孟子也说过，在历史上担当"大任"起过作用的人物，都经过一个艰苦的锻炼过程，这就是"必先苦其心志，劳其筋骨，饿其体肤，

----

① 图片由欧伟明提供。

空乏其身，行拂乱其所为，所以动心忍性，曾益其所不能"。

欧初思考，我们不就是这样吗？目前我们正身处困难，又肩负重任。什么是共产党员的优秀品质？结合中国的实际，在中国传统道德最优秀的内容中找到了最贴切的表述。欧初受到激励，觉得亲切，又觉得踏实。

九区地处中山北部，毗邻顺德、番禺两县，田野间河涌纵横，绿野平畴一望无际。若是没有战火，风调雨顺，这里每逢收获季节，成熟的水稻一直延伸到天边，金黄璀璨，更有大片的蕉林穿插其间。

一早一晚，咸水歌声、划船的橹声四处飞扬，河岸、阡陌种满荔枝、龙眼、木瓜，和风起处，绿浪翻腾，四季飘香。这里，原本应是如此秀美富饶。

每当这样远眺，年轻的欧初就从心底油然生出一种莫名的情愫。

欧初带着战士们唱起了自己创作的战歌：

中山抗日游击队战歌

咬紧牙关，
埋头苦干！
同志们，同志们，
为了民族解放，
我们英勇奋斗；
为了改造社会，
我们坚持斗争。
祖国在我们斗争中解放，
社会在我们改造中光明。
努力吧，同志们！
前进吧，同志们！

第七节　"兄妹"情深

………

一个深秋的晚上，月色清澈明亮。

中山阜沙牛角村的河涌边，一条小艇慢慢靠岸，一位个子不高、留着短发的年轻姑娘踏上码头。主力中队的队长欧初和党支部书记谭桂明迎上前去。这位姑娘名叫容海云，由中共南番中顺中心县委派来开展群众工作。

谭桂明按约定的暗号与容海云交接了组织关系。欧初将她那简单的行李拿在手上，两人一同步行去主力中队。

路上，沿着蕉围，踏着月色，欧初问："你今年几岁了?"

容海云说："18岁。"

欧初感受到这位外表普通的姑娘有着与别人不同的从容、淡定。

他们商量，因欧初到九区时改名叫梁初仁，容海云就改名为梁金好，平时以兄妹相称。

欧初把她接到部队的交通站——当地一个农民家里，招呼"妹妹"一起吃饭。只见容海云大方地跟每个人打招呼，谈吐自如。那天，桌上备有一碟煎鲮鱼、一碟炒青菜、两碗红米饭，"两兄妹"边吃边聊。多年以后，当时聊了什么他们已经不太记得了，但这顿饭的滋味却一直印在这"兄妹"俩的记忆深处。

容海云刚住下来，就和农民一起下田、采桑，到农民家里串门。她和当地的妇女一样，手里举着竹篓，赤着脚走过独木桥。很快，容海云和好几位农民妇女成了好朋友。知道她们没读过书，容海云就主动提出教她们识字；没有场地，容海云就发动大家，你拿一捆竹子，我挑一担稻草，再找一些蔗荚、竹篾，两三天工夫，一间茅寮就搭好了，村民称这间茅寮为书馆。容海云在这里教农家女识字、唱歌。随后，在牛角村、吉昌围、乌沙村组织起姊妹会、兄弟会，从中发展党员。这些党的基层组织和群众团体从各个方面支持游击主力中队的斗争。欧初看在眼里，心里悄悄称赞：真能干，干得漂亮！

欧初带领的游击主力中队也配合他们开展反"霸耕"、反"伪票"。牛角村梁九依仗有兄弟在民利公司当大队长，扛一挺机枪，让十几个恶汉跟着，见到哪家桑基鱼塘收成好，就到哪家的田头喊话，霸占良田。欧初带领游击队出面，通过容海云组织的姊妹会、兄弟会做工作，梁九到哪家霸耕，群众就以游击队作为后盾，在哪家开耕，梁九最后只好撤走人和枪。所谓"伪票"，就是伪军征收的"禾标"，即军粮。本来民利公司已经在本地征收了"禾标"，但在三角村一带的民利公司大队长"大骨锡"公开投靠日军，他和伪军团长黄礼勾结，要在九区为伪军征收军粮"禾标"。当地群众承受多重负担，找游击队求救。欧初带领游击队，一方面组织各乡兄弟会共同行动，天天去民利公司请愿；另一方面日夜在驻地布防，宣告谁胆敢来收"伪票"，就要严惩谁。最终，伪军没有得逞。

群众工作的威力就是强大。这让欧初更加明白：党的根基在人民、血脉在人民、力量在人民。这是中国共产党的群众路线的精髓。

1940 年，抗日战争那灼人的烈火与狂暴的风雨，铸炼了欧初作为战士的坚强。与此同时，在他率领抗日游击队主力中队进行活动的田垄河涌，这位 19 岁的英气青年也不期然地邂逅了爱情。

起初，当地村民都说，这对"兄妹"肤色都很白，都讲一口纯正的广州话，而且长得很像呢！欧初和容海云听了，都哑然一笑。

容海云经常有事要找"哥哥"请教，欧初也很愿意和"妹妹"聊天。一来二去，他们彼此了解了对方的经历。容海云于1922年出生在新会县荷塘镇，又名树云，是家中的长女，家里把她送到广州读小学，平时就住在广州的亲戚家。抗日战争开始后，容海云回到新会荷塘加入广东青年抗日先锋队，开办妇女识字班。1938年，16岁的容海云加入党组织，成为当地第一个女党员。

"有一次执行任务，我认识了林叔。"

"林叔是谁？"欧初问。

"林叔就是林锵云，顺德抗日游击队独立第一中队队长。"

"林锵云呀！大名鼎鼎呢，是他领导你工作？"

欧初没有见过林锵云，但对这位老游击队队长早有耳闻。林锵云于1925年参加省港大罢工，1926年加入中国共产党，担任中共九龙地委书记，全国海员总工会、全国总工会香港特派员。1933年5月，林锵云被叛徒出卖而被捕，押解到南京，虽然遭到严刑拷打，但他始终没有暴露身份和泄露党的秘密，后被判无期徒刑，关押在苏州陆军军人监狱。1937年底，林锵云出狱找到八路军办事处，被派回广东工作。从1938年5月起，他就在南海、顺德等地工作。1939年2月，林锵云在顺德大良组织了一支抗日游击队，这是珠江三角洲第一支由中共直接领导的抗日武装。

1939年夏，林锵云率领游击队三次袭击顺德大良的日伪军。1940年夏，林锵云任中共南番中顺中心县委委员，分工负责抓武装，同时将他领导的游击队编入广州市区游击队第二支队（简称"广游二支"）独立第一中队，担任中队长。他熟练运用游击战术的"伏击战""麻雀战""夜间战"，率领游击队员打击日伪军。在西海两次战斗中，以少胜多，打退了日伪军的进攻，打死伪军"前线总指挥"祁宝林，毙伤、俘虏日伪军300余人，声威大振。此后，游击队扩大到 500 多人，巩固了西海抗日游击根据地。经历了几次影响较大的战斗之后，林锵云这个名字已经成为珠江三角洲地区游击战争的一面旗帜。

容海云告诉欧初，林叔是广东新会罗坑下沙乡人，是同乡，对自己就像一个慈祥的长辈，着意培养她。他做工作总是成竹在胸，无所畏惧，既尊重后辈，又关心年轻人，让人信赖。他把容海云调到顺德龙眼村加入游击队，容海云和 7 位女队员住在猪圈旁，吃的是桑叶粥，生活非常艰苦。后来，组织上送容海云到顺德路尾围村参加党员训练班。训练班只有 12 名党员，课堂就设在蕉林里。训练班结束后，容海云留下来做群众工作，由林锵云单线联系。之后，林锵云把容海云派到中山九区游击队主力中队工作。就这样，容海云来到了欧初的身边。

容海云告诉欧初，自己当时离开荷塘到顺德龙眼，不敢将加入游击队的实情告诉父母，只说是到外地找工作，以后再也没有跟家里联系，其实她挺挂念家里的。

欧初听着容海云细诉她的成长历程，有敬佩，有羡慕，也有怜爱。

"兄妹"俩互相了解了对方的性格，相互间越来越有亲切感，越来越难舍难分。

没多久，欧初终于有机会见到他景仰多时的林叔。1941 年下半年，中心县委把欧初调到顺德，担任广游二支独立第一中队的指导员兼支部代理书记，肖强为代理中队长，王銮为副中队长。第一中队原来准备进驻顺德鸡洲，但由于当地的联络关系发生变化，就转调到顺德西海路尾围村。这天，一位中等身材、高鼻深目、笑容满面的中年人向队伍走来，战士们一齐欢呼，将他围住。原来，他就是中共南番中顺中心县委委员、广游二支独立第一中队队长林锵云。

从此，较长的一段时间里，欧初都在林锵云的直接领导下工作。

当时中心县委的罗范群、陈翔南等几位领导都比林锵云年轻许多，资历不如他深，林锵云却非常尊重他们。对谢立全、谢斌两位来自北方、经过长征考验的老红军干部，林锵云更是在生活上悉心照料，以便他们尽快习惯珠江三角洲的饮食；工作上全力配合，在他们给游击队官兵上军事课的时候，亲自给他们当广东话的翻译。每次战斗胜利之后，林锵云总是大力肯定两位北方干部的功劳。

林叔的平易近人、谦逊敦厚，对欧初的为人处世起着潜移默化的作用。

1941年底，中共南番中顺中心县委决定开辟中山抗日游击根据地，第一步先派第一中队从顺德转移到中山九区。欧初带领部队日夜行军，越过敌人的重重封锁线，进军九区的石军沙。为了不使民利公司发觉从顺德来了部队，指挥部决定改用梁伯雄大队第七中队的番号作掩护，在九区驻扎下来。这样，中山就有了由共产党直接领导的两支主力中队。第一主力中队即原来在九区成立的队伍，党代表是谭桂明，卫国尧主管军事，罗章有担任副中队长；第二主力中队就是从顺德转移过去的中队，欧初为党代表，王銮担任副中队长。

在九区驻下不久，两支主力中队由谢立全带领，冒着凛冽的西北风渡过横门，在五桂山的合水口里村集结，雨中夜袭崖口，全歼伪军护沙中队，生俘中队长谭立本等数十人。

战士们押着俘虏、带着战利品回到九区驻地。战利品除了枪支弹药，还有留声机和唱片等物资。小小的谷场上，战士们听着唱片里当红歌星周璇唱的《襟上一朵花》，当是为自己庆功。

歌声与笑声中，欧初最希望能和自己分享胜利喜悦的人，是容海云。

此时，容海云像一只在惊涛骇浪上翱翔的鸽子，在游击队的交通情报站独当一面。

1943年夏，党和部队的交通系统"白鸽队"成立，容海云任总站长。"白鸽队"的任务是传递文件书刊、运送枪支弹药和护送重要人员,她们要穿过封锁线,单是收藏信件,就煞费苦心。重要的信件一般写在薄纸上,卷成烟头大小,藏在衣边、帽檐、发髻、鞋底、莲藕孔、藤篮耳等隐蔽处,大件物品就藏在特制的小木艇底的夹层。运送炸药时,为防止被检查时嗅出异味,她们在艇舱挂上韭菜、咸鱼,叫对方摸不着头脑。"白鸽队"在珠江三角洲纵横交错的河汊水网上建立了一张无形而又可靠的交通网。

欧初和容海云结为"兄妹"时,她已是有经验的交通员[①]

在欧初心目中,容海云就像一只轻盈坚毅的鸽子,翱翔在水网波涛之上。

爱情,就这样在战斗中生根、发芽。1943 年,欧初和容海云

---

① 图片由欧伟明提供。

打算结婚。

一天晚上，欧初来到在五桂山合水口里村，向林叔汇报工作，谈到最后，欧初汇报了和容海云的打算。林叔听了，呵呵笑着说："好啊！结婚可以，不过你一定要弄两斤乃鱼来，请我们吃一餐。否则，我当你们两个是'伪组织'。"

言下之意就是批准了，而且要为这对在战斗中结成伴侣的年轻人庆贺一下。

欧初马上跑去见容海云："林叔批准了，批准我们的事了！"

他看到容海云脸上绽开了笑容，又说："你先去林叔那里，我这就去找乃鱼！"

等欧初回到村里，林叔他们已经摆好饭桌，两斤乃鱼摆上来，圆满成就了欧初和容海云的婚宴。屋里屋外一片喜气洋洋。大家都为这对在战斗中结成伴侣的年轻人送上祝福。

两位抗日战士，正当年少，枪林弹雨中，一样的出生入死，一样的英勇忠诚，这就是他们对爱情的咏叹。

念奴娇·神女峰①

倚舷远眺，见群峰晃荡，望霞开合。雾鬟云鬟天上女，朝暮婷婷玉立。横雨斜风，长牵短筏，指引江头客。仙姿绝代，玲珑宜入天册。　　见说玉帝如霜，天兵似雪，遂向尘寰谪。宋赋襄王寻美梦，讵掩高唐冰色。拔地撑天，中流砥柱，缥缈巫山峡。蹁跹神女，待听湘瑟渝笛。

---

① 欧初写于 1985 年。

第八节　挥兵五桂山

┊
┊
┊

五桂山，这是让欧初一生魂牵梦萦的地方。

1942 年 4 月，一个春雨连绵的夜晚，抗日游击队第二主力中队党代表欧初和副中队长王鎏带领队伍离开石军沙，向五桂山进发，与罗章有、卫国尧的第一主力中队先遣队会合。

1999 年 10 月欧初（右）与抗日战争时期的警卫员林华生（左）合影[1]

———————————

[1]　图片由欧伟明提供。

中山沦陷之后，日军和伪军、土匪侵入山区，横征暴敛，山区百姓的生活愈加困苦。中共南番中顺中心县委决定在横跨中山、珠海两市的五桂山，开辟抗日根据地。

蒙蒙雨幕中，欧初和战士们连夜行军。五桂山属花岗岩地貌，南坡五公里长的断层崖雄伟险峻，北坡山脉青翠绵延起伏。他们踩着田野间的泥泞小路，绕过被日军占领的石歧镇，借着碉楼露出的灯光，经过大沙田、横栏二沙永冲围、石鼓挞，取道长江乡的福获，辗转数日，到达合水口里村。

五桂山的山坡上，红杜鹃、白杜鹃开得一片烂漫。面对如画的自然风光，恍惚间，潮水般的诗意在欧初脑海中掠过，他笑了，自己正在行军打仗呢，待日后胜利了，再来赋诗也罢。

初到五桂山，欧初、王鎏带领的游击队第二主力中队马上深入群众，了解当地百姓的疾苦。欧初和村民一起下田抛秧，驶牛犁田，村民和欧初接触多了，觉得欧初的部队是自己人，愿意把心里话告诉游击队。欧初了解到，左步头村的伪中队长阮强倚仗日军势力，欺压乡民，经常干一些伤天害理的事，当地百姓提起他的名字，都深恶痛绝。欧初、罗章有马上召集两个中队联合制订了一个除恶锄奸计划。

欧初派人知会阮强，要求他交抗日公粮。

阮强收到消息，冷笑一声："哼，要老子交公粮，是想在老虎头上捉虱子吗？"

他毫不理会，照旧天天豪饮滥赌，约定见面的那天，欧初径直来到乡公所。身材高大的阮强正在抽鸦片烟，见到欧初进来，他吃了一惊，压根没想到欧初真的敢找上门来。更没想到的是，欧初竟然还趁势侧卧在鸦片烟床上，不慌不忙地和他聊起枪来。

"你这把左轮好抢眼喔，给我看看嘛！"

阮强不知是计，想显摆一下，把枪递给了欧初。

正在这时，屋外响起锣声，阮强一惊，把枪抓回去，正准备跑，欧初一跃而上，向阮强穷追猛打。这时，罗章有冲了进来，里应外合，处决了阮强。随后从容撤退而去。事后，第二主力中队把处决阮强的事在周围各村张贴布告，说明是抗日队伍为民除害，以此警告怙恶不悛的其他日伪人员。布告的署名是欧初部队。

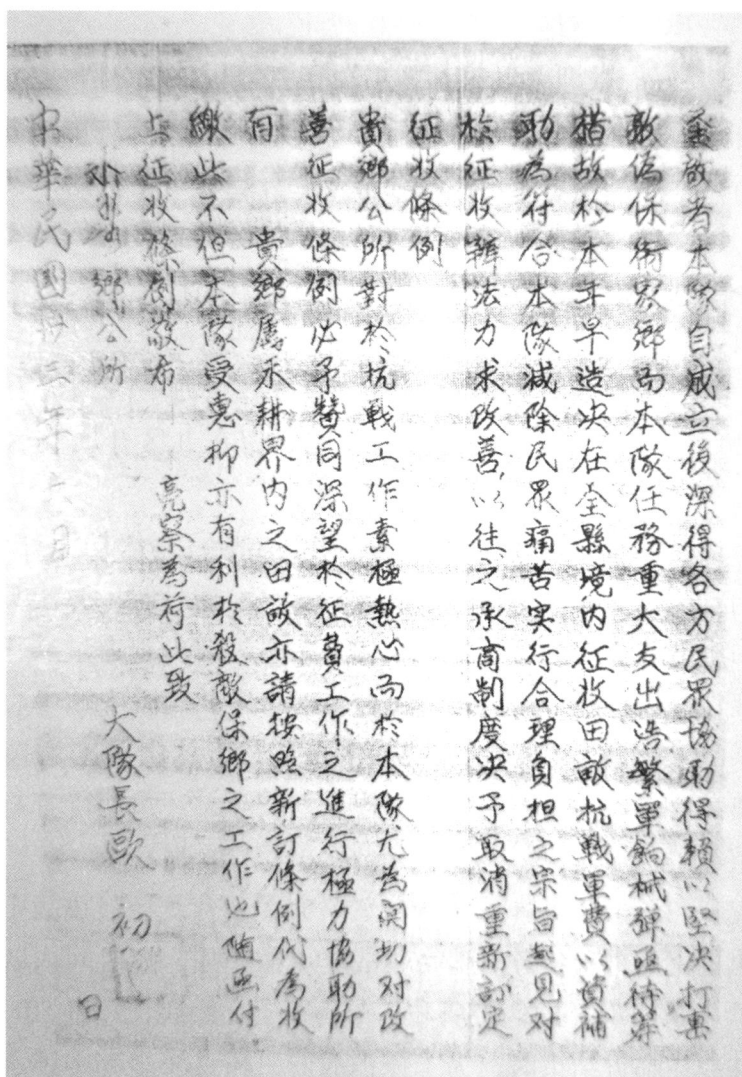

1944 年 6 月，中山人民抗日义勇大队发布的征收抗日军粮布告①

此后，谢立全、卫国尧、谭桂明也先后来到五桂山。5月下旬，谢立全、欧初、王鎏率领第二主力中队北出五桂山，杨子江大队在沙溪汇入，到牛角围与谭桂明、杨日韶的第一主力中队会合，准备攻打汉奸"李塱鸡"在浮墟占据的一个营。

"这次和杨日韶他们会合，我们双拳出击，一定要打败'李塱鸡'。"欧初兴奋地对谢立全和王鎏说。

"我要好好教训一下'李塱鸡'！"王鎏也憋着一股劲。

欧初与杨日韶第一次认识，还是在他刚刚被派到九区组建抗日游击队之际。那时杨日韶已经是一位有经验的地下党，表面身份是国民党军队"挺三"第一支队第三大队的副官，负责统战工作和军事训练。成立九区游击中队后，杨日韶任中队长，欧初任政训员，杨日韶多谋善断，又敢打敢拼，两人配合默契。1942年春，中共南番中顺中心县委把欧初的第二主力中队调进五桂山区，开辟抗日游击根据地，杨日韶则仍留在九区开展敌后武装斗争。

日伪乘九区主力部队转移到五桂山之机，调集日伪军4 000多人向古镇、小榄至三角一带展开大扫荡。杨日韶、谭桂明的第一主力中队和梁伯雄部队坚持反扫荡斗争，但由于力量悬殊，被迫撤离浮墟，抗战形势急转直下。当时，中共南番中顺中心县委决定乘敌人立足未稳，让欧初的游击队从五桂山下来增援杨日韶，夜袭浮墟。一路上，欧初一边谋划战斗，一边期待着与杨日韶的重逢。

夜晚，游击队挺进浮墟后分三路突袭敌营，在强攻战中，杨日韶执行正面进攻任务。他带领战友勇猛作战，短时间内就全部解决了"李塱鸡"的伪警所和一个伪军营，缴获长短枪50多支。

在战斗临近结束时，为了掩护战友，杨日韶多处中弹，身负重伤，但他仍然抱着机枪向敌人射击。这时，欧初带着部队从另一方向冲进了"李塱鸡"的伪警所。

看到倒在血泊中的杨日韶，欧初大喊一声，跑上前抱着他，眼泪忍不住流了下来："日韶，日韶，你要挺住，我们会合了！我们打赢了！"

杨日韶从昏迷中醒来，他对欧初笑笑，小声说："拜托你去看看我阿妈。"欧初握着他的手猛点头。杨日韶在送去抢救途中再次昏迷，没能醒过来。这一年，他才25岁。

这次战斗，杨日韶、王鎏两位指挥员和几名战士都在战斗中牺牲了。

游击队付出了很大代价，但是粉碎了日军集结4 000多兵力在中山三区、九区扫荡抗日武装的计划，震撼了整个珠江三角洲。这是中共珠江三角洲特委和珠江地区游击战争指挥部成立后的第一场胜仗。欧初部队还接连打赢了下栅之战、三乡之战。中山武装斗争的中心转移到五桂山区。

回到根据地，欧初和谢立全、谭桂明一道去探望杨日韶的父母。杨日韶的家就在翠亨村，杨日韶的阿爸杨伯、阿妈杨伯母，欧初熟悉得就像自家的亲戚一样。

欧初带领抗日游击队刚到五桂山区，就得到杨伯母的大力支持。杨伯母，本名谭杏。她一听说游击队连饭都吃不饱，立即将家里仅存的两担稻谷碾成米，送到石门部队驻地。不久，她又将自己大半生积蓄的9 000多元，连同100多担稻谷全部送给部队。后来，她见到游击队战士挖野菜充饥，就把自己结婚时的陪嫁金链卖掉，换成稻谷送给部队。她的义举带动了一大批群众帮助、支持游击队。

欧初他们走进杨宅，欧初弯下腰，趴在杨伯和杨伯母膝盖上，捧着他们的手，难过得说不出话来。半天才说："日韶临走前，拉着我的手，托我来看你们……"两位老人听完二儿子英勇阵亡的经过，都没有言语，欧初明白，这是巨大悲恸中的沉默。

好一会儿，杨伯母抬起头，慢慢地说："打日本仔总是要死人。日韶死得光荣！只可惜他死得太早，还有好多事没有做……"

杨日韶烈士故居①

　　她把小女儿日松叫过来，拿出一条红头绳缠在女儿的辫梢，说："你二哥没了，你本应缠白头绳。但我现在给你缠红头绳，就是要你记住，二哥是为打日本仔死的。你们兄弟姊妹，都要学二哥，去打日本仔！"

　　这时，杨日韶在家的几个弟弟妹妹都围拢过来，用心听着阿

----

　　① 本书作者摄影。

妈的话。欧初知道，杨家一共 6 个儿女，日韶在儿子中排行第二，为人沉稳干练，杨家父母向来以日韶为荣。杨伯母说的这番话，在游击队和村民中迅速传开，令人肃然起敬。后来，杨家先后将儿子日璋、日昕，女儿日松、日增、日芳全部送到部队。杨伯虽然年过半百，但不辞劳苦为游击队送信、管粮。

欧初在游击队的大会小会上说，中山的这个杨家堪比北宋杨家将，也是满门忠烈！我们一定要好好珍惜老百姓对我们的支持啊！

接下来的几场战斗，五桂山游击队都节节胜利。尤其是三乡战斗，由欧初任大队长、肖强任副大队长、李进阶任政训室主任的五桂山抗日游击大队，除掉了驻扎在此的日伪联防大队。日伪联防大队队长郑东镇外号"飞天鸭"，横行五区一带。当晚，郑东镇准备从住宅内的地道逃走时，被游击队活捉，伪军 100 多人全部被歼。这次大捷从根本上改变了五桂山根据地的处境，使之生机勃勃。

可惜，副大队长肖强在崖口的一场伏击战中牺牲了。当时，肖强才 28 岁。临终前，肖强解下心爱的手枪交给欧初，再把他从香港带回来的一支墨绿色派克水笔递给欧初，让他转交给与自己结婚才三天的妻子谢月香。

没多久，卫国尧牺牲的消息也从番禺传来，更令欧初悲痛无声。

战争是如此残酷，这一刻还在一起并肩战斗的亲密战友，彼一时即阴阳永隔。在感受胜利喜悦的同时，欧初也默默承受着失去一位又一位战友之痛。对战友的怀念，一直伴随着欧初的一生。

20 世纪 80 年代，欧初和容海云到中山探望杨日韶的母亲谭杏[1]

抗战偶忆·悼念卫汉肖强杨日韶诸英烈[2]

一代风流欲补天，并肩救国忆群贤。

堂堂笔墨惊风雨，猎猎旌旗扫雾烟。

冒死突围争殿后，冲锋陷阵奋争先。

珠江洒染英雄血，双柏长留翠墓前。

---

[1] 图片由欧伟明提供。

[2] 欧初写于 1987 年。

第九节　抗日义勇大队战歌

⋮

1944 年前后，世界反法西斯战争的浪潮波谲云诡。

1942 年 5 月 1 日，日军在中国内地开始"五一"大扫荡，实行"三光政策"。1944 年 4 月 18 日，日军从河南向国民党战场的平汉、粤汉和湘桂铁路沿线发动了新的进攻。

1942 年 1 月 1 日，中国、美国、英国、苏联等 26 国代表在华盛顿签订了《联合国家宣言》，世界反法西斯同盟正式形成。1944 年 1 月，新四军发动的冬季攻势胜利结束。同时，中共中央密切筹划，准备加强华南地区的发展。

在中山，主要敌人除了日本侵略军，还有全日式装备的伪军四十三师，师长彭济华是汪精卫妻子陈璧君的干儿子。1943 年 6 月开始，日军和伪军出动 4 个团的兵力，发动了多次围攻五桂山根据地的"大扫荡"。围剿中，日伪军沿途烧杀抢掠。

1943 年底，珠江地区游击区指挥部认为，中山地区公开成立游击大队的时机已经成熟，决定在五桂山游击队的基础上成立中山人民抗日义勇大队。欧初被任命为大队长，政委是谭桂明，副大队长是罗章有，政治室主任是杨子江，下辖雄狮队、麒麟队、仲恺队、民族队、黄蜂队、流星队以及指挥部直属中队等 12 个中队。

　　珠江地区游击区指挥部创办的《正义报》发表了中山人民抗日义勇大队队长欧初的讲话："我们将以更大的努力和一切抗战的友军一起去粉碎敌伪的清乡阴谋，解除敌伪对中山人民的压迫。我们要用更大的努力去维护民众的治安，改善民众的生活，争取民众的自由。我们要更坚强地组织起来，并帮助民众武装起来，以加强打击敌伪，解除中山人民的痛苦。"

　　从延安来的两位老红军谢立全、谢斌，和欧初等指挥员一起分析了敌我形势。彭济华的伪军四十三师历来以精锐自居，安插在南蓢镇的是 128 团 3 营，其驻地在山顶的安定学校，四面陡坡，哨兵警戒森严，易守难攻。游击队指挥部认为，要想拔掉南蓢这颗钉子，可在日伪对五桂山根据地的封锁线上撕开一个大缺口。

　　12 月 31 日晚，乌云漫天，蛾眉月时隐时现，欧初、罗章有、谢立全带领游击队从合水口里村出发。午夜时分，火力队短枪组突然向对方哨兵齐射，突击队队员随即用斧头将大门劈开，扔进一排手榴弹。突击队队员个个奋勇向前，冒着浓烟冲入敌营。在手榴弹的爆炸声中，火力队的十几挺机枪同时响起，不到半个小时，地堡被全部拔掉，楼下的伪军也被消灭。彭济华损失惨重，不到三天就把五桂山周围的安定、西桠、北台、马溪四个据点全部撤销，将兵力全部收回石歧。南蓢一役的胜利，向义勇大队的成立献了一份厚礼。

　　1944 年 1 月 3 日，五桂山区各村的村民扶老携幼，翻山越岭来到松埔村，参加中山人民抗日义勇大队的成立庆典。会场上挤了三四千人，村民带来了衣服毛巾、糕点茶果，还有十多头烧猪。有几位村民指名道姓要把 3 块金牌赠送给欧大队长。

合水口里村，中山人民抗日义勇大队活动的主要区域之一①

　　欧初走到台上，接过沉甸甸的金牌，向父老乡亲致谢，表示即刻将这3块金牌交给部队使用。欧初嗓音洪亮，他大声宣布："中山人民抗日义勇大队成立了！"话音刚落，村民舞动瑞狮，军人鸣枪致意。

　　自从欧初带领部队挺进五桂山根据地以来，杀敌锄奸，保国为民，却还没有统一番号，出示布告都署名为"欧初部队"，平顶的竹帽，蓝色帆布绑带的胶底鞋，是欧初部队当时能够做到的统一标识，老百姓就把这种帽子、鞋子分别称作"欧初帽""欧初鞋"，把这些声誉甚好的游击队战士称作"欧初仔"。现在，"欧初仔"改叫中山人民抗日义勇大队了，队员们都感觉自己腰杆更硬朗了。

---

　　① 图片由欧伟明提供。

合水口里村瓦屋下村一间旧碉楼。1944 年 1 月，中山人民抗日义勇大队曾在这里办公。同年 10 月 1 日和 1945 年 1 月 15 日，中区纵队和珠江纵队先后在中山成立，欧初分别担任中区纵队第一支队队长和珠江纵队第一支队队长①

突然，不知道是谁高喊一声："请欧队长唱歌！"欧初清了清嗓子，唱了起来：

日出东方满山红，
山坑部队真英雄。
各界人民齐拥护，
杀敌锄奸又立功！

欧初的声音本来就洪亮，此刻情绪激昂，把一首抗日的客家山歌唱得气势磅礴。随即，他和战士们一起唱起了《歌八百壮士》：

①　图片由欧伟明提供。

四方都是炮火，

四方都是豺狼，

宁愿死不退让，

宁愿死不投降。

我们的国旗在重围中飘荡。

中国不会亡，中国不会亡，

不会亡，不会亡，不会亡……

歌声慷慨激昂，在山谷中此起彼伏。"宁死不做亡国奴"的信念，鼓舞着亿万中华儿女，鼓舞着中山人民抗日义勇大队的每一位战士。中山人民抗日义勇大队扛起自己鲜红的战旗，猎猎飘扬在五桂山的山头上。

义勇大队乘胜出击，在歧关的翠微村、石莹桥连打两个胜仗，又用麻雀战的战术牵制住各路的日军，火烧唐家湾的伪军军营。日伪的电话线路、公路桥梁被频频破坏，"十路围攻"的"扫荡"计划无功而返。

1944 年 3 月 12 日，孙中山逝世 19 周年纪念日，中山抗日义勇大队决定在中山纪念中学举办军民纪念晚会。坐落于孙中山先生故里翠亨村的中山纪念中学举国闻名。中山沦陷后，学校为避战乱迁到湾仔，红墙碧瓦的学宫变得寂寞荒凉。

这一晚，中山纪念中学又响起了振奋人心的抗日歌声。晚会上演了纪念孙中山的话剧《精神不死》。观众席上，来了一位欧初请来的特别嘉宾，她就是孙中山先生的姐姐孙妙茜，当地人习惯称她"孙姑太"。她住在游击区的崖口村，由于孙中山的威望，国民政府曾定期给她提供生活资助，抗日战争爆发后，资助来源中断了。欧初和谭桂明就想方设法照顾这位老人。

这天，欧初专门安排乡亲用轿子把八十多岁的孙妙茜老太太接到会场。

话剧开演了，舞台上用横幅竖起了四个大字"精神不死"。

布景很是简陋，战士们的表演算不上专业，化妆也很简单，但是，当剧中扮演孙中山的演员激情充沛地喊出："同胞们要团结起来，和平，奋斗，救中国！"全场观众忍不住拼命地鼓起掌来，许多人流下热泪。

演员谢幕后，孙妙茜老太太由欧初搀扶着走上舞台，她忍不住要给大家说几句话。她说得很慢，但声音洪亮："乡里乡亲们，感谢大家聚在这里观看这个话剧，感谢义勇大队排演这个话剧，我们要记住孙中山的话，和平，奋斗，救中国！刚才这些年轻人演得非常好，说得非常好，精神不死！我们中国人一定要团结起来，抗日到底！"

不是吗？战火也许可以摧毁房屋建筑，但它摧毁不了人的信念和精神。

1944 年 7 月 1 日，中共中央向全军发出《关于整训部队的指示》，确定在现有基础上，通过整训，提高部队的政治和军事素质，为将来部队人数发展一倍至数倍准备条件。

受中共中央派遣到广东增强抗日游击战争力量的军事干部谢立全[1]

---

[1] 图片由欧伟明提供。

第一章　书剑自铿锵

抗日战争刚爆发，中央为了加强对广东抗日游击战争的领导，先后派遣了几位富有军事政治经验的干部到广东。谢立全和谢斌就在这时来到珠江三角洲。他们离开延安前，刘少奇还亲自接见了他们，他们以政治军事教官的身份在游击队工作。战争年代，无论是军事干部还是政治干部，都要会打仗，否则无法树立威信。欧初由衷地佩服"二谢"，他认为，要当能军能政的优秀领导干部，就要像他们那样，既懂政治又懂军事业务。

1944 年 7 月，日军从江门、广州、肇庆调来 700 多名日军作为主力，会合伪军 1 000 多人，包括 100 多名骑兵，还专门抽调了 6 门山炮等重武器在石歧集结，由一名大佐指挥，准备围攻五桂山根据地。

7 月 3 日，面对数量、武器都占绝对优势的敌军，以谢斌、欧初、罗章有等为核心的指挥机关作出详细部署：谢斌率领指挥部和训练班，由民族队掩护撤往五桂山顶；罗章有带领仲恺队两个排，配备三挺机枪、两具掷弹筒，在张蜢蜞后山设置第一道防线；郭彪带领麒麟队设置第二道防线；杨社、黄芝带领班排干部训练班设置第三道防线；第四道防线由欧初带领黄蜂队和仲恺队的一个排负责。另外，将雄狮队布置在五桂山顶峰附近的两个山峰，作为预备队，由指挥部直接指挥。

欧初在指挥中心开完会，已是清晨 5 点钟。雨雾迷蒙的天空已经微微发亮。欧初和罗章有正要出门分头组织队伍，一个民兵跑步前来报告：日军的大队人马已经进入翠亨村。

欧初和罗章有当机立断，用麻雀小组分两个地点伏击敌军，阻滞敌人行军，等他们到达田心村时，已经是 7 点钟了。义勇大队的四道防线已经布置完毕。

阵地上，欧初举起望远镜，回望五桂山的主峰，指挥部和各训练班的队伍正在向上攀登。欧初向前望去，敌人前卫连由一个军官带领着，正在接近第一道防线。等日伪军的队伍全部暴露在开阔的水田中间，张蜢蜞后山上忽然罩下一道火网，几轮猛烈的射击之后，敌人前卫连死伤狼藉。

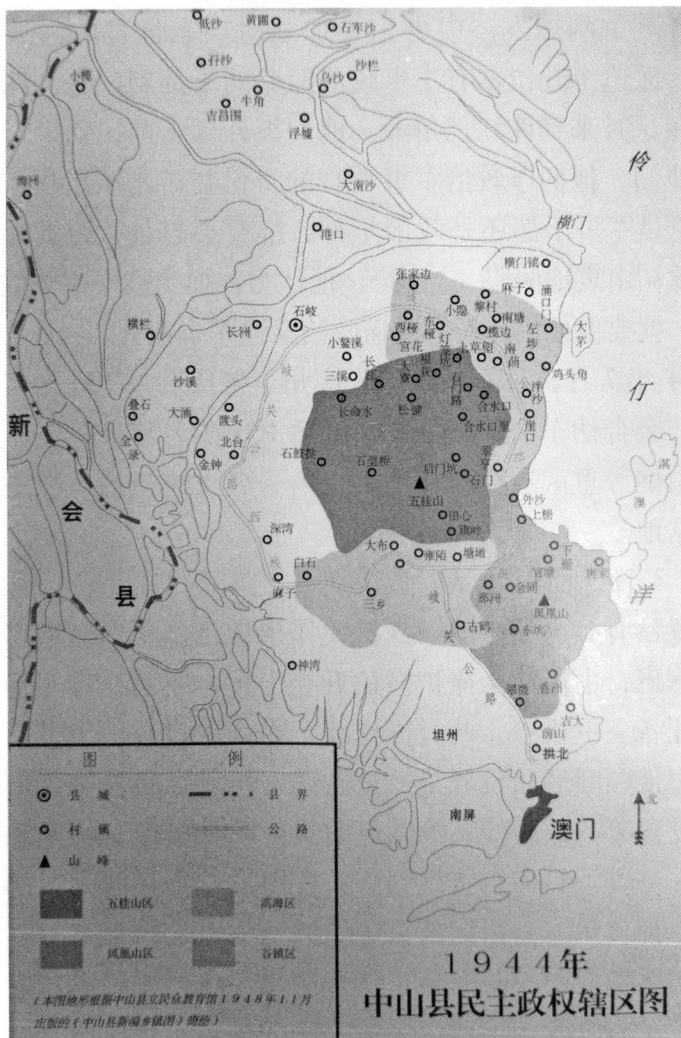

1944 年中山县民主政权辖区图[①]

　　雨越下越大。经过第二、三道防线的拉锯战，下午 2 点左右，猛烈的炮弹打在欧初所在的阵地前面，掀起一大片泥团。敌人向第四道防线的攻击开始了。100 多个日本兵端着上了刺刀的步枪"哇哇"叫着，沿着稀疏的树林发起冲锋。大雨之中，刺刀的寒光一隐一现。

---

　　① 图片由欧伟明提供。

欧初从口袋里掏出一把小梳子，用极快的动作迅速梳了一下头发，然后，缓缓举起手枪。等敌人来到近前 80 米左右，他凝神屏气，扣动扳机。"呼！呼！呼！"这是开火的信号。刹那间，阵地前沿架起了一道火网。

经过几个回合的战斗，日军招架不住，丢盔弃甲向山下撤退。日军这次气势汹汹的"四路围攻"，被义勇大队的铁拳击得粉碎，其后一段时间，他们都不敢轻言进犯五桂山根据地。

中山人民抗日义勇大队奖给战斗英雄的银戒指①

1944 年 9 月 8 日，毛泽东发表了著名的《为人民服务》，这篇文章奠定了中国共产党一以贯之的宗旨。

根据这篇文章提出的理念，中山人民抗日义勇大队发动群众，要求地主减租减息，废除苛捐杂税，严禁敌伪收票勒索，禁止霸耕，要求改善民生，增加生产，保障一切抗日人民之民权、财权、地权。他们的做法得到老百姓的积极拥护，老百姓纷纷要求建立抗日民主政权，许多开明绅士也主动支持。当年 10 月，五桂山区成立了中山县抗日民主政权督导处。

---

① 图片由欧伟明提供。

翠亨怀想①

黑夜驰驱入纪中，迎来姊氏抱春风。

长钦大节冰霜励，振我同胞奋执弓。

旌旗隐隐出刀丛，枭獍惊弓计已穷。

若定智慧鱼水暖，安危一笑睨墙缝。

---

① 欧初写于1985年。

第十节　领军珠江纵队第一支队

⋮

日军在太平洋战场已经现出败象，因而力图打通湘桂通道，占领中国的西南，从而开辟中国东北、华北直到东南亚的大陆交通线。中共中央分析，广东中部可能有大片区域变成沦陷区，决定安排珠江地区部队的部分主力西进，开展粤中地区的敌后游击战争。

原中山人民抗日义勇大队先是于1944年10月15日在中山县五桂山区槟榔山村的古氏宗祠改称广东人民抗日游击队中区纵队第一支队。中区纵队一成立，即组织力量向粤中发展，从原义勇大队抽出部分队伍，与原珠江地区游击指挥部的直属部队合编成400多人的主力大队和警卫中队，由林锵云、谢立全、罗范群、刘田夫率领，挺进粤中，开辟新根据地。12月，中共广东军政委员会根据形势的新发展，决定将已挺进到粤中的这部分主力与当地新发展的武装会合，组成"广东人民抗日解放军"，另将林锵云、谢斌调回珠江三角洲，成立广东人民抗日游击队珠江纵队。

古氏宗祠，原中山人民抗日义勇大队于 1944 年 10 月 15 日在此改称广东人民抗日游击队中区纵队第一支队。中区纵队、珠江纵队司令部曾在此开会①

1985 年珠江纵队第一支队四位负责人合影于中山市孙中山纪念堂前，左起：杨子江、梁奇达、欧初、罗章有②

1945 年 1 月 15 日，珠江纵队以司令员林锵云、副司令员谢斌、参谋长周伯明、政委梁嘉、政治部主任刘向东的名义，发表成立宣言，公开宣告广东人民抗日游击队珠江纵队是受中国共产党领导的珠江三角洲人民子弟兵。由欧初领军的中区纵队第一支队改称广东人民抗日游击队珠江纵队第一支队。四位负责人分别

---

① 图片由欧伟明提供。
② 图片由欧伟明提供。

是第一支队队长欧初、政委梁奇达、副支队长罗章有、政治处主任杨子江。

1944 年 11 月中山人民抗日义勇大队部发布的布告①

1944—1945 年，珠江纵队第一支队在敌后开展了艰苦卓绝的斗争。

珠江纵队参谋长周伯明来自北方，他很早就由党组织派到张

---

① 图片由欧伟明提供。

学良的东北军工作过，又曾到延安抗日军政大学学习。他坚毅果敢，多谋善断。欧初和他一起指挥，去澳门采买炸药，由周伯明培训了一批爆破骨干，用饼干罐自制炸药包，用作炮楼攻坚战的武器。

刚过半夜，民族中队和雪花中队都带着战利品凯旋。前山镇、古鹤镇的伪军怎么都想不明白，西线部队从五桂山外围出发到前山，来回30多公里的路程，游击队是怎么远程奔袭过来的。伪军不到10分钟就全部缴械。这次半机械化的"双箭头"奔袭战大获全胜。

游击队的部分主力挺进粤中之后，留下的力量相对减少，日军乘机进逼，游击区根据地的形势变得比较困难。珠江纵队司令部根据这一情况，指示第一支队兵分三路，第一支队副队长罗章有、政治处主任杨子江率一部在歧关公路东线的中山一、四、六区活动，珠江纵队参谋长周伯明、第一支队队长欧初率另一部在歧关公路西线的一、五区活动，珠江纵队司令员林锵云和第一支队政委梁奇达留在五桂山根据地主持全面工作。这个坚强有力的班子带领队伍出其不意地瓦解并打击了敌人的力量。

攻打前山镇和古鹤镇那天，珠江纵队第一支队的队伍在大布村集结。晚饭后，欧初站在几十位身穿"列宁装"，双手握着自行车车把的战士前面，作战前动员："十六字诀是游击战的原则，我们不一定固守一城一池，但今天我们要给敌人一个下马威！现在出发！"

"是！"战士们雄赳赳地喊了一声。公路上，自行车的车轮声迅速消失在一片漆黑之中。

那是1944年春夏之交的一天，一个商人打扮的男人不慌不忙地过了关闸，走过中山与澳门的边界，随后来到高士德街19号，这是一个药品商行。他对上前招呼的店员说："我姓梅。"

店员马上殷勤地说："梅先生，请上二楼。黄槐先生已等候多时。"

欧初于 20 世纪 90 年代重回五桂山，在新修建的长江游乐园的石壁上题诗："长江好，战地变欢场。绿树红楼云出岫，飞车雷动九天航，惊喜话沧桑。"①

　　这位梅先生是珠江纵队第一支队的特使梅重清。他走上二楼，见过黄槐，交给他一封信，这封信的落款是欧初。原来，黄槐是旅居澳门的中山籍社会名流，欧初早年为寻找抗日队伍流落澳门，曾经在黄槐家住过一段时间，彼此有同乡之谊。后来欧初回到中山参加抗日，两人联系渐少。欧初担任珠江纵队第一支队队长后，突然接到黄槐从澳门颇费周折传来的一个口信，希望欧初派人到澳门一晤，澳门警察厅厅长有要事相商。

　　接到这个口信，欧初陷入了沉思。珠江纵队第一支队的根据地和游击区主要在现在的中山、珠海两市，毗邻澳门。澳门在第二次世界大战中算是中立地区，曾被称为战乱中的绿洲，但是澳门内部经济动荡，治安混乱，走私盛行，受到越来越多伪军和土匪的骚扰，澳葡政府武装力量单薄。欧初估计，他们有可能是想取得珠江纵队第一支队的支持，消除澳门周边的匪患。

　　欧初立即向上级作了汇报。在指挥部的研究会议上，欧初提出，当前我们的主要敌人是日伪军，如果我们助力澳门警方维护

---

①　本书作者摄影。

其外围治安，游击队应该能争取到相应的外援支持。

指挥部同意了欧初的提议，批准珠江纵队第一支队派人到澳门谈判。8 月，梅重清以珠江经济委员会秘书长的身份持着欧初的介绍信到澳门见黄槐，随后由黄槐出面安排，同澳门总督的代表、澳门警司政治部秘书慕拉士会谈。

果然，慕拉士提出，请求珠江纵队第一支队配合维护澳门外围治安，打击骚扰澳门的伪军、土匪。梅重清代表欧初同意了他们的请求。同时提出：第一，希望澳门方面同意游击队在澳门进行不公开的活动，包括发动募捐筹款等；第二，同意游击队在澳门采购部分物资，包括子弹、药品、通信器材等；第三，同意游击队送部分伤病员到澳门就医。经过反复商量，慕拉士代表澳门总督对以上三点都作出了承诺。

"解决我们病员的治疗问题，多亏了柯麟、柯平医生的帮助。"梅重清联系好了将一批伤病员送往镜湖医院，以及到柯麟西医诊所看病治疗，一回来就向欧初汇报。

欧初点点头："他们两兄弟都给了我们很多支持。柯麟大夫是一位老共产党员，在澳门开办西医诊所，从事地下工作，在澳门社交界威信很高。柯平长期在镜湖医院工作，每年他到东江游击区向组织汇报工作，都取道我们五桂山，由我们护送过去。"

梅重清："按目前这种势头发展，澳门真是要变成我们珠江纵队第一支队一个特殊的大'后方'了。喏，这是慕拉士托我带回来的三块防水游泳手表，说是送给游击队的礼物，其中这块是指定给你的。"

欧初接过手表，掂量了一下："澳方是想借此表达他们对合作的诚意和重视。我会把它们全部交给组织。"

"对了，还有一个人托我问候你。"

欧初："谁？"

梅重清："何贤。"

欧初微微颔首："何先生啊，'澳门王'何贤先生。"

梅重清："他现在也加盟了镜湖医院，担任慈善会值理。我是在柯麟的诊所那里见到他的。"

欧初知道，何贤原来是大丰银行的司理，后来担任了澳门银行公会的理事长，控股了大丰，生意很多。难得的是在关键时刻，他总能挺身而出，帮别人排忧解难。甚至敢于和日本陆军特务机关斗智斗勇，解除封锁，为澳门居民争取利益。

"何先生跟我们第一支队有过多次合作。我们约过好几次见面都碰巧没有见成。我就料到他迟早会加盟镜湖医院的了。柯麟大夫对他的影响太大了。"

梅重清："是的，他经常跑去柯麟的诊所与柯大夫喝茶、聊天，柯麟每日用半天时间到慈善性质的镜湖医院义诊，很让何贤感动，特别是他听柯麟说，加入镜湖，就可以帮助澳门更多的劳苦民众，功德无量，于是他就连人带钱加入镜湖了。"

欧初："何先生是敬重柯麟的为人，进而愿意跟共产党交往。他是很有胸襟的企业家，也是个社会活动家呀。"

梅重清："他跟我聊天的时候说，要搞好澳门人的生活，令澳门生意繁荣，就要多跟你们这边交往。他还说，他和欧队长是'神交'。"

第二次世界大战的战争灾难，使中国内地与澳门相互依存的现象具有了深刻的内涵。在一次信件留言中，欧初表达过自己这样的想法：人类社会实际上是一个相互依存的共同体，一个地区发生安全危机，也会迅速波及周边，危及国际社会的整体，面对危机，人们只能同舟共济，共克时艰。如果地区之间相互不合作，以邻为壑，危机外嫁，只能带来更加严重的灾难。

对此，何贤深有同感。虽然并未谋面，但他们相互间却产生了一种信任，一种默契，一种接近的共同利益观。任何地区都不可能独善其身，想要自己发展，必须让别人也发展；想要自己安全，必须让别人也安全；想要自己活得好，必须让别人也活得好。

自那以后，从五桂山、凤凰山至翠微、上栅、关闸、澳门，也建立起了游击队的一条秘密交通线。从澳门购买的药品、枪械、电台就从这条交通线安全运回根据地；根据地的伤病员也被秘密送到澳门治疗。澳门镜湖医院先后派出 5 名护士到五桂山、凤凰山抗日根据地服务。

1944 年初，凤凰山区抗日游击队根据珠江纵队第一支队的指示，配合澳门当局打击潜入澳门的伪军、土匪，擒获流窜于香洲至澳门之间作恶多端的特务土匪头目"老鼠精"，押交给澳门当局处理。这次成功的为民除害之举获得了珠澳两地群众的赞许，也为中共在澳门进一步开展统战工作铺平了道路。

纪念珠纵成立四十周年①

西海歌声响入云，珠江风雨记犹新。
头颅抛却寻常事，不计金钱不论勋。
驰驱敌后若通神，射虎屠鲸捷报频。
一事至今忘不了，军民心迹最相亲。

---

① 欧初写于 1989 年。

第十一节　通牒日军投降

抗日战争胜利前夕，中山地区的抗日根据地和游击队受到日军疯狂的围攻。1945年春夏之交，盟军在欧洲战场取得了决定性的胜利。眼看着德国法西斯覆亡，为了防御盟军可能在中国沿海大规模登陆，日军向海岸地带增设重兵，占领据点，他们与汪伪集团、国民党顽固势力都视中共领导的抗日游击队为心腹之患，欲除之而后快。

1945年4月，日军大量增兵中山，与伪军、国民党顽固势力策划联手大规模"扫荡"驻守五桂山和中山九区的游击队武装。

5月9日凌晨4时许，在灯笼坑三山虎的猛虎队一部遭到日伪军的围攻，24名指战员面对300多名日军、上百名伪军，以一当百，血战半日，到上午10时许，猛虎队弹药几乎耗尽，十多名勇士打完最后一发子弹，牺牲在阵地上。

十几路日、伪、顽军分别在榄边村、翠亨村、石鼓挞以及槟榔山、白石、三乡等地扫荡，在五桂山边缘建立了几个据点，形势空前险恶。

欧初的高中同学周增源，就在这次抗击"五九"扫荡中献出了年轻的生命。

噩耗传来，欧初悲痛万分。在广雅中学读书时，周增源就与欧初一道参加抗日救亡宣传，一起到澳门寻找抗日进步组织，后来又一同回到家乡中山投身抗日。曾记得，同学少年，怀揣壮志梦想，挥斥方遒，默契知音非增源莫属。

参加游击队后，周增源一直战斗在前线，和欧初的情谊愈加深厚。他知道欧初特别爱枪，就把一支左轮手枪送给了欧初。

周增源牺牲的时候，正担任珠江中山人民抗日义勇大队雪花队副中队长，他实现了自己英勇杀敌、为国捐躯的壮志宏愿。而今，再也无法见到增源了，欧初紧紧握着增源送给自己的左轮手枪，沉浸在对战友的追忆和思念当中。

永别了，增源！
我们离别得这么突然，
以致未能最后见你一面。
今夜的行军路上，
微云疏雨，万籁俱寂，
一件件往事涌现在我心田：
为了寻求真理，
手把进步书籍共同钻研；
为了宣传抗日，
并肩组织"战社"、参加"抗先"。
碧江古祠同听叶将军讲演，铁城故里齐作救亡宣传。
我们的心灵是那么纯洁，
我们的意志是那么刚坚！
如今，你为民族独立洒尽鲜血，
庄严地实现了你入党时的誓言。
你和无数的先烈，
英魂萦绕故国田园。
且看你送的左轮手枪，
一直挂在我胸前，
我们坚决继承你的遗志，

打败法西斯，奋斗不记年！

我们一定克服重重困难，

创建新中国，装点旧山川！

到那时，你们可以含笑九天。

永别了，增源！

安息吧，增源！

佛山市城区珠江纵队老战士庆祝抗日战争胜利50周年留念

1995 年容海云（前排左一）参加佛山珠江纵队老战士庆祝抗日战争胜利 50 周年纪念大会和战友们合影①

1945 年"五九"扫荡后，游击队后方机关和一部分主力部队暂时转移到东江。欧初、罗章有、杨子江以及阮洪川、曾谷等地方干部一起，将留在山区的部队分成若干个精干灵活的武工队，分散活动，坚持斗争。

这一段斗争异常艰苦。严酷的环境中，欧初及其家人都成为日伪军悬赏、搜捕的主要对象。为了躲避追捕，父亲欧毓鸿和母亲李珍带着欧初的弟弟妹妹在涌口、崖口、那洲、三乡一带四处

---

① 图片由欧伟明提供。

逃难，居无定所。

叛徒郑兴曾带着日伪军闯入合水口里的瓦屋岭村，在欧初和游击队住过的地方破门而入，反复搜索，却一无所获，就在墙上涂写"欧初死于此！"的咒语，以泄怨怒。

这时，欧初、罗章有、杨子江三人分散活动，各有各的掩蔽地点。欧初和他们互相告诫，情况越是凶险，越要保持冷静和理智，不可头脑发热蛮干；同时要保持警惕，不可松懈。

尽管日伪军不停地追捕，但欧初不仅没有死，反而日夜活动在日伪的眼皮底下。他经常住在翠亨村一个华侨家里。这里房屋宽敞，大门上装有活动通透的"趟栊"门，既安全又通风透光。为方便欧初来这里召集开会，他们早就悄悄在屋内建了夹墙，以防万一。

这里离日军驻扎的中山纪念中学农场不过几百米，日军的叫嚷声不时传来。这里几乎每天都有日军、伪军从不远处经过。可是，欧初和战友们始终安然无恙，夹墙一次也没有用上。有一次，欧初在这里听白马队负责人来汇报工作。正开会间，房东的女儿跑来敲门："日本人入村了！"

两位同志马上站起来，拔枪在手。

欧初却摆摆手："关好趟栊，小心警戒，我们继续开会。"

果然，几个日本兵进村转了转，又掉头走了。欧初告诉大家，这里群众基础好，看上去最危险的地方往往是最安全的。

由于日军、伪军对五桂山根据地的"扫荡"越来越频繁，为了扩大珠江纵队第一支队主力部队的回旋空间，经周伯明提议，欧初和梁奇达均同意将主力暂时转移到东江抗日根据地。首批转移的主力由他们三人带领，从崖口出发，乘船东渡伶仃洋，到达东江地区的宝安县。

其后，欧初根据广东省军政委员会的进一步决定，又返回中山，一面组织反"扫荡"斗争，一面将主力分批转移到东江根据地。

6月，金刚队由中队长冯开平率领到达东江。

7月，民生队和猛虎队一部分由罗章有率领到达东江。

8月，最后一批队伍，包括民权、成功、孔雀、雪花各中队和粮站等部门共200多人，由欧初带队，在农历七月十四之前，分乘4艘帆船、2艘傍船离开崖口，出金星门，经淇澳岛转进东江。

这时，欧初的妻子容海云已经怀孕，行动渐渐不便。组织上派交通员护送她由中山转移去东江根据地。

在淇澳岛，欧初和战士们遇上当地的土匪，一轮激战胜利之后，他率领全体战士和机关工作人员安全到达宝安县黄田村。

当欧初与容海云重逢时，他惊喜地看到，容海云怀里有了一个活泼可爱的女婴。他知道，自己当上爸爸了！

欧初抱着女儿，亲她，逗她。小小的孩儿笑起来"咭咭咭"的，是那样好听，欧初听着，觉得就像清脆的铃铛响。

"我们的女儿就叫欧玲吧！"他对妻子说。

欧初和容海云看着自己的第一个孩子，生出一种从未有过的幸福感。他们都希望战争早点结束，好好地把这个孩子带大。

然而，战斗仍在继续，部队每天都要行军转移。

容海云每天随部队行动，她自己带着女儿，在酷暑天连续行军几天之后，疲劳得几乎坚持不住了。孩子成天背在大人身上，浑身长满了痱子，好些部位红肿起来。

部队的同志都劝他们，暂时把孩子寄放在当地群众家里，过一段时间再接回来。夫妇俩商量，觉得这可能也是一个办法，就把女儿交给宝安县燕村的妇女主任抚养。

那天，他们在那里留下女儿，容海云极不情愿地把熟睡中的女儿放下。她一步一回头，几乎无法迈开步子。

欧初小声地安慰妻子，也是安慰自己："我会认住这个村子，胜利以后马上回到这里把玲玲接回去。"

容海云紧走几步，转了一个弯，趴在丈夫肩头失声痛哭起来："女儿啊，妈妈对不起你！你一定要好好长大，等妈妈回来接你！"

几年后，欧初回到宝安县燕村寻找女儿，然而，玲玲却再也找不回来了。当年的妇女主任已经去世，一场流行性病毒天花夺走了玲玲幼小的生命。

女儿欧玲只给过欧初和容海云短暂的欢乐，就永远地离开了他们。她成了欧初和容海云心中永远的痛。黎明即将到来了，但黎明前，就这样出现了一个让人撕心裂肺的黑暗深渊。

在对女儿的思念中，在忙忙碌碌的行军中，在枪炮纷飞的战斗中，欧初迎来了抗日战争胜利的消息。

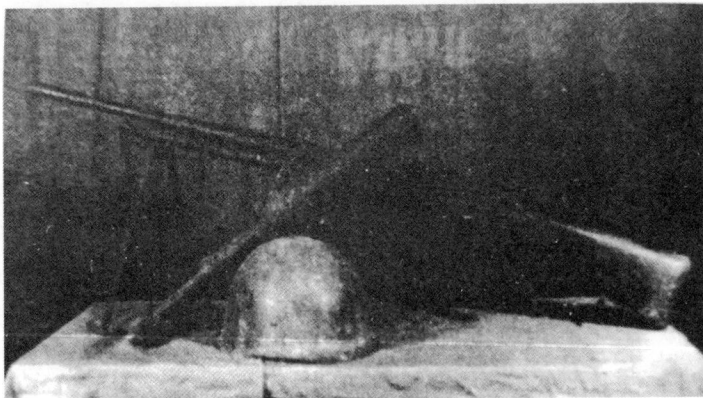

珠江纵队第一支队缴获的日军部分武器①

1945年8月15日，欧初和周伯明、梁奇达带着一支部队，驻扎在东莞、宝安两县交界的一个小山村。深夜时分，东江部队的报务员直冲进来，将一份急电交给欧初。

上级通知：日本宣布无条件投降！

---

① 图片由欧伟明提供。

同时，上级命令各地游击队做好准备处理受降事宜。周伯明、梁奇达和欧初商定，由欧初立即赶回中山，并以欧初的名义在中山发布通牒。通牒的全文如下：

广东人民抗日游击队珠江纵队第一支队
"致敌伪军通牒"

日本已宣布无条件投降，本支队部兹特向驻中山县属之一切敌伪军及敌伪政权机关等，发致如下之通牒：

一、一切日本军及伪军均应立即停止战争行动，于八月二十日以前向我队缴出全部武装，我队当依优待俘虏条例，给以生命安全之保护。

二、一切敌伪机关政权，于接受此通牒后，应立即停止活动，将所有文件物资等封存，等待本队派人点收。

三、严禁将武器破坏及物资消（销）毁等行动。

四、一切伪机关工作人员，无分首从，均应于八月二十日以前向本队自首，当由本队召集县民公审，从轻处置。如仍顽强（抗）不悟，即以汉奸严加惩处。

支队长　欧初
中华民国三十四年
八月十六日十二时

廣東人民抗日游擊隊珠江縱隊第一支隊「致敵偽軍通牒」

日本已宣佈無條件投降，本支隊部茲特向駐中山縣屬
之一切敵偽軍及敵偽機關等，發致如下之通牒：

一‧一切日本軍及偽軍均應立即停止戰爭行動，於八
月二十日以前向我隊繳出全部武裝，我隊當依優待停虜條
例，給以生命安全之保護。

二‧一切敵偽機關政權，於接受此通牒後，應立即停
止活動，將所有文件物資等封存，等待本隊派人點收。

三‧敵業府武器破壞及物資消毀等行動。

四‧一切偽機關工作人員，無分首從，均應於八月二
十日以前向本隊自首，當由本隊召集縣民公署，從輕處置。
如好頑強不悟，卻以漢奸嚴加懲處。

支隊長歐 初

中華民國三十四年八月十六日十二時

1945 年 8 月 16 日，珠江纵队第一支队发布的“致敌伪军通牒”①

黎明时分，欧初带着警卫员、通讯员赶到了宝安县黄田附
近。海上中队派来接应的船已经等候多时。

船队冲开珠江南海交汇处的万道长波，乘风破浪向伶仃洋西
岸全速驶去。

---

① 图片由欧伟明提供。

日本侵略者在中国大地上杀戮、掠夺，以为靠残暴和阴谋，就可以征服这片古老的土地。可是，伟大坚强的中华民族没有屈服，珠江三角洲虽然已经沦陷，但一代英雄儿女依然无所畏惧，一代精英"愿将此身长报国"。在殊死的斗争中，多少优秀青年为了战胜日本侵略者流尽了最后一滴血。

2015 年 1 月 15 日欧初（第二排左十）参加广东人民抗日游击队珠江纵队成立 70 周年纪念大会，和老战友们合影①

此时，胜利了！欧初的眼前，浮现出一个个牺牲在战场上，未能和自己分享胜利喜悦的战友，他们是：杨日韶、王銮、肖强、黄鞅、梁伯雄、郑文、杨日璋、黄石生、欧日良、杨维学、梁杏林、郑新、梁德、梁绮卿、程志坚、郑秀、杨添、周增源、肖伟华、冯剑青、唐仕锋、唐仕明、缪雨天、缪川、黎源仔、陈炳、谭三九、冯培正、蔡耀、黄衍枢、黄伟畴、郑炳焜、黄锦堂、黄鉴明、刘玉湖、谭本基（女）、黄和、谭惠光、陈隆、黎民伟、关晃明、张少筱。

在欧初心中，这些闪光的姓名如同不落的星辰，在中山抗日战争历史广袤的天幕上晶莹璀璨。

船头所向，大沙田的绿野越来越近，五桂山的峰峦遥遥在

---

① 图片由欧伟明提供。

望。伶仃洋正在涨潮，澎湃的波涛拍打着辽阔的大地，如同疆场鼓角，发出持续的轰鸣。前路，将面临光明和黑暗的决战。

满江红·纪念中国人民抗日战争胜利 50 周年①

回首当年，笳鼓急、峥嵘岁月。八载里、几多祸患，几多壮烈。大难临头仇似海，男儿报国心如铁。持久战、歼尽彼凶残，神州悦。　　世纪史，须总结。军国梦，如萌蘖。居安时惕厉，审时不辍。但愿杬枝多结子，莫教杜宇重啼血。上层楼、装点好山河，千秋业。

---

① 欧初写于 1995 年 8 月。

第十二节　攻与守之间的强韧

⋮

欧初因为参加珠江纵队指挥部召集的会议，去了一趟广州。

抗日战争胜利后的广州，到处敲锣打鼓、鞭炮齐鸣。四牌楼（今解放路）、双门底（今北京路）等地方，都搭起彩楼，张灯结彩。骨瘦如柴的人们双眼有了神采，失散后团聚的亲人抱成一团，又是号啕又是哽咽。大街上，好些商铺重新开门做生意。路边，冒出一个又一个饮食摊档，白粥、油炸鬼（油条）、炒田螺、蒸松糕……阵阵诱人味蕾的香味在空气中飘散。老百姓陶醉在欢庆之中，期盼着和平的日子。

欧初顺道转入上下九，在莲香楼买了两个月饼，中秋节快到了，希望今年能和爸妈及弟弟、妹妹团聚，让他们都能吃一口广州的月饼。家里的亲人因为自己经常被敌人追捕，尤其是阿妈，担心欧初的安全，总是寝食难安。欧初想，现在抗日战争胜利了，期望爸妈及弟弟、妹妹不再过这种颠沛流离的生活，希望妻子容海云的身体好好的，脸上多多露出舒心的笑容。

在中山纪念堂门口，他停下来，重温了一遍孙中山先生的话语："今天中国的安危存亡，全在我们中国的国民睡还是醒……大家都立志来救中国，那末中国很快的可以变成一个富强的国家，与列强并驾齐驱了。这就是我所望于诸君的。"

现在侵略我们的日本投降了，期盼中国从此摆脱战乱的梦魇，老百姓安居乐业，走进世界民族之林。欧初筹划着，也许自己可以重新回到校园。但是，很快他就知道，这个复学梦是不可能实现的。

1945 年 8 月，毛泽东与蒋介石在重庆谈判，国共双方签订《双十协定》。中共广东省临时工作委员会（以下简称"广东临委"）书记、广东人民抗日游击队东江纵队政委尹林平以东江纵队"少将"身份抵达重庆，举行中外记者招待会，迫使国民党承认广东游击队的存在，并且达成中共武装部队北撤的共识。

1946 年 6 月，东江纵队主力在司令员曾生的率领下，北撤至山东。

在华南地区，汪伪广东省府主席褚民谊接到了蒋介石有关"就地'维持治安'，等待国民党军接收"的指令。全副美式装备的国民党新一军来到广东，接收广州等大中城市。"李望鸡"被委任为广东先遣军总指挥兼第一纵队司令，接收广州的珠江南岸和番禺等区县；彭济华被委任为第一方面军中（山）新（会）地区先遣军司令，在中山、新会地区"维持治安"。《双十协定》成为一张废纸，国共之间的内战一触即发。1946 年春，广东粮价飞涨，大批民众外出逃荒。

尹林平遵照党的指示，留在广东坚持战斗。刚刚以珠江纵队第一支队队长的身份通牒日军投降的欧初，做好了再次上战场的准备：

> 未成复学梦，翻作雾云峰。
> 报国平生志，再屠大毒龙。

广东临委根据中共中央的指示，决定加派主力会同原在北江的部队，迅速北进。此时，东江纵队大部分已经北上，珠江纵队的大部队也转至东北江。珠江纵队第一支队分批转移东江后划归东江纵队，欧初受命带领部分兵力到从化、滘江、花县一带活动,曾经声威庞大的珠江纵队第一支队一下子变成零星小股,随时都有被消灭的危险。

但是,欧初仍在隐蔽地坚守着。1946 年 4—5 月,因为准备北撤,几支部队都在外面活动,欧初和政委陈锋只带着一个班,与已有身孕的妻子容海云,警卫员温清华、林辉,通讯员王浩等驻扎在从化二十水村的山头,搭草棚而居。

国民党军队经常性地在从化、滹江地区"清剿"。这天一早,欧初他们早饭还没吃完,敌军就来了八九百人围山,因来不及调动增援部队,欧初和陈锋马上带领警卫班撤往村后山顶。敌人没能一下子搜到游击队,就离开了村子。

欧初等了一会儿,见没什么动静,估计敌人走了,便带着战士们下山,容海云也在队伍中跟着走。不料,他们刚下山,容海云就遭遇了敌军。听见枪声,欧初马上意识到自己麻痹大意,错估了敌人,但此时也只能继续冲了。他带着大家冲进一条狭窄的山路,山路尽头是一个很深的水潭。

敌众我寡,后有追兵,欧初一咬牙,想与敌人拼个你死我活。他刚要把别在腰间的手枪拔出,却发现手枪被一双柔软却有力的手按住,原来是妻子容海云的手。

容海云对欧初低声道:"老欧,我们不能死拼,要冲出去!"

这是一个腹中怀着孩子的母亲对当时情势作出的第一反应和判断。

容海云用坚定的眼神看着欧初,身上的小生命给了她无穷的力量,她指指水潭的对岸说:"你们带着我游过去,我们一定能够冲出去的!"

瞬间,欧初也接收到了这种力量。他与战友们当即以机枪密集射击,边打边撤,掩护会游泳的战士游过对岸。容海云不会游泳,由警卫员林辉和通讯员王浩借着水的浮力,将她向对岸推扶过去。岂料,当容海云将要到达对岸时,一颗子弹飞过来,击中她的大腿,鲜血直流。看到妻子中弹,欧初不禁心头一紧,也冲到她跟前。容海云强忍伤痛，奋力爬上岸，警卫员温清华把她背了起来。敌人在追击，欧初带着队伍且战且走。容海云做手势示意欧初：自己只是腿伤，肚子里的孩子没事，放心！

等她稍微好一些，欧初向组织提出申请，把容海云安排去香港，由欧初的父母照顾疗伤。

作为欧初的家人，因为不断遭到日伪军的追捕，欧毓鸿和李珍带着几个孩子长年东躲西藏，曾随同部队转移到东江游击根据地。后来，由组织安排在香港汉华中学做杂务、开士多店，一家大小在荔枝角的一个小房间安顿了下来。容海云在这里有家人照顾，身体恢复很快。

伤愈后，她在元朗小学临时代课教书，一边等候欧初的消息。容海云常常跑到北撤人员的香港上船点等候，希望能与欧初见面。她以为欧初也会北撤，但一直没有见到她熟悉的那个身影。

容海云后来才得知，欧初被安排留下来"继续坚守"。原来，广东临委判断，大部队走后，广东将会有十年左右的"黑暗期"，指示各地武装力量就地长期隐藏，继续坚守，还要求他们不能主动与组织联系。

欧初对此深感不解，因为像他这样身份暴露了的干部，不能以公开身份出现。如果以绿林豪杰方式出现，则容易出差错，群众也可能产生误解。但若是绝对隐蔽，实际上难以执行。尤其是"不能主动与组织联系"这一条，最令他想不通，但也只好服从。

主力北撤后，斗争异常艰苦。为了避开敌人的"清剿"，部队实行分散活动，整个粤北只有100多人留守，分成多个地点活动，零星而分散。容海云好不容易得到消息，欧初在增城正果附近的乱石坑山上搭起草棚坚持斗争。她当即由香港来到增城，与欧初一起待在乱石坑。

生活和战斗再艰苦，也难不倒欧初。然而，思想上的困惑却很折磨人。在绝对隐蔽期间，欧初和战友避开村寨，钻山洞蹲山头，在山上草棚一住就是几个月，与外界几乎隔绝。战争将会持续多长时间？到底应该强攻还是退守隐蔽？形势扑朔迷离，一时难以作出确切的判断。

困惑中，欧初重温了毛泽东的《论持久战》，也重温了《孙子兵法》，孙子说："善守者，藏于九地之下；善攻者，动于九天之上。"欧初的脑海中不断响起在那次几乎灭顶的突围中，容海云的那一声："老欧，我们不能死拼，要冲出去！"这是遵从人性的呼喊，也是尊重常识的呼喊。

权衡再三，欧初决定，一定要与组织取得联系，让组织了解实际情况。他让容海云到香港寻找组织。

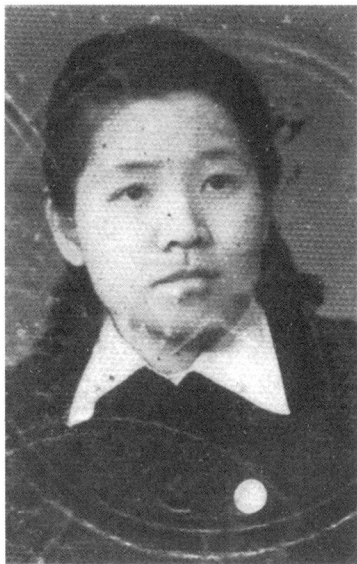

容海云在工作中常助欧初一臂之力①

容海云单身一人出发了。这位"老交通"经验老到。她在香港华商报社找到广东临委委员饶彰风，再通过他见到了广东临委书记尹林平。容海云向尹林平汇报了粤北的斗争情况，同时反映

_____

① 图片由欧伟明提供。

了留守干部的疑惑和实际困难。

容海云的汇报让尹林平陷入了沉思，他马上召集临委对实际情况进行了分析，作出了重新安排。尹林平指示容海云，欧初是一个早已暴露了的干部，不宜留在敌占区从事隐蔽斗争，让他马上来香港。

1946年7月，欧初夫妇化装出发，离开了增城乱石坑。一到香港，欧初便向尹林平报到并详细汇报情况，直言广东临委的一些指示难以贯彻执行。

"这确实是血与泪的教训。"尹林平语气沉重地说，"我会根据你们汇报的情况进行反思和总结。"

随后，尹林平在《东江纵队北撤与广东形势》一文中，实事求是地对北撤进行了反思，明确指出"黑暗是不会长久的"。这篇文章发表在香港《正报》，并分发到各地干部手中。

广东临委作出新的指示，马上恢复与各地武装力量的联系。东江纵队北撤时留下的部分武装力量，虽然弱小，但他们在广东临委的领导下，依靠和发动群众，武装的种子很快就在东江、九连、北江、五岭等地生根发芽，为后来发展武装斗争和建立根据地打下了基础。

1946年12月，尹林平和方方根据党中央《给南方各省工作的指示》，作出了恢复广东武装斗争的决定，提出了实行小搞、准备大搞、从无到有、从小到大、稳步发展的战略方针，筹划和部署在华南地区全面恢复武装斗争。

1947年4月，党中央为加强对华南党组织的领导，开展华南地区的游击战争，决定成立中共中央香港分局（后改为华南分局），由方方任书记，尹林平任副书记，担负起领导粤、桂、滇等地区的党组织和开展游击战争的任务。

5月，华南分局设立农村工作委员会，下设武装小组，由梁嘉和欧初负责。随后，许多留港的军事干部陆续被派往各区，欧初也被派往粤桂边地区继续战斗。

坚持武装斗争的声音，像雷鸣，像闪电，把隐蔽的小分队从茂密的树林里、从颗粒不长的乱石坑里召唤出来。武装斗争的火焰重新在广东的北江、东江、南路、粤中、韩江、西江等地燃烧起来。

欧初一直记着妻子容海云在危急时刻的那一声呼喊，他由此警醒自己：不管情势怎样危急，不管是强攻，还是隐守，也要坚持不违规，不唯上，只唯实。唯实，也就是尊重人性和常识。

1946 年 11 月，容海云在广华医院生下一个男婴，取名"伟明"。欧初和容海云心中开朗澄明，欢欣无比。

八十回眸之二①

八载伤痕尚未瘥，独裁凶焰已重燃。

高擎赤帜争民主，划却三山解倒悬。

酣战三年不卸甲，东征千里著先鞭。

屠龙且喜刀环洗，醉入蓬江指丽天。

---

① 欧初写于 2001 年。

第十三节　转战广东南路

　·
　·
　·

　　1947年春，中共华南分局决定增派欧初到广东南路加强工作。

　　解放战争已进入转折性的一年。1947年2月1日，毛泽东在中共中央政治局扩大会议上指出：中国时局已发展到新的人民大革命高潮的前夜。初春，华东解放军先后打赢鲁南战役、莱芜战役，随后的孟良崮战役取得完胜。入夏，刘伯承、邓小平率晋冀鲁豫野战军主力强渡黄河天险，一举突破国民党军黄河防线，人民解放军战略进攻的序幕即将揭开。

　　1947年4月初，欧初与中共粤桂边地委书记温焯华搭乘法国的轮船，乘船前往湛江。离开的前一晚，欧初与阿妈聊天。4月的香港很是潮湿，阿妈刚刚洗过的头发似乎很难擦干，阿妈不停地擦着脸上的水。欧初似乎觉得，阿妈的眼角也是湿湿的，她是借擦头发在偷偷擦眼泪。

　　"非得要走吗？"李珍轻声问。

　　看着阿妈瘦削的面颊和头上的白发，欧初心里一阵泛酸，随即转过头去，看着门外朦胧的夜色，低着头"嗯"了一声。

　　李珍有点担心："我们这次能赢吗？"

　　欧初很肯定："能赢，老百姓在我们这边。"

　　李珍没有再问什么，过了好一会儿，她说："我明白了，我会帮你看好伟明的。"

欧初端端正正地坐到母亲跟前，说："海云留在香港汉华中学附小教书，待时机成熟时再考虑调派南路。辛苦阿妈了。"

李珍反过来安慰儿子："家里的事你就放心吧。"

在广东，武装斗争仍在艰苦地开展中。欧初即将前往的南路，也就是广东省过去的高州六属，雷州三属，钦廉四属和两阳，即茂名、信宜、电白、化县、吴川、廉江、遂溪、海康、徐闻、灵山、合浦、钦县、防城、阳江、阳春 15 个县和梅菉市，统称为广东南路。

1947 年冬，欧初的长子伟明和祖父欧毓鸿合影于香港汉华中学六楼天台①

① 图片由欧伟明提供。

1947 年冬，欧初的长子伟明和祖母李珍合影于香港的居所①

　　欧初（后左）与母亲李珍（后右）、长子伟明（前左）以及小弟夏民（前右）在香港②

---

① 图片由欧伟明提供。
② 图片由欧伟明提供。

第一章 书剑自铿锵

清明时节，欧初抵达湛江港。湛江，是广东粤西地区最大的城市。因为靠海，1899 年，湛江市被法国"租借"，当时名字叫"广州湾"，对外贸易曾繁盛一时。1943 年，广州湾被日军占领，两年后，广州湾回归，从此定名为"湛江"。欧初一行要进入南路游击区，得先经过国民党控制的城市。

这里，码头破破烂烂，灯光暗淡，地上杂乱无章地堆着杂物。天空，淅淅沥沥地下着细雨。不远处，几个背着步枪的国民党士兵注视着从轮船下来的旅客。这一切，让欧初感到既陌生又神秘。

欧初打着雨伞，随人流离开了轮船，尾随着交通员向码头出口走去。同行的温焯华一脸严肃，不苟言笑，他和欧初装作互不认识，各走各的。

此刻，他轻车熟路，径自走向出口，消失在茫茫夜色之中。欧初尾随交通员走上一条比较宽阔的街道，只见两旁建有一些法式的楼宇。每幢楼房都有一个小花园，显得非常雅致。约莫大半个小时，欧初他们到达了城郊一个秘密交通站。

走进交通站，欧初主动和温焯华聊起来，他们很快就熟稔了。欧初得知，温焯华是东莞人，1935 年，在中山大学附中读书时，他就参加了"中国青年同盟"，后来加入共产党。他长期在南路和粤桂边区工作，抗日战争期间就在湛江领导地下工作。

翌日中午，欧初踏上了去遂溪游击根据地的路途。时值春夏之交，在赤坎，他走过记载着当地人反抗侵略历史的"寸金桥"，看到道路两旁硕大的红棉挂满枝头，火焰般的凤凰花正在怒放，顿时斗志昂扬。

在遂溪吊罗湾，南路特派员吴有恒早已在等候欧初的到来。吴有恒与欧初是广雅中学的校友，虽然此前并未见过，欧初却感觉一见如故。只见他中等身材，面庞瘦削苍白，一对浓眉下，双眼炯炯有神，说话虽然有点直来直去，却充满热情。

见到欧初，吴有恒高兴地快步上前，握着欧初的双手，连声说："欢迎欢迎！"

湛江寸金桥①

　　紧接着，吴有恒转入正题："现在南路武装队伍已发展到
4 000人，很需要像你这样有武装斗争经验的军事干部。"

　　欧初了解到，吴有恒曾担任过中共香港市委书记，富有胆
识，是党的"七大"代表，在延安党中央党务研究室工作过。

　　吴有恒介绍，南路区内高山横贯，沿海港湾众多，地理位置
非常重要。早在大革命时期，中共南路特派员黄学增就在此发展
党的力量。1943年初，日本侵占雷州半岛，南路人民在中共南路
特委的领导下，组织抗日武装抗击日伪军。至日本投降时，南路
人民抗日武装队伍已发展到3 000多人。但随后，南路人民解放
军遭到国民党军队的残酷扫荡，部分队伍突围西进十万大山，其
余队伍分散活动，处境极为艰难。

_____

　　①　图片由欧伟明提供。

1946 年 5 月，吴有恒从延安回到香港，随即被派往南路担任副特派员。5 月下旬，吴有恒到湛江的武装斗争一线了解情况，认为上级"长期隐蔽"的指示不符合当地的实际情况，遂将调查的情况与自己的想法向特派员温焯华作了汇报。他向温焯华提出，集结武工队，扩大队伍，开展武装斗争。温焯华同意了。这一决定更是得到南路各地指战员的支持，短短三个多月，队伍就从内战爆发时的 500 余人发展到 1 600 多人。

然而，南路武装力量的壮大并未得到组织内部的一致认同。8 月，温焯华被调到香港，负责广东区党委工作，吴有恒则接任特派员一职。9 月，广东区党委开会专门讨论南路问题。会议认为吴有恒违背了区党委既定的"隐蔽精干，分散坚持"的方针，容易暴露力量，可能招致敌人的重点进攻，要求吴有恒将已扩大的队伍遣散，只保留 125 位武装人员。吴有恒认为这一指示不符合南路的实际情况，但对于组织的决定，吴有恒虽然想不通但也只能执行。结果，南路的武装斗争遭受重大挫折，在不到四个月的时间里，南路武装减员一半，即从 1 600 人减至 800 余人。

根据广东区党委 1946 年底作出的关于恢复广东武装斗争的决定，吴有恒于 1947 年 1 月底在湛江赤坎作出了半年内扩大武装队伍和实行"赤色割据"的计划。各地农民踊跃参军，学生和青年教师纷纷来到根据地，队伍迅速扩大。随着形势的急剧发展，吴有恒与各县特派员商议，决定成立粤桂边区人民解放军司令部，由吴有恒（化名李强）担任代司令员。

说了一番掏心窝子的话之后，吴有恒对欧初讲出了欢迎他到来的最实在的理由："部队大发展起来的时间不长，来不及整顿，在作战、教育和管理上都存在着不少问题。你来了，我非常高兴。"

欧初不禁被吴有恒的战斗激情感染了，连忙说："咱们一起干起来！"

1983 年 12 月 14 日欧初（前排右十）在湛江参加粤桂南地委暨第一支队党史座谈会并与战友们合影①

1947 年 4 月，广东区党委决定成立中共粤桂边地方委员会，由特派员制改为党委制。5 月，粤桂边区人民解放军司令部正式成立，任命庄田为司令员，唐才猷为副司令员，温焯华为政委，吴有恒为副政委，欧初为政治部主任。由于庄田和唐才猷未到任，广东区党委指示"政策方针由温焯华、吴有恒、欧初三人决定，部队作战活动暂由吴有恒、欧初两人指挥，温焯华指挥地方工作及地方部队"。

1947 年 5 月至 8 月，南路武装斗争和根据地建设蓬勃发展，粤桂边区人民解放军司令部已组建 12 个主力团，总数为 5 500 多人，基本上实现了预定的扩军计划。但在此期间，南路党和部队主要领导层之间却围绕着如何贯彻广东区党委关于"实行小搞、准备大搞"的方针，展开了一场持续数月的争论。

一方认为，南路过早大搞，不符合广东区党委的方针，如武装过早全面暴露，政策过"左"，而应该按照广东区党委的方针进行收缩、减员；另一方则认为，广东区党委的这一方针不符合南路当时的实际情况，既然已经大搞起来了，就不应该回头"小

---

① 图片由欧伟明提供。

搞"然后再"大搞",而是应该巩固现有成绩并继续放手发展。

欧初带着广东区党委的方针和指示去南路贯彻及参加武装斗争,他在具体的实践中看到了成绩,也发现了问题。欧初认为,南路提早"大搞",组建了几千人的武装队伍,很不简单,对广东恢复和发展武装斗争是件好事,实际上不仅没有违反广东区党委恢复公开武装斗争的本意,反而起了带头作用。所以,欧初觉得南路的同志虽然在某些做法上不够稳重及存在问题,但这是次要的,其本质和主流是好的,尤其方向是正确的。

对两方面持不同观点的同志,欧初都很敬重。欧初既没有照搬广东区党委的指示,硬性要求南路的工作方针作根本改变,也不同意对广东区党委与自己持不同意见的主要领导采用谩骂、挖苦的态度。欧初尽自己所能,团结协调着各执不同意见的同志。

欧初向广东区党委汇报提出,南路关于"大搞"还是"小搞"的这场争论,只是争论双方对当时情况作出的不同看法,完全出于共产党员的责任心,并无掺杂个人恩怨或私心。这与他们各自不同的思想方法、个人经历以及当时的斗争态势有关系。

30多年后,1983年12月,原中共粤桂南地委、粤桂边纵队第一支队在湛江召开党史、军史座谈会,欧初针对南路"悬案"发表了自己的看法,他力图以此为自己敬重的战友去掉歧见,得到与会同志的赞赏。

欧初发表了长篇讲话,他说:"现在回头看,我认为当时不必天天在那里争论'大搞''小搞',也不必一下子提到两种方针的斗争。什么是'大搞',什么是'小搞'呢?原来的意思是武装斗争要从小到大,由低级到高级,斗争策略先打乡队,打小的,不要一下子打正规军。这当然是对的。但'大'与'小'很难划清界限,多少人才算'大搞',多少人才算'小搞'呢?概念很难讲得准。况且这个东西不能完全根据数字来划分,而应根据当时的情况。何况对'大搞''小搞'各人理解也不一样。因此,就当时粤桂边的状况讲,既然已经搞起来了,就不应该机械地去争议'大搞''小搞',而是应当集中精力研究对敌斗争,在斗争中进一步提高部队的战斗素质,巩固根据地,并逐步引导大家完善那些不完善的东西，这样效果可能会更好些。当然，一些同志当时的主观愿望是想贯彻分局的指示，出发点是好的，但对分局的指示怎样理解，这有斗争经验问题、思想水平问题。现在回顾过去的斗争，首先是为了教育我们自己，通过总结历史经验教训，提高自己的认识，同时也可以教育下一代。"

1947 年下半年，解放军各大野战军在华北、华中、东北等战场先后转入战略进攻。在广东，各地的人民武装队伍发展迅速。国民党当局害怕南路人民武装的强大，10 月，国民党行政院院长宋子文坐镇广东，接替罗卓英担任广东省政府主席和保安司令，取代张发奎担任国民党政府军事委员会广州行辕主任等职，在南路的高州和湛江都设立"清剿司令部""剿匪总指挥部"，采取第一期"分区扫荡，重点进攻"、第二期"肃清平原，围困山地"的计划，加紧"清剿"广东的人民武装。

面对大兵压境，欧初和温焯华一致要求南路游击根据地的中心地区遂（溪）、廉（江）、化（县）、吴（川）的党政军民立即投入反"清剿"斗争。在廉江，欧初与黄明德以粤桂边区人民解放军新编第三团政治处的名义散发《为反对国民党反动派暴行告各界同胞书》，号召人民群众团结起来联合自卫，坚壁清野，反击敌人的"清剿"。

11 月，国民党保安团进犯遂溪。雷州军分区司令员沈汉英率领新一团、新十二团在笔架岭抢占制高点迎击敌人，新二团二连和遂溪东区、中区的乡队也相继投入战斗，整个战场延伸十多华里。国民党保安团受到了重创，撤回湛江。部队英勇作战，成功地保护了根据地的安全。

受　命①

蓦然受命喜还惊，艰险深知是此程。
凭仗少年豪气在，天能划破地能平。

---

① 欧初写于 1986 年。

第十四节　临危受命东征军

······

遂溪下洋村誓师出发①

帷幄运筹夜点兵，健儿八百誓骑鲸。

下洋夹道欢呼送，战胜归来醉笑迎。

1948 年 4 月初，一支由 800 人组成的粤桂边区人民解放军精兵部队从南路一路向东，挺进茂名、电白、信宜的云开山地区，直插国民党军在粤占领区的后方，实施战略突围，史称"粤中东征"。

4 月 5 日黄昏，粤桂边区人民解放军东征支队司令员兼政治委员欧初率领八百壮士在遂溪下洋村村口的大树下喊出誓言："冲出敌人封锁线，英勇杀敌为人民！"战士们声音低沉，却整齐有力。

欧初与温焯华、沈汉英、黄明德等留守老区坚持斗争的战友一一握别，向带着鸡蛋、番薯、茶水从附近村庄赶来送别的群众挥挥手，然后转身下达命令："出发！"

---

① 欧初写于 1986 年。

2014 年欧初在遂溪下洋村东征部队誓师纪念石上题字：下洋誓师东征，粤中杀敌扬名①

实际上，这是东征部队的第二次出发。担任东征支队司令员兼政治委员的欧初脚穿绑带胶底凉鞋，行进时站在队伍中间。看着战士们肩上扛着简单的装备，看着他们充满斗志的神情，看看走在自己身边的参谋长黄飞，看看走在队伍中的妻子容海云，心里有一种临危受命的激动，又有不克敌制胜誓不罢休的豪情。

从 1947 年底开始，人民解放军已由战略防御转入了战略反攻，战争主要地已由解放区推向了国民党统治区。

在粤桂边区，1947 年 11 月，国民党军集结重兵，选择化县、吴川为突破口向中共根据地发起攻击，南路的主力团缺乏回旋的余地，粮食、子弹、药品供给不足，一时间，欧初带领的部队陷入了困难重重的境地。

这天，南路根据地接到中共香港分局的指示："有计划地向敌疏弱的地方突破，绕到他的左右侧翼或后方去活动，以反包

---

① 本书作者摄影。

围，甚至在有利条件下可以采取大迂回发展。"

欧初松了一口气，这意味着上级指示与自己的"避敌锋芒，击其薄弱"的想法是一致的。

立于 2015 年的遂溪下洋村东征部队塑像①

根据分局的指示，南路要组织主力东西挺进，由内线转向外线作战，以保存力量，减轻老区压力。12 月，温焯华与欧初在廉江博教召开地委扩大会议，决定从粤桂边区高雷部队抽调主力组成两支部队，从东西两个战略方向挺进外线开辟新区并配合当地大搞武装斗争，一支挺进粤桂边区的十万大山，另一支挺进茂电信（即茂名、电白、信宜）地区，同时留下部分部队在原地坚持斗争。

---

① 本书作者摄影。

遂溪下洋村①

欧初深知此次东征既艰巨，又危险。要去的云开山地区，群众基础薄弱，保甲制度严密。东征支队仅仅是一支 800 人的队伍，每人只有十余颗子弹，缺粮少药，经费更是谈不上。一张比例为五万分之一的地图，是行军作战的唯一依据。在缺乏后方支援的情况下孤军远征，难度无法想象。

就在这时，容海云来到欧初身边，决定跟丈夫一起东征。容海云虽是女将，却意志坚定，处理随军事务能力强。有她在，欧初有如注入了强心针。

东征军于 1948 年 2 月下旬集中从廉江南部进军。然而，这次出发当晚就遭到敌军袭击，部队只好退回遂溪。

面对第一次的出师不利，欧初和参谋长黄飞一起反复琢磨，认为由化北进茂名至信宜，沿途多是山区，交通闭塞，敌军难以集结重兵把守，从这条线进军，成功的把握较大。他们决定先向廉江中部突进，然后折向东北，通过廉江陆川边界，再向东进化北入茂名。部队增加了物资装备，每个战士还配了一双用旧轮胎做的绑带胶底凉鞋，大家戏称之为"千里马"，另外还补充了一批经费和药品。

欧初对指战员们强调：遇上敌军截击，能歼灭就迅速歼灭

---

① 本书作者摄影。

之，不能歼灭就绕道前进，不恋战，不硬拼，以迅速行动，出其不意地突破敌军的包围封锁。

欧初带着东征支队重新出发。他们急行军抵达廉江根据地李屋山村已是拂晓。休息一天后，夜行军穿过廉江的新塘、龙湾。部队继续前进到南木水村，就在准备开饭时，封锁线的敌军百余人冲了过来。欧初当即命令一营反击，很快打跑了敌人。出征首战告捷，大家士气高昂。但欧初很冷静，为了尽快冲破敌军的第一道封锁线，他命令部队停止追击，迅速向化北疾进。

虽然出发前确定了东征的大方向，但不可能有具体细致的路线，因此行军时只能根据实际的情况作变化，时而走乡村大路，时而跋山涉水，时而穿山沟过洼地，尽量绕开敌人的据点。

天堂嶂以北是广西陆川县，是东征支队进入化县北部的必经之路。欧初率领部队急行军穿越陆川，未遇到敌军主力。伴随着零星的枪声，部队顺利进入化县北部。这里丘陵起伏，敌情不明。欧初派尖兵连在前面搜索前进，大部队随即跟进，走了大约10里路，尖兵连突遇前来准备伏击的敌军，在机枪班的猛扫之下，全连冲垮了敌军，掩护大部队安全通过。就这样，东征支队突破了最后一道封锁线，进入了化县北部国民党统治区。

东征支队突然出现在国统区，引起了敌人的巨大震动。南路剿匪总指挥陈沛将信将疑，命令立即彻查。乘敌人还没反应过来，部队继续夜行军，第五天就到了化县中部的罗江，并迅疾渡江。此时，大梦初醒的陈沛急调重兵围追堵截。

经与大家分析商量，欧初作了个大胆的决定，将夜行军改为日行军，以甩掉追兵。他们白天沿路破坏敌人的电话线，使他们无法捉摸我军行踪。敌军白天跟不上，晚上更不敢靠近。战士们就争取到了睡觉和吃饭的时间。

战士们逢山赶路，遇水过河，时而大道，时而小径，大摇大摆，有如哪吒脚踏风火轮，快捷如飞。从每天走五六十里提升到七八十里，有时上百里，把追赶的敌军甩得远远的。

战士们情绪高涨，沿途高唱《东方红》《解放区的天》和《太行山上》。走一路，歌声响彻一路。

东征途中，针对各种艰难，部队采取了各种权宜措施。吃饭是每天遇到的主要困难，常常有时因为搞不到粮食或有敌情，便吃不上饭。有时在路旁摘些野菜、野果充饥。如果千方百计找到的是稻谷，炊事员还要先把谷子磨成米才能做饭。

高州山区的蚊子是出了名的厉害，欧初往往刚躺下，蚊子就"嗡嗡嗡"地朝他和警卫员李坤轮番袭来。李坤见欧初被蚊子咬得无法入睡，焦急得很，干脆卷起上衣，袒露出肚皮，用高州人的腔调骂道："臭蚊子，咬吧，咬吧，干脆让你咬个饱！"

"阿坤，别傻了，快把衣服穿上！你把这队蚊子喂饱了，第二队蚊子还是要来找我的。否则它们觉得不公平，会来找我讨说法，我一样会被吵醒啊！"

欧初看着这个粗眉大眼、忠厚憨直的高州小伙子，一边让他穿好衣服，一边想念起自己的爱人容海云。容海云虽然也在部队中，但是能和欧初住在一起的机会并不多，往往只能各宿西东。

从茂北的伍村、高岭咀向信宜转移，要翻山越岭，更要踏着芒棘丛草前进。

信宜白鸡岭，1947 年 4 月白鸡岭战役发生地①

---

① 图片由欧伟明提供。

部队经过四方田村，到达白鸡岭，东征部队与头戴钢盔的省保安营发生了遭遇战。

这一仗，东征部队全胜，但参谋长黄飞却负了伤，部队只好把他安排在附近村庄养伤。欧初一面带着对黄飞的牵挂，一面领着东征队伍向前。前面就是信宜东北部的云开山。

云开山北邻罗定，西连广西北流，东接云浮飞地西山，南挨茂名北部。最高处为龙须顶，海拔 1 327 米。大山峰峦起伏，山高林密，地势险要。云开山居高临下，纵横数百里，易守难攻，真有"一夫当关，万夫莫敌"之势。

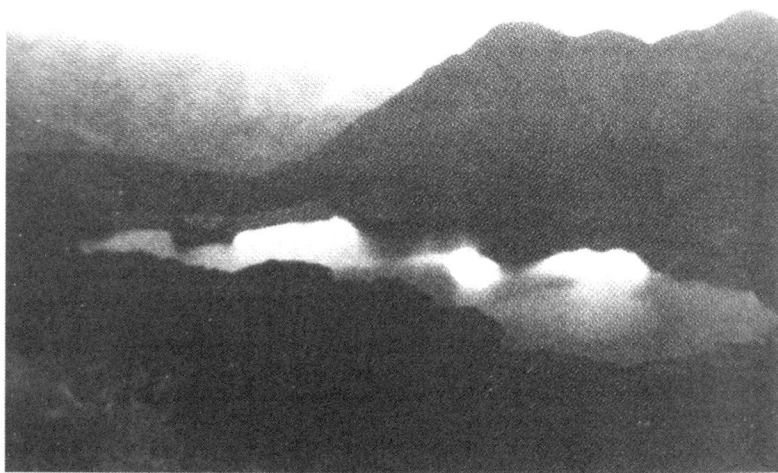

信宜东部的云开山①

在山上，欧初与团干部开了一次重要会议，研究东征部队如何在茂电信坚持和发展武装斗争。会上，大家意见不一，有人把困难估计得过于严重，甚至有人信心不足，竟然想撤回南路老区。

对此，欧初的态度一点也不含糊。他强调："东征，是香港分局的指示，是粤桂边地委交给我们的任务，是全国的形势及华

---

① 图片由欧伟明提供。

南大搞武装的需要，作为领导者，必须对党交给我们的任务有坚定的信念，有义无反顾的坚强意志，有一往无前的革命精神。"

大家意见统一后，欧初将部队开到沙子、茶山、怀乡一带活动，同时将部队分散，配合地方武工组，深入各个村落做群众宣传工作。部队则在几个墟镇开仓分粮，帮助农民度过春荒，不少青年主动向部队靠拢，成为新战士。

东征支队突袭了敌人防守空虚的信宜合水墟后，迅速转移到飞地西山。

西山属于云浮县管辖但又与云浮版图脱离，因而被称为"飞地"。西山尽是高入云海的崇山峻岭，交通闭塞，政治、经济、文化都十分落后，所以成为"三不管，管不了，不想管"的地方。东征部队刚到，老百姓以为来了"神兵"，有的关门闭户，有的上山钻林。欧初要求部队官兵不得随便进入群众的住房，不能随便借用群众的东西。部队积极向群众宣传，说明自己是人民的军队，是来帮助群众翻身解放的。群众逐渐消除顾虑，对部队战士的态度也渐渐亲热起来。

不久，粤中区的联络员与东征支队接上了头。欧初收到了吴有恒的一封亲笔信。来信说，粤中区正在恢复和放手发展武装斗争，形势很好。中共香港分局要求东征部队迅即挺进粤中，配合开展武装斗争。

欧初这才明白，原来东征的目的地是粤中区，而非茂电信。

东征支队随即兵分两路，一路由欧初率领支队部、第一营、第三营，东出西山，过漠阳江，与粤中区领导会合；另一路由第二营向西南迂回，掩护第一路东进，然后摆脱敌军追击，与第一路会合。

欧初带领部队攻克了阳春县合水墟。第二天，他们转移到山高林密的老游击区大陂村。这里是阳春、恩平两县的交会地。一进村，欧初就见到了专程来迎接自己的吴有恒，两人高兴地紧紧拥抱在一起。

东征部队的许多指战员一见到吴有恒，都大声喊起来："吴司令！吴司令来啦！"大家欢欣鼓舞。整个山村都随之沸腾起来。

1948 年东征部队到达粤中后，整装待发，接受新的任务①

经过休整，欧初与吴有恒决定率领东征部队转移到恩平老区朗底，与粤中机关会合。东征部队到达朗底，正是粤中恢复武装斗争之时，粤中区主要领导人冯燊、谢创以及广阳地区的主要领导人郑锦波等率领组建不久的武装基干队，在这里迎接欧初的东征部队。胜利会师的这一天是 5 月 3 日，离东征出发恰巧一个月。

战士们彼此呼喊着熟悉的名字，热烈地喊着、跳着，太令人兴奋、激动、高兴了！一个月来的且战且走，一个月来的饥餐劳顿，一个月来的日夜兼程，终于取得了东征胜利。

---

① 图片由欧伟明提供。

1948 年香港《华商报》对东征的报道①

东征会师后，中共香港分局决定：将华南划分为几个战略区，成立中共粤桂边区党委和临时军委。6 月，成立中共粤桂边区党委广南分委。冯燊任党委副书记兼广南分委书记，谢创、吴有恒、欧初任广南分委常委。分委之下设军分委，指挥全区军事，冯燊为主席，吴有恒和欧初分任第一、第二副主席。8 月，欧初代表广南分委到香港参加分局会议。这天，欧初得知，黄飞在东征结束后的另一次战役中负伤牺牲。

悲喜交集之中，欧初收拾心情，提笔写下题为"东征进军总结"的军事总结文章。摘录如下：

这一带有战略意义的进军，又雄辩地表明它发挥了重要的历

---

① 图片由欧伟明提供。

史作用：

首先，打破了敌人的重点进攻、围歼我军主力的图谋，保存了我军的力量。

其次，减轻和解除了敌军对老区"围剿"的军事压力，使坚持老区斗争的党组织和部队得以扭转被动局面，取得重大发展。1948年7月9日，一举袭击湛江市区，取得歼灭保警十团一个营部和两个连，打开当地中央银行，缴获大批国民党货币的重大胜利，使南路由被动转为主动的大好局面，取得更大的发展。

再次，有力地支援了粤中区大搞武装斗争，配合了华南各地武装的大发展。浩浩荡荡的军威，秋毫无犯的严明军纪，起到了战斗机、工作队和播种机的作用。到达粤中时，恰逢粤中公开恢复武装斗争，星火开始燎原。从全区分散坚持的140多人，恢复到当时的470人。东征部队的到来，对粤中的党、部队及人民是一个极大的鼓舞，增加了力量，提高了信心。它对粤中地区贯彻"大搞"方针，扩大部队和游击区，起到十分重要的作用。

1948年的东征，时年27岁的司令员兼政委欧初用他的军事智慧与过人胆识，写下一生中艰苦而辉煌的战争篇章。

和杨子江兄赠东征队并独一团战友①

挥军东指誓歼仇，冲破重关渡急流。
一路旌旗临朗底，三军鼓角振冈州。
云罗奏凯扬新令，滨海铭勋破夙愁。
莫谓今朝人已老，江山纵望豁明眸。

---

① 欧初写于1986年。

第十五节　粤中纵队旌旗扬

⋮

1949 年 4 月 2 日，中国共产党主席毛泽东和中国人民解放军总司令朱德发布了《向全国进军的命令》。解放军向西北、西南、东南、中南地区大进军。4 月 20 日，中国人民解放军百万雄师强渡长江，23 日占领南京。接着，解放军在江南和江北数百里的战线上冲锋陷阵，扫荡残敌，准备解放全中国。

5 月上旬的一天，欧初迈着大步，和吴有恒、谢创、冯燊一起向合水墟的沧江边走来。合水墟位于沧江南、北两条支流的汇合处，分别与高要县、新兴县、鹤山县相连，是游击队一个老根据地。他们把几块石头搬到一起，摆成一几四凳。经常猫在隐蔽的村舍里讨论军情，让他们总是觉得憋得慌，沧江边这一几四凳，俨然成了粤中分委四名主要领导人的临时会议室。

面对水流湍急的江水，欧初和吴有恒、谢创、冯燊大声地谈论着全国解放战争的发展形势，说到开怀激昂处，时常忍不住哈哈大笑起来。冯燊与吴有恒是恩平老乡，又是老战友，相互之间特别能开玩笑。冯燊是我国工人运动的前辈，参加过省港大罢工，斗争经验丰富，是年逾五十的老党员、老红军。谢创则颇为沉静，他精明能干，又平易近人。1932 年前，谢创多次在美国领导华侨工人罢工，回国后，主要在粤中领导人民武装斗争。他们比欧初要年长，但彼此之间成了无话不说的好战友。

冯燊和谢创都认为形势逼人，粤中的行动一定要坚决，要快。

吴有恒一手叉腰，另一只夹着烟的手有力地挥了一下："我们原来的计划是否可以改变一下？不一定要南下滨海，然后再回师新高鹤（即新兴、高要、鹤山），依我看，最好同时南下台南滨海，东进新高鹤！"

左起：粤中纵队副司令员兼参谋长欧初、副政委兼政治部主任谢创、政委冯燊、司令员吴有恒①

欧初听了吴有恒这个提议，连说："好主意，好主意！我们一方面要抓住时机，派干部深入敌人内部去开展统战和策动敌军起义工作；另一方面要积极开辟新区，扩大队伍，彻底摧毁各级反动基层政权。"

这一设想得到大家的一致赞同。会议随即决定了"南下""东进"双龙出海，开辟新区的进军方略。由此，主力部队独一团兵分两路。一路由团长黄东明带领，跟随欧初南下台山滨海地

---

① 图片由欧伟明提供。

区，配合滨海总队加快大隆洞游击根据地的建立；另一路则由团副政委陈军、参谋长庞震带领，跟随冯燊、吴有恒进军新高鹤。

粤中纵队使用的军粮代用券①

5月中旬，欧初与独一团团长黄东明率领四个连和军分委政工总队，夜间急行军闯过恩平平原的碉堡群，渡过锦江抵达滨海。在一个多月的战斗中，欧初指挥独一团配合滨海总队，横扫台南、獭山、集均等墟镇的敌对武装，拔除十多处区乡政权，解放了九、十区全境，使大隆洞周围的根据地连成一片。各地人民武装纷纷由内线转到外线作战，将活动范围推进到台城等中心地带。至此，滨海地区的武装斗争进入迎接与配合南下大军入粤、对敌展开全面进攻的阶段。

6月下旬，台南战斗胜利告一段落，欧初率领独一团向恩阳沿海地区推进，与恩平、阳江、台山独立大队在小江墟会师。7月8日，欧初带领部队经恩平朗底转往新高鹤地区时，发生了镀盖山战斗。当时，国民党军以优势兵力袭击正在行军途中的独一团和五团。为了掩护大部队撤退，阻击排抢占山头拦截敌军，待主力脱险后，排长吴宽和政治服务员关森决定与谭植、吴浓、苏

---

① 图片由欧伟明提供。

宙和关华四名战士坚守阵地，其余战士边打边撤。他们弹尽援绝，但决不投降，最后相拥在一起，拉响了最后一颗手榴弹，其中五人壮烈牺牲。

1984 年召开解放战争时期粤中地区党史座谈会，欧初（前排右七）和黄东明（前排左三）等东征部队的部分指战员合影[1]

　　欧初无比悲愤，这些和自己曾经一同行军、一同宿营，多次在战场上奋勇冲锋的战友，在临近胜利之际，用年轻的生命和鲜血，写下了人民革命战争中史诗般的篇章。欧初夜不能寐，用笔在小本子上工工整整地记下他们每一个人的名字。"将来有一天，我一定要来好好祭奠你们。"

　　1949 年 7 月，中共中央批准成立粤中临时区党委和中国人民解放军粤中纵队。中央任命冯燊为粤中临时区党委书记，吴有

---

　　① 图片由欧伟明提供。

恒、谢创、欧初为常委。吴有恒为中国人民解放军粤中纵队司令员，冯燊为政委，欧初为副司令员兼参谋长，谢创为副政委兼政治部主任。

20 世纪 90 年代的欧初（右）与谢创（左）①

8月1日，粤中纵队在新高鹤根据地中心区的高明县合水墟举行成立大会。欧初代表区党委和纵队首长讲话，他宣告："中国人民解放军粤中纵队今天成立！"话音刚落，全场掌声、口号声汇成一片。

粤中人民武装主力独一团、广阳支队、三罗支队、新高鹤总队和滨海总队的指战员们身穿黑色军服，头戴五角帽，胸前带着"粤中纵队"的布质徽章，高擎红旗，威武雄壮。台上台下，党旗、队旗、锦旗、彩旗相映生辉，会场上还飘扬着几幅写着"向冯燊、吴有恒、谢创、欧初致敬！"的横额。

①　图片由欧伟明提供。

2002 年 3 月 27 日欧初于高明合水粤中纵队成立大会所在地留影①

　　1949 年 8 月初，中共中央组成以叶剑英为第一书记的新的中共中央华南分局，确定由中国人民解放军二野四兵团和四野十五兵团组成独立兵团，由叶剑英、陈赓统率，担负解放广东、广西的战略任务。8 月中旬，二野四兵团和四野十五兵团神速南下，直指广东。与此同时，两广纵队奉命从湖北渡过长江，进入江西赣州集结，待命参加解放广东的战役。9 月 7 日，叶剑英主持制订解放广东的作战计划，决定 10 月上旬开始进军广东。

　　1986 年容海云（第二排左九）参加中国人民解放军原粤中纵队直属部队部分战友国庆 37 周年聚会，和老战友们合影②

①　图片由欧伟明提供。
②　图片由欧伟明提供。

全国的解放形势显而易见，粤中区党委常委冯燊、吴有恒、谢创、欧初此时对接收和建设城市进行了充分的研究，拟定粤中两个重点城市的兼管人选，欧初兼管江门、新会，谢创兼管台山、恩平、开平。

这年秋天，欧初和冯燊、谢创率领纵队领导机关、直属部队和独一团，随同大军解放三埠（台山、恩平、开平，习惯上称为三埠）。作为江会区军事管制委员会的主任，欧初率领粤中纵队独一团开进了台山、恩平等城镇。入城仪式中，欧初快马轻骑，面带笑容，坐镇三埠。

1949 年秋欧初率部配合南下大军解放三埠①

这天，在三埠纵队司令部，欧初代表军分委与江门、新会的党和部队领导人周天行、冯光同志进行了详细交谈。送走他俩后，欧初端起茶盅，走到窗前，看着窗外田垄上一座座形态各异的碉楼，想着刚才两位当地同志介绍的情况，他陷入了沉思。

---

① 图片由欧伟明提供。

中共粤中分委、军分委电贺滨海总队、广阳支队 1949 年春季攻势取得大捷[①]

　　粤中纵队应该怎样建立各种正规制度，增强战斗力，配合南下大军解放华南？我们的队伍能否经受住建设新世界的考验？我们的队伍能否妥善保护五邑地区一座座历史悠久的古城古镇？我们的队伍能否守护和平，让人民安居乐业？欧初觉得很不轻松，有很多事情必须马上抓紧做起来。

　　欧初以粤中纵队司令部的名义成立"城市工作小组"。这个小组的任务就是收集情报、护厂、护校，维护城市治安。在欧初的直接领导下，城市工作小组成功策反了国民党广东省保安司令部暂编第二纵队（代号"坚忍"部队）的起义，新会独立团迅速接收了"坚忍"部队。

---

①　图片由欧伟明提供。

中国人民解放军粤中纵队胸章[1]

江会临近解放前夕，当地报纸以"冈城空剩夕阳斜"的大字标题报道了国民党县府迁走撤退的消息。冈州是新会的古称，国民党政府机构呈现一派"仓皇辞庙日"的败象。

1949年10月中下旬，随着解放军的神速南下，粤中纵队所属各部队先后开进郁南县城建城、新兴县城、高明县明城、鹤山县城沙坪、肇庆（高要）、三埠、恩平县恩城、台山县台城、云浮县云城、新会城和罗定县罗城，接管各城政权。

10月23日早上，驻江门的国民党广东省保安司令部暂编第

---

① 图片由欧伟明提供。

118

二纵队全体官兵在代司令云汉的率领下起义。是日晚上，中国人民解放军粤中纵队新会独立团进驻江门，宣布江门正式和平解放。

至此，中国人民解放军粤中纵队完成了中华人民共和国赋予的历史使命，解放了粤中全区。

1949 年 10 月 25 日，中国人民解放军江会区军事管制委员会在江门成立。

同日，粤中纵队在江门举行进城仪式。江门的城里城外，到处张贴着军管会的醒目布告：

现奉中国人民解放军粤中纵队司令部 1949 年 10 月 17 日发字第 11 号委令：兹委欧初同志为江会区军事管制委员会主任，莫怀同志为第一副主任，吴枫同志为第二副主任。此令。本会遵于本日组织成立，为迅速建立革命秩序，恢复市面繁荣，发展生产，本会坚决执行中国人民解放军总部颁发之约法八章，保护全体人民之生命财产。愿我全体人民，共同协力，为建设新粤中而奋斗。此布。

这一天，欧初并没有像坐镇三埠那样，戎装骑马出现在入城仪式中。江门的解放，并没有出现浓烟战火的惨烈局面。这是欧初进入江门最大的心愿。

江门各界群众夹道欢迎解放军入城，市民们看到，一位笑容可掬的女战士，在一群小学生的簇拥下，手捧一个可爱女孩送的鲜花，缓步走在入城的解放军队伍当中。她，就是接管江门的先遣小组成员之一——容海云。在欧初直接指挥的城市工作小组的努力下，解放军顺利接管了江门。接管政权的过程中，江门电力未停，公共交通正常，报纸按时出版。

容海云作为解放江门的解放军先遣小组成员入城，接受孩子们敬献的鲜花①

1949 年解放军先遣小组入城留影：容海云（右二）、陈军（右五）、陈兴中（右六）②

---

① 图片由欧伟明提供。
② 图片由欧伟明提供。

欧初忙得已经好多天没有回住地和容海云一起吃饭了。一日，容海云来给欧初送吃的。

"老欧，这种粽子是我们老家新会的特产，快尝尝！"

"嗯，真好吃！这是怎么做的？"欧初吃出了粽子当中特别的香味。

"这是用鸡子豆拌上糯米做糯糍，再裹成的粽子，是本地才有的，特别香、特别糯吧？"

欧初吃着粽子，突然想起什么，问容海云："你去过江门吗？熟不熟悉那边的情况？"

容海云点点头："当然熟悉，江门，也叫作'小广州'，是这一带的大城市，各种各样的商铺都有，还有很多茶居、戏院、理发店、跳舞厅，比三埠这里还要繁华。"

欧初用征求的眼神看着容海云说："纵队需要派出一个入城先遣小组到江门，我想提出，由陈军、陈兴中和你一起组成先遣小组。你知道，我不想'打进'江门。"

容海云马上理解了欧初的用意，她接话说："和平解放江门，对于保护老百姓的利益当然是最好的，也有利于保护这座城市，我可以随时出发。"

经过思量，欧初委派三名得力干部——独一团副政委陈军、军委会秘书陈兴中、团级妇女干部容海云，组成先遣小组，前往江门着手接管工作。欧初考虑的重点，是如何先清除残匪，搞好社会治安，再休养生息，恢复元气，而当前还有支前的重任。他再三吩咐先遣小组，要灵活而慎重，执行好党的政策，妥善地接管城市。

"这是一处需要珍惜保护的地方，也是一处需要整治管理的地方。"

在欧初的安排下，在江会区军管会正式成立后第三天，即1949年10月28日，陈兴中以军管会秘书的名义主持召开了江门各界代表座谈会，与会代表包括商会会长、交通航运各行各业负责人以及教育、文化界人士。陈兴中表示："我们虽然经验少，有缺点，但我们有勇气、有信心、有力量办好这个地方的一切事务。"

陈兴中吁请代表们看清当前现实情况。他说，试问解放军进城之后，有没有见到我们上茶居、进戏院？没有！这是因为我们有城市纪律，要永葆这个刻苦清廉的作风，全心全意搞好地方建设，搞好家乡建设。我们有信心、有勇气、有力量，把地方的事办好。陈兴中诚恳地回答了代表们提出的如何保护、扶植工商业、交通航运业，做好粮食柴薪的进出，以及治安、维和、教育等问题。

先遣小组提出了"建设人民新江会"的口号，在江门各界人士的支持协助下，有效地保护了工厂、商店、学校，维护了城市治安。纸厂、电厂、火柴厂、煤油行、油糖杂货行都被很好地保护起来。盐务局的 2 万多银圆、8 000 多担食盐，海关的 10 多万港币都稳妥地回归到新政权手中。

1949 年 10 月，中国人民解放军解放江门的入城场面①

---

① 图片由欧伟明提供。

1949 年 10 月欧初（左三）、莫怀（左四）、陈军（左五）等摄于江会军管会门前①

粤中全境解放后，中国人民解放军粤中纵队司令部以司令员吴有恒、政治委员冯燊、副司令员欧初、副政治委员谢创连署的名义于 10 月 30 日发出安民告示。

这一天的江门，雨后天晴，风和日丽。

忆三十年前进军江会盛况②

进军江会记卅年，手捧天香笑语前。

想得献花娇屭女，春风时雨绽娇妍。

---

① 图片由欧伟明提供。
② 欧初写于 1984 年。

探 寻 崛 起 路

第二章

第一节　正是春回大地时

......

1949 年冬天，欧初和容海云在广州专门拍了一张合照。

照片中，欧初穿着一身整齐的军装，中国人民解放军粤中纵队的徽章赫然在胸前。容海云黛眉细描，唇红轻点。他们从 1943 年结婚到现在，还没有拍过一张满意的合照。如今，他们为之共同奋斗的中华人民共和国成立了。为了这个目标，6 年来，他们一同经历戎马倥偬，一同面对血火交拼，他们把青春交给了血腥的战火，交给了泥泞的山路，只因为他们心中有一幅美丽的图画。

1949 年冬欧初与容海云合影于广州①

---

① 图片由欧伟明提供。

第二章　探寻崛起路

即将踏入三十岁的一对青年准备一同迎接建设的琐碎与繁忙，拥抱家庭的热闹与温暖，他们面带微笑一起看着前方。他们认定，前方是一幅更美丽的图画。

欧伟明，是欧家几个孩子当中记性最好的一个。他记得，三岁前，自己都是由爷爷奶奶照顾长大的，爷爷经常抱着自己在香港汉华中学的天台上学走路、学讲话。爸爸和妈妈经常不在家，刚学会说话，奶奶告诉他，见到爸爸，有时候能叫，有时候不能叫。伟明不知道那是因为中共香港分局在香港处于地下工作状态，一见到爸爸就会开心地、脆脆地叫，但是，又总是像做了错事一样，马上捂住自己的嘴。

1949 年 11 月摄于江门。左起：欧初的勤务员邓锡九、长子伟明以及警卫员刘德、李坤①

---

①　图片由欧伟明提供。

一天，爷爷和奶奶告诉伟明，他们要搬去江门和爸爸妈妈住在一起，伟明特别开心。从此以后，他见到爸爸妈妈可以放开大声地喊他们了，再也不用左看看右看看，再也不用捂住嘴悄悄地叫了。

1950年2月，粤中专员公署成立，欧初卸除军管会主任职务，被委任为专署副专员，专员由谢创担任。1950年4月，欧初离开了临时设在仓后路的一个银行处的军管会，专署机关迁至江门蓬江大酒店。

伟明跟着爷爷奶奶从香港来到江门。

"爸爸，爸爸！妈妈，妈妈！"伟明脆脆地叫着，一蹦一跳地出现在欧初和容海云面前。

一家人在江门团聚了。在这里，伟明每天都见到好多穿军装的叔叔阿姨来和爸爸妈妈讨论公务，在家里进进出出，非常忙碌。

没多久，伟明的弟弟伟雄出生了。那天是1950年5月1日，外公外婆也从新会来到江门看望这个刚出生的小外孙。小伟雄眼睛骨碌碌地转，嘴里不停地发出各种声音，似乎迫不及待地要跟人说话，逗得大家直乐。

外公外婆带来了新会出产的荷塘芥蓝、冲菜和潮莲烧鹅米。荷塘芥蓝碧绿脆嫩，伟明特别喜欢，整天管外婆要"玻璃芥蓝"吃。那时候，家里天天有笑声，给伟明留下极深的印象。

伟明还记得，1951年底，三弟伟模在江门出生。一年后，他们的家从江门搬到了湛江赤坎。1952年，粤中专员公署和粤西专员公署合并，原湛江市军管会主任刘田夫担任中共南路地委书记，即湛江地委书记。欧初被调往粤西，任湛江财委副主任、中共湛江地委党委委员、统战部部长。容海云也随之调任湛江供销社副主任。伟明发现，爸爸和妈妈不穿军装了，却和以前一样忙。

又到湛江，这里棕榈成行，葵树婆娑。欧初走在赤坎老城那些弯弯曲曲的小街里，穿行在"民主""民生""民权""民族"四条"民"字头的马路上，1947 年 4 月，自己乘船从香港来到南路，和吴有恒等战友并肩开展武装斗争的情形再次重现眼前。五年的时间不算长，世界却换了新的天地。应该怎样面对新的职责呢？这四条马路的名字不时提醒着欧初，自己来南路的初衷并未改变，但五年前与五年后，自己的使命却大不相同。欧初的直觉告诉自己，简单地只用"你死我活的阶级斗争"的方法已然不能解决摆在面前的各种复杂的新问题。

他清楚记得，1950 年元旦刚过，中共华南分局决定 1 月中旬在广州召开第一次全省各地党员代表大会。当时粤中临时区党委、中国人民解放军粤中纵队司令部驻扎在开平三埠。吴有恒、冯燊与欧初三人接到通知，立即搭乘一艘花尾渡轮，从三埠赶赴广州。

到广州后，他们住在东山梅花村。从各地来的代表都被安排住在这一带，开会地点就在梅花村 32 号。这幢西式建筑原先是陈济棠的公馆。1949 年 7 月，蒋介石成立"国民党中央非常委员会"时曾在此居住。广东解放以后，中共华南分局的许多重要会议就在这幢小楼里召开。

中共广东省委第一次党代会在热烈的掌声中开始。党员代表们坐满两个相通的大厅，中共中央中南局代书记，中南军区副司令员、代司令员，华南军区司令员兼政委，广东省政府主席叶剑英的报告重点在于布置 1950 年度的工作。他阐明当前的工作任务是：安定秩序、团结人民、恢复生产。

叶剑英高兴地告诉大家，就在上个月，粤汉铁路修复并全线通车，同时，广州市人民法院成立，中国人民银行广州市分行成立。中国粮食公司广州市公司、中国百货公司广州市公司和中国信托公司广州市公司相继成立，这三家公司的任务是发展过硬经济，调节物资供应，稳定物价，领导与扶助私营经济。当时，隶属广东的海南岛尚未解放，广东境内还有三百多股土匪近四万人在活动，沿海岛屿与海防仍未平靖，军事任务吃重，同时还要恢复交通经济、筹备"土改"等，工作千头万绪。

叶剑英（右一）、习仲勋（右二）接见广州地区的领导干部，第一排左起依次为尹林平、范华、欧初[1]

叶剑英仪态威武，风度雍容，讲起话来虽然带着浓重的客家口音，却挥洒自如，广东人听起来尤感亲切。

欧初回想起 1937 年，自己在广雅中学读高中时，叶剑英到学校演讲。那次演讲中，叶剑英称广雅中学是"抗战的大熔炉"，他要向"革命青年，致以革命的敬礼"。此时，在党代会上，叶剑英也反复强调了统战工作的重要性，即制定政策不仅要听党内同志的看法，还要注意征求党外人士的意见。"听人说话要用两只耳朵听。"中华人民共和国成立初期，广州市是中央直辖市。中共华南分局管辖广东、广西等地区的工作，叶剑英作为中共华南分局一把手，身膺重寄，同时兼任中共华南分局统战部部长。自西安事变以来，叶剑英长期协助周恩来从事统战工作，积累了丰富的经验，又熟悉广东的历史，他对统战工作的观点有理有据，让人听得心服口服。

---

① 图片由欧伟明提供。

第二章　探寻崛起路

在以叶剑英为首的广东省、广州市政府中，有许多党外人士担任高级领导职务。曾任孙中山警卫团团长、大元帅府参军的无党派人士李章达位列省政府三位副主席之一，同时兼任广州市第一副市长，排名在中共负责干部朱光、梁广之前。经叶剑英提议，老资格的同盟会会员丘哲先后担任广州市副市长、广东省政府副主席。担任省市重要领导职务的民主人士、起义将领还有张文、张酥村、李洁之、曾天节等，这些党外人士有职且有权，有时党内召开会议，叶剑英也都通知李章达参加，一同作出重要决策。

欧初领悟到，中华人民共和国成立后，统战工作的重要性并不比抗日战争时期有所降低，虽然身边有些同志并不这样认为。

这次党代会结束后，欧初回到江门，"土改"开始了，中央人民政府委员司徒美堂在开平的产业、亲属受到冲击，中共华南分局特地指示担任粤中专署副专员兼开平县委书记的欧初，要采取措施对其加以保护。

之后，欧初被调往粤西，兼管湛江的财政与统战工作。其时，湛江和全国一样，开启了社会主义制度下基础设施建设、工农业生产建设的新模式，也开启了计划经济的运行模式。1952 年 8 月，中国人民解放军林业工程第二师到达湛江，开始粤西垦殖工作。10 月，湛江机场修复，湛江至广州的航线恢复通航。这一年 6 月，湛江西营区（后改称霞山区）开始实行花生定产定购定销。此后，食糖也被纳入统购统销之列。1953 年 4 月，湛江第一个社会主义集体经济的手工业合作社——西营机缝生产合作社成立。1953 年 12 月 19 日，中央人民政府政务院决定建设湛江港、黎湛铁路和遂溪空军机场。

忙碌中，欧初和容海云再次享受了家里添加婴儿的欢乐。1953 年底，容海云在湛江市第一人民医院分娩。

"快看看，快看看，是个漂亮的女娃娃！我说得没错吧！"

当医院负责接生的妇科主任肖毅把小小的女娃娃抱到欧初和

容海云跟前，他俩都忍不住喜泪盈眶。终于又有了一个女儿，他们要好好珍爱这个小宝贝！

"女儿就叫小云吧，让她像母亲一样美丽和优秀。"

原来，肖毅是陈明仁的夫人。共和国的开国上将陈明仁，早年跟随孙中山东征北伐，是著名的抗日虎将。解放战争后期，陈明仁率部起义。中华人民共和国成立后，他担任中国人民解放军第55军军长。1952年底，陈明仁将军驻防湛江，妻子肖毅在湛江市第一人民医院做医生，湛江历史上第一个妇产专科就是由她组建的。

欧初一边端详着女儿精致的小脸，一边与陈明仁夫妇聊天。欧初夫妇在感谢"送子观音"肖毅之余，也和陈明仁将军成了好朋友。

现在，伟明不光有弟弟，还有妹妹，他成了大哥哥了。伟明懂事地跑到妈妈跟前说，他一定会当好这个大哥的。

伟明还记得，没过多久，他们又搬家了。爸爸妈妈带着他们搬到了广州。

1954年初春，欧初奉调离开粤西，赴广州担任中共中央华南分局办公厅副主任。1955年6月，华南分局奉命撤销，成立广东省委，欧初转而担任中共广东省委副秘书长兼办公厅主任。

欧初又回到了自己出生和成长的城市。广州，烙印着欧初的城市乡愁，也烙印着欧初的文化基因。

春回大地，祥和温暖，广州人花了很多心思让鲜花开满自己生活的这座城市。1954年开始，每逢春节，广州各大公园相继举办各种主题的花卉展览，而全市的花展都有一个固定的名称——"羊城迎春花会"，它们与传统的广州花市一起，成为一年一度的民间盛会。

华南虽是台风频繁的地方，但不管风雨多么频繁，广州始终是一座花城，它以岭南特有的方式繁育着旺盛的生命，四季飞花，千姿百态，郁郁葱葱。

第二章　探寻崛起路

八十回眸之三①

山河百战任前麾，正是春回大地时。

国瘁百年黔首恨，人当三十壮心驰。

焚膏继晷艰筹笔，筚路蓝缕事建旗。

况是同袍吾较少，奋蹄八极又何辞。

---

① 欧初写于 2001 年。

第二节 勤政珠岛

·
·
·
·
·

东山小岛位于珠江河畔，南侧相隔一条小河道就是二沙岛，再向南是主航道，北侧另有一小河汊与陆地相隔。小岛面积不大，但草木葱茏，清静幽雅，又有江流之胜。小岛四面环水，进出通道不多，易于部署警卫。因此，中共华南分局的行政部门就在小岛上建成了一号楼、三号楼招待所，原有的称为"船屋"的建筑改称为二号楼。后来，广东省委机关的这片区域也因为这个小岛而泛称为"珠岛"。

每天早晨，欧初去中共华南分局办公厅上班之前，都会和全家人一边吃早餐一边听新闻。打开收音机，似乎每天都能听到让人振奋的消息。

1956 年 6 月，中国运动员第一次打破世界纪录——陈镜开以133 公斤的成绩打破了最轻量级挺举的世界纪录；1957 年 11 月，郑凤荣打破女子跳高世界纪录；1959 年 4 月，容国团获得第 25 届世界乒乓球锦标赛男子单打冠军。

1956 年 7 月，中国第一批自主制造的汽车——解放牌汽车正式出厂。1958 年 11 月，中国第一艘万吨远洋轮"跃进号"下水。

1957 年 1 月，中国第一台模拟式电子计算机在哈尔滨研制成功。1959 年，中国研制成功 104 型电子计算机，运算速度达每秒

1 万次。

1956 年 8 月，1957 年 2 月，1959 年 2 月，中国先后与阿拉伯叙利亚共和国、斯里兰卡和苏丹建交。1956 年 9 月，中国和尼泊尔两国政府签订中尼保持友好关系协定。同年 12 月，中国和缅甸两国举行边境人民联欢大会。

1958 年 5 月 7 日，在苏联第一颗人造地球卫星于 1957 年 10 月发射之后，毛泽东主席提出："我们也要搞人造卫星。"

1959 年 9 月，中国发现了大庆油田。

…………

多快好省，大干快上，几乎成为第一代中国共产党领导人的集体意识。身为广东省委副秘书长兼办公厅主任的欧初，每天不是忙着传达中央的指示精神，就是忙着汇报省里贯彻落实的情况。

1962 年斯里兰卡总理班达拉奈克夫人（前排招手者）访问广州，陈毅（右二）、陈郁（右一）等与群众一道欢迎斯里兰卡客人①

---

①　图片由欧伟明提供。

党向全中国人民提出了一个又一个发展国民经济的五年计划，决心使中国不光要在工农业生产上实现高产，也要在能源、交通建设上实现自主，还要在科学技术上赶超世界一流，更要在国际上获得更多的承认。这些努力有的效果是立竿见影，有的影响则是细水长流。

欧初在广州见到了与他"神交"多年的何贤。抗日战争期间，欧初领兵珠江纵队第一支队在五桂山开展抗日武装斗争，曾在澳门开展统战工作，使部队得到澳门爱国人士的支持，与欧初交往密切的重要人士中，何贤显得既特别又传奇。

中华人民共和国成立后，对何贤影响至深的柯麟回到广州，任中山医学院院长。柯麟后来到北京工作，何贤回内地参观访问，欧初就成了何贤与共产党建立长久关系的重要联系人之一。

1956年7月30日，何贤以澳门中华总商会理事长的身份，向广州市文史研究馆捐赠图书39箱共7 300多册。

欧初特地赶来表示感谢。两人双手紧握，何贤说："我们这对'神交友'今天终于见面了！"

欧初："神交友，走，我请你到陶陶居饮茶，听粤曲。"

何贤的老家就在广东番禺，他平日最喜欢喝茶和听粤曲。两个老朋友一见如故，相谈甚欢。

何贤说："你们共产党人的为人实在令我敬重。同时我也觉得，要搞好澳门人的生活，要令澳门生意繁荣，无论如何都要同共产党交往。"

欧初对何贤经常回番禺祭祖很是赞赏，他也建议何贤，现在内地正在大力发展工农业生产，何贤回乡的时候可以多与家乡的干部互动，了解乡亲们有什么困难，需要哪些帮助，那就是实实在在的支持。这次见面之后没多久，何贤就给番禺的乡亲们捐了三千元办信用社，还捐了五艘机帆船、三台卡车、两台拖拉机、一个水电站，用于发展农业生产。

何贤（前排右四）在番禺和家乡的干部实地探讨发展农业生产事宜①

　　1961 年 10 月 12 日至 17 日，何贤和崔德祺率领澳门业余音乐曲艺团一行 32 人来到广州作旅行演出，欧初再次见到了何贤。其时，何贤从 1956 年起，已连续多年当选为全国人大代表。他的眼界更开阔了，对欧初则越发敬重。

　　欧初担任广东省委副秘书长和办公厅主任以来，几乎每天早上 6 时前后，家里的电话铃声就会响起。省里的书记或省领导大多是在每天 5 时许醒过来，考虑一天该做的工作，然后便打电话给欧初作具体安排。这日，天刚亮，欧初全家人就听到门外传来熟悉的声音："欧初同志起床了吗？"

　　原来，省委书记（当时没有第一书记）兼省长陈郁就住在欧初家隔壁，他每天起得最早，经常想起什么事情就直接来喊欧初。这会儿，欧初已经走出客厅，把院门打开，等着陈省长那熟悉的脚步声了。

　　陈郁原籍广东省宝安县。他参与领导过 1927 年的广州起义，1930 年当选为中共中央委员，次年成为政治局委员，到过苏联学习，解放战争时期在东北工作，此后担任中华人民共和国首任燃

————————

① 图片由欧伟明提供。

料工业部部长、煤炭工业部部长，是老资格的革命家。1957年，广东省委请求派陈郁回广东担任省委书记兼省长，获中央批准。此刻，他用南北口音混杂的普通话对欧初说："欧初同志早啊！我没把你吵醒吧？"

欧初把陈郁让进院子："陈省长，早起身体好啊，每天有您在我门前喊一喊，我已经习惯早起了！哈哈哈！"

陈郁站在院里的树下，直接、干脆地向欧初嘱咐要抓紧办妥的事情："昨天，广州棠下农业生产合作社获得农业部增产模范奖的正式文件下发了，我们要第一时间向全省通报，做好宣传。"

当时，全国上下都在贯彻勤俭建国、勤俭办企业、勤俭持家、勤俭办一切事业的精神和"多、快、好、省"的方针，努力增产，厉行节约，争取超额完成第一个五年计划。棠下农业生产合作社就是一个很好的典型经验。

陈郁接着又说："国务院有了明确指示，禁止各地商业部门自行采购计划商品。你起草一个《关于加强国家计划商品市场管理的通知》，下发各个地市。"

欧初对陈郁说："好，我上午就布置棠下经验的宣传，然后把市场管理的通知送交给您审阅。"

1954年11月，毛泽东主席来到广东，在广州主持召开中央工作会议，修改和审定发展国民经济的第一个五年计划。此时，广东的工作由中共华南分局代书记陶铸主持。欧初负责会务安排与接待工作，他对当时会议的情况印象非常深刻。欧初看到，站起来的中国人民是多么不愿意再见到"落后就要挨打"的局面。

第一个五年计划的主要任务有两点：一是集中力量进行工业化建设；二是加快推进各经济领域的社会主义改造。

这一期间，朝鲜战争加剧了东北亚的紧张局势。以美国为首的资本主义阵营没有放弃颠覆中国的企图，中国周边的战争威胁并未消失，如何快速发展经济、巩固新生的社会主义政权成为第一代中国共产党领导人最为关心的问题。

欧初担负着繁忙的工作，包括组织群众横渡珠江①

　　1958 年 4 月初，毛主席在广州主持召开中央政治局扩大会议，研究全国工业建设问题。4 月 30 日下午，毛主席在广东省委第一书记陶铸、广州市市长朱光等陪同下视察了棠下农业生产合作社。当天晚上，毛主席马不停蹄到广州文化公园参观农具改革展览会，了解广东农业在耕耘、水利、水产、土壤、肥料等多个方面的情况。这天的活动，欧初都是安排者和见证者。毛主席到达农具改革展览会的时候，已经是晚上 11 时，但毛主席依然精神奕奕，对各种新型农具尤其感兴趣，看得兴致勃勃。

　　陈郁分管工业，他先从自己最熟悉的煤炭工业入手开展工作，亲自带领欧初、省委工业部副部长廖似光、省燃料厅厅长汤光礼以及数名技术人员考察粤北南岭山区的煤矿资源，发现不少煤层值得开发，其中还有燃烧值高的烟煤，并决定支持几家濒临停产的煤矿扩大生产。南岭煤矿位于数省交界处，个别煤层延伸到湖南省境内。陈郁出面与湖南方面协商，请求将湖南境内特定小片区域划归广东。湖南省的领导慨然答应，陈郁马上派欧初代

---

　　①　图片由欧伟明提供。

表广东前往湖南办理移交手续。由此，南岭煤矿持续开采多年，有效缓解了"北煤南运"的困局。

除了处理日常工作，欧初还要应付许多突发事件，忙得不可开交，常常工作起来夜以继日，把休假日当工作日过。

陈郁的夫人袁溥之经常当着欧初的面数落陈郁："你自己没有孩子，可是他们有孩子呀！你可别占用他们太多节假日啊。"

陈郁听了只是轻轻一笑。其实，他向来关心下属，而且特别喜欢孩子。

欧初一家从美华北路4号搬进被称作"珠岛"的广东省委大院，住在美华中路8号。几个孩子时常跑进隔壁陈老伯伯家的院子里玩，陈郁夫妻一见到，就邀孩子们进来玩，他们二老没有孩子，都很疼爱欧初的几个孩子，喜欢跟孩子们聊天。

欧初（后排左五）1959年陪同陈郁（后排左四）视察粤北南岭煤矿[①]

---

① 图片由欧伟明提供。

孩子们也很喜欢陈老伯伯，喜欢问陈老伯伯很多问题。伟雄就经常有好些奇怪的问题，比如"为什么炼钢的高炉要砌在学校的操场上"等，他刨根问底，问得爸爸答不上来，陈老伯伯也答不上来。

八十回眸之四①

政令清明百族和，承平终见止干戈。
喜看田野翻金浪，快听黎元击壤歌。
旰食宵衣兴大业，励精图治改山河。
莫教风雨摧初蕾，珍惜前功自不颇。

---

① 欧初写于 2001 年。

第三节　兴大业中的困惑

:
:

伟雄一直很好奇，为什么炼钢的高炉要砌在学校的操场上？

当时伟雄在八一小学上三年级。有一天，操场上砌起了一个小高炉，全校在炉前开大会，学校号召同学们参加大炼钢铁活动，赶美超英。放了学，伟雄就和几个小同学满街满巷去捡废铜烂铁。回到家，他跟爸爸妈妈报告，说这是老师布置的任务，每个同学都要带废旧铜铁交给学校。

欧初说："那就按老师说的做。"

伟雄有点为难："捡不到废旧铁丝怎么办呀？"

欧初就领着两个儿子去拆铁门，拆窗户上的铁枝。哪怕今天交一点，明天交一截，全家都要完成捡铁枝的任务。

他明白，大炼钢铁是空前规模的群众运动，领导要带头。1957 年 11 月，国内出现了"以钢为纲，全面跃进"的口号，要用十五年左右的时间在钢铁等主要工业品的产量方面赶上和超过英国，钢铁生产指标越提越高。新闻媒体公开宣布，1958 年钢产量目标为 1 070 万吨，比 1957 年翻一番。各部门、各地方都要把钢铁生产和建设放在首位，为"钢元帅升帐"让路。各级党委第一书记挂帅，大搞土高炉土法炼钢。

这段时间广东省委书记处下设两个办公室，分别由一名省委副秘书长主管。杨应彬主管的第一办公室管农业，由赵紫阳、张根生等领导；欧初主管的第二办公室管工业，由陈郁、文敏生、刘田夫等领导。

欧初有写日记的习惯，1958 年下半年，他在本子上记了这么几件事：

9 月 21 日，今天我被邀请参加广州市委召开的干部大会，部署钢铁生产。会议动员全党全民全力以赴支援广州重型机器厂、广州造船厂、广州钢铁厂、八一钢铁厂四大炼钢重点单位。

9 月 25 日，今天，广州钢铁大军按军事组织正式成立。广州市委的领导分别担任这个大军的军长、副军长、政委和副政委。

10 月 1 日，今天的国庆集会也是动员大会，省、市 20 万人在越秀山体育场举行集会，庆祝中华人民共和国成立 9 周年。陈郁省长和朱光市长在会上号召全省、全市人民鼓足干劲，做好三件事：大炼钢铁、大办人民公社、大建民兵。大会向 6 个民兵师和各个团授旗，进行民兵检阅。场面很震撼，事前做了充分的安全保障，整个过程很顺利。但我发现有好些同志很累了。

11 月 1 日，今天广州全市出动 50 万人昼夜炼钢，名为"炼钢卫星日"。我仔细看了一下，炼钢技术很原始，再悄悄了解到，炼的都是钢渣铁渣的多，到底钢和铁有什么区别？隐隐有点担心。

欧初夜以继日地忙了好几个月。这天晚上，他比平时早了一点回到家，阿妈和容海云一见到他，马上给他端来吃的。欧初这才想起来，自己还没吃晚饭。

欧初吃着饭，说："还是阿妈做的饭香！"

阿妈怜惜地看着眼皮浮肿的儿子："你天天在食堂吃双蒸饭，小心熬坏了身体。"

欧初对阿妈说："妈，我没事！"他又问坐在一旁的妻子："我们家不用做双蒸饭吗？米够不够吃？"

欧初的母亲李珍以坚毅和慈爱支持儿子工作。摄于 20 世纪 60 年代的北京①

　　容海云说："老欧，我和妈早就学会做双蒸饭了。"

　　欧初明白了，这碗实实在在的白米饭，是妈妈和妻子专门做给自己吃的。家里人口多，已经有一段时间在吃双蒸饭了。1956年 2 月，小儿子伟建出生，全家一共有 8 口人。孩子们都在长身体，粮食够不够？孩子会不会营养不良？他不由得担心起来。

　　阿妈马上接上去说："阿云的妈妈昨天从新会带了好些米和莲藕来，家里有好多好吃的。家里的事你就放心好了。"

　　欧初感激地看了容海云一眼，没再说什么。

　　双蒸饭就是在饭蒸好之后，揭开锅盖，洒上水又蒸一次。双蒸饭十分松软，不需要咀嚼，从感觉上要比单蒸饭容易饱肚子。其实双蒸饭就是水分多，饱得快饿得也快。这是三年困难时期，为了解决饿肚子问题的一种权宜办法。

　　第二天，欧初回到办公室，签发了《关于贯彻中共中央立即

---

　　①　图片由欧伟明提供。

开展大规模采集和制造代食品运动的紧急指示的工作安排》，批转各地市。

过了没多久，全省许多地方都在推广"双蒸做饭法"，推广制造小球藻、人造肉精、叶蛋白等粮食代用品和营养代用品。

中华人民共和国成立后，中共中央面对领导经济建设的全新课题，走上了一条艰难的探索之路。全民大炼钢铁运动造成人力、物力、财力的极大浪费，严重削弱了农业，冲击了轻工业和其他事业，造成国民经济比例失调，"大跃进"运动的冒进导致了全国性的粮食和副食品短缺。

1956 年，根据广东省委指示，欧初组织调查小组，到肇庆专区调查自由市场的情况。他把调查所得资料写成一份报告送交广东省委，总结了开放自由市场的若干好处。刘少奇于 1957 年 3—4 月到广东视察经济工作，听取了广东省委的专项汇报，除省委主要领导外，欧初与省委秘书长陈越平也在座。这次汇报，引用了欧初那份报告的数据与观点。

欧初在当天的日记中写道："少奇同志听了汇报之后表示，'自由市场对我们有利，可以暴露我们的缺点，补充国营商业的不足，方便人民。社会主义搞计划只能搞大的项目。凡我们计划不到的，自由市场就可以钻空子。我们可以用经济办法进行竞争，领导自由市场，逐渐把计划工作做得周到一些。'少奇同志还说：'以前我们主要是搞阶级斗争，现在阶级斗争已经基本上结束。今后党和政府的主要任务就是管理经济。在经济管理方面，各地出现过许多有益见解，值得总结提高。'"

1960 年底，广东省委召开干部会议，会议检查了当前工作中存在的问题，认为存在的主要问题是：一些农村刮"共产风"严重，工业生产高指标，基建战线太长，企业管理比较混乱，原材料、粮食、副食品、日用工业品供应紧张，浮夸作风广，干部与群众关系比较紧张。会议确定：今冬明春要继续贯彻"调整、巩固、充实、提高"的方针，工业应向高、尖、精、新发展，要在保粮、保生活的基础上保钢，多搞煤和原材料工业，支援农业的产品要保证，安排好出口产品；缩短基建战线；要全面组织人民的经济生活，整顿基层组织和干部作风。

为了总结三年经济困难时期的经验教训，毛主席在广东视察期间，深入一线搞调查研究。1961年2月13日，毛主席抵达广州后，接到了中央赴广东调查组的《调查纪要》。《调查纪要》是调查组赴新兴县里洞公社和南海县大沥公社调查后写出的。该纪要指出，新兴县里洞公社是由两个经济水平相差较大的合作社合并后的新社，实行平均主义严重挫伤了群众的积极性。《调查纪要》提供的情况和分析，引起了毛主席的重视。3月15日至23日，毛主席在广州主持召开中央工作会议，主要研究解决农村工作的"农业六十条"。"农业六十条"的出台，确定了以生产队为基本核算单位的公社新体制，部分地克服了人民公社体制内生产队之间和社员之间的平均主义，使全国农村工作、农业生产和农民生活逐渐走出低谷。

1963年8月，欧初再次率领一个小组完成了一份商品流通调查报告，指出计划经济的某些弊病。报告举例指出，北京分配到广东的物资，全部沿京广铁路运到广州重新分配，因而分到粤北工业重镇韶关的物资，又要沿京广铁路倒运回韶关，费时误事，浪费运输资源。与此同时，杨应彬率领的小组调查交通状况，得出类似结论。两份调查报告一并上报，引起广东省委重视，随即决定开展一次改善商业、交通、经营管理的活动，由欧初带领一个小组在韶关试点，然后在全省铺开。活动收到了一定效果。

在此前后，陈郁与欧初一起到邻近香港的宝安县南头调研，提出恢复生产传统出口产品，同时根据省委领导的指示精神，推动加强基层供销社建设，扩大商品流通网络。

1962年10月，欧初调任广东省人民政府秘书长，后来又兼任广东省商业、交通改善经营管理小组组长。当时运输手续十分烦琐，严重影响流通速度，浪费运力，各地区、各部门对此不满，要求省政府出面解决问题。

欧初组织了两个调查组，重点调查水上运输，一个组随珠江轮船公司江门船队的驳船长航，另一个组随博罗县物资局驻广州调拨组办理水管托运。

调查结果表明，货船进出港口要办 19 道手续，停港超过 80 小时，托运两吨铁水管竟然要花 14 天。欧初为两份调查报告写了"按语"，作为急件发出，提请有关部门切实整改。

急件发出才几天，当时在广州的全国人大常务委员会委员长朱德就通知欧初，去小岛招待所见他。

朱德对欧初说："《随船日记》和《托运水管见闻》我看过了，这个问题抓得好。"

朱德认为，船运环节确实太多，如不认真改，对生产、流通极为不利。

1963 年 10 月 27 日，欧初向广东省委送交了一份调查报告，反映韶关专区改革粮食购销方法，推行以奖售粮顶抵公购粮、余粮队与缺粮队挂钩供应，改变过去购销分家的做法，群众到国家仓库来回运粮所费劳动力从而大大减少。省委主要领导在这份报告上作了批语，广东省委随后发文，要求全省推广韶关的做法。

一天，欧初独自一人走出省府大院。这几年，他逐渐养成一个习惯，遇到颇费思量的事情，就会独自走出大院去散步，好让纷繁的思绪慢慢捋清楚。一株高大的木棉树出现在欧初眼前，木棉花簇簇鲜红，像一团团的红云，让他心头不由舒展开来。

原来，欧初的老战友吴有恒在中华人民共和国成立后也脱下了军装，担任广州市委副书记。1958 年，欧初得知，吴有恒被下放到广州造纸厂，感到愕然。打过几次电话过去，吴有恒都不愿意接。

这两天，欧初作了一个下基层的安排，来到广州造纸厂附近的南石头。他向工厂的门卫说，有事要来找车间副主任吴有恒。门卫显然对吴有恒非常敬重，连忙进去通报。终于，他见到了一身工装的吴有恒。两人沿着厂道边走边聊，还是像从前一样无拘无束。

广州市海珠区的南石头一带，远离市区，乡村味很浓。门前小院，鸡鸣犬吠，树木参差，稍往南行便是田埂小路，水田里栽种着绿油油的西洋菜。

吴有恒说，自己在这里和工人们相处得很融洽，自己也得了空闲来思考一些问题，比如：我们为什么忽而要反保守，忽而又要反冒进？忽而要反"左"，忽而又要反"右"？

欧初问："你想出答案了吗？"

吴有恒摇摇头："没有，想不出来。"

欧初像是自言自语地说："这段时间，我重新读了《实践论》《矛盾论》《资本论》《哲学笔记》，还有黑格尔的《小逻辑》和老子的《道德经》。老子说，合二而一。我的理解是，矛盾对立面的统一，一方面是互相对立的，一方面又是互相联结的，并不是'非此即彼'的。我在想，我们可不可以在实际工作中尊重对立统一的辩证法，比如：普遍真理与具体实践相结合，革命热情与务实精神相结合，减少一些工作中的绝对性和片面性呢？"

吴有恒沉默着，若有所思。

两人继续向前走了一段。

临分别时，吴有恒告诉欧初，自己正在写一部小说，主题是当年华南游击队通过武装斗争，巩固和扩大革命根据地的故事。

"欧初，我这个是不是叫作'闲'与'不闲'的对立统一呢？"

"哈哈，老兄，你果然厉害！快把它写完给我们老哥们看。"

第二章　探寻崛起路

怀念毛主席①

导师襟度海难量，喜满云山菊正芳。

一再嘘寒问姓字，几番嘱勉守规章。

重光赤县非凡绩，长记昌言有异香。

今日党风欣整顿，共期国运耀光芒。

---

① 欧初写于 1986 年。

第四节　梅花山月总相宜

⋮

果然，没多久，欧初就得知吴有恒完成了长篇小说《山乡风云录》。他用文学的形式再现了自己在南路打游击的故事。欧初马上去找了一本新书带回家，和容海云一起细读。夫妻俩都被小说吸引了。小说把华南山区一支小游击队活动和成长的故事作为一条主线，有形象，有血肉，有文采，有情节，有细节，战争岁月的风云被写得多姿多彩、气象万千。岭南山区的美丽景色，曲折复杂的斗争，立刻重现在眼前。

"好怀念当年那些战友啊，老吴也真是一个讲故事的高手。"容海云感慨道。

欧初非常同意："这个已经不是一般的战斗记录，而是具有艺术风格的文学作品了。"他想起了当年在五桂山自己和杨子江他们一起创作演出话剧《精神不死》的往事。

欧初马上给吴有恒打了电话，祝贺他新作成功。

吴有恒告诉欧初，自己无心插柳，没想到大家这么喜欢这个故事，下一步自己还会把它改编为话剧，粤剧团也来约自己改编。

"太好了，你的话剧和粤剧上演，要第一时间通知我去看！"

欧初越来越深地感受到，文化本身具有一种特别的力量。

1984 年 1 月 15 日欧初（右三）在广州吴有恒家中和吴有恒（左二）等畅谈粤中地区的战斗史实和他的小说创作①

中共中央在 1956 年 4 月的政治局扩大会议上，提出了文艺"百花齐放、百家争鸣"的方针。毛主席提出，百花齐放、百家争鸣，应该成为我国发展科学、繁荣文学艺术的方针。

"双百方针"在文艺界和科学界引起了强烈反响，人们的眼界开阔了，思想活跃了，学术文化等部门显示出生气勃勃的景象。

当时，广东在博物馆、美术馆的建设方面几乎是空白。1957年，广东省委和省政府决定，筹建广东省博物馆，把近年来广东在考古方面的斐然成绩展现出来，以广东历史文化、艺术、自然为三大主要陈列方向，地址定于广州市文明路 215 号中山大学旧址。博物馆要收藏展示哪些文物和艺术品，必须由专家作出专业鉴定。

谁来负责这项工作呢？担子落在了对艺术收藏都有所了解的广东省副省长魏今非与广东省委副秘书长兼办公厅主任欧初肩上。

欧初自幼喜欢中华古诗、国画和书法。在广州市第二中学读

---

① 图片由欧伟明提供。

初中时，每逢假日，欧初就会跑去逛上下九。有时候，天还没亮，他就跑到西来初地趁横墟，蹲在地摊上，对着那些摆卖的小物件，一看就是半天，碰上特别喜欢、价钱又便宜的，就用自己积攒的零花钱买下来。有一次，他听人说广东省国民政府教育厅厅长谢瀛洲先生的书法很了不起，就起了要一睹风采的执念，硬是托人请谢先生写了一副对联，拿回家欣赏个不停。那时候，爸妈都知道，阿尧长大以后是要写字画画的，并没有想到他中学没毕业就去扛枪打仗。是啊，谁想到呢？国之不存，无以安家，书画收藏更毋庸谈起。

当生活环境稍微安定一些，可以存一些钱了，欧初就会跑去古玩店寻访书画，乐此不疲。

他一开始就定下规矩：收藏要高要求、高起点。宁愿多买一些好画，少买两件衣服。结果头一次出手就花了半个月的工资，也就是 45 元，买了一幅齐白石的《虾》。随后，他利用工作余暇进一步深入研究字画，除了在广州文德路各个古玩店寻访书画外，还经常利用外出开会办事的闲暇时间，徜徉于北京琉璃厂、上海广东路等文物市场，披沙拣金。

中华人民共和国成立后，欧初经常负责接待、安排首长和外宾的参观项目，广东全省却没有一个博物馆拿得出手。他心里很明白，了解一个地方的过去和现在是从博物馆开始的。有了博物馆、美术馆，人们可以通过文物与历史进行对话，穿越时空的阻隔，俯瞰历史的风雨，这是维系中华民族团结统一的精神纽带，也是对一个地方的历史的重要见证。

公务繁忙中，欧初时常骑着自行车在广州的大小马路上跑。偶尔，在抬头低头之间，他心中会出现这么一个念头：什么时候自己生活的这座广州城也能变得更有文化气息呢？

1956 年 9 月 10 日，广州文化公园举办鉴藏家捐献图书文物展览，展出乐笃周、顾丽江、余若枫、邓义同、容庚、黄子静等人捐献的珍贵图书文物。连续好几天，欧初都在那里流连。他和好些鉴藏家结为朋友，一有机会就向他们请益。他与中山大学的文字学家、书法家容庚教授交情最深。

与同代知识分子相比，容庚的学术生涯极富传奇色彩。他幼年家境贫寒，在家乡东莞读完中学后便随其四舅父邓尔雅学习古文字及篆刻，对古文字、青铜器产生浓厚兴趣。1922年，他考入北京大学研究所国学门，跳过大学阶段直接成为研究生，尚未毕业就出版专著《金文编》，奠定了其学术地位。毕业以后，他先后任教于多所大学，成为蜚声海内外的古文字学权威学者。

容庚告诉欧初，别人编古文字字典时用的古字，通常看着拓本临写而成，这样难免渗入临写者的笔风。而他在《金文编》中用的古字，全由摹写得来，即将薄纸置于拓片或影印本上，一笔一画照样描。这样更接近古字的原貌，然而不知要多花多少工夫。凭借其深厚的古文字学造诣，容庚的书法成就达到很高境界。欧初观赏过他1927年为金息侯写的一副篆书对联"朝于大学，夕于小学；古有经师，今有人师"，写得端凝稳重、安详典雅，而当时他才25岁。

欧初（右）在中山大学中文系教授容庚（左）家里做客[1]

---

① 图片由欧伟明提供。

容庚生活俭朴，将余资用于购置书籍文物，一来供学术研究之用，二来为国家与社会保存文物。他曾得到一件战国铜戈，上面只有一个鸟篆体的"用"字，却令他欣喜若狂。他将自己的书房命名为"用斋"，还请他的舅父邓尔雅题写了斋名。后来，容庚知道欧初也喜欢铜器，就将这件铜戈及邓尔雅这一书法作品转让给他。

一次，欧初取一册经邓尔雅题签的簠斋辑《古玉玺印》请容庚题跋。簠斋是清代大收藏家、金石学家陈介祺的号。容庚写了一篇365字的长跋，除了分辨册内印拓的玉印与石印，还系统考证了其中赵飞燕印的流传经过，书法高雅超逸，文字明快流畅，的确是一篇好文章。容庚知道欧初喜爱吴大澂的篆法，便以吴书"虑澹物自轻"相赠。

"这本来是一副对联的下联。上联是'识物鉴亦洞'，失去了，只剩下下联。送您也好。"

欧初捧在手上，如获珍宝。

容庚接着又拿出一件说："也罢，您这么喜欢，我再赠您一本《董其昌行书册》。"

另一次，欧初又上门向容庚请教，临要起身告别时，容庚把他叫住，取出一副王士陵对联，笑着说："这是好东西，给您藏着，但您不能白白拿去。这样吧，您要留下7元钱。"

欧初赶紧掏出7元钱，容庚把对联递给欧初，然后拉起他往外走，说："好，咱们一起出去吃饭。今天我做东！"

这顿饭吃下来，容庚就花了将近20元。

欧初身边越来越多这样一些有着真性情的知识分子朋友，包括关山月、赵朴初、启功、黎雄才、许麟庐、张君秋、李可染、张葱玉等。

1958年，为了筹备广东省博物馆，欧初和魏今非专程去上海拜访谢稚柳、唐云等一批书画家。谢稚柳是全国鉴定古书画的顶尖权威，国家文物局组织的中国书画鉴定组成员，后来任全国古代书画鉴定组组长。唐云收藏极丰，他的藏品包括字画、紫砂壶、砚台三大类，还有古砖、红木家具、烟斗等。

被魏今非、欧初的诚意打动，谢稚柳帮助广东省博物馆鉴定过许多字画，唐云曾向广东省博物馆捐赠南宋《伏虎罗汉图》、石涛绢本《荷花》、徐天池纸本《竹石图》等，都是极为难得的珍品。

1959 年 10 月 1 日，广东省博物馆及其所辖的广州鲁迅纪念馆正式对外开放。时至今日，广东省博物馆馆藏的古字画、古陶瓷两类文物，在数量和质量上都名列全国博物馆的前列，展现了广东省博物馆海纳百川、古今并包的风格气度。

欧初对古书画的迷恋，从他与国学大家们的交往开始，一发而不可收。遇见十分喜爱的字画，他也不惜倾囊选购一二。有一次，他出差到湖南郴州，与湖南省有关部门商谈完煤炭供应的事宜后，便在空暇跑到古旧市场上寻觅，花了 3 元买了一幅罗聘的《竹石幽兰图》。因广州裱工欠佳，欧初就转请上海博物馆装裱名师严桂荣先生重裱。这一下花了 270 元，90 倍于画价，而且超过了他一个月的工资。

为了心头之好，节衣缩食也要买下来。他的这个爱好，容海云已经慢慢接受了，默默地支持他。而容海云对粤剧的爱好，也牢牢地放在欧初的心里。只要一听说有好的剧目，欧初就会腾出时间，陪容海云去剧场一起看。

粤剧那慢悠悠的曲韵，文绉绉的唱词，丝丝缕缕，传到欧初和容海云耳边，钻进他们的心田。欧初从童年就读八和小学那时起，每天从銮舆堂前走过，少不了耳濡目染，早已对广府人的这门戏剧艺术喜爱有加。

1955 年底，著名粤剧艺人马师曾、红线女从香港回到广州，成为文化界一件大事。中华人民共和国成立后生机勃发，各项事业欣欣向荣，吸引了大批在海外的科学文化界人士回归。马师曾、红线女艺名久播，热爱他们的戏迷遍布中国华南、港澳地区，以及南洋各国。他们刚一回来，广东省委就派欧初负责安排他们在广东迎宾馆作专场演出。

广州西关銮舆堂[1]

原名邝健廉的红线女 12 岁开始学习粤剧表演，三年后加入马师曾剧团，很快成为"正印花旦"。她一方面继承粤剧唱腔，另一方面努力吸收其他剧种及西洋演唱技巧，形成独特的艺术风格，很受粤剧观众欢迎。此外，她还主演过《慈母泪》《我是一个女人》等多部电影。

1955 年，红线女随马师曾从香港回到广州。1957 年，她凭一曲《荔枝颂》，赢得匈牙利世界青年联欢节一等奖。她与马师曾合作的《搜书院》《关汉卿》等优秀剧目，开创出粤剧艺术的新境界，并先后拍成电影。

1962 年夏天一个晚上，广东省委请周恩来、陈毅、聂荣臻、贺龙、罗瑞卿等到广东迎宾馆小礼堂，观看粤剧表演。节目单是由欧初审定的。当天表演的剧目只有两个，一是马师曾主演的

---

① 本书作者摄影。

《屈原》片段《天问》，二是红线女与罗品超表演的《花园对枪》。马师曾的健康状况一直不好，此后不久发现罹患喉癌，不到两年便溘然长逝。在迎宾馆的这次演出，成为马师曾一生中最后一次登台。

马师曾去世的消息，令万千海内外的粤剧迷万分痛惜。何贤就是其中一个。自此之后，一有红线女的新戏上演，他绝不肯错过，尽管过海关手续烦琐，他也经常想尽各种办法从澳门到广州来看戏。

两年后，吴有恒把《山乡风云录》改编为粤剧，参与创作和主演的正是红线女，她扮演英姿飒爽的游击队队长刘琴，惟妙惟肖，获得观众的交口赞赏。1965 年，广东粤剧团把这部现代粤剧带到北京演出，让广东粤剧在全国观众面前"火"了一把。

惠爱路的东乐剧场，欧初、容海云夫妇和何贤、陈琼夫妇一起，带着轻松的笑容先后落座。看着生动百变的红线女，用娴熟得令人叫绝的唱做念打，把华南游击队的故事演绎在舞台上，何贤对欧初说："女姐真了不起，敢于突破传统，不但能演古代的小家碧玉、宫廷贵人，还能演现代革命女性，而且这么有气质、有风韵。戏路宽广啊！"

欧初点头认可："是啊，她把刘琴的正气凛然演得很活，很多评论认为她是得益于毛主席给她写的信，鼓励她要'活着、更活着、再活着，变成劳动人民的红线女'。"

何贤听欧初这么说，笑了笑，又想了想，说道："这也是有一定道理的，刘琴有可能是女姐的一个里程碑呢！"

欧初若有所思，心想：红线女能演好小家碧玉，还能演好革命女性，本来风马牛不相及的两种人物形象，在她身上和谐统一起来，可见，艺术有它的对立统一规律。世界万物，再对立的两面也是可以合二为一的吧。

无 题①

开来继往挺千姿，多少辛甘只自知。

泼墨淋漓春在手，梅花山月总相宜。

---

① 欧初写于 1988 年。

第五节　晴雨东山

⋮

1962 年 10 月，欧初调任广东省人民政府秘书长。1963 年，欧初一家从省委大院迁出，搬到广州东山农林上路二横路 2 号。这是一个独门独院的老房子。

广州的潮湿季节特别长，天天闷热得有如初夏。忽一日风雨交加，又凉飕飕的了；雨停了，雨意还滞留在空中，柔白的湿云笼罩着东山的一栋栋小楼。偶然探出院墙的白兰花，白得单纯，白得朴素，又带着浓烈的香气。

这段时期，党内出现了是否承认阶级斗争存在、是否要继续进行阶级斗争的两种思想的交锋，提出了"以阶级斗争为纲"的口号。

1965 年 2 月 9 日，广州三万多名贫下中农代表在越秀山体育场召开大会，提出走社会主义道路，反对走资本主义道路。这样大规模的贫下中农大会是广州解放以来的第一次。广州市人委随后发出通知，禁止饲养白鸽和三鸟，所有活的鸡、鹅、鸭、白鸽统统被赶出了广州市区。

为了"彻底清除一切旧时代遗留下来的反动封建迷信史迹的毒素"，在"大破一切剥削阶级的旧思想、旧文化、旧风俗、旧习惯，大立无产阶级的新思想、新文化、新风俗、新习惯"的口号下，广州的古海遗迹、南海神庙、九曜石、海瑞牌坊被撤销了原有的文物保护单位。广州大佛寺等寺庙和 14 个教堂的各种神品被烧毁。广州市饮食公司决定把带有"封建迷信和半殖民地色彩"的菜肴、糕点名称全部改换掉。广州的照相馆在拍结婚照时，取消借用"结婚礼服和头纱"业务，改为只借用中山装。广州的一批老字号纷纷改名，平安大戏院改为前进剧场，华侨大厦改为东风大厦，陶陶居改为东风楼，永汉路改为北京路，长寿路改为曙光路，朝天路和米市路改为朝阳路。理发店取消了烫发，放香水、发油、发蜡项目。广州的饮食业实行"自我服务"，顾客一律必须自己端茶取饭。

越来越多看似荒唐、实则悲哀的事情不断发生。

为什么建设时期要采取这种极端的措施？在疑虑、困惑中，欧初默默地自我消化着，执行着他该做的公务，因为那是他的职责所在。尤其是他所分管的统战与外事工作，更不能掉以轻心，接待工作无小事。

李宗仁的回国，正是由欧初负责接待。1965 年 7 月，曾担任国民党政府代总统的李宗仁与夫人郭德洁从美国归来。广州是他们的第一站，稍作停留后，再到上海和北京。

李宗仁在广州的逗留时间只有两个小时，如何让李宗仁第一时间就感受到回归祖国怀抱的温暖呢？

"广州的美食最出名，最有特色，李宗仁祖籍广西，我们可以用粤式早点来接待他们。"

欧初的这个接待方案得到了一致通过。

李宗仁一行抵达广州时，广东党政负责人陶铸等已经在白云机场迎接，并以粤式早点盛情款待。

当李宗仁夫妇尝到久违了的萝卜糕、及第粥、猪肠粉后，对在一旁作陪的欧初连声说："好味道，好味道啊！"思乡之情溢于言表。

短短的早餐时间过去，李宗仁一行即重新登机北飞，经上海飞到北京。周恩来先在上海迎接李宗仁等，然后又乘坐专机，比李宗仁等早 20 分钟起飞，先行赶到北京机场，主持隆重热烈的欢迎仪式，这令李宗仁夫妇深受感动。李宗仁在北京住了数月，受到毛主席等多位中共领导人接见。

这是一次顺利而成功的接待。

1966 年 1 月，李宗仁、郭德洁等再次来到广州。广东省党政领导人分别两次宴请李宗仁一行。

宴请当天，李宗仁一行早早地来到解放中路的广东迎宾馆，欧初已在此等候多时。李宗仁很熟悉广东过去的情形，对广东解放后的发展十分关心。欧初介绍说，广州解放前钢年产量只有一万五千吨，最先进的设备只有一座两立方米的电炼钢炉；而到 1965 年仅广州钢铁厂一家企业，钢产量就达三十万吨，此外还建成广东重型机器厂、茂名石油公司等大型重工业企业。

李宗仁等不断点头，盛赞广东经济发展迅速。

搬家到东山后的一天，欧初骑着一辆飞腊牌二手自行车从省府大院回家。虽然单位有公车安排，但他还是习惯自己骑车上下班。

"阿妈把这小花园打理得真是生机勃勃！"欧初笑着走进院门，只见院内铺展的花草有齐膝深，璀璨地亮成一片，在一片阴霾中勃发出盎然的春意。

1965 年，中国第一颗原子弹引爆成功，这直接影响了伟明的专业选择（第二年他参加了高考）。

伟明考上了哈尔滨军事工程学院的潜艇专业。哈军工，是中华人民共和国成立后创办的最高军事学府，当时的番号为"中国人民解放军总字 943 部队"。伟明很自豪。

报到那天，欧初和容海云把伟明送到先烈南路的原广州军区第一招待所。

爸爸妈妈一起来送自己，这让伟明太惊喜了。在他印象中，爸爸工作一直很忙。临出发，妈妈还掏出一件礼物，原来是一支英雄牌金笔！这对伟明来说，太贵重了。妈妈对他说："儿子，你这么爱读书，考上这么好的学校，不要说送一支墨水笔给你，就是送一件天上有、地上无的'水笔墨'给你，我们也愿意啊！"

同一年，二儿子伟雄从广雅中学的初中部考上了华南师范学院附中的滑翔特训班。这个孩子对所有的科目都很有兴趣，而且很好动，向往飞到天上。1966年，他顺利通过各项严格的考核，成为一名空军飞行员战士。欧初和容海云决定，就放他出去飞一飞吧。

孩子们成长得好，当爸妈的比什么都高兴，尤其是在这样政治风向忽晴忽雨的环境下。

大儿子伟明从小就习惯了谦让和俭朴，懂得给弟弟妹妹带好头，从他开始，伟雄、伟模、小云、伟建五兄妹，个个穿的衣服几乎都是奶奶亲手缝制的。容海云在广东省供销社工作，她在家里把更多的时间放在儿女们的教育上。她让几个孩子懂得，做一个好学生首先要爱读书、求上进。她留意到，书柜里面很多古典名著都被孩子们偷偷拿去看了。《红楼梦》《三国演义》《水浒传》，还有托尔斯泰的《战争与和平》、小仲马的《茶花女》、伏尼契的《牛虻》等，书页都被翻折了，容海云心里暗自高兴。伟明和伟雄都先后考上了欧初的中学母校广雅中学，而且都有参军的志向。

在这期间，欧初尽管工作忙碌，但他的心情是愉悦的。因为一回到东山的这栋小楼，温馨的家里就接连传出了令人高兴的消息。

一家人都没有想到，他们马上要经历的，是中华人民共和国历史上最动荡的年月。

尽管对形势变化做好了一切心理准备，但是变化之快，仍然令欧初始料不及。

1966年5月，"文化大革命"运动如暴风雨般席卷全国。到下半年，广东省委、省人民委员会的日常工作被冲得七零八落，局面失控。许多家庭被抄家，"牛鬼蛇神"们受到各种人身侮辱。

第二章　探寻崛起路

几个月中，欧初俨然成了"救火队长"，忙得焦头烂额。广东省委、省人民委员会领导对外要应付"革命大串联"来到广州的大批红卫兵，对内要接受机关内部造反派的批判，还要设法为各专区、县市解决一些必须而又有可能解决的问题。

许多领导干部被迫"靠边站"，政权机关形同虚设。接待红卫兵成了重要的工作，其他领导不便出面，只好决定由省委秘书长张根生、副省长罗天和省人民委员会秘书长欧初三人，借珠江边长堤广州市人民银行金库作办公室（因中央规定红卫兵不能冲击金库），负责接待来自全国各地的红卫兵。

红卫兵中绝大多数是大学、中学在校学生，还有个别小学生。"文化大革命"开始以后，这批"革命小将"意气风发，理所当然地觉得真理在自己手里，他们提出的问题与要求，无论如何不合理，都不容拒绝。

欧初努力地试图解释，往往遭到呵斥，有些脾气不好的红卫兵甚至出手推搡。欧初只好"端正态度"，耐心对待，希望早日恢复正常秩序。

可是，1967 年元旦之后，形势依然一片混乱。1 月 22 日，广东省委被夺权。欧初清楚，广东省人民委员会也将很快被"夺权"。

1967 年 1 月 23 日晚，机关革命群众通知罗天、赵卓云和欧初到省人民委员会礼堂参加大会，以便接受批判。开会后不久，一名 20 岁出头的红卫兵昂然走到讲台中央，他身穿一套旧军装，肩上背一个军用挎包，打着赤脚。他对欧初等几位省领导说："现在，我们夺权了！你们必须老老实实交代问题，彻彻底底交代问题，接受改造。"

会后，欧初被迫签字"交权"才能回家。

欧初还未到家，一群红卫兵已经涌到欧初家附近，可是不知道欧初家门牌号码，便逐家敲门大叫："欧初在哪里？欧初在哪里？"

欧初的家人闻声大吃一惊，马上猜到欧初可能被机关造反派放出，却又要落入外来红卫兵手中。欧初 11 岁的小儿子伟建马上翻过后墙，跑到路上拦住爸爸。欧初的母亲李珍十分镇静，从大门出去，穿过满巷的红卫兵，走到马路上。

20世纪60年代欧初一家曾经在广州东山的农林上路二横路2号居住①

　　这时欧初正扛着铺盖走到家附近，突然见到母亲快步走过来。她背对红卫兵，连续向外挥手，欧初马上会意，转身迅速离开。欧初走得很快，母亲追了几个路口才追上欧初，问欧初打算去哪里。

　　母子俩商量后，欧初决定暂时躲在欧初的堂叔欧坤家。欧初这位堂叔是老工人，广州解放时护厂有功，被评为劳动模范，上北京见过毛主席。他因患眼疾，早早退休，不太受外界关注，住处也很僻静。欧初就在他家住了一段时间，等到局势稍为平静，欧初才回家住。

　　在家，也并无安宁可言。被造反派"揪出来"以后，欧初被不时打上门来的各路造反派要求交代问题。

　　家里正在住着的二楼，被"革命委员会"强迫腾出，把房间分配给别家人住。

　　割裂，震荡，心力交瘁，百思不得其解。

---

　　① 本书作者摄影。

让欧初得到无言慰藉的，是院子里那棵白兰花树。虽然历经风吹雨打，但它总是那样旺盛茂密。

八十回眸之五①

青红皂白不容分，强下指标假作真。

玫瑰有香嫌带刺，诤言规善误批鳞。

卞和献玉终疑璞，马氏优生祸及身。

所憾奉行缘势禁，至今深自悔因循。

---

① 欧初写于 2001 年。

第六节 西村风涛

....

一阵寒风骤然吹来，欧初被人强推上一辆车，送到了西村监狱——广州警备区监护所。

到底为什么要被关在高墙之内？虽然对此早有心理准备，欧初也一直想告诉自己这不是真的，而监狱的高墙就在眼前，没有人告诉他触犯了哪条法律，也没有人告诉他要在这里待多久，他已经完全失去了自由。

牢房的日子是屈辱而无聊的，欧初问了自己无数个为什么，他努力地在这段空闲里回忆过往，希望从这些回忆中找出答案。

这一年的年初，广州和外地来的群众组织一万多人，在越秀山体育场举行"粉碎资产阶级反动路线新反扑大会"，强令中南局、广东省委、广州市委负责人参加大会，"听取批评"。大会还勒令中南局、广东省委、广州市委"当权派"在"造反派"的监督下，切实做好接待工作。

随后的数月，广东省、广州市军民 25 万人在越秀山体育场、广东省人民体育场、广州文化公园、中苏人民友好大厦（后来的中国出口商品交易会举办地）广场、宝岗体育场五个会场举行"坚决打倒党内最大的走资本主义道路当权派誓师大会"和游行。其后，中南局，省、市委领导人及文艺界人士多次被各群众组织批斗和揪斗。欧初因为在当权派身边工作，却没有向"造反派"

交出检举揭发材料，自然成为被揪斗的对象。

4月14日，周恩来总理在中山纪念堂向广州地区的群众组织作报告，号召搞好团结，办好中国出口商品交易会，让领导干部出来工作。

到7月下旬，两派群众组织"红旗派"和"东风派"在中山纪念堂吉祥路一带发生冲突，造成重大伤亡，成为"文化大革命"以来广州地区第一次大型武斗。广州地区的交通运输处于瘫痪状态，大量物资积压在黄埔港口，无法调运。随后，全市公共汽车全线停运，交通陷于瘫痪。广州市各区中小学大部分停课，学校的公物被损坏，学生纪律松散。

8月，周恩来总理在北京人民大会堂多次接见广州地区的群众组织代表，再三提出迅速恢复和安定广州秩序的紧急措施。

"文化大革命"期间的欧初①

此时，欧初已经被迫"交权"，看着整个社会秩序处于混乱状态，既着急，又揪心，却很是无奈。

---

① 图片由欧伟明提供。

如今，欧初身陷囹圄，唯一可以看的书是《毛泽东选集》，每天也有固定的集体读报时间。欧初让自己潜心阅读，同时反复思考一些问题。他很想知道，这所有黑白颠倒、英雄变为"牛鬼蛇神"的原因到底源于何处？

一种公开的声音在反复强调，这是由两条路线斗争产生的结果，承认与不承认阶级斗争，是两条路线的根本分界线，这本身就是你死我活的阶级斗争与路线斗争，中间不存在任何调和的可能性。非黑即白，非此则彼，不是你赢就是我胜，而这一切的对错都关系到党与国家的生死存亡。

真是这样的吗？

欧初内心的声音在大胆地反问。

他看到，全国各地区的工人组织组成了数十万人的工宣队，进驻"上层建筑各个领域"。各个工厂在"狠批两条路线斗争推动工厂斗批改"中，把"工时定额制""职工考勤制""部件专人检验制"等制度当作"反革命修正主义企业管理路线"和"不合理的规章制度"，统统予以废除。他看到，全国各地的农村实行粮食供给制，收回自留地和开荒地。小农经济被认为是产生资本主义的温床，所以要割它们的"资本主义的尾巴"。农民养几只鸡，或者种一些菜到市场去卖，就是资本主义，就得没收或处罚。所以，许多地区的农村规定，一户农民只能养四只鸡。如此一来，许多农民一年忙到头，全家人的肚子都填不饱。他看到，广州市红卫兵"东风派"在游行时与"红旗派"发生冲突，由于发生武斗，生产陷于停顿，广州市国民经济发展计划的执行受到严重影响。1968 年、1969 年，广州市经济状况继续恶化，生产下降。

革命的目的是什么？是让人民过上富足的生活，如果起到了反效果，我们是不是该存有怀疑？

欧初推开面前的报纸，走到牢房那小小的窗户旁，望着窗外那一小方天空。

天空有时是灰灰的蓝。那片蓝隐在水汽后面，一堆一堆的云像梦幻的小山。那山顶上坐着几个小小人，那是他的儿女们，旁边有他的爸妈和妻子。无法见面，无法联系，家里的每一个人都让他牵肠挂肚。分别的时候，谁也没料到，他会就此失踪；谁也没料到，那天的见面可能就是最后一面。

前一段时间，欧初已经被当作"走资本主义道路的当权派"而"靠边站"，他预感到自己将面临更加严酷的形势。有人被"监护"，其实是被"专政"的消息不断传来。

在此之前，欧初已经尝过被隔离的滋味。1967年初，"造反派"夺了广东省政府的权。随即，"造反派"将欧初留在办公室，随时批斗，逼着欧初"交代问题"。欧初失去人身自由，没完没了写"交代"。欧初统计过，这些交代文字总数已经超过一百万字。

欧初自问没有什么严重的问题，心中坦然，该吃就吃，该睡就睡，而且他一人睡就鼾声如雷。开始几天，"造反派"以为欧初故意大声打鼾以示对抗，便推醒欧初厉声斥骂，后来发现欧初并非使诈，只得随他去睡。关了一段时间，造反派之间的攻击越演越烈，再无精力去管欧初，不得不放欧初回家。此时有人立即将欧初的行踪通知了红卫兵。欧初还未到家，一群红卫兵已经涌到欧初家附近。那段时间，欧初已经习惯"造反派"会随时闯入家里，命令欧初"交代问题"或"接受教育"。

这天，他们又一次闯进欧初家里，把欧初直接带走。欧初就这样也被"监护"起来。

在这西村监狱，欧初看到了好多熟人，其中多数是省委、省政府领导及各部门负责人。与欧初同一个号房的就有省委候补书记张根生、省委宣传部副部长李超和省参事室第一副主任莫雄。

莫雄突然见到欧初，十分惊讶，马上把他拉到一边，小声问："怎么你也会进来这里？"

欧初无话可答，只好摇头苦笑，反问他："你又是怎样进来的?"

莫雄说:"晚饭后,我坐在院子里乘凉看报纸,突然闯进来几个红卫兵,硬拉我走。他们不但没有传票,甚至连一张'手令'都没有。"

这时,张根生、张云也走了过来。原来,被"专政"的都是一帮老同事、老朋友嘛。

张根生问欧初:"你坐过国民党的监狱吗?"

欧初说:"我参加革命不久就一直打仗,只有战死的机会,没有被捕的可能,因此从来没有坐过牢。"

张根生闻言若有所思,点点头低声说:"没想到今天竟然会坐共产党的牢。"

西村监狱的号房很小,每间不过十多平方米,却摆满上下两层的架床,住 20 个人。被"监护"期间,欧初最头痛的是每间号房只有一个便桶,想解手往往要排队等很久。幸好每天早上允许到牢房外散步"放风",他才有机会呼吸新鲜空气,还可以借机会见见熟人,偷偷交谈几句。

李超身处监房仍不忘说俏皮话。他说:"从现在起,每坐一天牢,我就在墙上画一道痕,不然就忘记总共坐了多少天。"

欧初抬头看着天空,天空有时乌云密布,电闪雷鸣,天上似有数不尽的黑色公牛在来回奔突。

西村,曾是欧初的母校广雅中学的校址。一条马路之隔,自己成了"阶下囚"。

1969 年 10 月,广州市革委会将原广州市局处级以上领导干部共 86 人,分两批送往韶关市九里亭集中劳动、审查,实际上都是监禁。直至 1971 年冬,方有人被"审查完毕",准予离队。

这时,欧初的内心就会激荡起一种奋发的欲望。他想飞出窗口,飞向自由的天空。他感到,在未来的某个时空,他可以做很多自己想做的事。于是,他对监牢内的屈辱淡然处之。

从被关进西村起,欧初完全失去人身自由。家人一直以为欧初关在黄华路的省党校旧址，欧初母亲就带着小云每隔一两天带些香皂、手纸等日常用品，央求门前的警卫转交给欧初。

欧初母亲说，只要他们肯收下，就说明欧初还活着。

欧初举头凝视着窗外那一小片天空，一动不动地看上老半天。从那云卷云舒中，他仿佛看到了心中至爱的木棉花，随着心的颤动而悄然绽开。欧初总觉得，那宇宙间的花开花闭就如命运的竖琴，无言弹奏着人生的秘密。

此后不久，"造反派"和"革命委员会"为欧初等人设立了"专案"，把他们转移到韶关等地，以后又送到"五七干校"，作为"牛鬼蛇神"被革命群众监管。除了干农活，他们还要没完没了写"检讨""交代"，而且时常被批斗。

1970年国庆节，专案组宣布：可以允许欧初回家三天，但必须遵守三条规定，一是不准随便上街，二是不准与亲戚朋友联系，三是如果妻子当时也离家受"监护"则不准通知妻子回来。

直到1974年欧初被"解放"，分配到粤北的英德茶场工作，才获准回家探望，这时欧初与妻子容海云已经分别整整六年了。

高围无法逾越，栏栅仍然紧锁，但欧初的思想却在不断自省中突破了禁锢。

八十回眸之八[①]

风横雨暴乱乾坤，造反声嚣不忍闻。
时势无从论黑白，英雄忽尔变蛇神。
计画时壁囚图圄，炼狱车轮战晨夕。
地老天荒前日事，红羊劫后万家春。

---

① 欧初写于2001年。

第七节　英德茶场时代曲

⋮

欧初离开广州西村后，作为被审查的"走资本主义道路的当权派"，被"102 专案队"押送到粤北韶关十里亭监禁。然而，荒山野岭的劳改农场，繁重的体力劳动，践踏自尊的批斗，并没有销蚀欧初的意志。

1969 年，位于广东省韶关市十里亭镇北郊的黄岗，有 101、102、103 三个专案队。101 队专管中共中央中南局被审查的干部，102 队专管广东省被审查的干部，103 队专管广州市被审查的干部。这些领导干部有的是因历史问题，有的是因"文化大革命"中的问题，不停地写"交代材料"，同时接受"劳动改造"。

一年之后，欧初和许多被整肃的对象一起来到英德"五七干校"。

毛主席同意在全国建立"五七干校"的初衷，是担忧"走资本主义道路的领导人，是已经变成或者正在变成吸工人血的资产阶级分子"，所以"这些人是斗争对象、革命对象，社会主义教育运动绝对不能依靠他们"。

1966 年 5 月 7 日，毛主席发表"五七指示"。随后，全国各地竞相仿效黑龙江省柳河"五七干校"建立干校。这类干校一般选址在偏远、贫穷的农村；去干校的人无论资历深浅、级别高低，所有人都叫"五七战士"。他们中间有机关干部、大大小小的"走资派"、科技人员、大专院校教师、"反动学术权威"……他们不分年龄、性别，统统按照军队编制，由军宣队或工宣队管理，过军事化的生活，出工、收工，必须整队呼口号，唱语录歌，参加野营拉练。他们的学习内容是体力劳动：种田、挑粪、养猪、做饭、挑水、打井、盖房……要求自食其力。

欧初在这里一边参加体力劳动，一边写材料"交代问题"。英德位于广东省中北部，到处都是石灰岩山，石灰岩适合茶树生长，所以被开辟成为茶场。英德茶场原是中华人民共和国成立后广东规模较大的一个劳改农场，以种茶为主，也搞牧副业，这里曾经集中了几千名劳改犯进行劳改。然而，为了适应广大干部"下放劳动""重新学习""改造"的需要，茶场成为省直机关、事业单位下放干部劳动的"五七干校"，变成一个集中几千名干部、知识分子进行劳动改造的大学校，变成"造反派"继续审查揪斗所谓"走资派""牛鬼蛇神"的场所。

在挑粪、养猪、犁田、放牛的间隙，欧初内心充盈的思考却没有一刻停止。看着身边一个个违反人性与常识的图景，他的内心万分难过。社会秩序混乱，生产力下降到崩溃的边缘，国民教育的系统被毁坏，传统文化的根脉遭受重创，国家的前途、中华民族的命运堪忧啊！就算自己能独善其身，但以一己之力，对于整个大局又能起多大作用呢？

放眼青山，满目青翠，似乎正暗示着千万年来自然界的生命法则。人类社会要进化、发展，遵循的无非是一种最基本的发展规律，也就是常识和人性。不管在怎样的环境，就算是一个人，也要做最好的自己，也要最大限度地给身边的人以最好的影响。思索及此，欧初也就把个人的得失看淡了。面对艰苦，欧初多了几分从容与淡定。在这期间，欧初不愿意虚度时光，每日临池摹习《唐人写经》《颜勤礼碑》《礼器碑》《张迁碑》。

1972 年，欧初通过好友让家里辗转知道了自己在英德"五七干校"的消息，虽然所有信件必须经过审查，但终于与家里取得了联系，并慢慢得到允许与家人通信了。

在小儿子伟建的印象中，爸爸在英德"五七干校"期间，自从通信解禁，他就每周都给家里寄信，信封里装着他给每个人不同的信，收到信之后，他们就拆开贪婪地互相读信。每次收信的日子，就像过节一样。伟建曾跟着大哥伟明坐火车到韶关，再辗转来到始兴县消雪岭看望爸爸。

欧初一见到两个儿子，开心得不停地笑着，带他们上山疯跑、捉迷藏。伟建回来对奶奶说："爸爸在干校还是那个样子，没有变。"

二儿子伟雄正在北京的空军部队工作，欧初给伟雄的信都是先寄到广州的家里，再由家里转寄出去。他跟伟雄谈写诗，谈作画，也谈他记挂着的书画家朋友。伟雄通过父亲在信中的暗示，在北京探望了同样深陷困境中的赵朴初、李可染和许麟庐。

李可染是中国杰出的画家和诗人，齐白石的弟子。中华人民共和国成立后，李可染担任中央美术学院教授，"文化大革命"开始后，李可染一度被下放到湖北干校，被迫停笔。1972 年，在"批黑画、反击资产阶级黑线回潮"运动中，李可染的名作《阳朔胜境图》被指为黑画，遭受批判，原陈列于公共场所的李可染作品一律禁展。就在李可染苦闷的当口，伟雄从北京廊坊的空军驻地来到了李可染的家门前。

"师母！是我。"

李可染夫人开门见到伟雄，非常意外，因为他穿着一身整齐的空军军装。

"伟雄！怎么是你？都什么时候了你还来？还穿着军装？"

伟雄微笑着进了屋，毕恭毕敬地见过李可染大师，转达了父亲的问候。

患难见真情，李可染夫妇犹如寒冰中获得一个暖炉，深深为欧初父子的理解与赤诚所感动。

经历"文化大革命"初期的冲击后，容海云比欧初较早获得

"解放"，重新参加"斗批改"。她住在四会农村的农民家里，每天帮着挑水、煮饭、洗衣服，还到地里割禾。任务很多，她一边积极工作，一边记挂着孩子们。

1970 年 7 月 15 日，大儿子伟明收到妈妈从广东四会农村工作队寄来哈尔滨军事工程学院的一封信。

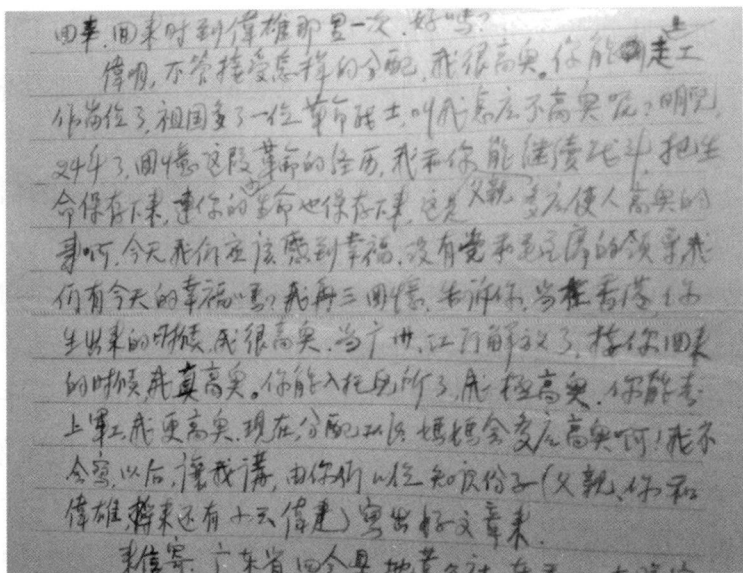

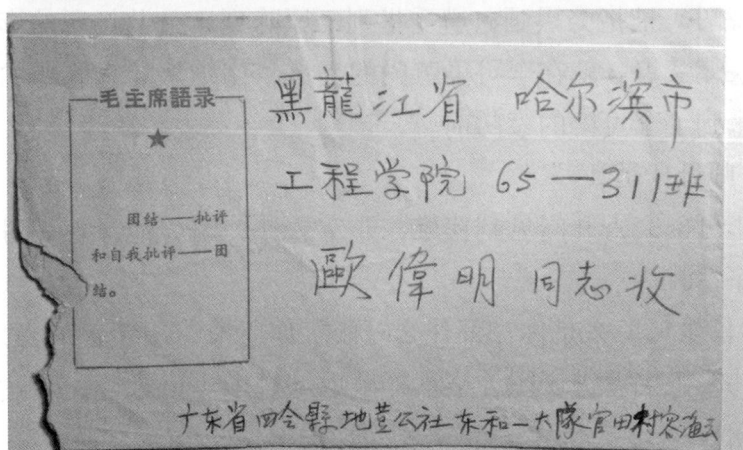

1970 年 7 月 15 日，欧初的妻子容海云给儿子伟明写的信和信封①

---

① 图片由欧伟明提供。

容海云在信中写道："伟明，你即将毕业，面临分配工作。不管分配到哪里，都要乐意接受，情绪饱满，心情愉快，积极工作。思想上不要有负担。凡做事不要单看到困难或不利，还要看到好处和有利条件，才不会失掉前进的信心和决心。……伟明，不管接受怎样的分配，我很高兴。你能走上工作岗位了，祖国多了一位革命战士，叫我怎么不高兴呢？明儿，24 年了，回忆这段革命的经历，我和你父亲能继续战斗，把生命保存下来，连你的生命也保存下来，这是多么使人高兴的事啊，今天我们应该感到幸福，没有党和毛主席的领导，我们有今天的幸福吗？我再三回忆，告诉你，当在香港，你生出来的时候，我很高兴；当广州、江门解放了，接你回来的时候，我真高兴；你能入托儿所了，我极高兴；你能考上哈军工，我更高兴；现在分配工作，妈妈会多么高兴啊……"

伟明一直珍藏着这封信。

欧初完全理解伟明的心情，也明白妻子的用意，在这个节骨眼上，给伟明这封信，就是让他要在当下的环境，做一个最好的自己。欧初又一次感到，妻子和自己是那样默契。

1974 年 1 月初，老母亲李珍病危，欧初得以准假，从粤北"五七干校"回家看望亲人。

自从他被监禁后，阿妈日思夜想，盼着儿子的消息，盼着儿子回家。一直如石沉大海般的无望和牵挂每天都在销蚀着老人家的健康，后来，终于有了欧初的消息，阿妈一直强撑病体，等着儿子归来。欧初回到家时，阿妈已在弥留之际。她留给儿子的最后一句话是："好好地生活，不要太忙了！"

阿妈合上了眼睛。欧初悲痛难禁，噙着泪水，细细地品味着母亲的这句话，轻轻为她穿上入殓的衣服。

匆匆办完后事，欧初又离家返回粤北了。

在那段赋闲的日子里，欧初发出一批信件，试图重新联系各地的老朋友。著名画家谢稚柳很快回了一封长信，为他重新工作感到由衷高兴。他特别提到，"弟之问题近始解决"，暗示他也曾被加以"莫须有"的罪名，以致身体状况转坏，心血管、视力都发生问题。但是，他主动提出，一俟视力好转，他与夫人陈佩秋一定再为老友欧初作画。

接着，另一位著名画家唐云也写了来信，他听说欧初业余开始学写隶书，特地托好友给欧初带了一本明拓本《石门颂》。这个拓本有清代书法名家杨岘的长跋，实属难得。

欧初（中戴帽者）在英德茶场期间参加网鱼，在劳作中寻找乐趣①

老朋友们的关心如同跨越时空的和风，拂去欧初心中的阴霾。后来，欧初开始学画，题材多为梅兰竹菊"四君子"、老来红以及荔枝等，一来是性至笔随，二来是寄情丹青翰墨。虽然没有师承，欧初却时常得到书画界众多友人的指点。上海的谢稚柳、唐云、程十发、吴青霞、钱君匋，北京的许麟庐、周怀民、邵华泽、张君秋、李可染、何海霞、刘继瑛、黄胄、袁晓园等，都对欧初多有指点。于是，欧初对提高艺术修养孜孜以求，乐趣

---

① 图片由欧伟明提供。

无穷。

1974 年，欧初被安排在英德茶场总部担任茶场革委会副主任。

经过前一阶段的思考积累，欧初觉得，应该充分利用目前条件多做一些有益的事情。

欧初首先想到的是茶叶。英德茶场漫山遍野都是茶树，在平缓的山坡上，茶树被修剪成低矮的灌木，以便于采摘茶叶。还在"牛棚"的时候，欧初就想，英德这片茶山本来就遍地是宝，将来有机会，要花大力气投入茶叶的研究，让英德以茶致富，造福当地的老百姓。

欧初推动茶场以广东省英德茶场的名义向广东省革委会提交报告，把广东省英德茶场茶叶科学研究所改建为省级茶叶科学研究所，即广东省农业科学院茶叶科学研究所，立足英德，面向全省，成为广东省最高的茶叶科研机构。后来，"英红九号"成为中国屈指可数的一个红茶品牌。

当时，英德茶场有一万七千多名主要来自广东的知识青年，一万名左右的"走资派"领导干部、知识分子和文艺工作者。欧初在"五七干校"的"牛棚"中，遇到了关山月、欧阳山、秦牧、红线女、罗品超、张悦楷、林兆明、陈碧娟等一大批优秀的文艺家。他们被打成"牛鬼蛇神"和"封、资、修"的艺术"权威"，下放到这里劳动改造。

当时文艺家们心理压力很大，大多数人都不敢练功、练声，但欧初发现，红线女却利用在茶山队上山养鸡的机会，对着鸡群反复喊："鸡——咕咕咕！鸡——咕咕咕！"她表面上是在喂鸡，其实她是在放声练嗓子。欧初暗自思量，要想办法保护这些文艺人才。

他提出，在英德茶场成立专人专责的"毛泽东思想宣传队"，合唱、舞蹈、小品、器乐各种文艺形式都要有，在全茶场范围内选拔文艺尖子，把入选的尖子正式调来总场，把"五七干校"中的文艺专家请来当宣传队的指导，抓好排练，参加省里的文艺会演或比赛活动。

黄海英是 1969 年 9 月第一批到英德茶场的广州女知青，她有一副天生的好嗓子，音域宽广，被选拔当宣传队的独唱队员和报幕员。

这天，欧初又来到宣传队看排练，一坐就是大半天。听完一首歌的排练，他和队员们闲聊："大家唱得太好了，我提议去参加全省的歌咏比赛，你们觉得怎么样？"

参加全省的歌咏比赛，就可以回广州一趟，队员们立即高兴得鼓起掌来。

欧初对着黄海英问："小黄，你有信心吗？"

黄海英大声地说："欧主任，我有信心。不但参加歌咏比赛有信心，参加其他项目的文艺比赛都没问题，全广东最拔尖的艺术家都在我们这里呢！"

是啊，有哪一个宣传队在专业上能比得上这个团队呢？这里有全国闻名的红腔艺术家红线女指导排练唱歌，有广东省歌舞团的陈碧娟教跳舞，指导排小品的是广东省话剧团的张悦楷、蔡传兴，著名画家关山月也指导过他们画画，真可谓实力超强。果然，他们到广州去参加广东省的文艺比赛，每次都能拿很高的名次。

欧初的声音浑厚洪亮，每当宣传队有合唱节目，他总是很乐意参加演唱。

他也特别喜欢听黄海英唱歌。这个小姑娘生性乐观，她的歌声有一种发自内心的热情、豪迈，听她唱歌，可以让人把忧郁、阴暗的情绪统统一扫而光。

那段时间，英德茶场的宣传队经常排练这首 1953 年由管桦作词、张文纲作曲的《我们的田野》。欧初经常和大家一起唱这首歌：

我们的田野，美丽的田野，碧绿的河水，流过无边的稻田，无边的稻田，好像起伏的海面。平静的湖中，开满了荷花，金色的鲤鱼，长得多么肥大。湖边的芦苇中，藏着成群的野鸭。风吹着森林，雷一样的轰响。伐木的工人，请出一棵棵大树，去建造楼房，去建造矿山和工厂。森林的背后，有浅蓝色的群山，在那些山里，有野鹿和山羊。人们在勘测，那里埋藏着多少宝藏。高高的天空，雄鹰在飞翔，好像在守卫，辽阔美丽的土地。一会儿在草原，一会儿又向森林飞去。

悠扬的歌声中，欧初仿佛看到，他所热爱的城市和乡村，正一步步摆脱各种藩篱和桎梏，重新展现出美丽的容颜。

牛背诗词之看牛读书①

山间独自放牛时，监管松时偷读诗。
日暮归来先检点，红书挂角免生疑。

犁田有感

横风急雨独犁田，负却春光瞬几年。
练得此身成铁汉，瘟神其奈赶牛鞭。

戏梦还家

昨夜梦还家，我妇在缝织。
踏车如有思，停机浑无力。
呼之急回面，宛似不相识。
一别忽三年，但怨风云黑。

---

① 以下组诗皆系欧初于1971—1972年写于始兴、英德。

清平乐·饲料房被困

饲房幽圄，往事思量处。屋外斜风飞冷雨，除却漏声谁语？

半生驰骋南州，鬓斑直傲霜秋。一念穹程尚远，漫因寒暑生忧。

采桑子·思量

迎秋丁未重回音，越是思量，转怕思量，家国安危系肺肠。

神州底事兴风雨，旧说红羊，又见红羊，历历前车鉴未忘。

改 革 风 清 扬

第三章

第一节　拼搏酬心曲

:::::

1977 年，欧初来到枕河而居、树木葱茏的新河浦合群三马路；走进广东省委大院，满眼的荷花，马上让他的心绪柔和起来；转过一个弯，则是当年自己最熟悉的红棉树，高高地挺立着，那种昂扬之气，让他精神为之一振。

自 1962 年从广东省委秘书长和办公厅主任的位置调任广东省人民政府秘书长，欧初离开珠岛，已经十五年过去。

欧初之所以来这里，是因为省委领导同志要在给欧初下达新任命之前，约他作一次谈话。他感觉，四周的空气似乎也在以他熟悉的频率和节奏流动着。欧初和领导谈了两个多小时。

此前，欧初已于 1975 年 7 月从英德茶场调回省里，先短时间任职广东省计划经济委员会副主任；很快，再调任广东省轻工业局党委书记兼局长，直至 1979 年 3 月正式调任广州市外经委主任。

邓小平同志主持工作以后，用他独特的方式，从整肃铁道部门开始，恢复生产，整顿科技，鼓励文艺发展，逐渐纠正"文化大革命"期间造成的紊乱和无序。

3 月，欧初参加了广东省和广州市联合召开的一个郊区区委书记会议，主要讨论如何加快市郊农业发展速度，搞好副食品生产，改善市场供应。是啊，人们口袋里都没有几个钱，即使有钱，也买不到什么好吃的。早几年，因为"割资本主义尾巴"，老百姓的温饱出现了严重问题。虽然刚刚恢复工作，但是作为省计委的领导，欧初还是马不停蹄地到各处召开会议，传达省委的精神，鼓励各地大力发展以养猪为中心的畜牧业，希望工业、商业、银行信贷部门和科研部门支援畜牧业的发展。

在一次广东省计委组织的地市计委主任会议上，欧初说："我们应该考虑调整工业布局，把现有的工业力量最大限度地组织起来，有计划地组织支农工业会战、原材料工业会战，大批量地上一些重要轻工业产品，大搞技术革新和技术革命。"

老百姓的日子要过好一些，就得把国民经济搞上去。然而，如此这般的会议议题却大行其道——"加强计划观念，按国家计划进行生产，反对自由种植，反对自由生产，必须将集体产品交售给国家，不上农贸市场卖高价。"

尽管欧初在努力着、期盼着，但总有这样或那样的条条框框在束缚他的手脚。

"反击右倾翻案风"的风浪又突然而至。周总理去世，朱德去世，唐山大地震，一连串大事接连发生，让人一直心情沉重。那天，欧初正在家里吃早餐。一阵让人心颤的哀乐从收音机里响起，接着，播音员播报了周恩来总理去世的噩耗。

"嘭——"欧初手上的杯子跌落地上，他不相信这是真的。半晌，眼泪顺着他日渐布满皱纹的脸颊流了下来。

周总理的音容笑貌立刻出现在欧初眼前。1959 年 1 月，周恩来总理和邓颖超大姐来从化小住，当时由欧初负责接待。周总理到周边农村了解农民生活，发现当地虽然温泉资源丰富，农民的洗浴条件却很落后，村里也没有一所幼儿园，学龄前儿童只能在家里待着。周总理马上提出建议，要在村中修建浴室和幼儿园。周总理伉俪还带头捐出了三百元现款，并请欧初跟进落实。不久，村里的浴室和幼儿园都建成了，全村男女老少欢欣鼓舞。

中华人民共和国成立二十六年来，周总理在经济、外交、教

185

育、国防、科技、文化各个方面可以说是大小事务一肩挑。来自各种因素的超负荷压力，使得早在 1972 年总理的健康状况就被推到了崩溃的边缘。但欧初怎么也没有想到，周总理突然就走了。

1976 年 9 月 9 日，毛主席逝世。欧初心情非常沉重。中国向何处去？我们向何处去？

十月春雷。1976 年 10 月 6 日，"四人帮"被打倒，"文化大革命"结束。

欧初（右）重新回到广州工作，与容海云（左）在农林上路二横路家中客厅合影①

---

① 图片由欧伟明提供。

第三章　改革风清扬

邓小平同志在叶剑英元帅等同志的支持下重新出来主持工作。

全党开始拨乱反正，全国都在"大干快上"。

1978 年，这是一个必须载入历史的时刻。4 月，习仲勋南下主政广东，先后担任省委第二书记，省委第一书记，省革命委员会主任，省长，广东军区第一政委、党委第一书记。

1978 年 12 月 18 日，中国共产党十一届三中全会召开，中国历史翻开了新的一页。

习仲勋以高超的政治智慧、丰富的革命经验、巨大的革命勇气，带领广东人民解放思想、大胆实践、开拓创新、奋力改革。

不久，广东省委领导与欧初相约作了两小时长谈。

"我还可以再干二十年！"欧初向领导明确表态。

这次谈话之后，欧初走马上任，从广东省轻工业局调到广州市委担任多个职务。他仿佛一下子年轻了十岁，他要追回那失去的十年！伟明记得，那年头听爸爸讲得最多的四个字就是：拼命工作！

1980 年欧初（左一）随同杨尚昆（右一）、梁灵光（左二）到广州市郊番禺检查工作[①]

---

① 图片由欧伟明提供。

欧初（左一）和杨尚昆（右三）等到广州市郊农村检查农业生产①

1979 年 3 月 24 日，广东省委决定，中共广东省委第二书记、省革委会副主任杨尚昆兼任广州市第一书记、广州市革委会副主任，同时任命薛焰、范华、林西、欧初为市委书记。

欧初到广州市委报到后不久，杨尚昆要欧初兼任市委秘书长，在他的领导下直接处理市委日常事务。

1979 年 6 月，欧初参加了一个青年积极分子大会。会议提出，要开展一个新的持久的学习文化、学习现代化知识的学习运动。

9 月，新学年开始，广州市中小学恢复升学考试制度。

整个社会重新意识到，要尊重知识、尊重文化，这是令人兴奋激动的新现象、新风气。而广州作为南中国的一个中心城市，除了有以保存文献书籍为主的广东省立中山图书馆之外，连一个可供市民自由阅览的图书馆都没有，欧初心里着急，觉得难受。

这天，欧初收到一个邀请，请他到广州农民运动讲习所出席"毛主席建国以来在广东的伟大革命实践"展览。

活动结束后，欧初一个人在农讲所四周参观。他很清楚，位

---

① 图片由欧伟明提供。

于中山四路 42 号的农讲所，是清代以前番禺学宫的所在地。番禺学宫创建于宋朝，明朝时作为祭祀孔子的文庙，曾是当地的最高学府。原学宫阔三进、深五进，大门是花岗岩雕琢的棂星门，各种殿堂组成红墙黄琉璃瓦的建筑群，古色古香。欧初来这里的次数当然不少，但今天站在这里，他有特别的感触。马路对面，是一所有名的中学，原称广东省实验中学，"文化大革命"期间改名为广州市第六十中学。最近，一批中小学校复名，它又改回原名，恢复为重点中学，中学毕业生们都在为刚刚宣布恢复的高考而重新进入勤奋拼搏的学习状态。

广州农民运动讲习所①

周遭的一切是那么宁静，空气中弥漫着清新的气息，偶尔传来省实中学生们的读书声、田径场上的训练口令声。欧初暗暗在想，如果中学生们知道学校对面就是开放的读书空间，他们会不会经常跑过来看书呢？如果自己可以重新回去当中学生，就一定

---

①　本书作者摄影。

不会放弃高考的机会。他想起了自己的女儿小云和小儿子伟建，由于高考被取消，一个到海南"上山下乡"，一个留城当工人。他们和同龄的整整一代年轻人都被耽误了，可惜啊！一定不能让他们再耽误下去了。他抬头看看高大的木棉树，在古老的"番禺学宫"石匾旁边，似乎瞬间经历了一次穿越古今的旅行。他激动起来，好像发现了一条小道，这条小道就是科学文化知识，它是人类才能拥有的。

广州农民运动讲习所的标志，原"番禺学宫"的石匾①

深呼吸，慢慢让欧初平静下来。他走到农讲所新址四层楼的"星火燎原"馆，走在宽敞明亮的大展厅当中，感受到一股浓烈的书香——如果在这里办一个图书馆该多好啊！他心里突然萌生了一个大胆的想法。

回到办公室，各种工作会议轮番召开。中心议题都是着重研究如何在党的十一届三中全会精神指引下，结合广州实际，化消极因素为积极因素，落实广州市委根据"广东先走一步""特殊政策、灵活措施"方针所提出的各项任务，建设好祖国的南大

---

① 本书作者摄影。

门，为实现四个现代化贡献力量。

30 多岁的廖克雄从广州市委信访办调来当欧初的秘书。

上班第一天，廖克雄就接到一件不寻常的任务。欧初下达的指示是：以他的名义，起草一封给广东省委书记任仲夷的信，提出广州市需要建一个图书馆，请求把中山四路农民运动讲习所的"星火燎原"馆用于建设广州市的图书馆。

廖克雄之前并没有当过秘书，要起草这样的信函，意义重大，马虎不得。他领命之后，立即开动，连夜加班，第二天一上班就把拟好的文件交给欧初。

"不错。"欧初只在上面改了一个字，就让廖克雄把信函发出去。

半个月后，任仲夷就批复："同意。"

1980 年 12 月，广州市委决定筹建广州图书馆。

"星火燎原"馆改为广州图书馆，后再改为广州少儿图书馆①

---

① 本书作者摄影。

1981 年 1 月，广州市文化局宣布广州图书馆筹备小组成立，同时宣布将"星火燎原"馆改为广州图书馆的决定。

1982 年 1 月 2 日，欧初应邀参加了广州图书馆的开馆典礼。他说："希望广州图书馆成为广州市民终身学习的场所。希望它能够为广州这座城市提供浓厚的文化氛围，营造崇尚知识、倡导文明的共同意识，提高整体素质，推动城市文化的发展与进步。"

在廖克雄的印象中，那些日子天天都在忙碌中度过。欧初每天都有很多文件要处理，由廖克雄装在一个大布袋里，下班的时候扛到欧初家里。灯下，欧初夜以继日，继续处理公务。第二天一早，廖克雄又来到欧初家里，把他批好的文件装回那个大布袋，扛回办公室。

在这些赶签的文件中，有广州市统战部门落实党的统战政策，为在清理阶级队伍时被诬陷为"国民党残渣余孽""反革命分子"的爱国人士彻底平反、恢复名誉；有重新审定公布广东省第一批文物保护单位，包括"文化大革命"期间被严重破坏的广州市内的一批文化遗址。

看着这些文件和材料，欧初经常会激动起来，猛地一拍桌子，喊道："如此不讲人性，不讲常识，天地不容啊！"而后，他又放下文件沉思，似乎想起了某些故人，想起了某些现在还没有条件做，但他一直放在心上的事、要做的事还有很多。

鹧鸪天·迎三十五周年国庆①

大地春回卅五年，重瞻赤县艳阳天。三中路线深筹策，四化征程竞着鞭。　　催改革，奋当先，精神物质并芳妍。何妨吟醉花前月，挹取南薰入管弦。

---

① 欧初写于 1984 年。

第二节　大厦比天宽

：
：

"铃铃铃——"欧初办公桌上的电话响起。

"喂，哪位？"

"欧书记，我是广州市饮食服务公司的小梁，上次您跟我们提出意见之后，我们觉得确实应该把传统的服务项目恢复过来。今天我们在北园、广州、泮溪三间酒家启动恢复勤巡台、勤斟茶、勤抹台和白饭、茶水、茶点、餐具送上台的'三勤''四上台'。请您来指导工作。"

"恢复过来就很好！食在广州，服务周到在广州，美食和服务是我们吸引顾客的优势，如果把优势当成资本主义尾巴割掉的话，顾客会被赶跑的。"

发展是硬道理。中国要发展，必须打开国门，实行改革与开放。1979 年 6 月，广州市委召开常委扩大会议，传达贯彻中央工作会议和广东省委四届三次常委扩大会议精神。会议提出要把广州市建设成为一个以轻工业为主，科学文化、对外贸易和旅游事业发达的社会主义现代化城市。

中共中央、国务院批转广东省委和福建省委《关于对外经济活动实行特殊政策和灵活措施的两个报告》。报告指出，两省实行对外经济特殊政策和灵活措施，使地方有更多自主权，把经济尽快搞上去，这是一项重大的经济体制改革。

1979年3月，杨尚昆安排广州市委书记欧初兼任广州市外经委主任。

4月中旬，春季中国出口商品交易会在广州举行，有104个国家和地区的客商参加了这届交易会。欧初提出，要贯彻"出口第一、进出结合、量出为进、进出平衡"的方针，并把开展对外加工装配业务中、小型补偿贸易作为一项重要的业务活动。本届交易会出口成交额比1978年春节交易会增长了28%。

当时，广州可供接待海外宾客的酒店只有东方宾馆、爱群大厦等寥寥数家，而且普遍设施落后，服务水准低。每逢春秋两季的中国出口商品交易会期间，更是一房难求。每次交易会前都有朋友找欧初帮忙订房，但有时他也无能为力。

"欧书记，可以帮我们订个酒店的房间吗？"

"东方宾馆已经订满了，我帮你问问爱群大厦还有没有吧。"

"实在是给您添麻烦了，我们好不容易请了外商过来，没有像样的酒店，不知道怎么办。"

欧初（前）在北京参加第七届全国人民代表大会[①]

[①] 图片由欧伟明提供。

摸着石头过河。中国共产党十一届三中全会决定，全党全国工作的中心转移到经济建设上来。广州酒店旅游业的落后状况，在一定程度上制约了对外开放和经济的迅速发展。建造自己的高档酒店，已是迫在眉睫的事情。但建造高档酒店的资金，少则数千万元，多则上亿元，当时的中国，财力状况还较难承担。

怎么办？中国有太多问题需要自己寻找解决方案。

为了找到解决办法，需要走出去，学习先进的经验，1978年，欧初带领轻工业部综合考察团，赴南斯拉夫与罗马尼亚两国考察。

两个东欧国家的环境都非常迷人，而它们通过利用美国、日本、西欧各国的资金、技术、设备，加速发展多种轻工产业，进而扩大出口的做法，更让欧初大受启发。

坐在行驶中的汽车里，欧初欣赏着布加勒斯特的街景，马路边樱桃树浓绿青翠，街心公园的玫瑰姹紫嫣红，住宅楼群的庭院草坪葱葱郁郁，阵阵芳香扑鼻。市区里有许多大型公园，到处都是喷水池、纪念碑和雕塑像。欧初一行专门参观了公园里一家规模较大的饭店，饭店备有各种各样的文化娱乐用品，每天都吸引着大量游客。他了解到，这家酒店初期引用外资建造和经营，合同期满后，酒店已经完全归属罗马尼亚。

我们能否也用引进外资的办法，在广州建造高水平的酒店呢？欧初越想越兴奋。

欧初一回国，人还没坐稳，就请梁尚立到家里来讨论工作。

时任广州市副市长兼广州市外经委副主任的梁尚立，是广东顺德人，他的父亲梁培基是粤港澳有名的制药商。1938年，梁尚立高中毕业后加入广东青年抗日先锋队，一直在党的领导下进行革命活动。中华人民共和国成立后，梁尚立长期担任广州市工商联的领导工作，改革开放初期，他担任广州市引进外资办公室（广州市外经委前身）副主任。

"来来来，老梁这边坐，尝尝刚摘下来的枇杷。"

梁尚立刚一出现在门口，欧初就拉他进屋，容海云捧出新鲜的水果上来。

欧初的家已经从农林上路搬到泰来路 18 号。这里环境清幽，枇杷、凤眼果树枝繁叶茂，容海云天天收拾园子，经常用摘下来的枇杷和凤眼果招待家里的客人。广州市委大院就在法政路，欧初上下班很方便，但他没有上班和下班的时间界限，天天忙得不可开交。

"欧书记，你把我请来，不会只是让我来吃你的枇杷吧？"

欧初走马上任没多久，就与梁尚立成了最佳拍档。梁尚立估计，欧初一定是又有了工作上的新想法。

"老梁，真让你给猜对了。我想问问你，能不能找到建酒店的投资者？"

欧初与梁尚立商量，准备先到香港找一些大企业家，寻求投资合作。

泰来路树木葱茏的园子①

---

① 本书作者摄影。

他们的想法得到了广东省委第二书记、广州市委第一书记杨尚昆的支持。很快，他安排时任广州市委书记范华、林西、欧初以及副市长汤国良、梁尚立等到香港访问，考察经济建设。

他们考察的内容很广泛，包括工厂、集装箱码头、股票市场、垃圾焚化炉等多种设施，还会见了李嘉诚、郑裕彤、胡应湘、董浩云等香港著名商界人士。"船王"董浩云当时正拟斥巨资开发大屿山，他们专程参观了这个工程。

香港的夜景，五光十色。一家外表低调的私人俱乐部里，聚集了超豪华阵容的企业巨头——香港第一流的大地产商李嘉诚、郭得胜、冯景禧、郑裕彤、李兆基和胡应湘，他们正在这里品酒聚会。他们并没有在意，广州市的一位官员也在其中。原来，梁尚立通过老朋友香植球的帮助，也来到聚会当中。他们与梁尚立一起喝酒聊天，已经习以为常。梁尚立领导的广州市工商联从1955年起就负责接待港澳工商界人士的工作，与他们建立了广泛的联系。

聚会上，香港合和实业有限公司主席胡应湘先生首先说："目前国内要发展旅游业，可是宾馆又少又差，我们可以投资建一些高级宾馆。"

有市场就会有钱赚。胡应湘的提议立即得到企业家们的赞同。他们当即决定成立一个新合成发展有限公司，集股十亿港元到内地建酒店。李嘉诚、郭得胜、冯景禧、郑裕彤、李兆基和胡应湘都是合伙人，胡应湘担任新合成发展有限公司总经理，全权负责酒店的筹划，冯景禧出任董事长并负责资金调拨等财务事项，酒店建成后由新世界（国际）酒店管理中心总经理郑裕彤负责经营管理。

胡应湘等港商向内地发展的宏图，与中央政府、民间全力开展经济建设的热流汇成一体。

1980年1月1日，中国广州对外贸易中心成立。1981年初，胡应湘来到广州，欧初和梁尚立分别代表广州市委和市政府出面接待。

胡应湘坦率地告诉欧初，此前已经去过北京，但北京市提供的地皮距离市中心很远，他只好转到广州寻求机会："我希望广州市政府提供合适的地皮，由我代表的'新合成发展有限公司'投资，兴建一家有 1 200 个房间、餐厅，可容纳 3 000 人的高档大型酒店。"

洞察人心的欧初对于胡应湘的宏图非常理解。他很清楚，港澳商人们有爱国情怀，但他们同样是来挣钱的。这是人性，也是常识，必须承认和尊重。

胡应湘（前右一）向梁灵光（前右二）、欧初（前右三）等介绍合资项目[①]

广东省委书记习仲勋说的一句话令欧初印象颇深："千言万语说得再多，都是没用的，把人民的生活水平搞上去，才是唯一的办法。不然，人民只会用脚投票。"

欧初、梁尚立先后考察了新加坡、菲律宾的酒店业。欧初看到，酒店业是一个社会发展最综合的体现，是经济真正的晴雨表。有对比，有思考；有振奋，有迷惘；有深陷的迷惑不解，也有被激荡起的热情。

---

① 图片由欧伟明提供。

1980 年农历正月初二，欧初（右一）陪同习仲勋（右五）、杨尚昆（右六）、龚子荣（左一）、林西（左二）、李伯钊（杨尚昆夫人，右三）等参观由我国出资向法国大西洋船厂订购，1967 年交付广州远洋运输公司使用的新一代"旗舰"耀华轮①

回到广州后，欧初在市委常委会上提出，建议同意让胡应湘在广州选址，建广州一流的酒店。

他在会上慷慨陈词：对于当下的广州来说，在计划经济的体制下利用外来资本搞经济建设，是一个全新的课题，究竟行不行得通，需要通过实践来摸索。若是成功了，不仅对于广州，对于全中国的意义都是非常重大的，可以吸引更多的港商在中国进行大规模的投资，刺激中国经济的发展。若是失败了，港商的这次试水很有可能让今后的投资环境更加不容乐观。

市委常委会同意了欧初的建议。

纠结的选址工作开始了。

胡应湘认为，地点对酒店至关重要，一旦地点选错，就会导致经营失败。

最后，胡应湘看中了当时还是一座荒芜小山包的象岗山：

---

① 图片由欧伟明提供。

"这里旺中带静，北面与中国出口商品交易会隔街相望，东面与秀丽的越秀山依傍，毗邻火车站与飞机场，客商往来办事方便，是办商务酒店的好地方。"

可是，提交选定象岗山的报告后，市里的部分领导却有不同意见。他们认为，象岗山临近市中心，这样的地理环境很少见，建设酒店破坏了象岗山的景观。这让胡应湘感到有些忧虑。

所幸的是，经过多方讨论，所有人终于统一了思想，达成一致意见，准予在象岗山兴建中国大酒店。

后来，在兴建中国大酒店的过程中，施工队伍还在象岗山发现了南越国第二代国王赵眜的墓，出土了大批珍贵文物。它不仅印证和填补了南越国的历史，为五羊古城平添了一座揭示岭南源远流长的文化的标态性文物，也注定了中国大酒店从诞生之日起，就具备了一种王者气象。

胡应湘得知此事后，非常高兴："两千年前的国王埋葬于此，这象岗山必定是风水宝地。中国大酒店在这里，日后一定发达！"

胡应湘（前排右）与欧初（前排中）等合影①

地址选定了，合同的起草和谈判也存在重重困难。当时，中国只有中外合营法而未有合作经营法。这种由内地出土地、香港

---

① 图片由欧伟明提供。

出资金与技术的双方合作形式（契约式协议）在国内还是首次。当时所有人对此都没有任何经验。广州市外经贸委、市工商局、市财政局、市规划局、市律师事务所……轮番研究，才把基本的合同拟定。合同起草后，还得交由粤方和港方负责人审阅，双方指出其中的缺漏和不足，结合两方意见进行修改。这一来一回，又不下数十次。毕竟这是粤港合作的第一次，合同不能出现任何一点纰漏。

1980 年 4 月 19 日，欧初签发了成立广州市羊城服务发展公司的批准书。同时，关于接待香港六大巨商及其代表的接待方案也一并进行。

4 月 20 日，广州市副市长左铭代表甲方广州市羊城服务发展公司，冯景禧代表乙方香港新合成发展有限公司，签署了合作兴建中国（广州）大酒店的合同书。

合同规定，合作年限以酒店全部建成开业之日起计为期十五年，如合同期满仍未还清投资本息，双方可协商适当延长合作年限，期满后，酒店全部财产在正常营业情况下移交给甲方。合作方式为甲方提供土地、乙方负责筹集资金和经营管理，甲方不负责亏损责任和债务责任，每年利润首先偿还本息，还清本息后的利润双方对半分成。开业前各项设备、家具、材料经国家批准免税进口。合同表明，这幢世界一流标准的酒店将是中国第一个完全由港商投资和管理的企业，或成或败，其影响远远超过酒店双方的利益本身。

胡应湘说："港方有责任帮助祖国同胞掌握先进的建筑和管理技术，达到一流水准，如果搞不好亏了本，背个黑锅回去，我们六个老板还有面子吗？"

这番话道出了胡应湘的决心，他遵从自己的承诺，亲自担任建筑工程与技术总监，引进滑模施工等先进技术，保证工程进度与质量。酒店建设阶段，胡应湘先后往返广州一百多次。

中国大酒店施工期间，传出香港将回归的消息。由于对内地缺乏了解，香港部分银行、财团收缩对内地的投资，香港新合成发展有限公司的个别股东曾打算撤资，胡应湘对欧初说："哪怕只剩下我一个人，中国大酒店也要做下去。"

胡应湘在建筑技术上对中国大酒店是完全支持和开放的，他提供了一切建筑所需要的技术和设施。先进的滑模施工技术本是胡应湘自己公司里的"绝技"，他也提供给了中国大酒店。滑模这项高水平工艺技术在中国大酒店试运成功，极大地加快了施工进程，最快时达到了四天建造一层楼的速度。

胡应湘风趣地对欧初说："国家实行对外开放，作为身在香港的中国人，我要对外开放也要借中国大酒店工程，把自己公司拥有的世界第一流的滑模技术引进，在这里树立一个样板，带出一支技术队伍。"

敢于在中国内地投资中国大酒店，敢于第一个"吃螃蟹"，是需要相当胆识的。胡应湘在中国大酒店占股份25%，比其他五位股东多一些。早在1979年，他就预言：广东的经济必将很快赶上台湾。他认为，广东经济发展了，可以促进香港长期保持稳定和繁荣。后来，他把许多业务迁移到内地，主要是能源、交通方面的大型工程，包括广东的沙角B电厂、C电厂，以及广州—深圳高速公路、横贯珠江口的虎门大桥。1984年，中国大酒店如期建成。从打桩到建成开业，仅用了28个月的时间，比原定计划提前了半年。

即将开业时，欧初写了一封信，请著名艺术家刘海粟题写店名——中国大酒店。这是对这座一流酒店最有力的提振。

酒店管理层计划找专家设计店徽，欧初建议公开征集，入围者予以奖励。于是各界人士纷纷送来设计方案，酒店方从中选出一个红灯笼形状的"中"字图案，加以修改后定为店徽，广受好评。

1984年6月10日，中国大酒店正式开业。由于习仲勋与杨尚昆已于1980年11月调回中央工作，梁灵光担任广东省委常务书记兼省长、广州市委第一书记，叶选平为广州市市长。开幕盛典上，叶选平主持剪彩仪式，由国务委员谷牧剪彩。

胡应湘走到台前，出口成诗："万物长宜放眼量，不怕辛苦路途长。按照经济规律办，哪怕祖国不富强？"

国内外50多家报纸、杂志、电台、电视台争相发表消息和文章，报道了这次盛事。许多媒体不约而同用了这样的标题——中国的酒店业出现了一颗"新星"。

中国大酒店落成前后，白天鹅酒店、花园大酒店也在广州矗起。这三家酒店都被评为中国第一批五星级酒店，德国人卜格担任中国大酒店的总经理，成为中国内地第一位外籍总经理。卜格经营有道，酒店很快收回投资，他也于1986年获得"广州市荣誉市民"称号。

中国大酒店的拔地而起，让欧初看到了粤港澳这一特殊的地域合作力量，以及不同寻常的变化。这些变化从20世纪80年代开始，随着港澳资金的被吸纳，粤港澳的经济合作、文化交流，以广州为龙头的珠三角经济带的兴起，这是一个循序渐进的过程：从蛇口开发区，到曾经的小渔村深圳，再到东莞、广州，进而是珠江口两岸，城市带和产业群轰然崛起。

八十回眸之九[①]

凡事才消求是兴，此生犹得见时平。
刘侯定汉千秋业，叶帅除妖一扫清。
纠错平冤胡政洽，革新开放邓公成。
春来百卉敷荣日，雨后长天大放晴。

---

① 欧初写于2001年。

第三节　守护南越王墓

　　⋮

　　"我们要努力把广州市建设成为一个经济繁荣、高度文明、优美整洁的社会主义现代化城市，成为广东以及华南地区的经济中心、外贸中心、旅游中心和科技中心。"

　　1980 年 11 月，广州市委第一书记梁灵光在中山纪念堂向科级以上党员干部传达了中央领导同志对广东工作的重要讲话，以及广东省委第一书记任仲夷在省委工作会议上的讲话精神。

　　欧初一开完会，就穿过纪念堂的北门，从百步梯走到越秀山上。越秀公园有一片新栽种的樱花林，早些日子，公园管理处打来电话，请欧初来检查栽种情况，因为这是来自日本的树苗。春节前，日本福冈市议会赠给广州市人民的 100 株樱花树苗运抵广州，有一部分就种在越秀公园的北秀湖畔。

　　欧初回味着梁灵光刚才的讲话，走在镇海楼古旧的城墙边，想象着樱花林未来的景象，思绪也像漫天飘舞的樱花一样飞升起来。

　　1980—1982 年，广州改革开放的新动作几乎每天都见诸报端：

　　1980 年 1 月 6 日，广州一座新型养鸡场——白云肉鸡场投产，这项工程的机械设备和良种肉鸡都是从美国引进的。3 月上旬，广州市郊有 200 个生产队的农民年平均分配超过 300 元，成为先富起来的农民。7月，广州自行车工业公司、广州缝纫机工业公司、广州绢麻纺织厂三个国营工业企业开始试行"以税代利、自负盈亏"的新体制。同月，广州市委批转《关于做好社会人员冤假错案善后工作的意见》。8月，广州解放北路象岗山一工地发现一座汉代木椁墓，越秀山镇海楼东侧工地同时发现一座东晋双人合葬砖室墓。1982年8月，香港总督尤德爵士一行到广州参观访问，广东省、广州市领导与尤德爵士就进一步发展粤港经济合作交流等问题进行了友好交谈。10月，应广州市外经委邀请，澳门厂商联合会商务考察团到达广州，探讨广州与澳门经济合作的前景问题。

每每看到这样的消息，作为其中一些新闻事件的参与者，欧初总会为之兴奋。他明显感到，每个人的生活都在变好，每个人的生存权、发展权、追求幸福自由的权利都得到了尊重，粤港澳的交往与合作在加强。

越秀山，原称越王山。欧初知道自己脚踏着的这块土地是一个富有历史底蕴的地方。中山大学中文系的古文字专家容庚和商承祚教授都向欧初讲过广州古城的历史，据史书记载，越王山上有越王台，南越王赵佗常在越王台上接待北方使节，大宴群臣，举行祭祀典礼。归汉之后，又在越王台西北面的固冈之上筑了一座"朝汉台"，每年登台望汉而拜。然而，这些记录历史的文物遗迹，今天却难以寻觅。

一个城市正是由于拥有各种人类文明的杰作才著称于世的。在漫长的历史中，每朝每代都留有它的名作，让人一望便知这是一个有文化的城市。历史文物可以说是人类历史文化的代表和象征，并且将凭借其恒久的存在与独特的艺术魅力，向后人传递过往的历史风云。

欧初记忆犹新的是，广州古海遗迹、南海神庙、"大司成"牌坊、九曜石、南朝砖墓、南朝绍武君臣冢、王兴将军、海瑞牌坊等广州的文物与古迹，都在"文化大革命"中被人为砸坏了，这无疑是对文明的无知。

一锤砸下去，千百年来沉淀下来的历史文化遗址瞬间被毁；但是，文化重建绝不是一朝一夕能够完成的。多么令人心痛的教训！

过去的文化是历史，今天的历史是文化。欧初决定要尽自己所能推动保护这些历史文化资源。

1980 年 12 月，广州市委决定重修黄花岗陵墓。1981 年 3 月，广州黄花岗"三·二九"起义指挥部旧址经过修缮后重新开放。1982 年 2 月 8 日，经国务院批准，广州市被列为第一批中国历史文化名城。

1983 年，令欧初更为惊喜的事情出现了。6 月 9 日黄昏，广州市文物管理委员会的研究人员麦英豪到处寻找欧初。欧初当时正参加一个会议，尚未散会，所以麦英豪把电话打到欧初家里、办公室都找不到人，一时非常焦急。原来，一个施工队伍当天在中国大酒店后面的象岗山平整地基时，发现了平整的大块石头。有关人员估计，下面可能是古墓，而且规模不小。

欧初听到这个消息，第二天一早即赶到现场实地察看。

此前，文物工作者已经通过石块之间的空隙，看到下面有陶罐、铜鼎等，确认是古墓。于是，欧初决定立即停止正在进行的建筑工程，同时搭盖护棚，保护这座古墓。欧初觉得，这座墓规模不小，很可能是考古学家寻找多年的南越王墓或南汉刘氏王朝墓葬。

广州市委、市政府负责人许士杰与叶选平正在北京开会，欧初马上向他们报告发现大型古墓。广州市委很快决定成立象岗古墓发掘领导小组，由欧初担任组长。领导小组拟出了发掘方案，派人到北京汇报，并考虑在原址修建博物馆。

欧初当场拍板，划出一片面积为 12 万平方米的土地预备作建馆之用，后来土地总面积增加到 14 万多平方米。

中国社会科学院副院长夏鼐对这个古墓十分重视，国务院很快颁发同意发掘的批文与证书。西汉初年第二代南越王墓发掘于1983 年 8 月 26 日开始，至 10 月 5 日全部结束。这座未经破坏、偷盗的墓葬中，出土的文物共有一万多件（套）。这是岭南地区已知最大的一座石室墓，也是岭南汉墓中出土器物最多、收获最大的一座，是广州考古史上空前的发现。

西汉南越王博物馆[①]

欧初从古书中发现，固冈就是象岗，原来也是越秀山的一部分，当年全是参天古木，草木茂密。后来，因为开凿道路，象岗不再属于越秀山了。

象岗无论是嵯峨还是丘阜，如今只剩下一小土坡了。1983 年省政府在这里建职工宿舍，无意间竟挖出了南越王墓，虽然不是赵佗的墓，而是他的继位者赵眜的墓，但亦足以让天下为之惊艳。

墓室埋藏在象岗山下二十多米处，用五百多块红砂岩大石筑成，分前后两部分，中设两道石门。前部三室，后部四室。墓主遗骸置于墓室后部正中，以一棺椁入殓。墓主赵眜身着丝缕玉

---

① 本书作者摄影。

衣，两侧共置有 10 把铁剑，并有"文帝行玺"金印等印玺九枚和大批玉雕饰品随葬。室内外还发现 15 具殉人残骸，大概是姬妾隶役等。墓中出土文物品类繁多，共一万多件（套），是迄今岭南地区发现规模最大、随葬品最丰富的汉墓。

出土文物中包括印玺、丝缕玉衣、玉器、铜镜、铜铁兵器、乐器等。其种类之丰富、数量之多、制作之精、价值之高，在岭南地区前所未有，因而震惊了考古界。墓主身着玉衣，身藏"文帝行玺""帝印""赵眜"等印玺，因此可断定其为第二代南越王赵眜。

通过对这座墓葬的研究发现，由赵眜的祖父赵佗创立的南越国虽然称王，但礼仪按汉朝制度，说明南越拥护统一，随时准备臣服汉朝。出土的文物反映出当时的社会形态、生产力水平，其中有不少带有文字，凭借这些文字，许多史实得以印证或澄清，从而拂开长期笼罩在岭南历史上的"蛮荒"迷雾，现出文明的光辉。

史书上记载第二代南越王文帝，名曰"赵胡"，而由出土的印玺可确定其名其实为赵眜。墓中东耳室有一套八件的铜勾𬭎，依次刻有"第一"至"第八"字样，每件刻有"文帝九年乐府工造"篆体铭文。经查证，南越文帝九年即前 129 年。由此上推，广州（古番禺）建城距秦统一岭南已有近 100 年了。

墓葬出土的一件铜虎节，为老虎形，虎节两面均错金，饰斑纹金箔，正面虎身斑纹间刻有一行铭文，共五个字，其中末尾一个字不见记载，有关学者一时不能辨认。欧初因此写信向香港中文大学饶宗颐教授请教。饶宗颐复信认为，这行铭文可读为"王命命车徒"。欧初将他复信中的有关内容整理出来，以饶宗颐的名义发表在《广州日报》的《艺苑》一版上，受到学术界关注。

墓中出土的一枚龙凤纹重环玉佩，两面透雕，内环的龙呈腾飞状，前爪伸出外环，一凤鸟昂首伫立于龙爪上，凤首与龙头相对，凤尾呈卷云纹状，精美异常，许多人认为其可作为代表广州古城的城徽。

有关部门负责人与各路专家联合开会，讨论如何保护墓室、展出文物。

欧初建议在墓葬原址建立规模相当的博物馆，使之成为广州的历史文化坐标。这一建议获得了采纳，西汉南越王博物馆筹建委员会很快成立，欧初被聘为顾问。

1988 年，一座气势雄浑的西汉南越王博物馆出现在象岗山上。由中国工程院院士莫伯治设计的博物馆，外观典雅壮丽，极富地方特色，展室功能齐全，被评为 20 世纪中国 55 个世界建筑精品之一。

为一个考古发现兴建一座博物馆，这在广州尚属首次。欧初建议，博物馆的牌匾不用今人笔墨，而从长沙马王堆汉墓出土的帛书中集字。马王堆汉墓与南越王墓同属西汉初，长沙与广州相距不远，马王堆汉墓帛书上的文字最可反映该时期的书法风貌。"西汉南越王博物馆"中的"馆"字在帛书中找不到，便用两个字的偏旁拼成。

一天，著名文字学家、中山大学教授商承祚在博物馆遇到欧初，不客气地问："这几个字是谁写的？不是写错字了吧？"

欧初从容回答："这是汉代人写的。"

商承祚仍不依不饶："汉朝人也会写错字的嘛。"

作为老朋友，欧初很熟悉商承祚的固执脾气，便笑着解释："商老，马王堆帛书上用的字是西汉初年的流行字，我们也跟着用，怎么就是错字呢？"

最后，商承祚也同意了欧初的看法。

西汉南越王博物馆建成后，成为广州历史文化旅游线的重要景点，参观者络绎不绝。

1988 年 2 月 22 日，几位国家领导人前来参观，欧初负责讲解。他特地详细讲述了发现"文帝行玺"金印、铜虎节上的金文辨识等几个小故事。

建成于 1988 年的西汉南越王博物馆①

欧初（前左四）在南越国御苑遗址考古现场参加西汉南越国宫署御苑遗址开放仪式②

　　从南越王赵眜墓的发现到博物馆的建成，欧初几乎每一天都在钻研和学习史料。秦始皇将岭南正式归入中国版图后，设置了南海、象、桂林三郡，并移民开发。秦末中原战乱纷起，南海郡

---

① 本书作者摄影。
② 图片由欧伟明提供。

赵佗趁机割据又兼并象、桂林二郡，自称南越王，后又曾称帝。汉王朝终于使赵佗放弃割据，臣服于汉成为诸侯王。他在位约70年间，与汉朝廷基本保持良好关系，采用和平的办法笼络各族，积极引进中原的先进文化改变岭南的社会面貌，因而受到后人尊崇。

欧初感慨万千。在中华文化发展的每一个阶段上，都有岭南人树起的丰碑，岭南并非南蛮，它有悠久的历史、灿烂的文化。要建设历史文化名城，就要有开放的视野、远大的目光。

挖掘、继承和弘扬优秀的文化遗产，时不我待。欧初就此萌生出整理编著一套"广东历史文化名人丛书"的想法。

八十回眸之十①

苍天容我作劳人，休政犹为不懈身。

为习汉分亲华狭，曾将柿叶罄慈恩。

半生毫素诗书画，一识文园龙凤麟。

更有炎黄千载业，钩沉国粹免沦湮。

---

① 欧初写于 2001 年。

第四节　洛溪大桥连波平

:
:

傍晚，西关一家藏在巷子里的陈添记鱼皮小吃老字号门口，卢秋萍和吴建邦夫妇早早就在这里预定了一桌凉拌鱼皮和及第粥，边喝茶边等老朋友们一起来大快朵颐。

"还是这棵老榕树，对，就是这个小巷子，爽脆鱼皮！"欧初一边说着，一边由儿子伟雄陪着走进小吃档。

卢秋萍和吴建邦马上起身相迎："欧书记，您好久没来了。快，这边坐，今天的鱼皮油炸的火候正好，香脆得很。我们就等着您和何贤先生来了。"

吴建邦与欧伟雄亲热地互相拍了一下肩膀，四人在树下一张木桌旁落座，留着的两个位置是何贤、陈琼夫妇的。

吴建邦是广州文艺创作室的剧作家，创作了许多粤剧新戏。伟雄转业前曾在空军部队进行文艺创作，发表了《飞行零距离》等部队题材的电影剧本；之后转业到广州文艺创作室，与吴建邦是同事，也是老友。卢秋萍是广州粤剧团的当家花旦，欧初与何贤都是她的戏迷，只要一有卢秋萍新戏上演的消息，欧初就会邀约何贤夫妇到广州来看戏。今天，他又约了何贤来西关吃鱼皮，然后一起去看粤剧。但是，他们左等右等，已经过去一个多小时了，还是不见何贤出现。

伟雄连忙请朋友想办法接通澳门何贤家的电话，回复的消息说，何贤前天已经离开澳门，与霍英东一起回了家乡番禺，然后他将从番禺到广州西关与欧初他们会合。

"这位'神交友'到哪里去了呢？"欧初忍不住小声叨叨起来。

此刻，何贤正和霍英东在番禺洛溪的轮渡码头焦急地等候过珠江的渡船，他们身边是排队的长龙、拥挤的渡口。

原来，番禺位于广州的中南部，北与广州的海珠区相接，东临狮子洋与东莞相望，西邻顺德和中山，南面濒临珠江出海口，处于粤港澳地区的地理中心位置。这样一个地理优势，对于它的区域经济发展本来是极为有利的。自从国门打开之后，许多商家都看中番禺的地理位置，考虑在这里投资与开发。何贤和他的兄长、香港恒生银行创办人之一何添，与原籍番禺的全国政协副主席、香港中华总商会会长霍英东等联手，出资在番禺建设宾馆和医院。番禺宾馆由几位港澳知名人士何贤、霍英东、何添、张耀宗等捐资兴建，1979 年动工，1980 年就建成了，是番禺的第一家星级宾馆。

然而，番禺的地势低洼，向来被称为"锅底地"，被 30 条珠江河流主干道、300 多条大小河涌所分割。从番禺到广州的交通基本上是，自行车接驳班车再接驳过江渡船，单程赶一趟要四五个小时，遇上刮大风下大雨或江面风浪大的时候，就要耗上一天的时间。交通不便严重影响了番禺的发展。

眼下，何贤和霍英东正要从市桥赶去广州西关。眼见排队长龙，他俩就在洛溪渡口各买了一碗豆腐花，坐在竹凳上边吃边等。何贤不停地看手表："我约了欧初去西关吃鱼皮，然后去看卢秋萍的戏，过渡船来得这么慢，不知能不能赶得上！"

霍英东叹息道："番禺的交通实在不方便，太误时误事了。"

何贤若有所思："看来番禺是真需要好的路桥。"

由于在大石和洛溪两个渡口受阻，他们到广州已是晚上 9 点多了。两人深有同感：路通才能财通，路桥不搞好，建再多再高级的宾馆，也没有人来入住的。但是，建桥不比建楼，无论是技术还是管理都复杂得多，如果光靠两人的捐资，恐怕也是不够的，能否通过筹款向银行申请贷款，然后通过收车辆的过桥费来还贷呢？当地政府能同意这种操作吗？他们商定，由何贤去了解一下政府的态度，如果政府有这个意思，就由霍英东马上去筹资。

而此时的欧初，人在大排档里坐着，心思却早已飞到洛溪的渡口上。中华人民共和国成立前，广州仅有一座海珠桥。1967年，人民桥落成通车。后来老城区珠江段的桥梁开始多了起来，但是从广州到番禺县还没有一座桥梁。

前几天番禺县的梁伟苏书记找欧初，希望尽快解决修桥铺路的资金问题，他十分明了建桥资金全部由政府解决是不可能的，于是试探性地提出了吸取港澳商人的资金修建洛溪大桥的想法。

是啊，建设宾馆可以吸纳投资，那么路桥建设是否也能够吸纳投资呢？要走出这一步，得看我们敢不敢冲破全部由政府包办的做法。这到底能否行得通？欧初沉思着。

何贤来到西关的凉拌鱼皮档，见到了等候多时的欧初众人，卢秋萍因有演出任务在身，已先行去了剧场。今晚的粤剧是看不成了，大家不免为番禺至广州的路途之周折感慨一番。

何贤与欧初一边吃着香脆爽滑的凉拌鱼皮，一边聊起番禺的路桥。

何贤说："曾经，珠三角最富饶的地方是南、番、顺（南海、番禺、顺德）。现在番禺却因为交通不便落后于南海、顺德，也远远被东莞、中山抛离。看着真不是滋味。"

欧初说："路桥通，财就通，水乡片区的经济实际上就是路桥经济。你们用 500 万港元把 455 米长的番禺大石大桥修建了起来，就很好嘛！"

何贤却意犹未尽："番禺与省城广州近在咫尺，却被河涌相隔，我跟你说实在话，我想改变这种现状。"

欧初（中）与何贤（左）、霍英东（右）在番禺一块冬瓜田附近吃饭，一边吃冬瓜盅一边谈论如何把洛溪大桥尽快建起来。"以路养路"修建洛溪大桥，是欧初根据习仲勋、杨尚昆来广东工作后给予他"既然你熟悉广东的情况，就要想办法把经济迅速发展起来"的指示所进行的一次改革举措①

　　何贤跟欧初说，他想与何添、霍英东继续联手，筹备兴建连通番禺与广州市区的洛溪大桥。霍英东还提出了推行收费还贷、以桥养桥的办法。

　　欧初一拍手掌："我约你来，除了吃鱼皮看戏，也是想请你来商量这个事的。我们这次又想到一块去了！"

　　何贤不禁笑起来："哈哈，神交友，神交友，我们真是心有灵犀啊！"

　　欧初与何贤深谈之后，觉得港澳商人们的想法与我们党改革开放的出发点是可以相互包容的。

　　第二天，欧初把梁伟苏找来，由他把洛溪大桥的修建方案提交上来。

　　"贷款修桥，收费还贷"，当时全国还没先例，方案一出台便

---

　　①　图片由欧伟明提供。

引起轩然大波。很多人不理解，一些老人甚至很生气："我革命一辈子，没见过过桥还要收费。难道在社会主义国家还要留下买路钱？"有人干脆就说，广东在搞"资本主义"，反应非常强烈。

改革开放初期，许多新举措都会引起争论，如广东省筹备建广深高速公路，有人顾虑，建了高速公路，农民的牛怎样走？还有人以"保密"和广州电话容量暂不需要扩容为由，导致广州想引进外来资本扩大电话容量的方案一拖就是几年。梁伟苏担心有的人以"研究研究"推托修桥之事，但建造洛溪大桥，时间拖不起呀！欧初明确表态："修建洛溪大桥，这是于国于民有利的好事。当下国家财政十分困难，要尽快解决修桥铺路的资金问题，就要敢于冲破全部由政府包办的做法。"

他与梁伟苏一道着力排除种种阻力，打通道道关卡。修桥方案要通过47个部门，包括省市水陆交通、港监等有关部门的审批。欧初召集主持会议，在会上要求每个部门表态，提出问题，然后逐个部门解决问题。

欧初（左二）、霍英东（右二）等在洛溪大桥即将施工的珠江岸边[1]

---

[1] 图片由欧伟明提供。

阻力不仅来自思想观念的不一致，还有资金、技术等困难。建桥牵涉很多主管部门，设计、施工过程中许多问题都要广州市政府出面协调解决。为解决7 000吨海轮在此通过的难题，确定桥址桥面高度，欧初主持召开了十多次会议，终于把方案定了下来。

洛溪大桥总投资8 100万元，在国家和省市各级部门的支持下，番禺县政府多渠道筹集了8 000多万元，其中包括何添、何贤与霍英东捐资的1 700万元。以收费还贷、以桥养桥的方法，由番禺路桥公司负责管理。设计单位是广东省公路勘察规划设计院和交通部公路规划设计院，施工单位是广东省公路工程处。经广东省政府批准，洛溪大桥在番禺一边设站收费，所得归番禺县政府统一还贷。

根据广东省审计厅1998年对洛溪大桥的审计报告得知：洛溪大桥资金来源合计10 295万元，其中借款8 726万元，省市县财政拨款1 269万元，中央拨款300万元。

1984年10月，珠江沥滘航道上的洛溪大桥正式动工。大桥全长1 916米，宽15.5米，主桥长480米，双向四车道，北端连接广州大道，南端连接105国道。洛溪大桥在当时中国桥梁建设中创下了几个第一：大桥全长1 916米，在广东省内桥梁长度第一；通航净高34米，居全国第一，主孔道通航净跨为亚洲同类桥梁第一；大桥作为预应力T型钢构连续桥梁，也是国内第一。

1988年6月28日，洛溪大桥合龙当天，《南方日报》头版刊登了记者何少英写的专稿《桥横珠江气盖世——写在洛溪大桥通车前夕》。文章的最后一段是这样写的：

洛溪大桥的建成，结束了广州到番禺陆路交通要摆渡过江的历史，也标志着我省公路桥梁建设技术提高到一个新的水平。洛溪大桥的建设者们，人们将永远不会忘记你们的功绩！

习仲勋考察了刚刚通车的洛溪大桥，高兴地说："将来番禺要造更多更长的大桥，把河网阻隔的各'岛'连接起来，把番禺与周边地连接起来，就能把'锅底地'变成经济建设的'高地'。"

洛溪大桥成为广州市区通往番禺、顺德、中山等地区的必经之路，一时间，正在开发中的番禺陡然升温，引来更多的海内外投资者。20 世纪 80 年代后期，番禺房地产开发速度加快，至1990 年全县已有房地产开发公司 12 家，房地产开发业成为番禺发展第三产业的龙头，并带动商业、财政、金融、旅游等行业的发展。

"洛溪大桥模式"随后风靡广东乃至全国。广东由此进入路桥建设全面发展的时期，在此后的 10 年间，借助外来资本、民营资本等多元基础设施融资方式，广东全省建桥 1 000 多座，成为中国建桥史上的奇迹。洛溪大桥成为国家出台首部收费公路建设管理政策后的第一座"以路养路"模式修建的桥梁，同时也是国内最早取消收费、还桥于民的大桥，于 2005 年结束了 17 年的收费历史，这不仅促成了广东对收费路桥管理制度的不断完善，更凸显了改革开放成果共享的示范意义。

1988 年 8 月 28 日上午 8 时，洛溪大桥正式建成通车。番禺县远近各村赶来体验交通便捷的人，把桥头围了里外几十层，体验过在番禺与广州市区之间往返的，则逢人就夸耀。为了体验便捷的交通，许多人全家出动，从番禺坐车到广州市区，又立即从广州市区坐车回家，然后奔走相告，从广州市区到番禺只要一个小时就"搞定"。

欧初远远地站在这些奔走相告的人群边上，听着他们开心的笑声，看着桥上自己应番禺人的恳请，为这座大桥写的"洛溪大桥"题名；欧初微微笑着，感受着他们的喜悦，他的内心现出一丝伤感，以及融入心底的力量。

此刻，他比任何时候都更加怀念和自己神交 40 年的老朋友何贤，怀念已于 1983 年 12 月 6 日在香港病逝的老朋友何贤，怀念为修建大桥出资出力却没能看到大桥落成的老朋友何贤。

1986 年 4 月，欧初在考察澳门期间，专程来到何贤墓前，献上一大捧清香的黄菊。

欧初更加相信：包容，一定会使粤港澳产生共赢。

杨尚昆（左三）与何贤（右一）、梁灵光（左一）、欧初（左二）在交谈中①

澳门吊何贤墓②

记取神交四十年，万人凭吊忆何贤。

乡邦切念心常热，风雨同经志愈坚。

筑路修桥遗远泽，支农兴学着先鞭。

九原告慰君应瞑，国事蒸腾众向前。

---

① 图片由欧伟明提供。

② 欧初写于 1986 年。

第五节　《代理市长》蕴意深

:

位于中山五路的广州新华电影院，是二十世纪七八十年代全国一流的宽银幕电影院。广州人看电影时喜欢吃零食，于是电影院附近聚集了好些卖瓜子、爆米花和萝卜牛杂的小吃档，许多热爱电影的广州人把到这里当成一次精神和舌尖的享受。

1985年9月18日，《代理市长》在这里首映。

观众早已听说这是一部由广州作家编剧、以广州现实生活为题材的电影，由著名演员杨在葆导演并扮演男主角。电影票开卖的消息一出，观众就踊跃前来订票。9月12日正式售票，第一期零售票当天就被卖完。

电影《代理市长》剧照，杨在葆（右）饰演影片中的瀛洲市代理市长肖子云

第三章　改革风清扬

电影讲述了 20 世纪 80 年代初，一个处事果断而雷厉风行的领导干部为民办实事的故事。位于中国南部的瀛洲市，华侨出身的工程师肖子云成为代理市长，他一上任就表示要为全市人民做十件好事。他大胆开拓创新，集资兴建瀛江公路大桥，扶持长期受压制的技术人员搞科研，秉公处理群众的切身利益问题，为人民说实话、办实事，在三个月的代理期间做了五件好事，但也因此得罪了某些人，并受到许多攻击和责难。上级领导因此开始动摇对他的信任，家人也对他感到不理解，甚至还有人质疑他的身份、资格。但肖子云没有动摇信念，表示要坚定不移地推行改革。三个月的代理市长职务期限到了，为实现做十件好事的诺言，他向上级请求再代理三个月市长。

电影中，肖子云在艰苦的条件下现场办公，走进困难群众的家里，甚至还和年轻人一起跳迪斯科。这些活动，将代理市长肖子云的形象塑造得很成功。人物的刚毅气质与平易近人的行为形成了鲜明对比，让人相信他的这些行为不是为了作秀，而是真的在解决问题，观众能够感觉到他的力量。

肖子云在记者招待会上说："我宁犯天条，不触众怒！"当他用略带沙哑却如洪钟般的声音说出这句宣言的时候，电影院里鸦雀无声，观众被震撼了，早已忘记了手中拿着的零食。突然，热烈的掌声在电影院里响起，群众在心底为这位硬朗、沉稳、富有力量的领导干部喝彩。

电影散场了。观众逐渐离去，留在座位上的欧初慢慢站起来，走向最后一排的几个年轻人，向他们挥手表示祝贺。这几个年轻人当中的一位就是他的二儿子伟雄。这部电影已经是伟雄第二部叫得响的作品了。

伟雄自从拿起文学创作这支笔以来，一直关注着十一届三中全会以来的现实生活。最先是农村改革，邓小平同志鼓励党的领导干部要摒弃教条主义，敢于放手让农民想办法吃饱饭。短短几年间，农村释放了巨大的活力，两年时间内农民就解决了几十年解决不了的吃饭问题。广州市农村涌现了一批从事粮食、蔗糖、油料、水果、生猪、三鸟、奶牛、花卉、电镀、皮革加工等专业的专业村。农民用他们的专业生产挣到了钱。紧随其后的就是民营企业的发展，在邓小平同志的默许下，个体户风起云涌，成千上万的万元户开始崛起。1984年，广州市商业改革全面铺开，商业的企业自主权进一步扩大，年利润在20万元以下的单位企业可实行国家所有、集团经营，有条件的可办成集体企业，小店铺可由集体承包或租赁给个人，对商办工业实行优惠政策，扶持和发展集体商业和个体商业，兴办夜市，欢迎农民进城开店设摊，对由国家定额补贴的亏损单位采取定额补贴、超亏不补、减亏留用的政策。这一切，都是为了让老百姓尽快富起来。

为了尽快把经济搞上去，广东省委第一书记习仲勋、广东省委书记兼广州市委第一书记杨尚昆等主要领导曾向中央提出，给予广东全省财政包干等特殊措施，使广东在改革开放中先走一大步。怎样先走一大步？广东改革开放初期的省委书记任仲夷说了一句大实话："见了红灯绕道走，见了绿灯赶快走，没有灯要摸着走。"

父亲欧初亲身参与的洛溪大桥的集资建设、中国大酒店的引资和技术等的宝贵经历都给伟雄留下了深深的思索。他想用艺术的手法把这些勇于改革创新的思想表现出来，一个话剧的蓝本在他脑海中酝酿。正在他冥思苦想的时候，这天晚上，父亲来找他闲聊。

"伟雄啊，这两天你留意到关于白云山制药厂的新闻了吗？他们已经在全国建立起了380个销售网点，厉害！他们是第一个在全国建立销售网点的药企呐。"

"这确实是先行一步。他们一家农业药企，走在很多老国企的前面啦！"伟雄正表示自己有同感，没想到父亲已经提出新的问题。

"所以，我就一直有这样一个疑问，是否社会主义就必须实行计划经济？市场经济就只能姓'资'，不能姓'社'吗？过去十年、二十年的时间，我们反复强调阶级斗争，同时给市场经济和计划经济贴了不同的标签，我们搞社会主义经济，就一定不能有市场经济的元素，中间不可以有半点含糊，或者调和。否则就是犯天条的事情。现在实践告诉我们，社会主义也能有市场经济，而且按照市场经济的规律办事竟然也能获得成功。"

"爸爸您问得好。我这段时间也在想这个事，白云山制药有限公司的总经理李楚源告诉我，1973 年，在白云山农场里，20多名知青用三口大锅建起了第一个白云山制药厂的制药车间。当时整个国家是计划经济，他们是农口系统，是计划外经济，国家也没有配给原材料的额度，药品生产出来也没有统销额度，全靠他们自己去推销。无奈之下，白云山人去帮那些医药公司的经理扛煤气罐，晚上到他们家里帮他们缝衣服，建立感情，然后请他们帮忙把药品收购、推销出去，经历了一个很不容易的过程。爸爸，这是不是一个直接面向市场的过程？"

"没错，当然是的！"

"我现在想把白云山人的这种探索写成话剧，您觉得可以吗？"

"伟雄，这肯定是一个好题材。白云山人的这种探索也肯定会引来一些非议，而恰恰因为有冲突，戏剧才会好看。放开手去写吧！爸爸支持你。"

1984 年，由欧伟雄、杨苗青、姚柱林编剧，孙人乐导演的话剧《南方的风》由广州话剧团正式搬上舞台。作品呈现了一个运用市场经济手段、大胆起用人才、靠三口大锅起家、发展成现代化大企业的真实故事。作品描写的虽然是一个普通的企业——红云制药厂改革的一段插曲，然而触及的却是整个城市改革所面临的一系列重大问题。国庆期间，《南方的风》剧组应邀到北京演出，产生轰动效应。剧中，大胆改革的人物形象引起观众的强烈共鸣，演员掷地有声的台词不时被台下热烈的掌声所打断。

11月6日，《南方的风》在中央戏剧学院实验剧场演出，时任中央军委副主席的杨尚昆前往观看。观演后，老戏剧家李伯钊以及戏剧学院的师生都认为演出相当成功。

杨尚昆接见演员时，特地谈到中共十二届三中全会刚于当年10月20日举行，通过了《中共中央关于经济体制改革的决定》。该决定阐明了以城市为重点的整个经济体制改革的必要性、紧迫性，规定了改革的任务、性质和各项基本方针政策，提出了社会主义经济是以公有制为基础的有计划的商品经济。

杨尚昆认为，《南方的风》是积极反映当下生活的现实主义佳作。他强调："十二届三中全会伟大的历史贡献，就是首次提出社会主义的经济是有计划的商品经济。我们想不到全会刚结束，广东的同志已经把反映经济生活的戏带到首都舞台来了。"杨尚昆一边说，一边指了指伟雄，语调饱含赞许："所以我说，小欧同志有先见之明！"

11月29日，中共中央办公厅邀请剧组到中南海礼堂演出，观众来了六七百人。习仲勋、陆定一、王兆国、朱穆之等中央领导人以及许多老同志也到场观看。《南方的风》成为广东省原创话剧中第一部走进中南海演出的戏。习仲勋勉励剧组人员："你们要解放思想，大胆地写，大胆地演，为城市经济体制改革作出更大贡献。"

回到广州之后，伟雄和其他两位青年作家根据专家和观众提出的意见，将话剧剧本加以扩展，故事的背景从企业上升到一个大城市，写成《代理市长》电影剧本大纲，由北京电影制片厂拍摄。北京电影制片厂派剧作家马林任制片人，陈怀皑任导演。后来陈怀皑因身体健康原因退出，杨在葆主动接手导演并主演了这部电影。开拍前，他专程来到广州，采访了欧初。他问欧初："改革开放，最先要解决什么问题？欧初回答："当然是解决观念问题。"

2005 年 12 月 25 日杨在葆（左）在北京的广州大厦与欧初（右）交谈①

　　广东经济特区开发之初，筹集资金是一大难题。欧初深有体会地说，特区开发走了一条"多方筹资，负债开发"的新路子，从三个方面成功地解决了筹集资金的难题：一是使用国家银行信贷；二是收取土地使用费，以地生财；三是吸收利用外资，包括从国际金融市场筹借贷款，中外合资、合作经营建设基础设施等形式。国家只给予税收优惠和信贷倾斜。

　　杨在葆采访欧初之后，与马林通力协作，日夜奋战。马林每改完一段剧本，杨在葆就马上接过来写分镜头剧本。

　　欧初介绍的一些细节，被剧组团队吸收到剧本中。剧组还选定洛溪大桥的施工现场作为拍片的外景。影片以高速度拍摄、剪辑完成。很快，《代理市长》获文化部电影局批准公映，还在全国宣传部部长会议上放映，来自全国各地的宣传部部长们看完电影后全体起立热烈鼓掌。

　　影片没有离奇的故事，没有美女帅哥，没有缠绵的爱情，但

---

① 图片由欧伟明提供。

是真实反映了刚刚开始的城市经济改革，对固有体制与观念产生了强烈冲击，肯定了改革者的创新观念与胆识。

电影先在北京放映，中央党校、《人民日报》等先后请杨在葆等座谈，电影得到高度评价。随后，杨在葆率剧组从广州出发，经武汉、郑州等地，将电影带到东北，一路掀起"《代理市长》热"。杨在葆凭借在《代理市长》中的精彩演出，获得了第九届"百花奖"最佳男演员奖。

1985 年 1 月 10 日，广州市委、市政府在国泰音乐厅举行嘉奖大会，奖励 1984 年反映城市改革的三部文艺作品的有功人员，其中一位就是创作了话剧《南方的风》的作家欧伟雄。

星期天，欧伟雄回到泰来路 18 号的家，鸟语花香的庭院，欧初在品茗看报。忙碌了好一阵子的欧伟雄，终于可以小休两天。欧初让伟雄坐在身边的藤椅上，父子俩轻松地聊了起来。

"祝贺我的儿子又做成功了一部作品。这也是我年轻时的梦想！"

"说实在的，其实我对这部电影还是觉得不够满意。"

"说说看，你对哪个地方不满意？"

"人物性格。改革者，意识超前，知识丰富，富有才干，敢作敢为——几乎具备了传统文人与普通百姓希望的所有优点。但我担心这个人物只是符合了老百姓情感化的标准。为了戏剧冲突，改革者倾向于和其他官员做对手，以表现改革者一身正气、疾恶如仇的高尚品格。我总觉得这样处理不太真实。现在所塑造的这位代理市长的形象，口才、性格等都和老百姓理解的市长很接近了，而且他的知识与理论也达到了老百姓对市长的要求，但是如果深入分析，一旦脱离了团队，缺乏容和的政治智慧，这样的领导干部在现实中是不可能生存的。"

"儿子，经过这段时间的历练，你的觉悟提高了。嗯，如果吹毛求疵，电影中的人物确实存在你所说的情况。但是，适度的夸张在文艺作品中是允许的。肖子云代理市长的言行，让群众觉得在一定程度上他说出了自己的心声，做了为他们做的事。这就是真实的。"

"越是接触改革者，我越是觉得改革者的不容易。"

"是这样的，摒弃教条不容易，学会包容曾经的对手更难。你能发现存在的问题就很好，说明你已经在超越自己了。"欧初深有感触地说，像是说给儿子听，更像是说给自己听。

四年后，欧伟雄又推出一部重磅小说。1989 年，他和钱石昌共同创作了长篇小说《商界》。作品描写了改革开放初期中国从计划经济向市场经济的转变，并由此引发的一系列社会问题，引起了强烈的社会反响，有人大力推荐叫好，有人极力批评。

正当欧伟雄内心忐忑的时候，接到了父亲的电话。

"伟雄，我看这本书写得就是好！我的支持不是盲目的，因为我一直在思考这些问题。比如，企业怎样打破'大锅饭'？我们国家要不要从计划经济向市场经济转变？这些问题在《商界》中都反映出来了，我认为这部作品是社会主义商品经济的'预言之作'。"

不久，社会接受了《商界》。这部小说被改编成电影和电视剧，迅速在国内外走红。其中电影版由著名演员张丰毅、陈宝国等领衔主演。

文学评论家陈志红曾这样评价《商界》："我在小说里感受到了一种曾经在一个时期里变得稀薄了的冷静和理性精神，感受到一种自信、开朗、豁达的精神气质。在文学界的许多朋友们对商品经济浪潮仍左顾右盼、莫衷一是的时候，它的作者已将自己观察和思考的成果奉献到人们面前，这既是一种自觉的文学选择，更是一种开放的文化心态。"她认为，在社会主义商品经济新秩序建立的过程中，人们很难为它作出一个正确与否的价值判断；但是，作家却可以作出自己的理解，这个理解可以用文学的形式，来反映和阐述一个时代的经济现象和社会现状。

几十年后，《商界》被认为是反映中国社会主义计划经济向市场经济转型的第一部文学作品。欧初和伟雄两父子身上的忧患意识一直有增无减。

水调歌头·击鼓赛龙舟①

转瞬一年过，击鼓赛龙舟。鹅潭觞咏未巳，玩月石狮头。玉砚神州四面，彩笔大洋两岸，韵律与欢酬。屈子浩歌远，结社盛南州。　　策源地，论改革，总前头。珠江滚滚，无尽百舸正争流。不必裁红量绿，不必嗟卑叹老，奋起建新猷。愿共南园客，着意赋春秋。

---

① 欧初写于1984年。

第六节　正气高歌字未湮

......

　　自从担任广州市委书记和常务副市长以来，欧初几乎每天都忙得不可开交。他分管的广州市统战部门，为一批爱国人士落实党的统战政策，包括为他们彻底平反、恢复名誉。这些爱国人士在清理阶级队伍时，曾被错判为"国民党残渣余孽""反革命分子"。对着这些爱国人士含冤受屈的材料，欧初在审核文件上第一时间作出批复：尽快处理，不能再拖！1985年9月，邓小平在中国共产党全国代表大会上指出，十一届三中全会以来的最近七年，我们主要做了两件事，一是拨乱反正，二是全面改革。邓小平对这一时期的工作给予了高度肯定。而拨乱反正，是他肯定的其中一件大事。

　　每每看到这些材料，欧初都想起同样情况的一位故人。这位蒙冤的故人，就是萧祖强。因为自己不太经常回中山，欧初只是通过乡亲们的来往信息，大致知道这位当年的抗日名将已经含冤辞世了。欧初一想起这件事情就暗自难过，当时由于条件不足，他没办法为萧祖强平反做点什么，但他一直把这事放在心上。

　　1983年7月，欧初被选举为广州市第八届人大常委会主任，不再担任市委书记和常务副市长。到20世纪90年代，欧初离休，担任广东省顾问委员会常委。时间上相对宽松了，他马上腾出一个周末和容海云一起去了一趟中山。

1999 年 10 月欧初（右）、容海云（左）在中山祖屋门前（当时此屋作为共青团村支部办公之用）①

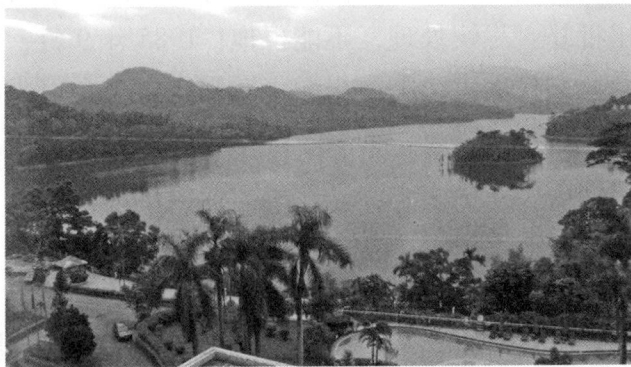

中山市五桂山下的长江水库②

　　家乡中山已经旧貌变新颜，位于石岐区东南方向的长江叠翠，是建设在当年的抗日游击根据地五桂山区北面的水库游览

———————————

① 图片由欧伟明提供。
② 本书作者摄影。

区。水面清澈碧透，与不远处的崇山峻岭相映如画。欧初赞叹了一句："真是绝妙的画卷，美不胜收啊！"

清晨，欧初与容海云一同来到横门的江岸边。静穆的天空下，一轮上弦月悬挂在天际那头，还有几朵暗灰色的云不时滑过，默默地注视着这片时而泛起风浪的海面。容海云使劲呼吸着清新的空气，说："眼前这一切真好，那么和平，那么安宁。"

欧初深有同感："想想我们今天能站在这里，有片刻的休闲来散步赏景，不能不感谢小平和耀邦同志的全面改革和拨乱反正的魄力。耀邦同志在一次谈到平反冤假错案时，说过一番令我难忘的话。他说，禁锢我们这个民族创造力的，一种是精神枷锁，是各种各样的教条主义；还有一种是组织枷锁，历次运动积累起来的冤假错案，各种错误的组织结论，把干部和知识分子压得抬不起头来，他们的亲属和朋友被剥夺了担任适当工作的权利，无法发挥各自的聪明才智。我们的民族如果在精神上、组织上被禁锢、被压制，怎么可能与世界上的发达国家进行竞争？"

容海云微微笑道："老欧，你对耀邦同志说的话记得可真清楚。我是做组织工作的，我也记得他的一些关键性的指示，比如，'对我党历史上一切冤假错案都要平反'，'对审查期间死去的同志，要实事求是地作出结论，并把善后工作做好'。这是真正尊重人性的、实事求是的做法。可惜啊，耀邦同志去世得太早了。"

说到这里，欧初和容海云都有点唏嘘。欧初随口把他写的《哭耀邦》一诗念了出来："挂天功业党英才，改革兴中一脉开。正仰昭苏多布泽，遽闻溘逝恍惊雷。光明磊落存风范，耿直坚刚绝俗埃。痛哭斯人咸堕泪，青山长伴我公回。"

少顷，急促的马达声，夹杂着哗哗的海浪声，顺着伶仃洋的风浪传出去很远。横门一带的渔民们，缓缓驶着船艇开始了他们的海上作业。欧初抬头环视四周，似乎想寻找什么，似乎并没有找到，便说："海云，这里变化太大了，已经找不到当年横门保卫战那一点点的痕迹了。"

容海云看着欧初："你经常提起的你参加的第一场战斗就是在这里打的吗？"

欧初说："是啊，那场战斗成功打退了日军的进攻。带领士兵冲锋陷阵的那个将领非常英勇，一开始，我还以为他是延安来的，后来才知道他是国民党军中的精英。"

容海云点点头："国民党军队里面其实也有不少忠义之士。这个将领叫什么名字呢？"

欧初一字一顿地说："他叫萧祖强，我们应该记住他的名字，应该记住那些战斗，还应该记住——"

欧初话还没说完，突然从路旁边的暗处冲出一个男人，急急走到欧初和容海云跟前，不停地鞠躬。

容海云吓了一跳，欧初定睛看着来人，问："你是谁？"

来人慢慢直起腰，抬起头，眼含泪花，万分恳切地说："我叫萧秉多，我一直在寻找我父亲当年抗日的人证。萧祖强就是我的父亲！我经常来这里点一点香烛，拜祭他。没敢想能碰上还知道那场战役的人。您记得我父亲在战场上杀敌是吗？您愿意帮他写证明材料吗？"

欧初伸出双手用力握住萧秉多的手，说："历史是不能被遗忘的。"

他凝望着风急浪大的大海，眼前浮现出 1939 年横门保卫战那清晰的一幕——天空是狂轰滥炸的日本战机，地面是武器装备简陋的中国军民，萧祖强扛起长枪，带领将士们冲向日军的阵地……国家危难时，萧祖强那种视死如归的豪情，深刻地印在欧初的脑海中。

欧初点头说："我们回去把见证材料尽量写详细一些。"他和容海云、萧秉多一起离开了江边。

原来，萧祖强生于 1889 年，别号健行，中山大涌镇南文村人。清光绪三十年（1904）在隆都高等小学堂（前身为龙山书院）肄业，其老师为胡汉民。1908 年入读广东陆军小学堂，1910 年就读于南京陆军中学。时与三藩市华侨余森郎常互通书信，讨论革命，并受约为三藩市《少年中国报》撰稿。1911 年萧祖强从陆军中学毕业，7 月编入保定伍生总队。武昌起义后，由朱卓文、余森郎介绍，在上海霞飞路晋见孙中山，并加入中国同盟会。1925 年任粤军总司令汕头行营参谋处少校参谋，东征之役，调往东江革命传习所任中校参谋。1930 年起任广东军事政治学校工兵科科长、第一集团军总司令部工兵指挥部副指挥。1936 年任中央陆军军官学校第四分校（广州）工兵科上校科长。1937 年任中山县财务委员会委员、中山县参议会第一届参议员等职。1939 年任中央步兵学校遵义分校教育处处长、少将教育长。同年 10 月，任中山第四战区第一游击区司令部参谋长，率部在横门奋勇抗日，立下战功。抗日战争胜利后，萧祖强回到中山大涌镇南文乡。南文乡向中山县申请，提请表彰抗日功臣萧祖强。1947 年 6 月，从南京寄来一副蒋介石亲笔题写的字幅，字幅左起，书有"国民政府题颁广东中山县萧祖强"，正中是"捍卫乡邦"四个大字。

　　然而，1951 年，萧祖强被扣上大军阀、反革命的帽子，被囚禁批斗。1952 年，萧祖强含冤离世。

　　萧秉多是萧祖强的第十一个孩子，在童年时期得益于父亲的传统教育，长大后励志求学，毕业于华南师范大学。萧秉多一直为父亲是一名抗日将领感到骄傲，更为父亲蒙冤而难过。萧秉多回忆说："父亲当年把'捍卫乡邦'几个字刻成匾，挂在萧氏祠堂中央。但他蒙冤之后，祠堂上的牌匾被撤下来，从此长达半个世纪里，没人谈论此事。我那些年回中山，原来的很多朋友都避开我。"

　　几十年后，已接近老年的萧秉多萌生了为父亲平反的念头，可随后他又一脸苦恼，因为自己手头上没有任何关于父亲的资料，他该如何为父亲平反呢？没想到，他在横门江边祭拜父亲时，遇到了能为父亲作证的欧初，他真是喜出望外。

　　得知萧秉多的想法和遭遇，欧初的心情是沉重的。他马上行动起来，写信给中山市委，以当年五桂山抗日武装领导人之一的身份挺身力证萧祖强是抗日功臣，希望为冤死 40 年的萧祖强昭雪。他在信中的第一句话就是："我们应该让历史还原本来面目。"

欧初写道：

1939 年 7 月，日本军队从海陆空三方面对中山横门发起进攻。驻横门一带的国民党中山守备队奋起反击，指挥这次横门阻击战的是国民党第一游击区司令部参谋长萧祖强。当时，中共中山县委以抗日先锋队的名义，成立了横门前线支前指挥部，孙康任总指挥，我担任总务部部长，18 岁的我生平第一次走上战场，带着粮食队、弹药队、担架队参加中山横门保卫战。在这次战斗中，我亲眼看到，国民党第一游击区司令部参谋长萧祖强头戴钢盔，冒着炮火，与当时的中山县县长张惠长并肩指挥保卫战，坚守前沿阵地，一次又一次击退日军的冲锋。日军无法撼动中国守军的阵地，只好撤退。

9 月上旬，日军再次攻打横门。不论共产党还是国民党，同仇敌忾，联手上阵阻击。横门前线支前指挥部重新上阵支援前线。日军动用了飞机军舰，出动约 1 500 人的地面部队。我看到，萧祖强率部抗击，击落了一架敌机，又用水雷击沉了日军一艘舰艇，成功阻击了日军的几次进攻。28 天之后，10 月，日军开始从石岐撤退，萧祖强率部追歼，收复了中山县城石岐。全县军民一起欢呼胜利。

欧初在信的最后写道，人死不可复生，由此给家属、给子女甚至给部属带来的伤痛也永远难以平复。他明确提出，应该为像萧祖强这样的抗日将领平反，为他们颁发抗日战争纪念章，并且对其子女表示赔礼道歉，给予经济赔偿。

借助欧初的力证，1992 年，中山市人民法院为萧祖强平反，恢复其"爱国将领，抗日功臣"的名誉。

萧氏祠堂重新翻修，一块消失了半个世纪的"捍卫乡邦"牌匾重新高悬于祠堂中门之上。萧祖强共有 17 个儿女，自萧祖强蒙冤后，他的后人目前共有 100 多人，除了小部分在广州、成都居住外，大部分分布在美国、加拿大、英国、澳大利亚以及中国港澳台地区。萧祖强平反后，隔别多年的萧祖强的亲人终于得以团聚。分布在海内外不同国家和地区的亲人，把这块牌匾如传家宝一样轮流保存以表敬仰。

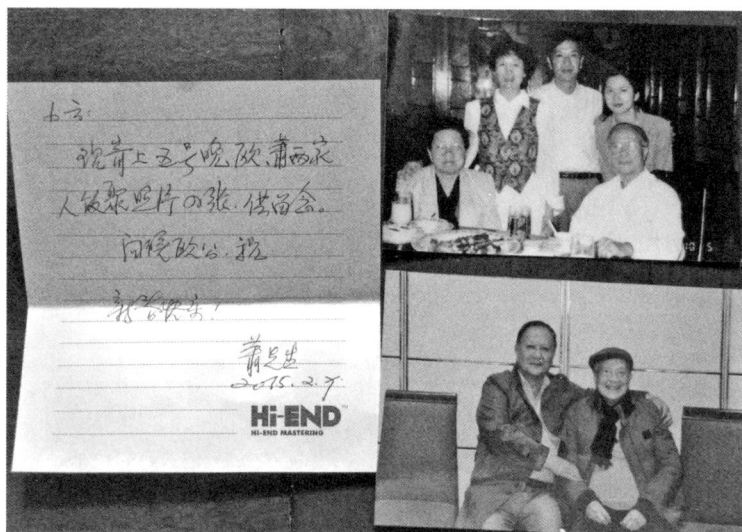

萧祖强的儿子萧秉多（右下图左）给欧小云寄来的信件及他们一家和欧初（右下图右、右上图前排右一）、容海云（右上图前排左一）的合影①

欧初宴请了萧祖强的后人。席中，年逾七十的欧初对萧秉多深深鞠了一躬，他说："我对不起你们，让你们受委屈了。"

这一鞠躬，把全体萧家后人都感动了。萧秉多举起酒杯一饮而尽，含着热泪说："没想到欧初前辈对我们萧家后人行如此大

---

① 图片由萧秉多提供。

礼，没想到您一直对我父亲平反的事念念不忘，没想到父亲在冤死四十年后终于获得平反。"

欧初握着萧秉多的双手，恳切地说："近百年来，分裂、内战给中国人民带来了无穷无尽的灾难，也是我们贫穷、落后、被侵略的主要原因，但愿我们的国家今后多一些团结合作，多一些关心抚慰。俗语云：家和万事兴。诚如此，人民安康，国亦渐强也。"

2005年12月28日，中共广东省委统战部有关负责人将中共中央、国务院、中央军委颁赠给抗日将领的"纪念抗日战争胜利60周年"金质纪念章郑重地交给了萧祖强后人的代表萧秉多，以表彰这位抗日将领的爱国精神。2015年，中共中央、国务院、中央军委向萧祖强的后人再次颁发了"中国人民抗日战争胜利70周年纪念章"。萧家后人多次组织了以"铭记历史，爱国抗日，缅怀先辈，开创未来"为主题的"抗日功臣萧祖强海内外后人回国寻根圆梦中山行"活动，萧家后人由美国、加拿大、新加坡，以及中国香港、澳门、广州、四川等地回到家乡中山。

萧祖强的儿子萧秉多（前排右三）等海内外后人回乡寻根，欧初（前排右二）和容海云（前排右一）设席宴请①

———————————

① 图片由萧秉多提供。

2016 年，音乐舞蹈史诗《天下为公》中，舞台背景现出孙中山于 1912 年说的一句话："统一是中国全体国民的希望。能够统一，全国人民便享福；不能统一，便要受害。"

两位演员的朗诵说出了欧初的心声：

"看，纪念堂上孙中山先生炯炯的目光告诉我们，中华儿女绝不能永久地分离。"

"你中有我，我中有你，我们是不可分割的整体。"

"你离不开我。"

"我离不开你。"

"因为我们是同根共祖！"

小提琴曲《思乡》的旋律把千丝万缕的思绪推送到人们的心头。

和容忍之同志[1]

日出厓门映雪涛，江天空阔晚风萧。

当年洒泪对奇石，今日笑看拍岸潮。

正气高歌字未湮，悲秋怀古望云烟。

升平一曲时光易，故国逢春锦绣年。

---

[1]　欧初写于 1989 年。

第七节　今来使者悦琴筝

⋮

　　1979 年 10 月的广州，秋高气爽。越秀山的镇海楼前，欧初引领着日本福冈市市长进藤一马以及陪同人员一行沿着台阶拾级而上。走近镇海楼，进藤一马饶有兴致地端详着大门两侧的对联，欧初见状就逐字逐句地念起来："千万劫，危楼尚存，问谁摘斗摩霄，目空今古；五百年，故侯安在，使我倚栏看剑，泪洒英雄！"日方担任翻译的千叶由纪子小姐立即低声而流畅地把这句对联翻译成日语。

　　欧初向进藤一马介绍："这是清代光绪两广总督彭玉麟的幕僚李棣华所作。联中的'故侯'指的是朱亮祖，镇海楼是他所建，如今人亡楼存，可证明历史的沧桑变化。'使我倚栏看剑，泪洒英雄！'则是有感而发。当年彭玉麟因中法战争率兵来到广东，驻兵镇海楼之上，他反对李鸿章议和，但也只得'泪洒英雄'了。"

　　进藤一马边听边点头："这副对联先咏楼，后写人，意境磅礴，真是一副佳联！"

　　欧初听他这么说，不由问道："进藤一马先生对中国的对联很有研究吗？"

　　进藤一马立即恭敬地说："不敢说有研究，但我确实是非常喜欢中国的诗词、汉字、碑帖。"

欧初指着前面说："那就正好，您看这里的碑廊，有历代碑刻24块，每一块碑详细记载了广州城的由来。其中最前面的四石鼓文碑刻，原刻于公元前770年，距今2740多年，是我国现存最古的碑刻。"

进藤一马如遇珍宝，快步走上碑廊仔细欣赏起来。欧初在一旁悄悄打量起这个日本人，只见他身材高大，额头宽宽的，眼窝有点下陷，鼻梁高挺，留着偏长的头发，举止恭谨文雅。欧初心想，这位日本市长看上去倒更像一个文人。资料介绍他曾经是甲级战犯，后来被释放。现在积极地推进中日友好，使福冈成为广州的第一个国际友好城市。他的身上真是矛盾的集合体，为什么他会对我们中华文化这么感兴趣呢？

这时，进藤一马回过头来，对欧初说："汉字非常美，我从小就在我父亲督促下练习汉字的书道。我父亲进藤喜平太是原福冈藩的武士，我的祖父进藤嘉平太与孙中山先生交情很深，中山先生从事民主革命的时候曾数度旅居我们福冈。我祖父很支持他，我童年时曾随祖父一起见过孙中山，我现在还保留着一张与中山先生的合影。"

进藤一马掏出小皮夹子，从里面小心翼翼地拿出一张照片递给欧初看。原来，进藤嘉平太当年是九州一带的著名政治领袖，热心于援助中国民主革命。照片上，孙中山亲切地抚摸着进藤一马的头。

经过与进藤一马的进一步交谈，欧初了解到，在日本历史上，公家贵族的文化与教养和武士的尚武与忠诚构成了日本民族性的重要内涵。受中国文化影响，日本公家贵族从奈良时代起就养成了重教育、重教养的传统，经过数百年的陶冶，形成以知性、高雅为特征的贵族教养，如和歌、书道、料理、插花、琵琶等，在传承传统文化方面功不可没。日本江户时代，武士已经成为与公家贵族共享文化教育的重要力量，许多武士潜心研究学问，成为儒学、国学、兰学、西学方面的学问家。与公家贵族相对应，武士对日本国民性的影响更加深远，武士道的核心价值观是尚武与忠诚。在不同的社会环境下，公家贵族的文化与教养和武士的尚武与忠诚表现各有不同，既有正能量，也有负能量。

进藤一马说："正因为这样的原因，所以您看到我们日本人有时候彬彬有礼，有时候冷酷无情，时而恭敬服从，时而桀骜不驯。武士精神一旦发展到极端就表现为不尊重人的生命，不仅是别人的生命，也包括自己的生命。这种道德观念一旦被误导或失控，就会给人类的和平带来巨大灾难。"

进藤一马顿一顿，接着说："我出生在武士家庭，但我爷爷和我父亲都非常注重文化和教养，我爷爷又与中国的孙中山先生有很好的交情，我了解到广州是孙中山先生实现革命理想的重要阵地。所以在那场战争中，我陷于非常矛盾的境地，战后，我一直在努力推进两个城市交好。"

福冈是日本南部的港口城市，古代，日本派遣隋唐使从这里起航出使中国。广州作为中国南部沿海的中心城市，是中国古代对外交流的窗口。福冈和广州有着相似的历史地理环境。1973年天津与神户结为中华人民共和国第一对国际友好城市以来，日本社会特别关注中国，每天的新闻都在报道中日友好、大熊猫等，全国炒起了"中国热"。1973—1978年，福冈市一直在向广州方面提出结为友好城市的建议。直到1979年，这一提议才引起了广州市领导的重视。

进藤一马回忆说："当广州方面的同意通知书通过电报发来时，我和身边几位工作人员都兴奋地叫了起来，我还记得担任翻译的千叶由纪子小姐拿着电报，手在微微颤抖。这封电报让我们许多人等了五六年，福冈—广州友好城市的合作终于启动了！"

"邻居可以选择，邻国不能选择。邻国必须世代相处下去。"欧初接着进藤一马的话说，"对中日两国与人民来说，关键是否愿意承认：双方和平共处，不仅符合两国人民的根本利益，而且是构成亚太稳定的基本保证。"

进藤一马与欧初深谈如此，两人都感觉一见如故，也为对方能理解相互的努力感到欣慰。

1979 年欧初（前左一）和进藤一马（前左二）等在广州南湖宾馆合影①

1979 年 5 月 1 日，广州市革委会主任杨尚昆率广州市友好访问团访问福冈，进藤一马与杨尚昆正式签订了结为友好城市的协议书。9 月，进藤一马亲自率领了规模庞大的福冈市友好代表团一行 40 人访问广州。访问期间，杨尚昆、欧初与进藤一马等就广州和福冈两市开展文化、城市建设、工业、农业、水产等方面的交流活动交换了意见，双方都表示要为促进中日友好继续努力。

广州和福冈正式结好之后，还派"友好使者"大熊猫"珊珊"和"宝玲"远赴福冈展出，广州酒家也在福冈落地，樱花与红棉分别在广州、福冈栽种，双方互设领事馆、开辟直航、互相参访学习两地产业发展等，接二连三的交流推动了两城的频繁往来。

————————

① 图片由欧伟明提供。

1981 年 4 月 14 日，日本福冈市友好代表团拜会广州市领导人。福冈市市长进藤一马向时任广州市市长梁灵光等领导人赠送了 1784 年在福冈市出土的我国东汉光武帝赠予博多地区藩主的金印的复制品。福冈市还向广州市青少年赠送了两套大型游乐设施——电动高速滑车和旋转秋千，安装在越秀公园内，命名为"金印游乐场"。

欧初（右）与杨尚昆（左）等在越秀公园金印游乐场和市民一起坐电动高速滑车①

这一天，广州各界代表举行广州市与福冈市结成友好城市两周年暨广州金印游乐场落成典礼大会。时任全国人大常委会副委员长的杨尚昆和广州市委、市政府负责人梁灵光、范华、欧初、罗范群、李辉、罗培元出席了大会。

福冈市市长进藤一马率领的福冈市友好代表团全体成员和日

———————

① 图片由欧伟明提供。

本驻广州总领事馆田熊利忠及夫人都在现场，见证了这个欢乐的时刻。

"我们也当一回孩子，体验一下坐过山车的滋味！"

欧初和杨尚昆、梁灵光一起，坐在首次启动的高速滑车上。当过山车呼啸向前，这些叔叔辈、爷爷辈的领导们，也情不自禁地放开自己，欢笑着大喊大叫起来！

为什么不呢？就是得让孩子们过得开心一些。

无巧不成书。广州金印游乐场建成不久，离游乐场不远的象岗山西汉南越王墓出土一枚龙钮金印，上刻"文帝行玺"四字。广州与福冈这两个友好城市各自出土一枚金印，时隔百年，同属汉朝，相互映照，友谊纽带增添新的光辉。

进藤一马告诉欧初，与孙中山先生的合影让自己终生引以为荣。他向欧初提出："我有一个愿望，就是去中山翠亨村瞻仰孙中山先生的故居。"

欧初爽快地答应："没问题，我来安排，我陪您前往。"

欧初安排并陪同进藤一马参观了中山翠亨村孙中山故居。进藤一马对孙中山先生的画像恭敬地行礼。欧初对进藤一马说："中山先生人格伟大，他提出，和平、奋斗，救中国，一直激励着全体中国人团结自强。不瞒您说，当年，中日两国对垒，我就是在五桂山根据地这一带带兵打仗。没想到，我和您今天也能携手同游啊！"

进藤一马肃然点头："日中永远友好是我的心愿。希望两地能增加相互了解，民间更加亲近。"

欧初感觉到，进藤一马对中国的感情非常真挚，交谈起来就像多年的老朋友，亲切而直率。

此后几年，进藤一马多次访问广州，他与广州市领导人就两市经济合作和技术交流问题初步达成了协议，确定了一批项目。进藤一马访问广州期间，几乎每次都由欧初陪同。

欧初（后排右六）和进藤一马（后排右五）等日本福冈友人在中山翠亨村参观留影①

　　1986 年秋天，欧初应进藤一马的邀请，率团访问福冈，参加两市缔结友好城市七周年庆祝活动。在福冈期间，欧初一行重点考察了福冈的城市规划与交通规划。

广州—福冈友好城市缔结七周年活动中，欧初（右四）和进藤一马（右三）互赠礼品②

---

① 图片由欧伟明提供。
② 图片由欧伟明提供。

这天晚上，进藤一马在当地一家古朴雅致的礼堂——山弥楼设宴招待广州友好访问团。进藤一马换上和服，举杯向广州的朋友们敬酒。

欧初答谢说："感谢进藤一马市长让我们来福冈交流，很有收获。这次来福冈，我们看到福冈作为日本南方的重要交通枢纽，空中、陆上、海上交通相当发达，市内的地铁等公共交通也规划得井井有条，值得我们广州好好学习。"

进藤一马说："广州一直在拼命地学习。这是让我深感敬佩的。"

说罢，进藤一马举杯一饮而尽，随后引吭高歌，欧初被他的热情所感染，忙赋诗一首：

> 山弥一曲起高歌，风采依然笑语和。
>
> 久别更宜留后约，珠江把酒再游河。

进藤一马看到欧初即席挥毫，赋诗作答，诗词、书法才艺都令他为之倾倒，遂请欧初再赐诗歌与墨宝。于是，欧初又接连写了两首诗，作为友谊的见证。

喜晤进藤一马市长

> 同游几度记犹新，柳下歌吟漉酒中。
>
> 线路年年金印在，情深似海是家人。

谒金门·庆祝广州福冈缔结友好城市七周年

> 冬打鼓，婷袅起博多舞。旧友新朋知几许，满堂频笑语。七载笙歌来去，点染千年丝路。乍见蓉棉开万树，醉题花影处。

进藤一马读诗后更是兴致高昂，躬身邀请中国的友人们到礼堂当中跳起咚打鼓节的舞蹈，欧初也欣然跳起舞来，中日两国朋友们载歌载舞，场面喜庆热闹，和谐融洽。

临别的前一天，进藤一马邀欧初同游京都名寺——承天寺。东瀛风光景色无限，他们一同踏出承天寺山门时，落日已经苍茫，两人以书道翰墨互答。进藤一马感慨万千："难得我们兄弟都喜爱此道，今日我有幸得到你几首佳作和墨宝，日后可留下艺林佳话，可谓书道同源，我们两国两城友好邦交意义重大。"

欧初与进藤一马紧紧握手道："宇宙间，人类的命运就是一个共同联结的整体。只要这一前提能达成共识，余下的任务便很明确：双方政治家运用政治智慧，两国人民保持理性认知，真正做到相向而行，竭尽可能去争取和平相处。欲借砚台留一纸，欣逢兄弟旧情长啊。"

今来使者悦琴筝——迎日本福冈市友好访问团①

东京览胜八重洲，鹿岛中秋月一楼。
今日迎宾前作客，神州万里快同游。
鉴真浮海涉东瀛，荣睿归真肇庆城。
风月同天千二载，今来使者悦琴筝。

---

① 欧初写于 1979 年 9 月 28 日。

第八节　存异求同路自宽

∶

　　一封来自洛杉矶市市长的信放在广州市常务副市长欧初的面前。

　　这是洛杉矶市市长布雷德利写来的，信中提出，希望洛杉矶和广州两市建立友好城市。随信还附上两市建立友好城市协议书的草稿。

　　欧初看到这封信以及协议书草稿，心情激动。他明白，这是多位热心于建立中美友好关系的人士积极奔走的结果。而其中起着关键性作用的人物就是虽然未曾谋面，却早已耳闻的卡罗琳·阿曼森夫人。

　　1980年4月28日，由美国洛杉矶市议会议长约翰·费拉罗和洛杉矶地区商会会长乔治·穆迪率领的代表团到广州访问。当天，欧初接待费拉罗议长，他带来了布雷德利市长的信和协议书草稿。

　　当与费拉罗议长举行会谈的时候，欧初首先说："我们广州地处珠江三角洲，毗邻港澳，地理位置优越，广州也是海上丝绸之路的起点，被称为'南大门'。洛杉矶位于美国西岸加州南部，是全世界的文化、科学、技术、国际贸易和高等教育中心，电影、电视、音乐方面有国际声誉，闻名世界的好莱坞就位于该市。两座城市如果能够结好，在多个领域开展合作，那真是一件好事。"

接着他又恳切地说："请转达我对布雷德利市长和卡罗琳·阿曼森夫人的诚挚问候。阿曼森夫人为两城缔造美好的未来不遗余力，让人敬佩。"

费拉罗议长问："欧初先生对阿曼森夫人也很熟悉吗？"

欧初微笑着说："是的，阿曼森夫人是美国一位杰出的实业家、慈善家和社会活动家，她与我们广州很有渊源，有很多会说粤语的朋友，也多次来过广州。"

费拉罗议长点头认可："洛杉矶跟广州结为友好城市的想法最早就是由她提出来的。"

原来，卡罗琳·阿曼森夫人是出生在加州的美国人，已经六十多岁了。早在学生时代，她就对中国的历史和文化产生了浓厚兴趣。大学毕业后，她以不凡的才华与杰出的组织能力在主流商业社会崭露头角，慢慢走上了事业高峰。后来，她结识了美国著名银行家霍华德·阿曼森，两人共结连理。婚后，卡罗琳·阿曼森担任了美国联邦储备旧金山银行董事长，成为这家银行历史上第一位女性董事长，又被大洛杉矶商会推选为名誉董事长、迪斯尼公司的董事，建立了阿曼森剧院、洛杉矶艺术教育中心以及著名的阿曼森基金会，她和丈夫创立的各种慈善组织与机构在洛杉矶地区乃至全美国都享有盛名。

卡罗琳·阿曼森夫人在实业与慈善方面的成就奠定了她在中美友好事业上的基础。1972 年，尼克松总统访问中国后不久就聘请卡罗琳·阿曼森为特别顾问，并委托她访问中国，探讨美中两国之间发展文化交流的可能。当时，周恩来总理提出了友好城市的概念和做法。

1979 年的一天，在卡罗琳·阿曼森居住的洛杉矶比华利山的一所豪华酒店的顶层，她在与朋友们聊天时产生了让洛杉矶与广州结为友好城市的想法。当时中美邦交刚刚正常化不久，中美双方都想尽快缔结友好城市。美国方面在寻找最适合的中国城市，他们有很多考虑，比如两个城市之间的交往历史，城市的相似性，有没有机缘，是否"门当户对"等。洛杉矶的广东华人比较多，一群热心人士包括当地著名的华侨侨领刘颂平和胡顺都在积极推动洛杉矶与广州结成友好城市。这个想法得到了在场朋友们的认同和支持，当然，最积极支持的就是洛杉矶市市长布雷德利："夫人，您的这个想法太好了，我们马上行动起来！"

于是，卡罗琳·阿曼森就把洛杉矶与广州结为友好城市的想法与时任中国驻美大使柴泽民交换了意见，随后又和时任中国人民对外友好协会会长王炳南进行了具体的磋商。本着双方友好合作、共同发展的原则，布雷德利市长的信件和协议书草稿就此拟成了。

欧初（左）与梁灵光（右）、洛杉矶—广州友好城市协会首任会长刘颂平（中）1981 年在洛杉矶合影[①]

1980 年 1 月，广东省省长习仲勋率团到洛杉矶作友好访问，布雷德利亲手把一枚象征友好的洛杉矶市的钥匙赠给了习仲勋省长。4 月，布雷德利派出的友好城市磋商先遣组来到了广州。

———————————

① 图片由欧伟明提供。

由于此前已有共识基础，欧初和费拉罗谈得很顺利，原定一天的会议半天就结束了。双方商定，1981 年初，广州市友好代表团访问洛杉矶，正式签订两市建立友好城市关系的协议书。

7 月中旬，洛杉矶市长办公室礼宾主任莱佛莉来到广州，与欧初一起商定了关于广州市市长杨尚昆于 1981 年访问洛杉矶的具体安排。

一切都已准备就绪。不料，洛杉矶—广州友城缔结一事平地起风波。1980 年 10 月初，洛杉矶议会一度出现了宣扬"两个中国""一中一台"的论调，甚至通过了一个议案：将 10 月 10 日定为"中华民国日"，同时在议会门前升挂青天白日旗。

10 月 14 日，杨尚昆致电通知美国洛杉矶市市长布雷德利，提出广州与洛杉矶市结为友好城市的初步协议由于美方个别人的阻挠而无效。

11 月，杨尚昆奉调回到北京，担任全国人大秘书长，接着改任中央军委秘书长。任仲夷被任命为中共广东省委第一书记，梁灵光为广东省委常务书记兼广州市委第一书记。

广州与洛杉矶缔结友好城市一事暂时中止。怎么办？

欧初不慌不忙，他利用自己出访新加坡，途经香港的机会，约请刘颂平到香港面谈，两人冷静分析了个中原因。原来，洛杉矶华人社会人口数量多，部分华人对中华人民共和国存有偏见。为了拉选票，洛杉矶议会的有些议员出现了支持"一中一台"的声音。欧初建议刘颂平请卡罗琳·阿曼森夫人出面呼吁，争取尽快扭转局面。临别时，欧初对刘颂平说："我认为，中国一定会强大起来，而且中国人一定要团结。"

经各方努力，事情果然出现转机。洛杉矶议会最终取消了曾经提议的那两个活动，两城结好方案也得以通过。在致时任广州市市长梁灵光的信中，布雷德利市长高兴地写道，他已宣布 10 月 1 日为"中华人民共和国日"，诚邀广州市市长访问洛杉矶，签署友好城市协议书，梁灵光市长马上复信接受邀请。

第三章 改革风清扬

1981 年 12 月 4 日，以广州市市长梁灵光为团长、常务副市长欧初为副团长的广州市友好访问团一行 5 人应邀访问洛杉矶。12 月 8 日，"洛杉矶—广州友好城市协议书"正式签署，两市交往的历史掀开了新的一页。

广州市友好访问团于 1981 年 12 月到访美国洛杉矶，12 月 8 日两市举行结成友好城市签字仪式，仪式后洛杉矶市市长布雷德利（左二）和广州市市长梁灵光（左一）、常务副市长欧初（右一）合影①

阿曼森夫人陪同访问团参观了洛杉矶艺术教育中心和阿曼森剧院。为了将梁灵光一行从洛杉矶送到纽约，洛杉矶市向石油大亨哈默借用了私人飞机。阿曼森夫人陪着广州的贵宾们走进林肯纪念馆，并讲述了美国历史和建国精神。欧初发现，阿曼森夫人身上似乎有一种永不衰退的热情和魅力的光芒，只要她一出现，众人的目光就自然被她吸引。

阿曼森夫人一边引领中国客人们参观，一边热情地讲述自己对中国感情的由来："小时候，有一次，我在亲戚家看到一面刺绣，绣的是一位漂亮少女站在一棵柳树下，头微仰，眉轻锁，夕

---

① 图片由欧伟明提供。

阳西下，鸟儿低旋，和风轻送，柳叶摇摆……噢，我被刺绣的意境深深吸引了！当听说这是中国人用灵巧而智慧的手绣出来的时候，我马上被中国人的智慧彻底折服了，也对中国这个远在大洋彼岸的神奇国度充满了好奇。"

1981年12月5日，由梁灵光（右二）为团长、欧初（右一）为副团长的广州市友好访问团到访洛杉矶，右三为阿曼森夫人①

看着阿曼森夫人为中国艺术倾倒的神情，欧初不由得问："夫人，您是仅仅因为这幅刺绣就喜欢上中国文化的吗？"

"当然不仅如此。小时候我经常与来自中国的小邻居一起玩耍，中国妈妈也时常招呼我到他们家里做客，让我感受到中国人的热情好客。我觉得自己与中国结下了一份特殊的情感。因为对中国民俗文化的喜爱，上中学时，我特意选修了中国历史和中国艺术。每一节中国历史课，我都听得如痴如醉。稍微长大一些后，亚洲美术馆里收藏的那些中国的文物也总是让我流连忘返。我最爱中国古代的青铜器、唐三彩，北宋时期各种各样的瓷器。在它们身上，我看到了中国人的聪明才智，并为这些精妙绝伦的作品所折服。"

---

① 图片由欧伟明提供。

欧初随手拿起阿曼森剧院的一张节目排期表，眼前一亮，又觉得有点难以置信，便继续问道："阿曼森夫人，我看到您创办的阿曼森剧院的演出剧目里，不仅有西方的流行歌舞，欧洲的传统话剧，也有中国的京剧、粤剧。难道这也是因为您喜欢中国戏剧的缘故吗？"

阿曼森夫人理所当然地回答："对啊，学生时代的我每逢节假日，就到旧金山的唐人街观看中国的戏剧，我觉得《西厢记》的人物刻画很鲜明，故事情节很曲折，我看过很多遍。"

欧初说："这么说来，夫人对中国文化和传统艺术研究得不少，这次最终促使两市的合作成为现实，真得感谢您的有力支持。"

阿曼森夫人连忙说："欧初先生，这是我们两个城市的人民共同努力的结果。"

欧初由衷地说："当我们这个提案受阻的时候，是您几次出面呼吁，要求市政府方面纠正错误，恢复与广州缔结友好城市的进程。您是怎么做到的呢？"

阿曼森夫人缓缓停下正在向前的脚步，慢慢抬起头，似乎在整理自己的思绪，然后回答欧初的问题："我就是跟大家说出我的想法而已。尼克松总统到中国访问前，他曾委托我先到中国访问。我很高兴地接受了任务。因为我终于踏上了这一片让我从小就魂牵梦萦的土地。我看到了中国的美丽风光，更见证了中国的蓬勃发展。我对议会的议员们说，你们如果去看看当今的中国，一座座高楼大厦拔地而起，中小城市的现代化工业区逐步建立了起来，你们就会看到这个古老而庞大的国度背后蕴藏的巨大的投资机会。"

听着她这番讲话，欧初似乎看到阿曼森夫人当日发表演讲时的情形，她以不可辩驳的事实说明只有一个中国，并重申《中美联合公报》的精神，说服了持不同意见的洛杉矶市议员。

欧初赞同地说："夫人这么做是因为您非常有远见。人和人之间也难免会产生摩擦和误解，何况国家与国家之间呢！可是如果有一天中美能真正联起手来，成为朋友，我相信，大家都会受益的。"

阿曼森夫人听到这里，不禁竖起大拇指："很高兴认识您，欧初先生，听君一席话，胜读十年书啊！听您这么说，我更加坚定了要为美中交流合作不懈努力的信心了。洛杉矶和广州两个城市之间有很好的交往根基。洛杉矶华人社区的华人九成来自广东，多数是四邑人。而且两个城市都是天然良港，有很多相似之处，感觉很投缘。我们两城结好其实是天时、地利、人和的结果。"

这次访问后，1982年12月8日，布雷德利市长率领的洛杉矶市友好访问团访问广州，参加广州—洛杉矶缔结友好城市一周年活动，并就两市文化教育、科学技术、经济贸易等方面的交流与合作进行会谈。这位黑人市长精明干练，在洛杉矶政坛声望很高。

此后数年，卡罗琳·阿曼森夫人率领她所在的洛杉矶—广州友好城市协会频频深入广州。1984年4月4日，时任洛杉矶—广州友好协会会长刘颂平率美国画家旅行团、洛杉矶市动物交换团出访广州，提议两市交换动物，以一对山魈交换广州动物园的一对小熊猫，获得通过，小动物作为友谊使者大受欢迎。同年9月15日，卡罗琳·阿曼森以美中关系全国委员会副主席、洛杉矶—广州友好城市协会主席的身份赴北京参加中国国庆观礼，也顺访了广州。1988年中国在洛杉矶设立总领事馆，阿曼森夫人以一美元的价格，将自己在比华利山地区的一幢豪宅售予中国政府，作为中国总领事官邸。此事被传为佳话。

1988年6月13日，卡罗琳·阿曼森夫人被授予"广州市荣誉市民"称号。接受这一荣誉之日，她感慨地对欧初说："您说得太对了，每一次访问中国，我都会深切感受到中国举国上下所发生的巨变。今天，我越来越看到了中国人的力量。我坚信这个伟大且充满智慧的民族在不久的将来一定会振兴自己的国家。"

1999 年 12 月，中国政府派时任中国驻美国大使李肇星赴洛杉矶为卡罗琳·阿曼森女士授予"中国人民友好使者"称号。

存异求同路自宽①

万事开头总是难，几番风雨几番欢。
结交理合多来往，存异求同路自宽。

---

① 欧初写于 1991 年 12 月 9 日。

大 笔 试 平 章

第四章

第一节　广州诗社友嘤鸣

$\vdots$

"有朋自远方来，不亦乐乎！今天特别感谢以欧初先生为团长的广州诗社代表团到狮城，协助我们新加坡文化学术协会主办'新粤乙丑诗人节雅集'活动。"新加坡文化学术协会主席陈声桂用一句中国的古语作了开场白。

1985年6月，农历五月初五诗人节。新加坡的松林俱乐部，阔落雅致，长条红木几椅，中式窗棂外绿荫掩映，新加坡与来自广州诗社的诗人们在此共同举办纪念伟大诗人屈原的盛典。

"中国古代哲学认为，天地与我并生，万物与我为一。老庄主张顺应自然，与天地精神相往来，进而达到和合的精神境界。受此影响，中国古典诗词中的山水田园诗蕴含着和谐自然的思想。传统的山水田园诗，一为山水佳趣，一为田园真味。"欧初仔细观察了一下，看到每个人面前都放了一盘荷叶裹成的粽子，两三朵菊花点缀其上，清香扑鼻，端午节气氛浓郁，觉得新加坡对于华人传统节庆保留得很充分，便作了简要发言。

在欧初对面，坐着一位70多岁的老者，穿一身印有竹子图案的唐装。只见他轻轻喝一口清茶，然后放下手中的瓷杯，说："五千年中华文明生生不息，源远流长。中华传统诗词正是其中不可缺少的瑰宝。中国古诗是一条打不死的神蛇，是龙！"

这句话非同寻常，话音刚落，在座不少人就鼓起掌来。欧初定睛一看，这位老者正是在新加坡享有"国宝"声誉的著名诗人、书法家潘受先生。

潘受祖籍福建南安，原名潘国渠。1930 年南渡新加坡后，曾任报社编辑、中学校长等职；1953 年参与筹办南洋大学，后出任该校秘书长。潘受在新加坡甚至东南亚都享有很高声誉，他致力于弘扬中华文化，与中国文化界的有密切的联系。其书法和诗歌艺术成就卓著，受到国内外文化界重视。

中国古体诗曾有一段时间被判定为"已经死了的语言文字"，"平仄的消失，是五十年内的事"。然而事实并非如此。就在风狂雨酷的半个多世纪里，备受煎熬的古诗群体仍在顽强地坚持着、守护着古诗的文脉，并以自己的声音呼应着时代的风雷，取得了骄人的成绩。

欧初很有同感，接话说："潘先生提出'中国古诗是一条打不死的神蛇'，真是高见！新加坡华人文化与本土文化呈现出一个和谐与多元发展的态势，华人社会一向重视传承华人文化传统、重视推动华文教育，值得我们借鉴和学习。正是基于弘扬中华传统文化的想法，我们最近成立了广州诗社，诗社一经成立，就受到内地以及港澳地区乃至东南亚文化界的关注，特别是受到新加坡社会各界的厚爱。由于得到新加坡华商总会会长陈共存先生、金融家林子勤先生、国会议员王邦文先生的支持，玉成了我们这次新粤诗人雅集之行。"

新加坡诗人马宗芗点点头，微笑着说："我觉得，中国素有诗国之称，欣赏、创作诗词，不仅是读书人必备的本事，也为广大民众所喜爱。国内实行改革开放，你们马上成立了广州诗社，让曾经一片肃杀的诗坛重新焕发生机，诗词之风日盛。让我们很是敬佩啊！"

马宗芗这番话，让欧初想起两年前成立广州诗社时的情形。1983 年 5 月间，广东省省长刘田夫、中共广东省委常委杨应彬、中共广州市委书记许士杰等几位领导希望营造一个弘扬中华传统文化的氛围，倡议成立诗社。他们找到刚从广州市委、市政府主要领导岗位退下来的欧初，请他担任社长。欧初自省自己的学养远不足以领导诗坛，但愿意为弘扬传统文化做些事，为各界诗人提供后勤服务，就答应下来。

1983年6月15日，端午节，广州诗社在白天鹅宾馆举行成立仪式，第一批社员40人悉数到场。刘田夫任名誉社长，欧初任社长，黄施民、王起、罗培元、杨奎章、陈芦荻、刘逸生等任副社长，诗社还聘请了吴有恒、胡希明、曾敏之、黄轶球等为名誉社友。白天鹅宾馆是香港知名人士霍英东投资建于珠江白鹅潭边上的五星级宾馆，大堂中设有一座巨石瀑布，巨石上刻有"故乡水"三个大字，此景成为白天鹅宾馆的标志性景观。

仪式上，诗人陈芦荻举着酒杯向欧初走来。他向来幽默风趣，这会儿，他半开玩笑地说："今天喝了白天鹅的'故乡水'，大家都得留下诗文。欧初，你是社长，你来开个头吧！"

欧初沉吟片刻，挥笔写下四句诗，向陈芦荻说："芦荻兄，各位诗友，欧初抛砖引玉，就用几句拙诗，祝贺诗社的成立吧！"

贺广州诗社成立[①]

当年失学舞红缨，未理芸窗仄仄平。
且效齐璜尊八大，陶麇紫砚友嘤鸣。

这首诗表达了欧初对中国传统诗词绵长的情结。从小学开始，他就在教书先生教导下念熟了"平平仄仄仄平平"，从《诗经》到唐诗、宋词、元曲，常背诵如流，文言文、古诗词的基础深厚。尽管高中尚未毕业他就提枪上马，走上抗日战场，但对诗词的热爱，早已悄悄地埋藏在他的心底。纵使行军打仗，他也纸笔不离手，把游击征战中的点滴写成诗句记录下来。

---

① 欧初写于1983年癸亥端午。

第四章　大笔试平章

此刻，陈芦荻高兴地在大厅里手舞足蹈，和大家一起鼓起掌来。随后，诗友们你一首、我几句，热烈地吟诵起诗作来。

欧初（前排左十一）于 1983 年担任广州诗社首任社长，1984 年 6 月诗社成员为庆祝诗社成立一周年聚会合影①

广州诗社成立后，用了半年时间筹办《诗词》双周刊，1984年元旦正式发行，欧初推荐著有深受读者喜爱的《唐诗小札》和《宋词小札》的刘逸生担任主编。《诗词》成为当时全国唯一向海内外公开发行的专业性诗词报纸，内容以诗词创作、评论、研究为主，兼及书画、篆刻等艺术，很受读者欢迎。

广州诗社在理论建设与创作交流两方面做了大量的工作。当年中秋节举办了"省港澳莲花山雅集"，诗社成员从 40 人发展到后来的 200 多人。之后，广州诗社经常性地举办粤、港、澳、台地区跨地域的理论研讨会，成为广东与港澳地区的文化盛事。诗社研讨会正本清源，就当代诗词的地位与作用、继承与创新等问题展开了充分的讨论，提出了"倡今""知古""求正""容变"的主张，并号召诗人们适应时代、深入生活、走向大众，做一个发挥艺术个性、表现时代风采的歌者。

广州诗社的成功，在内地以及港澳地区乃至东南亚引起了广泛反响。由陈声桂担任主席的新加坡文化学术协会主动邀请广州

---

① 图片由欧伟明提供。

诗社派团到新加坡，共同举办纪念伟大诗人屈原的活动。

欧初觉得，中新两国当时尚未建交，但文化渊源很深，诗社应该主动为促进文化交流出力，于是组成一个 13 人代表团，副团长为黄施民，团员有杨应彬、许士杰、陈一民、杨奎章、关山月、黎雄才、林墉、苏华、杨和明等，皆为知名诗人、画家、书法家。

1985 年 6 月 17 日，以欧初为团长的广州诗社代表团抵达新加坡，受到热烈欢迎。这是一次非政治、非商务的纯文化访问，却在当地引起很大关注。广州诗人们乘坐的飞机刚降落，迎接代表团的汽车就直接开到舷梯旁，车的主人是著名华侨领袖陈嘉庚的侄子陈共存。陈共存担任新加坡华商总会会长多年，在新加坡的社会地位很高。他亲自到机场迎接代表团，足见新加坡各界对广州诗社的礼遇。

借这次雅集，新加坡华文艺界朋友进一步加深了对中国的了解，双方结下深厚友谊。

欧初触景生情，赋诗一首：

戊辰上元诗词会感赋

诬称谬种掩嘉名，"不死之蛇"龙又生。
旧酒新瓶涵馥郁，时花老树竞繁荣。
文章统帅当为意，歌赋流风重在情。
珠花琳琅光几席，清辞丽句月争明。

第二天，代表团应邀参加在东海岸举行的国际龙舟节，场面热烈。潘受即席在节目单上写了两首七绝赠予欧初，其中一首是：

健儿五色闹如云，伐鼓龙舟各一军。
只恐骚魂听不懂，屈原原未习英文。

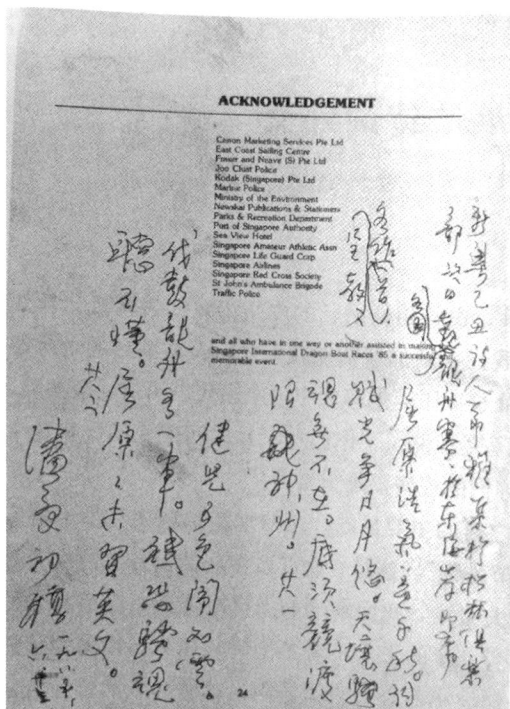

潘受即席题写在国际龙舟节节目单上的两首七绝①

因当天活动执行主席的讲话用的是英文，故潘受的诗后两句显得诙谐有趣。

1985 年 6 月 28 日，欧初与新加坡诗人马宗芗和应，写下《和新加坡马宗芗先生》：

> 花满狮城绿影春，归来犹得伴吟身。
>
> 乘风且作摩星客，跨海来交洗砚人。
>
> 入画烟云相润色，谈诗风月足怡神。
>
> 因缘文字源流远，嘉会长宜日日新。

广州诗社代表团访问新加坡之后，新加坡友人与广州诗社的

---

① 图片由欧伟明提供。

交往日益增多。同年年底，潘受访华，与欧初在广州重逢，甚为亲切。

欧初请潘受在爱群大厦的旋转餐厅听歌喝茶，坐而谈诗："我以为，为了有效地表达内容，诗的格律可以突破，不宜限制过严。总的来说，提倡语体诗与传统诗共同发展，在技巧上借鉴前人，却又观点更新，多写前人从来未写的各种事物，使时代精神更加充沛。"

潘受非常同意欧初不限韵的观点："对于韵的问题，诗是音乐性的文字，不能没有韵，但用韵可以宽松一些。对于声律的平仄问题，基本上可参照传统的诗词，但又不能太严。"

这时，音乐茶座的舞台上走出一位声线醇厚的女歌手，接连唱了好几首从港澳传入的粤语流行曲，很是叫座。潘受转头对欧初说："你听听，这些歌之所以受欢迎，就因为它的曲词、音韵、意境融合得特别好，为什么不试一下把你们的诗词和音乐结合起来呢？"

欧初抬起头："诗词与音乐结合？"

潘受点点头："对呀，把当代诗词谱上地方民间曲调或现代流行通俗的音乐曲调，使格律诗词流行得更加广泛。"

欧初想了想："嗯，把诗词谱上曲，唱起来，这思路不错。潘先生，您真是一言惊醒梦中人啊！"

1989 年，广州诗社、广州市文化局、广州日报社、新时代影音公司联合举办了多场"粤韵风华"演唱会。由欧初牵头，活动主办方从《诗词》报发表的作品中选出 26 首各种体裁、具有时代气息和古典韵味、以歌颂粤海风华为主的诗词作品，请音乐人为这些诗词谱曲。

4 月中旬，他们共收到 100 多首谱了曲的诗词。接着，新时代影音公司分别以粤语、普通话为诗词歌曲录音。普通话的歌曲作品基本上由当时云集在广州参加"全国流行优秀歌手选拔赛"

的全国歌坛高手录唱。其中包括北京歌手腾格尔、杭天琪，吉林歌手周虹，四川歌手周帆，以及广东歌手张咪、廖百威等。

粤语歌曲邀请广东省著名戏曲演员和歌星录唱，其中包括粤剧界的老前辈及新秀人才，文觉非、罗品超、黄少梅、卢海潮、卢秋萍、彭炽权、倪惠英等都参与其中。

不管是诗人、作曲人，还是演员或歌手，这种新的艺术尝试让他们兴奋不已，充满激情。5月，3 000套《粤韵风华》录音带如期完成录制。6月1日正式发行。一时间，酣畅的诗意伴着悠扬的曲韵蜚声海内外。从内地到港澳地区，从日本、韩国、新加坡到美国、加拿大等地，全球听众纷纷来函询价和邮购。

北京大学中文系教授陈贻焮评价说："《粤韵风华》词雅、曲高、歌美，不唯能愉悦性情，亦可长志气、壮国魂也。"

1989年"七一"前夕，广州诗社、老干局与广东电视台联合主办了"庆七一文艺晚会"，晚会大部分节目都是演唱《粤韵风华》的诗词。

祝贺广东中华诗词学会成立①

岭南山川秀，改革屡先声。
即以诗词论，唐宋久知名。
曲江张相国，梅岭勤披荆。
彩笔颂丹橘，经冬常晶莹。
文风重清省，无华浑天成。
近世黄公度，一帜树生平。
我手写吾口，不为迷古盲。
继承好传统，新酒装旧瓶。
三新能独到，意态自纵横。

---

① 欧初写于1988年。

265

文化的力量：欧初传记

煌煌今一代，磅礴起雷霆。
诗人鲲鹏志，飞跃万里程。
事异弄风月，精神谱文明。
骚坛欣砥砺，学会聚群英。
雅赋心相照，兴华促繁荣。

第二节　一枝一叶似知心

∶

"唐云兄、少其兄，我们现在站着的这座桥就是有名的流花古桥。从古到今，这一带都是林木参天、曲径通幽。"1985 年冬，广州流花公园，晨风轻拂，霞光映照，公园中央一条修长的葵堤上，走来几位精神矍铄的六七十岁的老人。走在最前面的欧初向身旁两位画家唐云和赖少其介绍流花公园的景色和典故。

"南汉皇宫在这里依水筑建了一座芳春园，园内广建宫室楼台，遍植奇花异卉。苑内宫女们把花扔在溪水中，落花随水漂流，流到宫外的一条石桥下，这座桥因此叫作流花古桥。"

唐云望着湖波潋滟的流花湖出神了好一会儿，说："欧书记，你想带我们来看的到底是流花桥，还是流花湖啊？我倒是蛮喜欢这个湖的。"

欧初兴致勃勃地携老朋友们漫步在汉代风格的水中廊榭烟雨亭，逛完花香四溢的湖心小岛浮丘，走进流花西苑。这是一座有岭南特色的庭院，亭台楼榭，朴素淡雅，婉约灵秀，苑内有数百个造型各异的盆景。

唐云是杭州人，听他说喜欢流花湖，欧初很开心，不禁笑起来："我虽独爱流花，却怎敢在家有西湖的唐兄面前夸别的湖呢？"

在一旁的赖少其这时插进来说："唐云是有大原则，也有大潇洒的人。不管别人怎么只说西湖好，他说喜欢流花的话，自然是发现了流花湖的好。欧书记，我们大可不必为广东的美湖妄自谦虚。"

欧初（右六）和唐云（右四）、赖少其（右五）等画家结伴到广州流花公园作画，左一为容海云[1]

赖少其祖籍广东普宁，早年就读于广州市立美术学校学习西洋画法，后投入版画创作，再加入新四军。早年的革命经历，让赖少其一生富有革命者的强大意志力。中华人民共和国成立后，赖少其先后在南京、上海、安徽担任美术界、书画界的领导，联络了一大批学养深厚的大画家。他自己也在数十年中，以黄山为大画院，屡次登上黄山写生，师法黄宾虹，同时琢磨透了唐宋明清历代大师的山水创作。眼下，他正准备回广州定居和工作。在画法上，他正在酝酿吸收中国画和西洋画之所长，对个人绘画开启变法，开一派大师之风，让艺术语言更为自由。

欧初明白，赖少其说的这番话，包含了敝帚自珍的意思，表

---

① 图片由欧伟明提供。

达了他对学习传统的重视。这句话也让欧初想起了唐云的为人处世。唐云原是画山水的，到了上海，发觉画山水的画家太多，于是改画花鸟，没多久，唐云以花鸟成名。于此，以画生存，是唐云的原则；改画花鸟，是唐云的潇洒。抗日战争时期，在一家古董店，唐云和一个日本人同时看中一尊六朝石佛。唐云最终以一百石米价夺得。当时买一亩地只要几石米价，唐云为此告贷卖画，大伤元气，但"杭铁头"的美名也由此远扬。多少年来，这尊石佛放在唐云家中。窗外冬日融融，那立于门边的石佛头上就戴着唐云的棉帽。于此，不让国宝沦落国外，是唐云的原则；随意把自己的帽子扣在石佛的头上，是唐云的潇洒。后有一日，有一个陌生人闯进唐云画室，说他的妻子几天前因工伤住院，她平生最喜欢唐云的画，能否求唐云画一小幅，让病中人有个大安慰。唐云愣了半晌，说可以。次日，那人如约前来，唐云说："这幅《竹雀》你拿去，但是不要和外人说。否则，很多人来，我怎么办？"于此，唐云画画为他人带来快乐，是他的原则；不愿多画，又是他的潇洒。欧初心想，其实所谓原则和潇洒大都很模糊，有大原则的人都很潇洒，大潇洒的人又都很有原则。人生就是这样相互包容的。

　　看着眼前的美景，唐云兴之所至，提议说："我们一起来合作一幅画如何？""绝妙！"欧初和赖少其高兴地应和。于是，欧初请公园工作人员在西苑摆开画桌、画具，摊开一张六尺宣纸，一起作画。欧初画竹，骨秀气清；唐云画梅，洒脱俊逸；赖少其画石，并题字，朴拙奇崛。三个小时过去，一幅秀竹皱石梅花图跃然纸上，可谓有节有香有骨。这幅竹石梅图与流花公园西苑的绮丽景色相得益彰，也融合了欧初、唐云和赖少其三人追求满堂君子之风的默契。1994年，欧初出版了《五桂山房书画集》，这幅竹石梅图就是其中一幅代表作。

　　唐云到广州作画，这已经不是第一次。1962年底，唐云与十多位上海书画家到广州游览，并为当地作画，受到欧初的盛情款待和欢迎。唐云曾向广东省博物馆捐赠南宋《伏虎罗汉图》、石涛绢本《荷花》、徐天池纸本《竹石图》等，这些都是极为难得的珍品。唐云还送给欧初一个新罗山人画的扇面《探春图》，并题上姜夔的《淡黄柳》。1985 年初，唐云再次率十多位上海书画家到广州，先是为广州市委作《松龄鹤寿之图》，又与钱君匋等一道为越秀宾馆作了一批画。这也是唐云的大原则与大潇洒吧。

在《五桂山房书画集》的序中，欧初写道："丰富的传统文化引我心追手摹，我也没有师承，但时常得到书画界众多友人的指点，使我获益良多。我不敢奢望成为一位书画家，然寄情丹青翰墨，既能够提高自己的艺术修养，又能够为炎黄文化薪火相传略尽绵薄，此中乐趣无穷。"

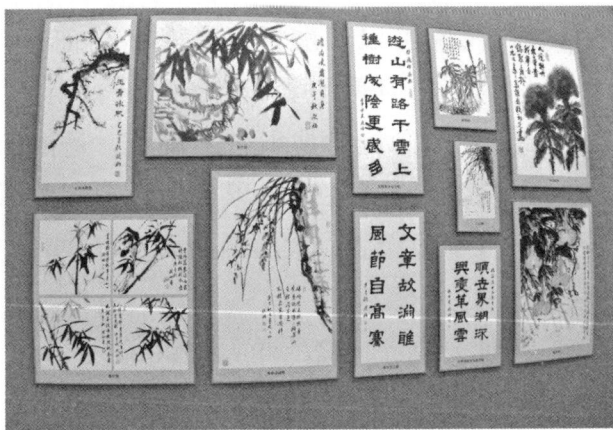

欧初的书画作品①

欧初写这段话的时候，脑海中除了出现唐云、赖少其，还逐一出现了上海的谢稚柳、陈佩秋夫妇，程十发，吴青霞，钱君匋；北京的许麟庐，周怀民，邵华泽，张君秋，李可染，何海霞，刘继瑛，黄胄，袁晓园等书画家的面容。除了与书画名家合作的作品，《五桂山房书画集》更是收录了好些书画家赠予欧初

---

① 本书作者摄影。

的作品，每一件作品都记录着他们的缘分，记录着他们相互间美学修养的影响。

欧初是在 20 世纪 60 年代与谢稚柳、陈佩秋夫妇相识的，当时，他和广东省副省长魏今非到上海为广东省博物馆征集字画，特意到谢稚柳家拜访请教。

在一个晴朗的日子里，他们走进虹口区瑞康里的"壮暮堂"。欧初感到，亭子间虽然狭小，却充满墨香与灵气。谢稚柳头戴一顶压发帽，鼻梁上架着一副宽边深色眼镜，身穿中山装，夫人陈佩秋笑容可掬地端出明前龙井，招待来自广东的客人。

欧初知道，正是在这个小小的亭子间，谢稚柳创作出了许多名画佳作，如《云壑松风图》《松下弹琴图》《林中仕女长卷》等。他还能将书法、绘画、史论、诗文融会贯通，这在中国近现代史上并不多见。谢稚柳见欧初在欣赏自己的画，他便笑笑说："我是搞古书画考辨的，画画只是我的业余生活。"

听欧初说明了来意后，谢稚柳爽快地答允了。大家一边品茗，一边闲谈。欧初拿出几张古字画以及古字画的照片向谢稚柳请教："判断一件古人的作品，为什么有些时候真的被说成是假的呢？"

谢稚柳说："对一件古人作品的真伪，如果简单地说它是假货，是伪作，那是很容易的事；但要肯定它，是很费功夫的，特别是对有争议的作品，更不能轻率地把它否定，打入冷宫。有时不妨多看几遍，多想一想。有的画，我是看了、思索了若干年才决定的。有些画这一代人决定不了，就让后来人再看。对画，就像对人一样，要持慎重态度。"

中华人民共和国成立前，谢稚柳通过参观故宫、拜访朋友和考察敦煌看到了许多古代作品，从陈老莲到宋元书画，再向前延伸到敦煌壁画，研究中国绘画艺术发展的历史，追本溯源，付出了无数心血。中华人民共和国成立后，谢稚柳任职于上海文管会。1962 年 4 月，在周恩来总理的关怀下，谢稚柳和故宫博物院的张葱玉、刘九庵三人参加了全国文物鉴赏小组，过眼文物无数。

谢稚柳继续说："中国书画家崇尚的是'外师造化，中得心源'的艺术指导思想，与西方人认为的认识世界就是认识一个实体的观念有所不同。西方人在直接参与或体察实际的同时，在其有关部分与自然取得和谐；而中国人则在与'气'互为流动、互为衍生的感知中与宇宙、自然保持和谐。由此，作为指导艺术创作的理论，包括中国书画理论，便有其独立深邃的特征。"

欧初接话说："谢公所说的'气'，意思是指中国古代哲学认为的由气而流动，当气凝聚，化成物体，物体之气散而物亡，又复归于宇宙流动之气，对吧？"

谢稚柳点头称是，又说："在这种理论指导下，加之软毛制成的书画工具毛笔，具有吸水性质的宣纸、绢以及墨的普遍使用，中国书画便由此形成其脉络，得以独立发展。学习书画鉴定，对于每一代书画家及其作品都需有所了解，这是鉴定的基础。由于品评、鉴定中国书画注重的是创作中所体现出的笔墨、气韵、意境、格调以及流派、传统，所以鉴定中国书画对这些方面要有全面的、融会贯通的理解。"

他喝了一口茶，再次强调："鉴别书画的标准为画本身的各种性格，诸如笔墨、个性、时代性、流派。鉴别工作就是要掌握书画的内在规律，抓住它的本质。"

欧初顿时有"听君一席话，胜读十年书"之感，从此慢慢步入业余绘画、收藏和鉴赏古书画的队伍。他慢慢体会到，对古书画进行真伪鉴定，其中包括分析、判定书画的质地、年代、作者、质量、艺术品位以及经济价值，而鉴定中国书画只能以专业知识和实践经验为主，必须虚心求教，刻苦学习，勇于实践，没有捷径可走。

那天，欧初与谢稚柳夫妇聊得特别投缘。谢稚柳夫人陈佩秋是中国书画界杰出的艺术家，被评论界称为"得宋元法度真谛者，当今独佩秋先生一人也"。她专攻花鸟山水，诗书画皆精。作品既有宋人的遒劲艳丽，又有明清文人画的墨韵雅致，同时融入西方印象派诸家色彩的绚烂。她的"工笔写意"风范重振古典高华和大雅正声。谢稚柳为人谦和，性格豪爽，欧初虽与他相识不久，却意外地得到了他的一幅墨宝。自此，欧初夫妇与谢稚柳夫妇成为很好的朋友。

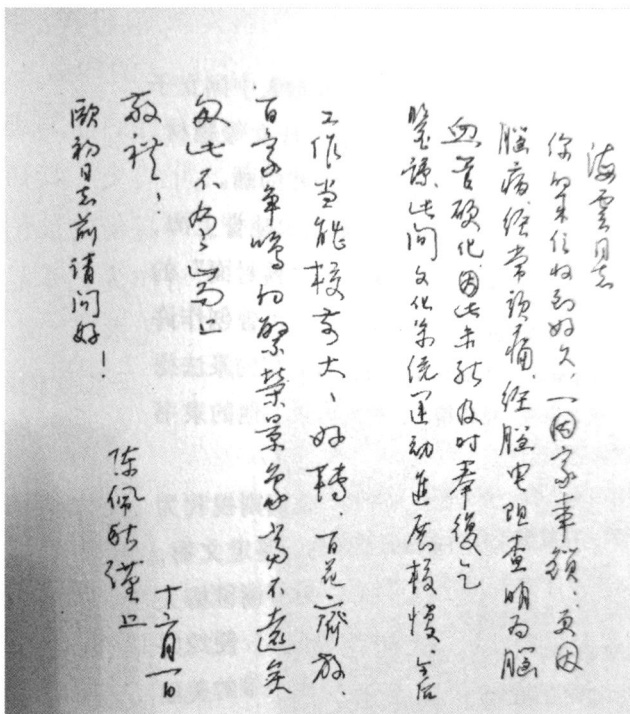

谢稚柳的夫人陈佩秋致容海云的信①

上面这封信，是陈佩秋在 20 世纪 70 年代末写给容海云的。两家保持通信问安长达几十年，从不间断。

中共十一届三中全会后，谢稚柳建议把停顿多年的书画鉴定工作进行下去，他的建议得到中央领导的重视和支持。1983 年 6

---

① 图片由欧伟明提供。

月经中共中央宣传部批准，文化部文物局成立以谢稚柳为首的中国古代书画鉴定小组，在全国范围内对现存古书画进行全面系统的考察、鉴定，并编订目录、图目及大型画册。这个鉴定小组也来到广州，欧初抓住大好机会，请专家们协助广州的几个博物馆鉴定藏品，定出真赝精粗，为保护文物和推进研究工作提供丰富材料，并为广州培养了一批中青年专业人员，建立起书画鉴定队伍。

在钻研书画的同时，欧初也极为喜爱篆刻。1995 年，欧初与广东篆刻名家周国城、黄大同一起，把自己的印藏一一钤拓成谱，印制成《五桂山房用印藏印集》，他在序言中写道："印章乃我国优秀文化艺术遗产之一，有两千多年历史。其初只作为凭信的记号，称为玺。秦以后，印章被法定为身份的征信，规定玺为皇帝专用，一般人用的称为印或章。还可作为艺术品，尤其与书画结合，相互辉映，成为东方特有的篆刻艺术。"

欧初曾由谢稚柳请吴扑选了一块美石来锲名章相赠。接着，他先后请过广东的商承祚、吴子复、秦咢生、莫铁、张大经，以及南京的陈大羽、广西的李骆公、浙江的方介堪、澳门的林近、北京的李文新等名家精制姓名印、闲章多钮。其中以广州的黄文宽所刻尤多，其篆刻远宗秦汉、近得皖浙精微，晚年形成清刚劲迈、雄强博大的印风。欧初花费不少精力和时间于集藏古玺印上，以黄宾虹、黄睿、周季木、周叔弢诸家最著称。他还收藏了好些古今图章，其中有汉代官印，也有吉语印。

欧初收藏的这些印章，有邓尔雅所刻的"金石文字记"两面印，结体舒徐，萧散秀逸；有乾隆辛卯年陈梁所作之"裴斋"石印，雄浑朴雅。

谢稚柳因经常到香港访友作画、鉴定文物，时常与欧初约在香港见面。1993 年岁末，欧初到香港出差，恰好谢稚柳夫妇也来到香港。他们约好一起吃饭、畅聊。谢稚柳把近来的感触告诉欧初："近来书画在市场流通中，由于其本身的艺术价值以及由此带来的经济利益，诱使这几年有意作伪的赝品日多，作伪手段及技巧也日益熟练隐蔽，增加了书画鉴定的难度。"

欧初颇有同感："对，也由于一些社会的原因，新伪作与历来书画作伪并得以流传的作品积存在一起，更使得目前书画市场鱼目混珠。"

谢稚柳点头："辨识真伪真是一件紧迫的事情。"

随后，他们一同到香港岛以旧货店闻名的摩罗街淘宝。欧初在一家小店挑到两对铜镇纸，见陈佩秋有喜爱之意，就说："师母，这两对镇纸送你一对，我留一对，我们两家彼此交情深厚，请不要推却。"

陈佩秋连声道谢，并笑着说："看来我们都是近朱者赤呀，连心头之好的镇纸都是同款的，哈哈哈！"

欧初和谢稚柳夫妇俩一起开怀大笑。

画竹偶题①

闲来偶画两三枝，根固心虚是我师。
漫道琅玕寒一色，凌云傲雪竞芳姿。
夺暑抽闲画阁临，一枝一叶似知心。
那能写出潇湘影，意远神清法古今。

---

① 欧初写于 1986 年 1 月。

275

第三节　樗园又见岭南画

⋮

"我父亲当时从日本求学归来，在原东山寺的荒地上请人盖了一个园子。那是 1927 年的事了。那个园了一进门，有夹道的浓荫，园里头种满花草树木，左边有一池塘，临水的小亭子叫勺亭。再进去，是一栋两层的楼房，周围也有很多树木，名为古翠楼，是我们一家的居所。最后一重，是要迈几级台阶上去的画室，四边的围栏上摆满鲜花和盆景，叫作草绿山堂，父亲在这里作诗画甚多。他把这个园子取名为樗园，是他自谦的意思。"

淅淅沥沥的春雨飘洒在广州东山的街道上，一位年过半百却气质优雅的女士走在欧初身旁，一边向他介绍这里曾经有过的一个园子。女士名叫陈真魂，是陈树人的小女儿。陈树人，岭南画派的创始人之一，是成就卓著的艺术家，与高剑父、高奇峰并称"岭南三杰"，开一代宗派，影响所及，蔚然成风。在革命史上，他追随孙中山，加入同盟会，系辛亥革命元老。

"嗯，那真是一个古朴高雅的园子，我读过于右任为它写的一首诗：'头白江湖更放歌，桂林归后兴如何？樗园真是高人宅，古木参天画本多。'诗中所表就是樗园昔日意境。"

欧初的语气中流露着神往，也有惋惜。此时，欧初正担任广州市委书记、广州市常务副市长。这段时间，他为了把几近凋零散落的岭南画派的艺术遗址重建起来，使这个流派重新焕发光彩，正在四处奔走。

"那是于老先生写的《访樗园赠树人》，门口上面'樗园'两个字也是于老先生题写的。可惜樗园在抗日战争时期被战火摧毁，只剩下一片遗砖碎瓦。1948年父亲在樗园附近的一块空地即署前横1号，修建一座两层小楼作为我们家的居屋，叫作栎园。樗栎，都是比喻无用之才，这也是父亲的谦辞。就在这一年，父亲因为胃出血过世了。唉。其实栎园也是父亲精心设计的，一座两层镶嵌白色大理石的圆拱形建筑，楼下有客厅、画厅和饭厅，楼上是居室、阳台。后来，栎园被征用作东湖卫生院。"

陈树人是广东番禺人，生于1884年。17岁就拜在居巢、居廉两画师门下习画，后来成为居巢的孙女婿。晚清时期，国家内忧外患，天下沧海横流。和无数忧国伤时的青年一样，陈树人治学之余，以手中之笔在报纸上宣传革命。1906年，陈树人在日本认识孙中山，有相见恨晚之感，随即加入同盟会。辛亥革命后，陈树人从日本返国，任广东优级师范学校、广东高等师范学校图画教授。1922年6月，陈炯明在广州炮轰观音山下的总统府，孙中山登上永丰舰避难。陈树人闻讯马上赶回广州，冒着叛军炮火登上永丰舰，决心与孙中山共生死。他积极参与改造国民党，与廖仲恺等国民党左派人士交情甚笃。陈树人先后担任过广东省省长、国民党工人部部长、国府秘书长、国民党中央侨务委员会委员长、国民政府总统府国策顾问等重要职务。后来，陈树人从廖仲恺遇刺、"中山舰事件"到"4·12"大屠杀等事件中，看到孙中山生前制定的三大政策遭到破坏，愤然辞去国民政府的职务，与何香凝、于右任、经亨颐等国民党名士组织"寒之友社"，以诗言志，以画喻节。

他们两人边说边走，来到东山公园旁边的一片施工工地。陈真魂站定，抬眼看着建筑工人正在忙碌的地方，似乎在努力回忆过往的景象，又像在憧憬未来楼宇的落成。之后，她转身对欧初说："欧书记，真的非常感谢您，我们虽然一直想为纪念父亲做点事，却不曾想过能在樗园的原址上修建父亲的纪念馆。我们全家都感谢您。"

欧初说："省委同意了我的建议，已经批准了这个项目，成立岭南画派旧址修建委员会，修复岭南画派几处重要画室。而且陈树人纪念馆和高剑父纪念馆的建造都是由我负责。不久之后，这里将会建起一座镶嵌白色大理石的圆拱形建筑。设两层展览厅，第一层陈列陈树人先生的书画作品和史料，另外设一间纪念陈先生的儿子、革命烈士陈复的'思复楼'。第二层是岭南画廊，可以经常举办艺术作品展览。"

陈真魂非常感动："这个设计考虑得太周到了。"

欧初诚恳地说："树人先生是岭南画派的重要创始人，但馆藏资料非常缺乏，所以希望能提供一些树人先生的代表性作品和史料。"

"会的，我们一定想办法多整理收集一些作品和史料，给纪念馆收藏和展览。"

"感谢啊，我更希望真魂女士能够把陈老的年谱写出来，我知道这是您多年的心愿。"

"是啊，难得欧书记对我们一家无微不至的关心。我记得1958年，您和陈郁省长曾经多次登门拜访，我母亲每次见到你们到家里来，都非常高兴。她还喜欢称陈省长为郁哥。"说到这里，陈真魂微笑了一下："陈省长总是记挂着和我大哥当年共事的情谊，特别重情念旧。"一提起她的大哥陈复，陈真魂脸上又禁不住有点凄然。

陈树人的长子陈复自幼志气高远，曾随父母亲留学日本，之后一起回到国内。1925年，他与廖承志、蒋经国等人共赴莫斯科中山大学深造，在苏联加入了中国共产党，后来曾与聂荣臻、陈郁一道在"白色恐怖"时期并肩战斗。1930年，陈复受党组织派遣，化名为陈志文到天津开展地下工作，任中共顺直省委宣传部部长。1932年8月，陈复在广州被反动当局绑架，惨遭杀害，年仅 25 岁。陈树人痛失爱子，舐犊情深，作了《哭子复》八首，并将"古翠楼"易名为"思复楼"。

欧初（右）和陈树人的幼女陈真魂（左）一起追忆陈树人的画品与人品①

欧初感同身受，轻声念起《哭子复》中的诗句："革命至情能似此，已非吾子是吾师。……小楼从此名思复，不尽千秋父子心。"

陈树人擅画花鸟、山水，所绘柳条、芦苇和竹竿显见其精神和风格。这种精神和风格，欧初尤为喜爱。而陈树人作为一位饱览风云的革命家，生活相当严谨，不吸烟，不赌博。他与夫人居若文感情深厚，曾一起到过加拿大、美国，两次赴日本留学。陈树人是岭南画派中最有学问的学者型画家之一，他提倡艺术家要"德成为上"，"士先器识而后文艺"。他的为人与品德，更是深得欧初敬重。

欧初对陈真魂说："陈老一生酷爱红棉，常以红棉入画，红棉盛开时如'万炬烛天红'的气势，红棉直冲云天的高挺劲节，都被他描画得出神入化。1942 年创作的《红棉》，就有'烧天血火灿红棉，壮丽元堪冠大千。写得兹图真左券，山河收拾定明年'的题诗，表达对抗日战争的必胜信心。我特别有共鸣啊！"

---

① 图片由欧伟明提供。

陈真魂马上点头："我知道欧书记也为红棉写了很多诗句，如果父亲还在世，你们一定很投缘的。"

1987年8月，陈树人纪念馆举行奠基仪式。面对众多来自国内外的陈树人的家属、学生、朋友以及美术爱好者，欧初代表岭南画派旧址修建委员会作了题为"樗园重构表斯人"的讲话："这里是樗园遗址，原是岭南画派创始人陈树人先生寓所和从事艺术创作的地方，在抗日战争时期被毁，1986年7月，为了纪念陈树人先生，省、市人民政府同意在此修建陈树人纪念馆。陈树人先生认为：'中国画时至今日，真不可不革命。'他主张国画创作既要传统，又要借鉴外来，使国画焕发出艺术的青春。他的革新主张，对近代中国画的革新潮流起了积极的推动作用。陈树人先生的作品，将如他自己的诗句所写的那样：'水流不息花常发，留得神州万古春。'永远为大家所共赏。"

1988年，陈树人纪念馆如期落成。纪念馆里，观众们看到了陈树人先生不同时期的代表作。

从跟随陈郁到陈家探望那时起，几十年来，欧初和陈家几代人建立了深厚的感情，像亲人一样，每隔一段时间都会互致问候。陈树人的夫人居若文遵照丈夫的遗愿，挑选了书画精品80余幅捐献给国家博物馆，受到国务院文化部的嘉奖。其后，又捐献了20余幅给广州美术馆。1974年，陈树人的子女陈美魂、陈兴、陈适、陈善魂、陈真魂又将其父亲的286幅遗画无偿捐献给广东省博物馆，让大众得以共享岭南文化的瑰宝。这次，为了筹备修建陈树人纪念馆，陈真魂和她的哥哥、姐姐又捐出了一批陈树人画作。

这天，在奠基仪式上，欧初见到了关山月和黎雄才等多位岭南画派的第二代画家。他们相聚一起，既缅怀追忆先师陈树人、高剑父的画品与人品，又为欧初正在筹建高剑父纪念馆和陈树人纪念馆出谋划策，大家甚为感奋。

春睡画院在广州市朱紫街87号（现为解放北路861号高剑

父纪念馆），原是一间依山而筑、三幢并排的古老大屋，1930 年高剑父购得后修葺而成，取名"春睡画院"，这里闹中有静，树木婆娑，大厅则为高剑父绘画授徒之所。1933 年画院全盛时，从学者有 120 多人，为"新国画运动"培养了关山月、黎雄才、方人定、司徒奇等一大批艺术大师。1938 年 10 月广州沦陷，高剑父辗转于澳门，画院也被日机炸毁。学生离散，他避居澳门普济禅院，继续主持春睡画院的教学工作。

　　抗日战争胜利后，高剑父回到广州，在春睡画院原址创办南中美术院。1989 年，高氏家属将春睡画院旧址房产无偿捐献给广州市人民政府。1991 年复原的春睡画院，即为高剑父纪念馆。

欧初（左二）和关山月（右一背影）等为春睡画院修复工程奠基①

　　改革开放之后，高剑父的遗孀翁芝、儿子高励节以及定居美国的女儿高励华等先后访问广州。欧初到香港公干时，也几次抽空去看望翁芝与高励节。他们一家对修复春睡画院的项目十分支持，捐出不少文物以充实纪念馆。

_____

① 图片由欧伟明提供。

高剑父的遗孀翁芝（前右）、高剑父之子高励节（前左）与欧初（前中）合影，后排为时任广州市副市长李卓彬（后右）、时任广州艺术博物院院长卢延光（后左）①

岭南画派第二代画家各有所长，其中成就被公认最为杰出的有赵少昂、黎雄才、关山月、杨善深四位。20 世纪 80 年代初，他们四人的作品联合展出，展现出岭南画派第二代名家的精湛造诣，轰动广州、香港等地。欧初与他们四位都保持密切联系，尤其是与关山月、黎雄才。关山月为人沉静谦和，欧初常与他合作画画，欧初画竹，关山月画梅，两人喜欢互相交换诗稿，雅趣甚浓。

与关山月齐名的另一位岭南画派大家黎雄才则豪爽直率、热情奔放，黎雄才以山水画见长，他笔下的松树，挺拔苍劲，气势开张，欧初特别欣赏。

广州艺术博物院同时还设立了"赵少昂艺术馆"和"杨善深艺术馆"，收藏这两位画家捐出的一批书画精品。

赵少昂和杨善深早年定居香港，但与欧初时常有书信来往。1984 年，广东省委决定修复广州几处岭南画派旧址。欧初请赵少昂为高奇峰当年的画室"天风楼"题写匾牌，他马上书就寄来。

---

① 图片由欧伟明提供。

此后《陈树人先生年谱》由陈树人之女陈真魂编成，赵少昂又为年谱题写了书名。

　　赵少昂时常从香港回内地写生。他每次到广州，都要安排时间与欧初见面，欧初每到香港也必去看他。2000 年 9 月，欧初专门到赵少昂在香港的寓所祝贺赵少昂的 90 岁诞辰。

　　1995 年欧初书画展开幕仪式上，关山月（前右）、黎雄才（前左）和欧初（前中）合影①

欧初（右）到香港探望画家赵少昂（左）②

---

① 图片由欧伟明提供。

② 图片由欧伟明提供。

20世纪90年代后，陈真魂移居加拿大，她一直与欧初保持书信联络，直至病逝。欧初曾多次建议陈真魂为她父亲编撰年谱。于是，陈真魂以抱病之身，付出全部心血，经过多方搜求、查证资料，并得到几位兄姐以及丈夫凌崇光的协助，《陈树人先生年谱》终于编撰而成，陈真魂请欧初为其著写序言。

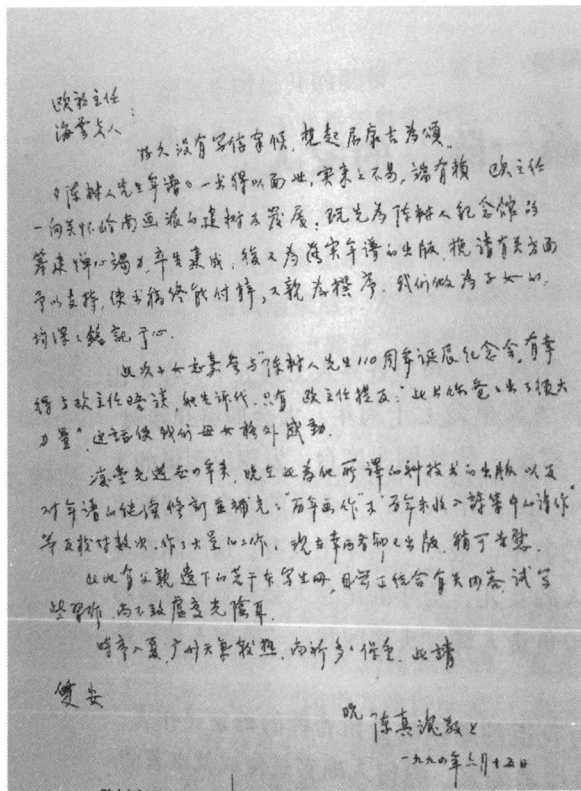

陈树人的幼女陈真魂1994年6月从加拿大致欧初的信①

之后，欧初与陈树人的孙女、二子陈适的女儿陈静芬保持着长期联系。陈家后人准备重修陈树人、居若文夫妇的墓，陈静芬郑重请求欧初为她的祖父、祖母撰写墓志铭。

欧初有感于他们的拳拳深情，更出于对陈树人的敬仰，兢兢

---

① 图片由欧伟明提供。

业业撰写了百余字的短文，并以隶书书就，交由陈家制作成石碑，安放在陈、居二位的墓前。

陈真魂在世时，特意挑选她父亲生前用过的两支毛笔和一方鸡血石赠予欧初留念。这两支毛笔后来一直珍藏在广州艺术博物院的欧初艺术纪念馆，而鸡血石，欧初则请岭南篆刻第二代代表人物黄文宽为他刻制"五桂山房"四字，作为自己的常用印。每一次使用，所有敬意和想念，点点滴滴，涌上心头。

陈树人纪念馆留题①

永清纯洁信名儒，澹泊自持璞玉躯。
三绝函真师造化，岭南一树发新枝。

---

① 欧初写于 1988 年。

第四节　重修南海神庙

. . . . .

在欧初与画家关山月合画的一幅梅竹图上，中山大学语言学系教授商承祚题了四句诗：

> 秀竹劲梅展所长，技艺各具信可赏。
> 拜观之时头频点，此是何人好事商。

商承祚戏称自己是"好事之徒"，其实欧初经过修建西汉南越王博物馆一事，了解到商承祚所"好"的就是维护中国传统文化的事，对许多涉及文物保护的事，他往往出头大声呼吁。此后，两人的接触越发多起来。隔三岔五，欧初就到中大向商承祚请教古文字的书写。这天，他又来到中大康乐园看望商承祚。

在绿荫如盖的小院里，商承祚一身素白唐装，手持折扇，说："欧初，你这段时间写的篆书，有进步。我告诉你，学篆书，一定要学前贤的字，我建议你多多临摹《峄山碑》。"

平日交往，商承祚喜欢直呼欧初的名字，非常亲切。1981年，他把父亲商衍鎏的一件墨宝遗作赠给了欧初。

欧初（左四）与商承祚（左二）等鉴赏古画①

欧初（右）到中山大学看望古文字专家、中文系教授商承祚（左）②

　　商承祚出身书香仕宦之家，幼承家学，酷爱古器物、古文字，早年研究甲骨文，出版有《殷虚文字类编》等学术著作，后期致力于青铜器及其铭文的收集与研究。凡是有考古价值的事物资料，他都不轻易放过，总是从保存文物、弘扬文化遗产的角度出发，利用古文字和古器物研究古史，校勘古籍。他的父亲商衍

---

　　① 图片由欧伟明提供。
　　② 图片由欧伟明提供。

鎏早年在清末殿试中被点为第三名，成为科举历史上的末代探花。中华人民共和国成立后，商衍鎏被聘为中央文史研究馆副馆长，长住中山大学康乐村，直至 1962 年去世。商家父子为中国传统文化的继承和发展作出了巨大贡献。

欧初恭敬地说："商老，今天我其实还为一事请教而来。"

商承祚："所为何事？"

欧初说："前几天，我因公事路过黄埔，不经意间，看到有的当地人头上戴着有'扶胥'两个字的竹笠，这两个字，让我想起小时候去过的南海神庙。于是我就一路找过去。没想到，见到的却是一个破烂不堪的南海神庙，让我心疼啊！"

商承祚把折扇往手上一敲，"啪"的一声，似乎在为他接下来说的话加了一个愤怒的惊叹号："把老祖宗的宝贝当'四旧'来破坏，真是败家的行为，难怪这十几年来广州风多雨多，罪孽！"

"商老，我想把南海神庙重新修建起来，您觉得怎么样？"

"说实在的，早就应该这么做了。好得很，我强烈支持！"

"您觉得有可能修好吗？找谁来做这件事比较好呢？"

"只要有资金，重修当然是可以实现的，但是要修建得好，大致上恢复它的历史原貌，就不是那么容易的事了。嗯，我想向你推荐一个人。"

"谁？"

"古建筑专家龙庆忠，他与清华大学梁思成教授并称'北梁南龙'。他曾经在中大当过工学院院长。现在是华南工学院建筑学系的教授、博导。你可以去找他谈一谈。"

"好，我明天就去华工请教他。"

"要不，我帮你约他得了，不必兜圈子。干脆我们一起去到南海神庙那里谈。"

"那就拜托商老了！"

几天之后，欧初与商承祚来到黄埔南海神庙。在这里，他见到了龙庆忠教授。

第四章　大笔试平章

欧初没有想到，这位精神矍铄的建筑名家，年届八十，却目光如炬，动作、反应比年轻人还要灵敏。但与商承祚截然不同的是，商老爱说、敢说，龙教授则安静、寡言。

因为有商承祚沟通在先，大家无须太多客套，一边聊着，一边往神庙里面走。龙教授身边还跟着几个学生。

他们穿过周围的码头、船厂、鱼苗场、石化厂，来到一座古庙前面。古庙门口挂着两个牌子："广州航海学校"和"波罗庙航修站"。众人继续往里走，只见大殿的墙身成了断瓦残垣，神像全部被砸碎，大部分的古碑被推倒砸碎，其中明太祖朱元璋的御碑被断成两截。

"真是满目疮痍，让人心痛啊！"

重修后的南海神庙标牌立于庙头村（古称扶胥村）路口①

---

① 本书作者摄影。

看到欧初发出如此感叹，龙庆忠用手指着门外的一片荒芜说："是啊，南海神庙很长时间没有重光了。这里，原本是南海神庙的牌坊、头门、仪门、礼亭。中间是大殿和昭灵宫，两侧有廊庑，西南章丘岗上有浴日亭。后面有后殿和碑林。"

欧初点头："我也依稀有点印象，但龙教授似乎早有调查和研究，是吗？""1948 年 3 月，我曾经与叶恭绰组织过一个古建筑考察团，在波罗诞正诞日到这里考察、调查，看到的是一片衰败的庙景，当时我们就感到非常凄凉和遗憾。隋开皇十四年（594），隋文帝下诏建庙，南海神庙就成为广州扶胥港的标志。这可是一座有 1 400 年历史的古庙，中国历代皇帝都派官员来到这里举行祭奠，留下不少珍贵的碑刻。古坛仅存啊！"

商承祚插话解释说："南海神庙是中国四大海神庙中唯一保存下来规模最大、最完整的海神庙。隋开皇十四年就建有此庙。古代中外海船出入广州，都要到庙中祭拜南海神。"

欧初恳切地对龙庆忠说："正如商老所说，南海神庙是海上丝绸之路的重要标志。世界各地的文化、宗教在此交流汇合，为古老的华夏文明注入新的元素。最近我在广州市委一次会议上提出，我们在着力发展经济的同时，不应该放松文化建设。今天，如果我们再不出手修复这座古庙，保护好这些重要文物，我们会有愧于这个时代，也有愧于历史！龙教授，我们一起做一个南海神庙的修复工程方案，请您指导这项工程好吗？"

龙庆忠并没有立即回答，他沉默了好一会儿，对欧初说："我当然希望这个想法能够实现，但是在决定怎么做之前，我们需要好好谈一谈。"

欧初同意了。接下来的日子，在广州市委大院的会议室，在华南工学院的办公楼，人们经常看到，欧初与龙庆忠教授热切交谈的身影。

龙庆忠本名龙昺吟，但他更喜欢用自己的笔名龙非了。1903年他出生于江西，幼年受教于私塾，十六岁报考中学时，因为没有小学文凭，便借了同村龙庆忠的文凭去报考，从此用了别人的名字。虽然后来留学海外，但是乡村的印象和国学经典已经在他的心里扎下了根，给了他今后的研究以价值立场和思想源泉。

1925 年龙庆忠赴日本留学，考入日本东京工业大学建筑科，1931 年毕业回到国内。"九一八"事变后，龙庆忠辗转于上海、河南，与梁思成、刘敦桢一起开展了对中国古建筑的研究工作。他受聘于重庆大学工学院建筑系，并在中央大学兼课。后在同济大学土木系任教授。抗战胜利后，龙庆忠执教于中山大学建筑系，并任系主任。中华人民共和国成立后，龙庆忠任中山大学工学院院长。1952 年，因全国院系调整，龙庆忠在新建立的华南工学院建筑学系担任教授。

在交谈中，欧初了解到，虽然龙庆忠在东京工业大学受到过严格的建筑教育，与同时代的中国建筑历史学家们有着长时间的共事经历，也曾在多所知名大学的建筑系任教，但他的建筑历史研究深受中国传统文化的影响，这与他少年时代所受的教育不无关系。龙庆忠的少年时代奠定了他一生在学术研究中的社会文化立场，格物、致知、诚意、正心、修身、齐家、治国、平天下始终是他在学术研究上的终极目标。

欧初还了解到，龙庆忠对南海神庙的重修早已进行过研究。他的学术主张，是力图还原中国传统建筑对"礼"的表达以及在建筑上实现城市防灾。龙庆忠在 1985 年发表的论文《南海神庙》中写道："如宋章望之《重修南海神庙碑》云：此民与海中番夷、四方之商贾杂居焉。皇祐中，广源州蛮来为寇，民之被杀之余流散逮尽，后虽归怀，无复昔日之饶□，观之可见宋皇祐以前，此地外舶之多，贸易之盛，镇民之殷，或有如后世广州十三行以及西关之情状也。复有一于此，意者当时之黄木湾，乃一水深浪平而积宽广之良港，足以容受外舶，彼外来洋商海贾，则由此扶胥江进入扶胥镇，而贸易焉，而谒神焉，而居留焉，此黄木湾及扶胥江实为构成此胜地之一要素也。"

在中国古代，与建筑相关的官署主要有两个，一个是工部，一个是礼部，前者司营造工程事务，后者司朝廷坛庙、陵寝之礼乐及制造典守事宜，确定建设的等级、秩序和礼仪，制度色彩浓郁，礼部是与建造相关的意识形态的真正管理者。龙先生的笔记和论文对礼部所司的范畴多有涉及，他多次引用了《周礼》《仪礼》《礼记》《大戴礼记》《仪礼图》等国学经典。而从老百姓的切身感受出发，他倚重科学，创立了建筑和城市防灾学，涉及城市防洪、建筑防雷、防风、防火、防震等方面，防灾研究又使得他特别重视地方志在建筑史研究中的作用。龙庆忠在担任中山大学建筑系主任时，发表了《中国建筑与中华民族》一文，作为自己的任职演说。从1951年到1992年5月，他一直是广州市文物管理委员会的委员，他所创立的社会文化史和技术史两条线索仍然在发展，古建筑的保护和修缮一直在坚持。将建筑文化和防灾知识用于治国和救民，这是龙庆忠内心的守望和真正的目标。

"龙教授，近日我阅读古书籍，看到关于'天子四望达于四方'的说法，四望为日、月、星、海。我想请教您，古代的四海之祭都有哪些礼仪呢？"欧初问道。

"帝王'四海'之祭早在夏商周时期就开始了。当时，帝王主要在中原一带活动，祭海多是象征性地对东、南、西、北四海遥祭。自周代海神之祭已纳入国家礼制体系，祝告山川，祈神福佑，后世帝王皆循此礼。"

"为什么古代帝王和老百姓都如此重视在南海神庙的海神之祭？"欧初仍在思考。

"隋文帝统一中华之后，对可以用来维持社会秩序的礼制进行了重修和完善，把祭祀作为一项重要的国策。近海立祠选址时主要考量三个条件：一是近海边，便于祭祀海神；二是经济发达，有一定人口，使香火旺盛；三是驻兵之地便于安保。广州当时已是个繁华的商贸都邑，是岭南最大最兴旺的城市。中国和西域各国的交往，除了西北陆上丝绸之路外，海上交通也迅速发展，不少海外商贾、僧人等乘舟从海上经广州来华，中国海舶亦出洋到番国。由于海上风云变幻莫测，祈求海神保护的愿望也与日俱增，隋文帝开皇十四年下诏建南海神庙，可以说是水到渠成，适应了当时民间和官府的需要。"

"如此说来，如果我们做好重修南海神庙的工程，也将是利国利民的事情。"

经过反复交换意见，欧初同意了龙庆忠对南海神庙的修复方案。

龙庆忠的设计方案中，拟尽可能保留现存建筑中的清代结构，保留具有周代建筑遗风的庙宇建筑布局，如仪门的复廊形制、头门的垫台等。牌坊为三间四进柱冲天式，用花岗岩打制，正面石刻翻新清朝康熙皇帝题写的"海不扬波"四字。

重修后的"海不扬波"牌坊①

头门建于清代，面阔三间，进深二间，分心墙用两柱，梁加雕刻鳌鱼等纹饰，前后两侧均设垫台，硬山顶，二龙争珠陶塑瓦脊。门前置一对红砂岩石狮，两侧为八字墙影壁。仪门面宽三间，进深四间，硬山顶，两侧与复廊相通。礼亭原建于明代，可仿明代风格重建。

---

① 本书作者摄影。

重修后的南海神庙头门①

重修后的南海神庙仪门②

---

① 本书作者摄影。
② 本书作者摄影。

第四章 大笔试平章

　　大殿原为明代建筑，单檐歇山顶，宽五间，深三间，"文化大革命"期间被毁。重建时，后殿重新安装陶塑瓦脊，并尽量搜集庙内珍藏的历代皇帝御祭碑，以及韩愈、苏轼等名人碑刻，重显"南方碑林"的荣光。

　　为了取得更多专家的支持，欧初还专门邀请了暨南大学朱杰勤、华南师范学院曾昭璇两位教授参与研讨。朱杰勤在中外关系史研究领域学术声望甚隆，为中国海外交通史研究会创会会长。曾昭璇为华南历史地貌学研究领军人物，熟悉珠江三角洲地貌变迁。两位老专家对重修方案提出了许多有益的建议。

　　最终，重修南海神庙的方案在广州市委的专题会议上通过。

　　随后，广州海运局表示支持重修神庙。1983 年，他们将南海神庙保护范围的土地全部移交给广州市文化局。1984 年 10 月 8 日，结为友好城市刚刚三年的广州与洛杉矶，双方迈出了更为紧密的一步。广州黄埔港与美国洛杉矶港结为友好港口，这一事件也对南海神庙的重修进程起到了推动作用。1985 年，龙庆忠担任总设计师，开始指导南海神庙的修复工程。

南海神庙旁边的村落与河道①

---

① 本书作者摄影。

1986年1月24日，南海神庙举行重修动工典礼。古庙四周，参天古树森然挺立。庙西，一棵皂荚树已有390年历史，其他几株木棉、海红豆都是树龄200年以上的名木。

庙门外，欧初毕恭毕敬地铲土、培土、浇水，种下两棵波罗蜜。他的身边，龙庆忠、商承祚……还有众多当地百姓庄重而立。大家举目远望，远处是烟波浩渺的南海。

立于南海神庙大殿的南海神祝融像①

五年后，1991年2月8日，一座恢宏古朴的庙宇建筑耸立于此。"海不扬波"的石牌坊平稳而威严，庙宇的主体建筑沿着中轴线从南到北依次为头门、仪门、礼亭、大殿、昭灵宫，共五进，一进高于一进。其他附属建筑均以五进为中心，左右对称，

---

① 本书作者摄影。

呈现了典型的中国传统庙宇建筑风格。庙中保存了历代的许多石刻。还有华表、石狮、韩愈碑亭、开宝碑亭、洪武碑亭等附属建筑，构成一组颇具规模的古建筑群。庙中还保存汉代和明代的铜鼓和制钟，以及南海神玉印等重要的文物。

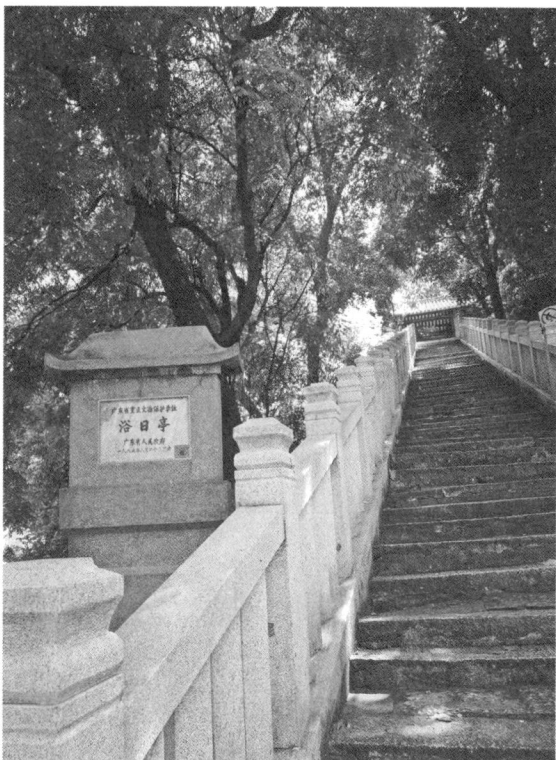

南海神庙旁边的章丘，拾级而上通往浴日亭①

　　2 月 9 日，联合国教科文组织"海上丝绸之路"考察团的专家乘坐"和平之舟"到达广州后，第一站就参观考察了南海神庙，并确认这里是中国历史上海上丝绸之路的起点之一。

　　2006 年，瑞典的仿古船"哥德堡号"重走海上丝绸之路，瑞典国王、王后随船抵达广州，并参观南海神庙，观摩了祭海仪

---

①　本书作者摄影。

式，南海神庙再次见证了中外文化交流的盛事。

一度中断的南海神诞庙会也随之重新举行，每次都吸引了数十万游客。当然，百姓们前来的目的，更多的还是感恩于庇佑他们一帆风顺、平安大吉的南海神。

欧初端详着大殿里神情端庄和蔼、一派王者风度的南海神祝融。而后走到章丘旁，信步拾级而上。浴日亭中，欧初静静地坐下来，闭上眼睛，侧耳倾听着。他发现，潮汐的涨退是有声音的，海潮音有时可以是一种温暖宽厚的声音，有时则可以是锐利的狼牙之声。他还发现，静，原来也是一种声音。

浴日亭①

此时，阳光普照，庙宇屋顶上，双凤飞翔、鳌鱼倒悬等纹饰的琉璃瓦脊顿时染上一层金光。腾飞疾走状的苍龙，似乎正与双凤和鳌鱼争夺它们当中的宝珠。

据说，双凤代表美丽，鳌鱼代表自由，苍龙代表权力，而宝珠代表智慧。

欧初想，美丽、自由、权力、智慧，每一样都是人类想要的，

---

① 本书作者摄影。

但是，我们到底能够拥有哪一样呢？也许，在大自然的声音里，能找回自我的声音。

重修波罗庙感赋①

驱车二十里，来访庙头村。

劫余海神庙，无处认仪门。

达奚波罗树，斩伐一不存。

诸般神鬼像，幸免无一尊。

唐碑与宋刻，残阙非本原。

千年古胜迹，荼毒竟何冤！

祥和有日百废兴，精神物质两文明。

归来细抒胸中意，重修计划待点评。

---

① 欧初写于 1986 年。

第五节　和而不同赋新声

⋮

　　一个夏天的周末，欧初约了老朋友王贵忱、黄文宽沿着中山八路的西关涌、泮塘村、荔湾湖、荔湾北路周门村一直走到西场，再折返回到法政路泰来路，三个人都已经大汗淋漓。王贵忱，高大，微胖，圆脸，有点谢顶，有着东北人勇烈、直豪和好交友的个性。黄文宽年逾七十，精干，偏矮，瘦削，下巴留有几缕细细的胡须，目光如炬，心思细密，却又有一种与生俱来的诗人气质。欧初在他们当中，年龄和身材正好都处于中等位置，他比黄文宽小十一岁，又比王贵忱年长七岁。这时，欧初把两位都上了年纪的老友请进家里。欧初一进门就跟妻子说："容姑，麻烦给我们来点茶和荔枝吧，太热了！"

　　经常来家里玩的朋友都喜欢称容海云为"容姑"，欧初也随大家一起这么叫。

　　容海云捧出冰镇过的新鲜荔枝，让欧初和他的几位老朋友坐在院子树下的竹椅上喝茶，笑着问道："你们去了一趟荔枝湾，难道没有吃到荔枝不成？"

　　王贵忱、黄文宽谢过容海云后，开始熟络地品茶、吃水果，王贵忱摇摇头，说："老广州印象中的荔枝湾现在已经看不到了。我们今天的主要目的其实是想去寻访屈大均少年时在广州西场的故居，也没有找到。"

第四章　大笔试平章

黄文宽看着欧初说："一湾春水绿，两岸荔枝红。这样的西关景致可能不会再出现了，但是留在书籍和图册里的却是永久的。这就是翁山先生著述《广东新语》的史料价值和学术价值所在。"

容海云似乎想起了什么，又问："咦，屈大均的故居不是在番禺吗？"

欧初搭话说："我原来也以为只在番禺一处，是贵忱有所研究，有资料记载，屈大均儿时居住在广州西场一带，这是他父亲入赘邵家的居所，当时他叫邵龙。十岁以后，他随父亲回到原籍番禺，恢复屈姓，更名大均。后来他很多的活动都在番禺进行，他死后也葬在番禺，所以大家都比较清楚屈氏大宗祠和屈大均墓是在番禺。一听贵忱这么说，我就提议，干脆一起去西场看看有没有留下他故居的什么蛛丝马迹吧。我们仨就这么说走就走了。"

欧初（中）与黄文宽（左）、王贵忱（右）时常以文会友、以印会友[①]

王贵忱和欧初一样出身军旅，少时参加八路军，1949 年随解

---

① 图片由欧伟明提供。

放军进入广州，后转业到地方。王贵忱是辽宁铁岭人，来到广东三十多年，认为自己是"食粤谷"长大的，道德学问也是在广东养成，一直孜孜不倦地做着广东历史文化的研究工作。先后在广东省中山图书馆、广东省博物馆、广州地方志编委会任职，是我国著名的古文献学家，文献学界有"北有王世襄，南有王贵忱"之说。他的研究已达到"言必有本，无征不信"的境界。

1983 年 7 月，年届六十二的欧初有了更多的时间捡起自己一直热爱的文化研究。这段日子，欧初和王贵忱都在读屈大均的著作，经常一起讨论。

王贵忱说："虽然我们没有找到翁山先生在广州的故居，但是刚才走在往返西场的路上，我有一种很奇特的感受。那一路走来，让我似乎体会到翁山先生年轻时的一些生命情怀。不过，我还是想去一趟番禺。"

黄文宽是广东台山人，早年就读于广州法学院，担任过广州大学法律系主任、中山大学教授、广东省文物保管委员会委员，当下是广东省人大常委会法制委员会委员、广东省律师协会常务理事和广东省文史研究馆副馆长。他博学多才，诗词、书法、篆刻、文物、考古都有很深造诣。他的古体诗功力甚深，风格哀丽峭劲，尤擅以诗言志、以石抒情，其刚直磊落的品性和人格清晰可见，也使他的篆刻饱含诗人气质。他以二十年功力成就了《澳门史钩沉》这一史书，引起国内外研究澳门史的专家学者的关注。因志趣相近，他经常与欧初、王贵忱在一起谈诗、赏印、论史。

王贵忱非常欣赏黄文宽以印为题材的诗，经常用标准的普通话把黄文宽的诗声情并茂地念出来："由来积健始为雄，象外环中绝太空。我向破荷亭上立，从知老子气犹龙。"

黄文宽喜欢拿出自己收藏的印跟他俩分享，令王贵忱艳羡不已："哇，这是黄士陵的吧，还有这么多黎简的，邓尔雅的也多。"

欧初则喜欢黄文宽的篆刻，他边看边评："黄先生的印作，行刀刚健爽劲，真体内充雄浑。可以说是将诗的审美融入印中，强健有力、神完气足的印风独一无二呀！"

黄文宽早在抗战前夕，就已对明清岭南诗人给予了极大关注，在抗战流亡中编辑了《岭南小雅集》，并撰写了《南明广东诗说》，他知道屈大均这个人物和作品在历史和文学上所处的地位。他看到两位好友对屈大均的研究如此投入，就提议说："屈大均是岭南三大家之一，与陈恭尹、梁佩兰齐名，但因为是抗清义士，在清代没人敢出他的全集。我想，何不由你们二位来做一做这件事？"

王贵忱与欧初不由得异口同声说："好啊！"

王贵忱说："不瞒你们说，其实我一直有这个想法。我到广州后读的第一本书就是屈大均的《广东新语》。它包括了天文地理、海洋陆地、风俗文化等，我慢慢从中熟悉、了解广东。我最初拿到的还是民国年间的版本，后来我就去古籍书店寻找更好一点的版本。我想，应该有不少读者也有这个需求。但编辑出版屈大均的全集可是一个浩大的工程，如果有老欧参与，我想这件事会好办很多。"

欧初兴奋地跟两位老友交流自己的心得："我读翁山先生的词作，看出因阶段不同而可以分为几种不同的心态和风格。前期主要是志士心态，三十余年都立志反清复明，他的词作内容饱含故国之思，或怀古，或凭吊，或比兴寄托。到了晚年，屈大均在看到复国无望之后，退归著述。他希望借着保存明代文化以使明朝在思想上长存。心态的变化使得屈大均此时的词作也显出平和之气。虽然政治性上的斗争锋芒减弱，但屈大均却在保存明代文化方面作出了卓越的贡献。"

黄文宽对他们鼓励再三："史学讲究述实传古，文学讲究形象思维，屈大均却能同时把这两件事做好，确实值得后人着力传承。这事颇为浩繁，但我相信你们二位各展所长，完全可以胜任。"

欧初非常了解黄文宽，黄文宽常常奔走于广州各个考古发掘现场，却丝毫没有热衷于收藏古董，而是专注于研究和考证广州的历史文化。此刻，黄文宽说出这番话，足见他对两位挚友寄予了深切的厚望。欧初心里清楚，要让屈大均的重要史学、文学、思想价值重新被人们所认知，这也是更多有志于学习研究中国传统文化的学人们的希望。

1983 年下半年，欧初和王贵忱着手收集、整理屈大均著作的早期版本及有关资料。编辑工作相当艰巨，两人虽各有分工，但毕竟年纪不饶人，常常遇到瓶颈，也令他们停滞不前。于是，他俩一起来到番禺，拜谒屈大均之墓。

在新造镇思贤村，墓碑上书写着"明屈翁山先生墓"。整个墓区，背倚青山，面朝沃野，左眺珠江，右瞰思贤。莘汀荔枝芷桢环抱，墨绿朱红，蜿蜒北去；青松翠竹萦回左右，交相掩映。

王贵忱感慨道："墓茔与其说是埋葬尸骨衣冠之地，毋宁说是死者留给后人敬仰的某种高尚精神的象征。翁山先生的墓就带给我这样的感受。"

欧初点头说："过去一般对屈大均的评价，都认为他是一个抗清英雄、诗人、散文家、地方掌故家，这无疑都是事实。但是我认为，他还是一个出色的思想家。屈大均认为《周易》是具有哲理的著作，这就打破了历来《周易》解释上的神秘主义。"

1986 年，广州诗社和番禺文化局联合召开纪念屈大均逝世两百九十周年学术讨论会，来自全国各地的专家、学者就屈大均的爱国思想、哲学思想、诗词和书法艺术等课题进行了探讨和交流。欧初在会上发表了讲话，肯定屈大均是岭南社会率先走向近代化的一位思想先驱："《翁山易外》以直觉方法观察自然和社会现象来解释卦爻辞。他能看出社会的变化是在变化中有正有反、有节有度、动静有常，具有明显的朴素辩证思想。"

欧初与王贵忱不间断地寻访广州、香港两地的公私藏书家，征求屈大均的著作和附录等资料。其间，他们还去美国影印底本。因为这套全集的底本是采用原刻本，他们按各专集的内容分别请有关学者整理标点，原则上保持了屈大均生前的手定本原貌，集外诗文则附于相关专集当中。

欧初、王贵忱合作主编的《屈大均全集》①

1996 年，经过十年打磨，由欧初、王贵忱合作主编的《屈大均全集》由人民文学出版社出版，全集共八册，400 万字，成为国家古籍整理出版规划项目中的重点项目。欧初在这部鸿篇巨制的序言中写道："翁山在自述撰写《广东新语》之缘由时说：'吾闻之子知新，吾于《广东通志》，略其旧而新是详。旧十三而心十七，故曰新语。'这种厚今薄古的观点甚为独到。这书还有借古讽今、指物喻志的旨趣。屈氏还说：此书'不出乎广东之外志，而广大精微，可见范围天下而不过。'这就是他晚年撰《广东新语》的主要目的。此书价值，正如潘耒所说：'游览者可以观土风，仕宦者可以知民隐，作史者可以征故实，撷词者可以资华润。'"

① 本书作者摄影。

然而，黄文宽没能等到《屈大均全集》的出版，因病于1989 年辞世了。欧初感念他的洒脱刚直与才华横溢，特撰写了题为"一蓑烟雨任平生——记黄文宽先生"的千字文章供《羊城晚报》登载，以怀念这位在人品和学问上曾让自己受到裨益的文人朋友。

欧初越是研究，越是发现中华文化中求同存异、和而不同的处世方式其实充满智慧，积淀着珍贵的精神财富。岭南文化对于中原文化之源的继承，对中华文化特质的保存，对外来文化的吸取，与港澳文化的相通，使得它养成了浓厚的商品意识、世界观念以及争强好胜的气质。

1991 年，中华炎黄文化研究会在北京成立，欧初担任常务副会长，随后，全国各地的炎黄文化研究会相继成立。1992 年 7月，广东炎黄文化研究会成立，欧初担任创会会长，组织学者、专家编撰"岭南文化通志""岭南文化研究丛书""岭南文化资料丛刊"三大学术丛书。2001 年，广东炎黄文化研究会和电白炎黄文化研究会、电白冼夫人研究会联合编辑了《冼太夫人史籍及文物》一书，请欧初作序。

早在 1948 年欧初带部队东征，转战茂名途中路过冼夫人庙，他就拜谒了这位被当地老百姓称为圣母的伟人像，对冼夫人很是敬佩。后来他翻阅了相关史料，越发被这个人物的超群见识、周全智谋和领袖素质所折服。因而，欧初把自己的研究心得写入这本书的序言当中。他开宗明义地指出，冼夫人是中华大地上一位功照千秋，足以影响中国历史进程的女中豪杰。

冼夫人出生在高凉郡一个世代为俚族大首领的家庭。她一生历经梁、陈、隋三个朝代，先后平定了李迁仕、欧阳纥、徐璒、王仲宣等反叛分裂势力，晚年又严惩贪污扰民的赵讷。她以一个女子之身，多次挺身而出，维护国家统一，保障岭南社会安定、经济发展，使人民免受动乱之苦。

第四章　大笔试平章

在中国传统文化中，"忠君"和"报国"两个概念常常难以分割。因此，历经三个朝代、五代君主的冼夫人，也曾被评价为"见风使舵"的政客。但欧初在通读有关典籍后作出了自己的评价。他认为，冼夫人一生与中原王朝保持密切关系的主要原因有三个：其一，冼夫人自幼接受汉文化，尤其是儒家思想；其二，冼夫人与冯宝的婚姻起了关键作用，冯、冼婚姻从政治上说是汉族与土著的结合，而岭南的土著问题一直困扰着当时各代王朝的君王，冼夫人既是土著首领，又与汉族人结为夫妇，种族的界限逐渐被打破，靠拢中央王朝也就顺理成章；其三，冼夫人具有善筹谋、能行军用师的领袖素质，使她能明辨是非，正确掌握时局，果断行事。欧初认为，第三点是十分重要的原因。

欧初尤其欣赏冼夫人训示子孙的一段话："汝等宜尽赤心向天子。我事三代主，唯用一好心。今赐物具存，此忠孝之报也，愿汝皆思念之。"欧初分析认为，冼夫人的"唯用一好心"，是全心全力保障岭南社会稳定，保障国家统一，以利于发展经济文化，改善民生。她要求子孙们"尽赤心向天子"也是如此，而不是对封建帝王的愚忠。因为冼夫人总是把国家统一摆在第一位，两次不顾儿孙的安危，平定岭南反叛势力，在陈国亡国时，她率众痛哭后才归降隋。冼夫人德行的重要体现是忠和义，所以一直得到北方中原政权的认可，减少了流血和杀戮，维护了岭南百年的和平。

2005年，广东省委宣传部与广东炎黄文化研究会联合组织编撰"广东历史文化名人丛书"，丛书由广东省委宣传部部长（初为朱小丹，后为林雄）和欧初共同主编。这一天，"广东历史文化名人丛书"的副主编、中山大学历史系教授张荣芳来与欧初开工作会议，一起商量这套丛书的第一批人物名录，定下的名单是赵佗、冼夫人、张九龄、惠能、陈献章、康有为、梁启超、孙中山、容闳、陈垣。

敲定之后，欧初对张荣芳说："把冼夫人排在第二，很好。这既是时间顺序的排序，也显示了冼夫人的重要地位。"

张荣芳表示赞同："是的，冼夫人享有崇高的威望，影响深远。但对于这样一位历史伟人，历代留给我们的史料并不多，更多的是民间传说。而且对于冼夫人的研究，至今还处于起步阶段。"

欧初鼓励地说："正是冼夫人的审时度势，促进了北方与岭南的大融合。希望您能组织好写作力量来完成这本书。"

张荣芳笑说："您说得对。冼夫人在陈霸先与李迁仕的争斗中，立场坚定，助陈反李，显然是正确的选择。因为西晋灭亡后，黄河流域在少数民族统治下，长期遭受严重破坏，汉族在长江流域建立了政权，抵抗少数民族的南来蹂躏，这是有利于民众的事业。"

欧初拿起一叠资料，看了看说："冼夫人长期以来被尊称为岭南圣母，各地都有建庙祭祀，历经一千多年而不衰。周总理曾经称誉冼夫人为'我国历史上第一位巾帼英雄'，我建议就以这个评价来作为这本书的书名，您看怎么样？"

张荣芳十分同意："这句话很贴切，书名就定为'巾帼英雄第一人——冼夫人'，我看行！"

欧初和朱小丹共同为这套丛书作序。序中强调，一个国家、一个民族、一个省是否强大，不仅取决于经济实力，而且取决于文化实力。岭南文化与中华大地上的其他地域文化共同构成了中华文化的绚丽画卷。岭南文化在其历史发展长河中，逐渐形成的兼收并蓄、勇于开拓、求真务实的鲜明特色，哺育着一代又一代奋发进取的岭南人。

至此，广东本土对于"岭南文化"的研究被推上一个开创性的新阶段。

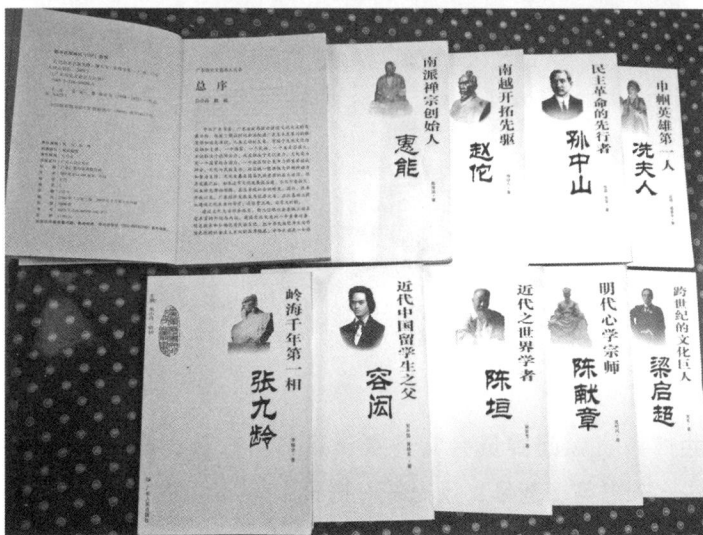

2005 年广东省委宣传部与广东炎黄文化研究会联合组织编撰"广东历史文化名人丛书"，朱小丹和欧初共同主编并作序①

------

① 本书作者摄影。

2005 年欧初（前排右十）参加冼夫人文化与建设广东文化大省学术研讨会，与代表、嘉宾合影①

中共广东省顾问委员会常务委员合影。右起：舒光才、刘兆伦、欧初、王宁、宋志英、范华、汤光礼。摄于 1993 年 5 月 17 日②

　　1982—1992 年，为使党中央、国务院和各级省委、省政府的日常工作更加精干，逐步实现年轻化，邓小平提出，从中共中央到地方省委，成立顾问委员会，吸纳有 40 年以上党龄，对党有

---

① 图片由欧伟明提供。
② 图片由欧伟明提供。

过较大贡献，有较丰富的领导工作经验，在党内外有较高声望的革命元老到顾问委员会的机构当中，发挥他们的指导、监督和顾问作用。

1988 年 6 月，欧初从广州市人大常委会主任、党组书记的职位离休，即进入中共广东省顾问委员会担任常委。直至 1991 年 12 月，中共广东省顾问委员会完成其历史使命，欧初再次退休。然而，欧初退而无休。他在文化领域开启了自己人生的另一段事业旅程。

20 世纪 90 年代初，欧初的家从法政路中段的泰来路 18 号搬到小北附近的登瀛路光孚路 3 号 3 楼。后来加装了电梯，才解决了居民们——退休的老同志们上下楼不便的问题。欧初把这一居室称为"德正居"，他在这里度过了人生的最后阶段。这是忙碌的二十多年，也是辉煌的二十多年。

丙寅清明谒屈大均墓①

手校遗篇缅屈翁，思贤提笔话千重。

霏霏春雨清明路，诗国丹心今古同。

---

① 欧初写于 1986 年。

第六节　粤韵春华连三地

⋮

1990年12月8日，西关第十甫路，平安大剧院，广州的街坊们把一千几百个座位坐得满满当当。欧初和容海云跟着街坊们的步子节奏，走进剧场。

舞台上方挂着"第一届羊城国际粤剧节"的红色横幅。这一天是粤剧节的预演场，第一个上演的剧目是粤剧表演名家卢秋萍的首本戏《拷红》。

大幕徐徐拉开。演老夫人的演员叫了声："传红娘！"只听见，卢秋萍在场内喊道："红娘来了！"她将"来了"两字的尾音拉高拖长。未见其人先闻其声，这句清脆悦耳的"叫头"，将红娘的娇、俏表现出来。在一阵小锣相思锣鼓中，她背身碎步，执着小手帕耍花，来到台口，一转身小跳亮相，再顺势将手帕向肩上一搭，接着几步水上漂的圆场步，麻利干练地"飘"了出来。她一边动作一边口白："我正要见夫人呢，夫人就叫我，哎呀真巧呀！"只见红娘一轮轻快的圆场走到台侧，向前一拜："参见夫人！"夫人没有理她。红娘对着观众转动一双俏眼，表示要说服老夫人。于是，她又对夫人轻声唱："老夫人呀，休怨休怪红娘我，小姐并非错，张生亦非错，错者都是你厌贫重富悔婚反成祸。"唱到这里，红娘侧身从手帕的边沿偷看夫人。见夫人不开心，红娘即刻走到夫人身边，满脸笑容地突然行了个礼，夫人见红娘这么俏皮，转怒为笑。

卢秋萍那清脆圆润的嗓音，顾盼生辉的扮相，举手投足都充满戏味的表演，使台下所有观众为之倾倒。

红娘接着唱："念他两个情真意厚，琴瑟早谐和，什么妹妹拜哥哥，又岂是你得间阻，又岂用你去奔波。"唱到开心忘形，她碎步云手造型，再挽手帕花反身亮相，目光同夫人接触，夫人杏眼圆睁，又不开心了。怎么办？为了小姐的幸福，怎么都得说。

红娘越唱越理直气壮，越唱越高音，唱到最后一句："可知王母娘娘也禁不住织女渡银河！"卢秋萍用一个饱满、响亮的长腔结束，有一种荡气回肠的感觉。只听见"啪"的一声，夫人吓得鞭子都掉在地下。这个回合，俏红娘赢了！台下观众送上雷鸣般的掌声。这段戏，卢秋萍可以说是唱、念、做俱佳，甜、俏、灵、倔兼备，人物的内心活动被抒发得丰富、明白，表演层次循序渐进。

容海云不停地赞叹："卢秋萍演戏真是韵味十足啊！"

容海云身旁的欧初见妻子看戏这么投入，不由得微笑起来。容海云比欧初早几年退休，退休之后，她和欧初经常到平安大剧院、南方剧场和文化公园"睇大戏"。他们与很多粤剧名伶成了好朋友。

这一天，演出散场后，欧初和容海云到后台向演员们祝贺，卢秋萍正在卸妆。容海云走到近前，递上用保温瓶装着的雪耳百合蜜枣汤："待会就喝碗百合汤，润肺又润嗓子。"

卢秋萍要站起来感谢，马上被容海云和欧初按着坐下："你坐着继续卸妆，我们聊聊天就好了。"

容海云接着又说："你演得真好，把红娘演活了，怪不得观众都叫你'翻生红娘'啦！"

卢秋萍说："欧主任、容姑，粤剧要生存，全靠政府和观众支持。你们两位既是领导，又是观众，每次都到场捧场。我真的很感动！"

1992 年欧初夫妇和卢秋萍参观新时代影音公司。左起：胡悦辉、黄庄平、欧初、杨健章、卢秋萍、容海云、杨秦斌①

卢秋萍在香港出生、长大，1957 年，14 岁的她陪姐姐从香港到广州玩，一个偶然的机会，她被广州的艺术表演训练班老师看中，边学艺边演出，就此留在广州。十八九岁的卢秋萍被选进广州市青年粤剧团，参加当时排演的《白毛女》，扮演女主角喜儿。1963 年周恩来总理来广州看了这部现代剧，卢秋萍以她出色的表演得到周总理的勉励和欣赏，从此声名鹊起。卢秋萍音域宽广，音质悦耳动听有厚度，扮相俊美俏丽，善于以传统的艺术表演程式与刻画现代人物性格的表演艺术相结合，获得了专家和观众的一致赞赏。1981 年，卢秋萍获得广东省粤剧"百花奖"最佳女演员奖，1983 年被评为"全国三八红旗手"。

改革开放的大门一开，卢秋萍就随团去香港、澳门演出，受到热烈欢迎，她发现，内地的粤剧团体进行了大刀阔斧的戏剧改革，港澳地区的粤剧团体却非常注重对于传统的保留和传承，相

---

① 图片由卢秋萍提供。

互之间又非常尊重对方的不同之处。她说："我记得太清楚了，以 1979 年广东粤剧交流团去香港、澳门的演出为标志，三地的粤剧交流开始恢复了。当时，几乎全港艺人和名伶都到现场欢迎，那个场面真是热烈呢。粤剧交流团去到澳门演出时，何贤先生专门来接待，对艺人非常尊重、贴心。"

20 世纪 90 年代初，欧初（左二）作诗《红棉颂》，由丘永基配成粤曲，卢秋萍（右一）演唱，在广东电台录制并播放①

欧初说："目前有人眼见粤剧上座率一时下降，担心前景不妙。我认为粤剧不仅不会消亡，而且还会逐步发展。所以我们要办'羊城国际粤剧节'。不错，现代人有自己的生活方式，老少要求又不同；加上对外开放、外来文化的影响，粤剧受到了某些冲击，这是事实。问题是我们既能继承优良传统，又敢于改革创新，知难而进。"

这时，其他演员都关注地围过来。欧初环视一下大家，抬高声音说："这就要求我们注意新的审美观念、新的结构、新的艺术形式，反映社会生活，反映社会进步，陶冶人们的情操。继

---

① 图片由卢秋萍提供。

承、改编、创新一些为群众喜闻乐见的剧目和唱腔。实行长剧和短剧相结合，古装戏和现代戏相结合。不仅在城市大戏台演出，又能送戏到工厂、企业、机关、团体和农村，加上政府的关心和社会的支持，相信粤剧的繁荣和兴旺就会有希望。"

欧初这番话把后台演员们都说得情绪高涨，一位演员说："我觉得要定期办'羊城国际粤剧节'，最好能每年办一届。"

卢秋萍这时停下卸妆，站起来说："欧主任，我有一个建议，因为我小时候是从香港过来的，我知道，粤剧在香港、澳门都很有群众基础，粤曲私伙局很活跃。1987年澳门举办过粤曲大赛，是由何贤先生赞助的，选拔了好些实力唱家。能不能举办一个粤港澳群众粤曲大赛，推动三地的粤曲艺术交流？"

欧初马上高兴地说："通过粤曲大赛这个桥梁和纽带，促进粤港澳三地的文化艺术交流，太好了！刚才你提到何贤先生，他生前曾经和我聊过这个事情。过两天我请多几位'老倌'喝茶，听听大家的想法。"

卢秋萍当选广东省第七届、第八届人大代表，图为第七届省人大会议休会期间，卢秋萍（左二）与欧初（右二）、杨应彬（左一）、许士杰（右一）畅谈粤剧艺术①

①　图片由卢秋萍提供。

第四章　大笔试平章

羊城国际粤剧节临近结束的一天，欧初通过粤剧节组委会约了十多位粤剧名家开了个茶话会，座中有红线女、罗品超、文觉非、林小群、罗家宝、陈笑风、卢秋萍、林锦屏等，听说欧初要和他们聊聊粤港澳粤曲交流的话题，大家都踊跃前来。

红线女与欧初是老朋友了。1988年3月，欧初作为全国人大代表，红线女作为政协委员赴京参加第七届全国人民代表大会。聊起当年在广东迎宾馆接待毛主席观赏粤剧的往事，他们都很感慨。中华人民共和国成立之初，政府大力招募各方人才，文艺气氛浓厚，粤剧的发展势头旺盛，当时在粤剧界享有盛名的马师曾、红线女从香港回到广州，成为粤剧界的一件大事。毛主席多次在广州和北京观看红线女的演出。红线女对欧初说，我希望能让更多的观众欣赏到粤剧。欧初听了，不由得心中一动。全国两会结束后，欧初马上为这个事情忙碌地牵起线来。这一年的9月，红线女率广州粤剧团在北京举行了专场演唱会，演出非常成功。

座谈中，红线女对粤港澳三地粤剧交流的提议非常赞成，她说："推动粤剧在三地的交流不能只有专业人士做工作，还要多发动民间力量，希望更多人来推动粤港澳的粤剧发展，粤剧文化是一个共荣圈。"

20世纪50年代，从香港回到广州定居、工作的粤剧大老倌不少，罗家宝就是其中之一。1953年，广州的太阳昇剧团邀请他来广州演出。罗家宝看到，已经有很多港澳粤剧演员来内地发展了。为了寻找更好的环境和机遇，罗家宝决定回到广州。但是他的师叔白玉堂对中华人民共和国不了解，留在了香港。三十多年没见面，罗家宝一直非常想念师叔白玉堂："粤港澳三地，同根同源，同声同气，香港和澳门的居民至今称到广州为'返省城'。我早就盼着由广州方面的政府机构多搞一些融合三地的粤曲交流。"

陈笑风插话说："香港、澳门的粤剧文化其实非常普及，曲艺社团星罗棋布、藏龙卧虎。"

欧初举起茶杯站起来说："我以茶代酒，敬谢各位粤剧名家对羊城国际粤剧节的积极支持和参与！这一届'羊城国际粤剧节'有海内外 36 个社团共计 2 600 多人参加，演出 41 台节目，观众 8 万多人次。阵容之庞大、场面之壮观堪称历史之最。'羊城国际粤剧节'，宗旨是弘扬华夏文化，联络友谊，交流艺术，振兴粤剧。不仅可使粤剧艺术家、知音者之间互通信息，增进友谊，还可以交流经验，培育人才。不仅有利于文化艺术交流，而且对于促进经济交往，对世界和平也可作出一些贡献。"

众艺术家都相互勉励一番。罗家宝说："此次盛会，群贤毕至，和翕八方。可谓：若谱梨园史，红笺添一章。"

欧初又说："我从广州市人大退下来之后，努力做一些来源于民间基层，又是大众需要和欢迎的文化事业。我现在作为广东炎黄文化研究会创会会长和广东省国际文化交流中心名誉理事长，大力主导和推动这两个机构投入振兴粤剧的事业，主办'羊城国际粤剧节'。这是中华人民共和国成立以来首次举办的国际性粤剧盛会。接下来，我们还要办粤港澳群众粤曲大赛，希望在座各位名家继续支持。这个大赛的名称我已经想好了，就叫'粤韵春华——粤港澳群众粤曲大赛'！粤港澳三地文化同源、人缘相亲，通过交流，可在传承发展中实现更深的文化认同感。"

"好啊，好名称！"卢秋萍带头鼓起掌来，

第一届"羊城国际粤剧节"结束后，欧初马上着手与香港和澳门的文化艺术界人士联系。最后，由广东炎黄文化研究会、广州振兴粤剧基金会、香港文化艺术基金会、香港《大公报》、《澳门日报》、澳门工会联合总会筹备，于 1993 年主办了"粤港澳群众粤曲大赛"。

1993 年夏天，"粤韵春华——省港澳群众粤曲大赛"在省、港、澳三个赛区热烈举行。广东省内有 12 个市为复赛区，先在各赛区进行初赛、复赛，然后在广州举行决赛。参赛作品近 160

首，经专家筛选，有近 40 首可结集出版。这些作品，作者层面广，作品的题材丰富，创作形式多姿多彩，有平喉、子喉、大喉、对唱、表演唱等。

澳门一位资深闺秀唱家郑帼英擅长唱新马师曾腔，1987 年，她凭借演唱新马名曲《啼笑因缘》获得澳门粤曲大赛的冠军。1993 年"粤韵春华——省港澳群众粤曲大赛"设有子喉独唱、平喉独唱、平子喉对唱和大喉独唱，而大喉独唱的唱法是很少人报名的。郑帼英就选择冷门的大喉独唱报名参赛，演唱赵不争的名曲《闻鸡起舞》，一路过关斩将，击败众多粤港澳粤曲唱家，荣获总决赛冠军。此后，她被邀请担任澳门八和会馆理事长，并注册成立了英鸣扬粤剧曲艺社，郑帼英自己担任总监。

1994 年，欧初专门为这个活动撰写了特刊发刊辞。他写道：

粤港澳三地同属岭南文化圈，由于在语言、风俗上的相近性，文化领域的合作由来已久。建立粤港澳三地共同的区域品牌，是三地文化界的共同愿望，三地文化艺术部门应加强协作，实现优势互补、资源共享，全面提升粤港澳三地的区域文化。粤剧这个剧种有着强大的生命力。港澳和海外方面，这种活动亦甚为活跃。事实证明：采用新形式，普及演唱，这对振兴繁荣粤剧会起到积极作用。

此次大赛能够取得如此热烈的反应及成功，说明粤剧、粤曲源自群众，因而具有无限的生命力。群众业余曲艺活动，辐射面大，同时可以从中发掘人才，因此应积极提倡。粤剧，独具韵味的戏文、婉转动听的唱腔，与现代灯光舞美、越来越显得扣人心弦的剧情编排融合在一起，让人真有"感心悦耳，荡气回肠"之感。

欧初深深感到，粤港澳三地的城市中，既有千年历史的文化名城，也有国际级的大都市；既有保留了两千多年的中华文化遗产，又有国际大都市的现代化风采。从简单的你来我往，到多样化的交流模式，粤港澳三地呼唤着更进一步的文化融合。

1990 年 3 月，欧初赴京参加第七届全国人民代表大会三次会议，人大代表表决通过了 1997 年香港回归的《中华人民共和国香港特别行政区基本法》，欧初毫不犹豫地投了赞成票。

港澳亲朋相聚喜赋①

港澳同胞聚一堂，轻歌曼舞喜洋洋。

参差阅历容存异，万众同心国运昌。

---

① 欧初写于 1990 年第七届全国人民代表大会三次会议期间。

第七节　创立孙中山基金会

⋮

1990 年春节还没完全过去，欧初就忙了起来。最近这几年，除了与王贵忱合编《屈大均全集》，组织"羊城国际粤剧节"之外，欧初把更多的时间放在了孙中山基金会的筹备当中。这天一大早，他正准备找广东省政协副主席祁烽聊聊成立大会的程序安排，这时，家里的电话响了。

"爸爸，您还没出门吧？"

"正准备出门。怎么了？"

"汉英从北京来了。我们有一个课题要讨论。但他怎么都要先来给您拜个年，我想和他一起过去您那儿。"

"好久没见汉英了。正好，我也想见见你们俩，这样吧，你们忙你们的学术讨论，不用专门跑过来。我去你那儿好了，如果你们不嫌弃，我也来旁听、学习一下嘛。两不耽误！"

"爸爸，看您说的，好的好的，我们在这等您。"

郭汉英，是郭沫若和于立群的大儿子，中国科学院理论物理研究所的研究员、博士生导师，在量子场论和数学物理研究领域成果显著，两次获得国家自然科学二等奖。20 世纪 60 年代初，由于工作关系，欧初曾与郭沫若接触较多；伟雄因策划广州国际生物岛，与郭汉英结缘并成了朋友。最近几年，伟雄开始了自然科学领域的探索和研究，郭汉英便经常来广州，与伟雄作学术交流。

当欧初来到伟雄的住处，走进他熟悉的会客间，一阵热烈的讨论正从里面传出。只见里面坐着郭汉英、伟雄，还有好几位科学家，有的是欧初见过的，也有一两位是第一次见。他们说的都是"定律""函数""量子""分子"等科学名词。伟雄正充满激情地陈述着一个数学问题，郭汉英专心地听着。

见到欧初进来，郭汉英马上站起，恭敬而轻声说道："欧叔叔，应该我去看您的，反倒让您来看我，失礼失礼！来，您坐前面来。"

欧初压低声音说："汉英不要客气，你来了我就很高兴，我就坐后面，不打扰大家，我也想过来学习学习。"

伟雄站在一块白板前继续发言，时不时还板书几个关键词："我们需要一套量子数学理论，需要三值逻辑的哲学思维，它兼容了'一分为二'和'合二为一'，我们把它称作'对立统一轴'。这个三值逻辑体系推演出全新的几何代数，催生全新的几何数论平台。"

说到这里，伟雄停了下来。郭汉英站起来，他显得比实际年龄要年轻很多，高个、宽肩、大长腿，他对伟雄竖起大拇指说："伟雄，你是试图在数学基础研究上进行探索，这很不容易！我希望中国在跨世纪中出现自己的基础研究大家和独创理论。因为物理学并不是一个已经完成的逻辑体系，相对论体系存在有待验证的假定，基本原理不够完善，理论和时空观念都有需要改进之处。"

他们你来我往地谈论了很久，中间也有其他人插进来讨论。欧初饶有兴趣地听着，虽然有的没听懂，但他知道，他们正在做的科学研究，处于当今科技理论界的尖端和前沿。欧初无比感奋，他在想，孙中山先生所提倡的振兴科技，发扬科学理性精神，到今天依然非常具有现实意义。他知道，自己眼下要做的，是加快成立孙中山基金会的步伐。

成立孙中山基金会，是欧初考虑多年的一件事。

从小，欧初对这位在 20 世纪之初就提出"和平、奋斗、救中国"的伟大人物一直怀着深深的敬意。退休之后，欧初结识了中山大学历史系教授陈锡祺，广东省社会科学院院长张磊、副院长王经纶等多名研究孙中山的学者，他还花了大量时间阅读孙中山研究的文献资料。他越加感到，孙中山先生留下了非常丰富的思想遗产，这是海峡两岸人民共同的思想遗产。在四方八面呼唤加强海峡两岸交流的新形势下，加强孙中山学术研究，对他所留下的思想遗产给予科学总结，在孙中山"天下为公"的旗帜下广泛团结海内外中华儿女和各国友人，促进中国繁荣统一，是极有意义的一件事。

成立孙中山基金会的想法，得到了专家们的支持。欧初把这一想法向时任广东省委书记谢非、广东省省长叶选平作了汇报，两位领导都认为，要把这个很好的策划实施起来。1988年10月，广东省委书记集体办公会议决定设立孙中山基金会。时任广东省委书记谢非推荐由欧初担任基金会会长。

欧初是筹备组的召集人，他的重任就是要把政府官员、学者、港澳台各界人士、海外友人拢在一起。

欧初的组织协调能力，人所共知。凝聚力，独特的阅历和领悟，使欧初足以掌控方向并推动别人前进。当时海峡两岸对于政治意识形态的看法依然十分尖锐，但是在认可孙中山的"天下为公"思想的基础上，欧初请各方面专家心平气和地共同讨论孙中山研究的各个学术问题。研究论题定好那天，张磊竖起大拇指说："欧初同志，了不起！能让国内外各方各面的专家携手做研究，不简单！"

酝酿、筹备多年的孙中山基金会，终于在孙中山先生逝世65周年之际成立。1990年3月11日，成立大会在孙中山的出生地——广东省中山市翠亨村举行，场面十分隆重。

中共广东省委、省政府、省顾委、省人大、省政协、新华社澳门分社、广州市、中山市等的负责同志，香港、澳门、台湾地区以及日本、美国等国家的知名人士共300余人出席成立大会。

广东省政协副主席、孙中山基金会副会长祁烽主持会议，广东省副省长卢钟鹤宣读了广东省省长、孙中山基金会名誉会长叶选平的讲话。

置身"十里花光翠映红"的孙中山故居前，欧初以中共广东省顾问委员会常委、孙中山基金会创会会长的身份，在百年圣地的参天古树下致开幕词。他首先明确了基金会的宗旨是：推动孙中山的学术研究，弘扬孙中山的革命精神，广泛团结海内外中华儿女和各国友人，为促进中国繁荣统一和增进国际和平友好作出贡献。

他说："建设和统一祖国，并希冀在 21 世纪为人类社会的繁荣发展作出新的更大贡献。加强孙中山学术研究，对他所留下的思想遗产给予科学总结并提高到一个新的水平，进一步弘扬他那热爱祖国、振兴中华、关心人类共同进步的伟大精神，这对于中华民族在新的历史时期发挥它的作用，无疑是有积极意义的。我期望海内外各界人士都来关心和支持孙中山基金会，为实现它的宗旨而共同努力。"

1990 年 3 月 11 日欧初（前右二）在孙中山基金会成立大会上致开幕词①

---

① 图片由欧伟明提供。

1985 年欧初（右三）和容海云（左二）在中山市翠亨村参加纪念孙中山先生诞辰一百一十九周年大会①

正如欧初所热切期望的那样，此后，广东省内对孙中山的学术研究发展迅猛，大陆与台湾的文化、医学、商贸等各界的来往交流日益频繁起来。

基金会成立后，欧初经常与中国知名历史学家、时任广东省社科院院长、孙中山研究专家张磊一起探讨学术问题。1992 年 11 月的一天，张磊约欧初到刚开馆没多久的孙中山文献馆走走。当时，欧初正要为即将在广州召开的"国际神经药理学术研讨会"准备开幕词，这也是孙中山基金会为纪念孙中山行医济世一百周年，邀请国内和世界各地医学界的专家学者举办的一次医学学术交流。他想着到孙中山文献馆找一些资料，便欣然答应同往。

位于广州市文德路的孙中山文献馆，一座红墙绿瓦的宫殿式建筑，是原广州市立中山图书馆的旧址，于 1990 年 11 月 19 日正式开馆。这里成为孙中山研究的重点场馆。

---

① 图片由欧伟明提供。

毕业于北京大学历史系的张磊从 1956 年就开始了孙中山的早期研究。1981 年，张磊所著的《孙中山思想研究》由中华书局出版，被学界称为中华人民共和国成立以来中国大陆学者第一部系统研究孙中山思想的学术专著。1986 年，由贺梦凡和张磊编剧、丁荫楠导演的电影《孙中山》（上、下集）由珠江电影制片厂拍摄上映。1987 年，这部电影获评第十届《大众电影》"百花奖"最佳故事片，获得第七届中国电影"金鸡奖"最佳故事片、最佳导演、最佳男主角、最佳剪辑、最佳摄影、最佳音乐、最佳服装和最佳道具 8 个奖项。此后，由张磊研究和撰写的《孙中山论》《孙中山：愈挫愈奋的伟大行者》《孙中山评传》《民主革命先行者：孙中山》等先后出版。

两人在文献馆翻查了一些资料，然后坐在阅览区休息。窗外的荷花池，荷花刚刚热闹地开过一轮，现正安静地休养生息。张磊向欧初提出了他思考已久的问题："有人认为，孙中山本人的想象力和他改造中国的雄心，大大地超越了他当时的力量和现实，是在追求难以实现的目标。你对此怎么看？"

欧初想了想说："我觉得是'壮志未酬'。中山先生提出'和平、奋斗、救中国'，'革命尚未成功，同志仍须努力'，这说明了他当时的痛苦，因为他没有完成革命，壮志未酬。但是，中山先生第一个喊出了'振兴中华'的口号，这个是有引领价值的，直到现在，我们依然在为这个全体中国人的梦想奋斗。"

张磊非常同意，他说："我们不能以成败论英雄，他是中国进入新世纪的开创者。他对中国的贡献主要是政治思想的启蒙，有了他的启蒙，共和制度、社会主义制度才能一步一步地到来。我认为是他重新定义三民主义，突出反帝反封建、确定三大政策的那个阶段，是他革命生涯中最重要的战略。在国内他的力量来自农民，最重要的是和共产党合作。这次合作时间很短，但是效果很大，国共两党都得到了发展，工农运动风起云涌。五四新文化运动、民主思想、共和思想包括马克思主义都得到了更广泛的传播。"

欧初拿起"国际神经药理学术研讨会"的一份材料，看了看，若有所思地说："中山先生早年求学海外，感受到时代脉搏的跳动，认识到 20 世纪是科学昌明、竞争激烈的时代，只有重视最新科学，才能迎头赶上，挽救国家民族的危亡，与世界列强并驾齐驱。说到底，如何让中国富强，是孙中山毕生为之奋斗的目标。"

张磊点点头："孙中山基金会已经在为世界各地的孙中山研究者以及相关文化领域的学者搭起沟通桥梁，每次研讨会我们都广泛邀请海内外的学者参加。"

欧初高兴地说："好啊，我们不光要请人进来，也可以走出去。应该有来有往嘛。"

1996 年，孙中山基金会与台北"中华会"在广州联合举办"粤台文化交流座谈会"，各方学者充分交流，各有所得。其间，欧初还见到了从美国赶来参加活动的孙中山的孙女、孙科的次女孙穗华。生于 1925 年的孙穗华，第二次世界大战期间赴美留学，在史密斯学院完成学业后，结婚成家。现在她全家都定居在美国加州的圣迭戈市。

欧初告诉孙穗华，自己的家乡中山左步村有阮、孙、欧三大姓。孙中山先生祖上迁到翠亨村之前，就定居在左步。1912 年孙中山先生曾率长女孙娫，专程到左步祭祖。

欧初说："我从少年时代起，对孙中山先生除了景仰，还有一份特别亲切的感情。"

孙穗华这次回国，亲身体会到中国政府、人民对孙中山先生的深切崇敬之情，她由衷地对欧初说："我觉得祖父非常无私，只要是对国家、对民族有利，无论事情多么困难，他都会努力去做。我也很愿意像祖父那样，尽力而为。"

2006 年 11 月 29 日欧初（右）在广州家中接待从美国回来的孙穗华（左）①

2010 年 9 月 25 日到 10 月 1 日，欧初第一次来到台湾。他是以孙中山基金会会长的名义率领代表团访问台湾的，与台北的学者进行孙中山研究的学术交流。

这次到台湾，他与台湾政治大学历史研究所所长蒋永敬教授作了很好的交谈。

蒋永敬教授是台湾"海峡两岸和平统一促进会"原副会长，曾参与编著《国父全集》《国父年谱》，著有《国民党兴衰史》等重要著作。

蒋永敬头发花白，气度儒雅。见了欧初，问过年龄，竟忍不住问道："欧会长，我看您的身形腰板，如果我没猜错，您应该也是军人出身吧？"

欧初爽朗地笑了一声："我是'当年失学舞红缨'，高中没毕业就投身部队了。"

蒋永敬马上伸出手与欧初相握："我年轻时参加了抗日战争，有一段相当长的流亡避难、求学从军、战后奔波的经历啊。幸会幸会！"

---

① 图片由欧伟明提供。

两人的经历相仿，昨日枪口相对，今天却因为孙中山研究这个共同的宗旨相聚一起，蒋永敬和欧初都百感交集。

在台湾停留的时间很紧，临离开那天，欧初专程来到台北中山纪念馆。在孙中山铜像前，欧初伫立良久。共产党和国民党，什么时候能够和而不同、再度携手，那就是国家之利、民族之福了。他请人帮自己在孙中山铜像前拍了一张留影。

2010 年 9 月欧初访问台湾期间参观台北的"国父纪念馆"[①]

1997 年，由孙中山基金会主编的"孙中山研究丛书"一套10 本，共 400 多万字，由广东人民出版社出版。

与此同时，欧初一直关注着伟雄和郭汉英在数学、物理、生物等领域方面的点滴进展。

最近，郭汉英来广州的次数越来越多。欧初有一次去找伟雄，又见到郭汉英在和伟雄以及几位数学界的专家在讨论。

郭汉英在作激情演讲，他说："20 世纪的物理学革命充满争论，量子物理最为典型。爱因斯坦、薛定谔等始终怀疑量子力学

---

① 图片由欧伟明提供。

的完整性，玻尔、海森伯等组成的哥本哈根学派则不断为之辩护。关键在于波函数是否物理存在，如何解释测量。相对论量子场论取得巨大成功。至于引力场量子化的问题，至今未能解决。"

伟雄接着这个话题说："对立统一轴，是一门数学体系，它将重新梳理西方数千年发展起来的数学理论，从方法论出发，解决其中隐含的许多逻辑佯谬，有信心为世界贡献一套和谐的数学理论。"

欧初一边听，一边随手用笔写下这样一段文字：

20世纪初有爱因斯坦创立的相对论和以玻尔为首的一批科学家发展起来的量子理论，为整个世纪文明奠定了基础；而20世纪后半叶突飞猛进的计算机网络工程、分子生物学和基因工程，更是极大地改变了人们的生活方式和宇宙观。可以预期，21世纪将较20世纪有更大的变化。中国科技发展要赶上世界先进水平还有待时日，但形势比人还强，我们必须紧跟时代，迎接新世纪的到来。

几天之后，2000年11月19日至23日，他把这段话放进了"孙中山与20世纪中国的社会变革"学术讨论会的欢迎词中。这是由孙中山基金会和中山市翠亨村孙中山故居纪念馆在中山市翠亨村联合举办的学术讨论会。章开沅、张岂之、张磊、蒋永敬、胡春惠等来自中国大陆、台湾、香港和澳门的100多位学者出席了会议。与会学者提供论文近80篇，围绕"孙中山与20世纪中国的社会变革"这一主题，进行了热烈的讨论，提出了不少新见解。

欧初说："20世纪已快翻完最后一页，新的世纪就来临了。在21世纪里，人类面临的是以'和平与发展'为主题的时代，是知识经济的时代，是可以持续发展的时代。思想领域和科学技术都将出现重大的突破，时代将会向人们提出更多的新问题、新思考。进一步继承和弘扬孙中山先生的革新精神，继续发掘孙先生丰富的思想遗产，对于实现中国的统一大业和更高层次的现代化建设，对于人类的和平与进步事业，都有着积极的意义。"

翠亨怀想①

帝制推翻绝代功，名高岱岳五洲崇。

百年圣地参天树，十里花明映翠红。

为公天下众心同，两度相携业绩丰。

海峡归来云水近，翠亨煮茗月明中。

---

① 欧初写于 1985 年，为纪念孙中山先生 119 周年诞辰。

第八节　中华薪火万年传

......

"父亲，活动结束之后，我要去一趟澳门大学。您要不要和我一起去和钱涛教授聊一聊？"

2005年9月，"中国抗日战争暨世界反法西斯战争胜利60周年展览"在澳门举行，欧初受邀参加，伟雄开车陪父亲前往。

看着窗外中西文化交融的熟悉街景，欧初颇为感慨。1995年，欧初应新华社澳门分社的邀请，来澳门参加抗日战争50周年的纪念活动。那次也是伟雄陪同前来。当时，欧初接受了媒体采访。他说："这个展览在澳门举办有不寻常的意义，除了着重展示内地的抗日战线外，也关注港澳台同胞当年成立的抗日团体，开展救助内地难民、营救文化界人士、募捐、抗日宣传、抵制日货等活动，作为一名老游击战士，我记忆犹新，抗日战争中还有不少人组织服务团，奋战疆场，为国捐躯。希望年青一代，要以史为鉴，更好地面向未来。"

1999年，澳门回归中国。中国要彻底摆脱贫弱、落后、挨打的命运，不光要站起来、富起来，还必须强起来。面对即将到来的21世纪，传承中华文化，实现民族复兴大业成为人心所向，文化研究成为中国学术界的热门话题，中华文化在21世纪的走向，备受海内外尤其是粤港澳三地学者的关注。其间，欧初到香港参加了1998年的"中华文化与21世纪"国际学术研讨会。

2005 年 9 月欧初（左）与何厚铧（右）在澳门见面交谈①

2010 年 4 月 13 日欧初（右五）到澳门参加"澳门中山抗战期间活动回顾"展览②

　　退休后，欧初仍保持着每天读报、听广播、看电视的习惯。他留意到，20 世纪高科技的发展，带动了社会生产力的迅速提高，但是，全球化的生态失衡、环境污染、灾害频繁、资源枯竭等问题不断见诸新闻报道。欧初开始思考，人类能否调整"高投入—高效率—高消耗—高污染"这种发展怪圈呢？1992 年，联合国在巴西的里约热内卢召开"环境与发展大会"，希望在全球

---

　　① 图片由欧伟明提供。
　　② 图片由欧伟明提供。

协调人与社会、人与自然的关系。这让欧初想到，当今世界出现的这些新观念，与中国文化中"天人合一"论是相吻合的。"天人合一"强调把人和自然的关系看成一个整体，重视自然间的和谐、人与自然的和谐、人与人的和谐，应该把中国哲学中这些核心价值观在世界上多作传扬才是。

2010 年欧初（右）和何厚铧（左）在澳门合影①

这次"中华文化与 21 世纪"国际学术研讨会，由中华炎黄文化研究会主办，来自德国、法国、加拿大、埃及、土耳其、新加坡、马来西亚和中国内地、香港、澳门、台湾的专家学者齐聚香港，在这个东西方文化交汇之地，参加了一次关于人类如何面对共同的困惑，寻求发展之路的研讨。面对近百名国际级的专家学者，欧初作了题为"中华文化与生态文明"的主题发言：

中国传统文化里，不论儒家、道家、墨家，都以追求"天人合一"为最高境界。中国的"天人合一"论，体现了人与自然、人与人之间的辩证而和谐的关系。

人与天地万物是同一的、平等的，正是从这一理论基点出发，中国古人主张"仁民爱物"。在人与人的关系上，与西方的

---

① 图片由欧伟明提供。

"自我中心论"不同，中国古代墨子讲"兼爱"，孔子讲"仁"、讲"泛爱众"，强调人类应有爱心，善待他人，"己欲立而立人，己欲达而达人"，"己所不欲，勿施于人"，友爱互助而不伤害他人。这其中体现的是人际的平等，不以牺牲他人而求得自己发展的朴素的道德原则。中国古人不仅主张"仁民"，而且还要"爱物"；不仅"泛爱众"，而且还要"泛爱物"。中国的"天人合一"论与"仁民爱物"论，虽然产生于农业文明时代，是一种朴素的人与自然的和谐观与朴素的自然伦理观，但是可以肯定，经过改造、充实、提高，益以新义，进行适应现代社会生活的诠释，将是可以成为 21 世纪文明观、新道德观的理论来源的。

我以为，应该转变观念，调整发展模式，通过人类的合理性行为、知识和科技进步，自觉调控"自然—经济—社会—文化—人"的复合系统，人类完全有可能在不超越资源与环境承载能力下，保持资源持续使用，实现人与自然的和谐共存，经济与社会的协调发展。

欧初发表的这次演讲，令伟雄敬佩有加，他对父亲说："您的这个观点太具前瞻性了，未来五十年都不会过时！"

这次欧初和伟雄再次来到澳门，听伟雄说要到澳门大学找数学家钱涛教授讨论，他丝毫不感到意外。欧初知道，这十余年中，伟雄一直带领着一个学术团队在研究"对立统一轴"的数学理论，也称量子数学研究。据伟雄说，这个理论的核心正是植根于中国的易学，即中华传统数学的五行。这是一个艰难又风光无限的探索。欧初知道，物理学家郭汉英曾经多次来广州，与伟雄作学术探讨。郭汉英对伟雄的非欧几何和理论模型非常感兴趣，详细听了之后，他又提醒说："伟雄，无论你的空间观念和结构多么抽象，你都必须能够返回欧氏空间，否则就无法和世人对话。"

此后，伟雄的量子数学团队与中山大学的量子物理学家关洪教授、湘潭大学材料与光电物理学院的博士生导师杨奇斌教授等专家学者不断进行对标和探讨。其中，最重要的一位学者是中国科学院自然科学史研究所的研究员董光璧。

董光璧从事科学技术史、科学哲学和科学文化方面的研究，造诣颇深，先后发表论文百余篇，著书十余部，在海内外学界影响很大。长期以来，在学术研究的同时，他致力于弘扬科学精神、传播科学思想的工作，在国内相关领域享有很高声誉。早在"特异功能热"在中国大地上兴起的时候，董光璧已清醒地意识到传承中华文化与加强科学普及工作的重要性和紧迫性，他身体力行，参与破除迷信、提倡科学的宣教工作。董光璧出版了《易学科学史》，是现代易学的奠基性著作。2004年，以"探讨易学思维与当代科学相结合的途径，促进人类文明建设"为宗旨的国际易学联合会在北京成立，董光璧担任创会副会长，后接任会长。其时，83岁的欧初以他在中华传统文化方面的造诣担任了国际易学联合会的顾问，而董光璧则成为伟雄终生的恩师。

欧初常常从儿子脸上的表情感觉到，量子数学和易学的研究让他找到了美和快乐。

此时，汽车已经驶入氹仔，澳门大学在氹仔东面，沿路景色宜人，欧初问伟雄："你知道为什么《易经》被誉为'大道之源'吗？"

伟雄知道父亲在考自己，马上提起神来回答："《易经》中五行八卦分为阴阳五行和八卦理论，而最能将八卦发挥得淋漓尽致的就是《易经》。《易经》广大精微，包罗万象。欲明五行，先明阴阳。阴阳理论实是属于自然哲学，而五行实是统一物理，其本质是能量循环变化最根本的五种物理态势。天地人是全息统一的。中医的理论基础五行，本质上是源于统'易'的物理的。'易'来源于宇宙空间，《周易》就是宇宙生命科学，它的研究对象是宇宙的生命动变。所以无论道家、医家、兵家、儒家、史家、杂家、历算家都必须精通'五行'。《易经》由此被誉为古代帝王之学，是政治家、军事家、商家的必修之术。"

欧初嘴角露出难以察觉的满意的微笑。

伟雄想起最近与董光璧先生的一次交流，他知道，父亲与董光璧先生的很多观点都很契合，他们也经常在一起碰撞思想。伟雄说："董老师在多年研究成果的基础上总结出人类科学成长的四个历程，即科学的数学化、实验化、理论化和工程化阶段。他非常肯定伽利略为我们提供的可供效仿的研究方式，这个方式即通过关键性的科学观察和实验，让我们进一步了解广泛、深刻的数学原理，之后导出新的自然定律。"

欧初凝神听着，不时让伟雄重复一下当中的一两句话，因为他怕自己没听清。

伟雄接着说："董老师认为，与科学知识基础平稳发展相反的是，科学的社会危机始终存在，具体表现为人文文化与科学文化的分裂。在科学确立自己作为文化的独立地位后，形成了人文和科学两个世界，人类生态环境的破坏也被归罪于科学技术的发展。"

像这样的科学史的话题，伟雄平时也经常跟欧初谈论。比如，科学的数学化是以英国为中心兴起，以牛顿的著作《原理》为标志，数学原理取代自然哲学的思辨原理，标志是把自然对象化和模型化；科学的实验化是以法国为中心兴起，以化学和自然史实成为独立的学科以及实验物理学数学化为标志，科学实验化大大提升了人类控制自然的能力；科学的理论化是以德国为中心兴起，以统计力学、量子论和爱因斯坦的相对论的创立为标志，以微观说明宏观则是理论化最重要的特征，从此理论越来越远离经验；科学的工程化是以美国为中心兴起，以大科学工程为标志。而与科学和技术不同的是，工程化的科学是负载价值的，如曼哈顿计划、阿波罗计划、人类基因组计划等。

谈论及此，欧初做了一个很强调的手势，一板一眼地说："未来新科学的内容必定要同解决人与环境的和谐、科学与人文的平衡，以及科学本身的系统整合起来、联系起来。"

伟雄继续说："是这样的。董老师就是这样认为的，科学本身不能至善，这也是人文与科学关系的核心问题，我们一直把科学的价值考虑在科学之外，而未来的新科学一定要把价值考虑纳入科学过程。我觉得，走向新科学需要新的启蒙思想，人与自然应该是和谐的整体，科学文化和人文文化要平衡，这是科学哲学应承担的。"

正说着，汽车已经驶入澳门大学园区。钱涛早已在数学系办公室等候多时。他见到欧初与伟雄一道前来，很是高兴，引着他们父子俩到潭山郊野公园的一个咖啡厅坐下聊天。这里靠山望海，有各种休憩设施及步行小径，沿途林荫密布，可观赏到各类植物、昆虫及鸟雀。

钱涛毕业于北京大学，曾在中国科学院系统科学研究所、澳洲麦考瑞大学等校从事教学及研究，目前任职于澳门大学科技学院数学系，曾多次参与组织国际学术会议。钱涛显然很喜欢澳门大学"以华夏文化为基础，聚中外人文之精英"的工作氛围："澳门城市虽小，但教育水平和内地相比并不差，更拥有独特优势。澳门大学学术氛围不错，国际交流比较多，接触层面比较国际化。"

钱涛的研究项目"瞬变信号的时频表示及算法实现"，其核心就是怎样把一个复杂的函数用一些简单的、可以掌握的函数来表达，也就是一种变换或分解。

傅立叶变换在物理学、声学、光学、结构动力学、数论、组合数学、概率论、统计学、信号处理、密码学、海洋学、通信等领域都有着广泛的应用。钱涛经过潜心钻研，提出了一种新的数学变换，称为"自适应傅立叶变换（分解）"。

伟雄对钱涛说："你这是向经典的傅立叶分析理论发起挑战，把他的理解、范围、表达往前推了一步，就像量体裁衣，根据你的特征来做。用简单表达复杂的，用几项就能达到原来能量的百分之九十几。"

伟雄把对立统一轴的数学理论研究的新想法跟钱涛交换了意见。

钱涛说："你提出的三值逻辑数学体系的理论是一种前所未有的提炼和总结。习惯上我们在应用系统中一直使用两值逻辑：非 True 即 False。两值逻辑的运算体系已经相当成熟，与、或、非以及衍生的异或、与非等。但是在实际应用中，我们会遇到三值逻辑，三值逻辑通常包含可选的 True、False、NULL。关于 NULL 值的学术讨论其实一直没有休止过，实践也证明，真实世界中客观存在着三值逻辑体系。"

在交流中，伟雄和钱涛都在对方的项目中找到了自己可以借鉴的东西。他们都惊喜地发现，量子数学这个体系，可以指导一切信息的收集、加密、极速传输；可以指导生态恢复、基因修复、病症医治及预防；可以指导多元语言文字的生成、自主翻译；可以以"公平合理的参照系"管理世界金融、货币发行、货币交换（天然汇率）；可以引导人类更高层次地认识宇宙、开发宇宙以至跨入"外宇宙文明"研究。

钱涛不无佩服地说："伟雄，按你的能力和成果，我认为你完全够资格当一个博导了！"

伟雄哈哈一笑说："其实我确实有机会得到类似名誉博导这样的头衔的。但我觉得没必要啊！学无止境，追求科学真理的过程才是最快乐的！"

钱涛沉思片刻后，又说："我们迫切需要把基础科学这个源头做好，我们上游的基础科学研究有短板，基础科学研究是基石啊！伟雄，你在这上面沉下心去，深入研究核心问题，很难得，要坚持住！"

这时，一直安静地坐在一旁的欧初插话说："早几年，我去过西方好些国家，法国、意大利、东德，也去过美国、日本做了一些考察，这套东方现代科学体系，往前可以继承发扬 2 500 年前老庄数理——易经八卦和阴阳哲学，尤其是500年前阳明心学——天人合一和知行合一，往后将支撑人类社会共同的的政治、经济、科技、文化的世界观。它就是这个世界观的哲学数理基础。"

他的声音很轻，却非常坚定："最近几年，我到香港、澳门多一些，也到过台湾，再看看我们所走的发展道路，其实我们一直在探索一条中国式的社会主义道路。因为我们有老祖宗的哲学、数学、易学，这些都是我们的传统文化，是我们的宝贝，我们应该以此自信的。世界未来的发展方向，完全可以由我们中国人提供一个特别有价值的方案。"

钱涛（左）和欧伟雄（右）在讨论量子数学[1]

水调歌头·祝美化广州博览会开幕[2]

长饮此江水，跃马遍珠江。倚栏看剑，更问何处五仙翔？指顾英雄城市，高论百年人事，壮绝白云乡。犹记虎狼在，风月恁凄凉。　　赤旗舞，长夜旦，彩虹光。漫惊浩劫，红棉似火逐寒霜。要仗金刀玉尺，裁出娇红绿浪，梅荔有余香。美化羊城石，大笔试平章。

---

① 本书作者摄影。
② 欧初写于1984年。

但　求　天　下　暖

第五章

第一节　深恐遗忘负众期

深秋已至，夜凉如水，容海云在睡房的露台给花花草草浇水，准备回房间睡觉。见欧初还在房间外面待着，有点纳闷，就一步一步蹒跚着走出房间来看个究竟。80岁以后，容海云添了好几样老年慢性病，高血压、糖尿病、膝盖退行性骨关节炎、健忘症天天困扰着她，走路越来越困难。但欧初情绪高低起伏的变化，容海云却能每时每刻感觉到。这会儿，她见欧初坐在那张他坐惯了的旧木椅上低头出神，就问："老欧，你还不睡觉，在发什么愣啊？"

欧初没有回答。容海云走近一看，欧初正对着一枚纪念章出神。这枚纪念章有六组利剑，正面铸有五颗五角星，还有鸽子、橄榄枝和宝塔山，以及军民合力共同战斗的场面。

容海云不由得在欧初身旁坐下，也对着纪念章端详起来："老欧，你还没有看够吗？这纪念章确实做得好精致，其实我也没看够，让我再看看。"

欧初调侃地对老伴说："我知道，你是怕看'折'了自己的，藏了起来看我的。喏，看吧看吧。"

容海云上了年纪后，身材有点发福，脸庞更显圆润，笑起来给人一种能洞察一切但又暖融融的感觉。

她听欧初这么说，知道在逗她，和气地笑一笑，接口说：

"今天发纪念章的时候，你坐在前排，我虽然坐在后面，也知道你很兴奋。这几天，你又想起肖强、杨日韶和周增源他们了吧？"

欧初用手轻轻摩挲着那枚金质纪念章，对妻子说："是啊，我在想那些倒在战场上的战友……他们要是还在，今天和我们一起戴上这个徽章，多好……"

说到这里，欧初眼睛里噙着泪水，可以看出，他沉浸在这个思绪里有很长一段时间了。

2005 年 11 月，欧初（右五）到佛山高明参加抗日战争胜利 60 周年暨中国人民解放军粤中纵队纪念馆落成庆典，粤中纵队原副司令员兼参谋长欧初为纪念馆题了馆名①

这一天是 2005 年 9 月 2 日。上午，欧初和三千多名抗战老战士在中山纪念堂参加纪念抗日战争胜利 60 周年大会，中共广东省委、省政府、省人大、省政协、省军区有关负责人向全省的抗战老战士、老同志、抗日将领和遗属颁发由中共中央、国务院、中央军委制发的中国人民抗日战争胜利 60 周年纪念章，向这些抗日老战士、老同志、抗日将领和遗属致以崇高的敬意和诚

①　图片由欧伟明提供。

挚的慰问，向在抗日战争中为国捐躯的烈士以及无辜死难者表示深切的哀悼。

容海云腰腿不好，有些活动没能一起参加。欧初还是跟年轻时一样，让妻子坐在自己身旁，说着这几天参加的一些纪念活动。"昨天我们去了抗日战争胜利60周年图片展，走到珠江纵队展区，蔡东士（时任广东省委副书记）指着照片对我说：'哟，你这个大队长就在这里啊！'我这才看到，他们把我在珠纵第一支队时的一张军装照片摆上去了。那时候可真年轻！可惜啊，肖强、周增源、杨日韶他们都不在了。"

"老欧，他们如果泉下有知，一定知道我们的念想的。这几十年，你的诗和日记中，好多笔墨都是为这些牺牲的战友写的。"容海云体贴地递上一本文稿，"说实在话，我最喜欢看这些诗和文章。"

欧初翻开妻子帮他装订得整整齐齐的本子，发现自己所写的回望烽火岁月、怀念战友的诗文还真不少。

> 拔剑纵横扫敌军，侨乡烽火闹如云。
> 当年得胜今犹记，鱼水相依乐在群。
> 胜利由来以力争，旌旗指点已天明。
> 白头袍泽东湖会，再作长征一老兵。

上面这首诗是欧初在1988年参加粤中纵队史定稿会时，与吴有恒以诗词和应所写。

> 西海歌声响入云，珠江风雨记犹新。
> 头颅抛却寻常事，不计金钱不论勋。

1995年7月，抗日战争胜利五十周年之际，欧初写了这首《鹧鸪天》，依旧豪气干云。

莫谓图章总橡皮，国家大事岂儿嬉。此来代表全民意，今后政行一局棋。　情未了，夜何其，量长较短不知疲。从头逐一思量遍，深恐遗忘负众期。

1988 年，欧初以这首《鹧鸪天·深恐遗忘负众期》，提醒自己不可忘记初心。

时间飞逝，人和事都如流水似的过去，岁月镌刻在老去的树身上，整个世界在飞速变化，只有不朽的文章、诗歌、思想永恒存在。天际流云瞬息万变，地上沧海已成桑田。从年轻时跃马"舞红缨"，到苍苍暮年似乎只是一瞬间的事情。当中多少战友的嘱托，多少人民的期待，作为亲历者、幸存者，要完成什么，要怎样完成，欧初一直不敢忘记。

自己参加革命的领路人孙康、珠江纵队的老领导林锵云、在战场上并肩战斗的周伯明，还有粤中纵队的吴有恒、冯燊、谢创……逝去的战友的音容笑貌又清晰地浮现在欧初眼前。当年，性格、气质、个性各不相同的他们，为了"振兴中华"这个共同的梦想走到了一起。《清晖直认庭中月——怀念孙康同志》《怀念敬爱的林叔：林锵云同志——纪念珠江纵队成立四十周年》《赢得英名史册存——纪念周伯明同志逝世一周年》……欧初写下一篇篇纪念战友的文章，记录着与战友们点点滴滴的回忆，记录着战友们的赫赫功勋，借着这些文章，他们的灵魂在进行跨越时空的对话。欧初在思考，到了人生暮年的自己，该做些什么才更有价值？

"我们国家现在正昂首阔步迈向 21 世纪，新的任务摆在全国人民面前。作为一个老战士，我们也应该继续发扬'一寸丹心惟报国'的精神，力所能及地为国家、为社会做一点有益的工作。"1999 年，庆祝粤中纵队成立五十周年之际，欧初写下《一寸丹心惟报国》一文，以此自勉。

1999 年欧初（前排右四）参加《广东省志·军事志》首发式，与战友们合影①

　　容海云本意是来提醒欧初去休息的，但忍不住翻出来的这些诗文，又勾起了老伴和自己绵长的思绪。她只好再次劝道："每年清明节你都去中山的烈士陵园拜祭他们，我们从来没有忘记，他们会知道的。你不要有太多愁思了，会伤神的，去睡吧。"

　　欧初对容海云说："我懂，我并非陷在愁思里头，而是在想，虽然我年纪大了，体力上有变化，记忆力开始退化，精力也不如从前，但人老了，不宜解除思想武装，还应振作精神。"

　　容海云指着书房里堆得满满的字幅说："你现在其实忙得很，你看你这个'用斋'的诗、书、画、金石、陶瓷，每天忙的事情那么多，有炎黄文化研究，又有孙中山研究，这么多社会活动，够充实的了。"

　　容海云无意中提到的"用斋"，让夫妇俩都不约而同怀念起已经去世多年、耿介又幽默的容庚教授。

　　少顷，欧初笑着对容海云说："是啊，如古人所说'老而好学，如秉烛之明'嘛。我觉得，自己只要肯学，还可以有所作为的。我现在既无行政权力，更不能瞎指挥。我是群众组织的成

① 图片由欧伟明提供。

员，要靠商量协作办事。尽管充实是充实了，但我还是觉得时间不够用。"

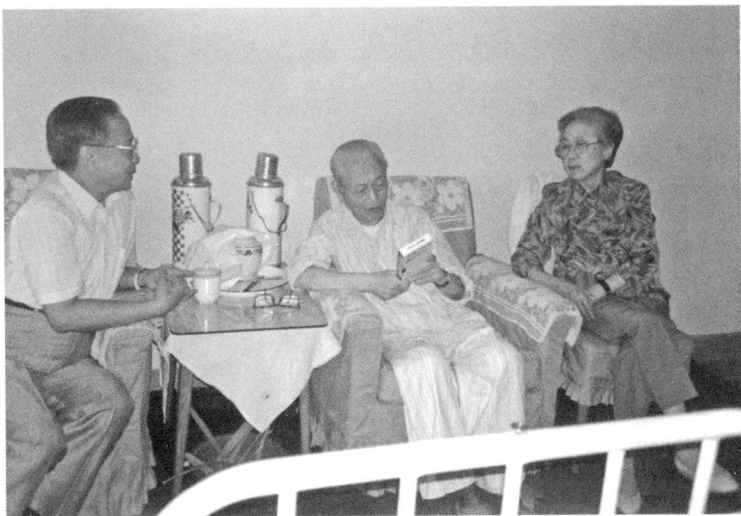

1992 年秋欧初（左）到北京医院探望赵朴初（中），和赵朴初的夫人陈邦织（右）一起交谈①

　　容海云再抬眼往书房另一面墙上看，目光所及，正是二十年前赵朴初送给自己和欧初的一个条幅："索道穿林上白云，廿年寻梦似三生。桥虹潭月重重现，盘露帘珠事事新。北国不忘千嶂绿，南天好作上林春。双溪重过题诗处，不尽松风片石情。"1986 年春节，书法家赵朴初和夫人陈邦织到广州，准备再次到白云山这个南粤胜景走一走。当天，欧初因有要事，他让容海云代表自己做向导。之后，赵朴初挥就一首七律，赠给欧初夫妇，他还特地在诗后注明："1986 年 2 月 11 日游白云山，海云同志殷勤相陪。"

---

① 图片由欧伟明提供。

欧初（左）到北京探望赵朴初（右）[1]

　　一首小诗，表达了赵朴初重游旧地、怀念故人之情。睹物思人，容海云不免伤感地自言自语："朴老是2000年5月辞世的，转眼间已经离开我们五年了。当年我陪他们夫妇俩登爬白云山，仿佛就在昨日啊！时间过得太快，启功大师也走了三个月了。"

　　这一晚，欧初躺在床上，脑海不停翻腾。为了周增源、肖强、杨日韶未竟的事业，自己几十年来从不敢懈怠，但心里始终有一种不够踏实的感觉，眼看着一天天的衰老已经不可逆转，到底还能做些什么才踏实呢？欧初就这么想着想着，朦朦胧胧入睡了。他梦见了一个人，这个人正是启功。

　　梦中，欧初见到启功在一刻不停地写字。欧初问道："您在写什么呢？是在写您那让世人倾倒的墓志铭吗？"启功没有搭理。欧初又问："您是在为您的老师陈垣设纪念助学基金写题名吗？"启功还是没有搭理，继续不停地写。欧初走到近前，依稀见到他写的是："中学生，副教授。博不精，专不通。名虽扬，实不够。高不成，低不就。瘫趋左，派曾右。面微圆，皮欠厚。妻已亡，并无后。丧犹新，病照旧。六十六，非不寿。八宝山，渐相凑。计平生，谥曰陋。身与名，一齐臭。"欧初再往前，又似乎看到

启功在写"北京师范大学励耘奖学助学基金会"。欧初想再看清楚一些，梦却忽然醒了。欧初默然起身，自言自语道："启老是要继续给我一些指引吧。"

原来，三个月前，启功辞世。2005 年 6 月 30 日这天，欧初接到一位老友的电话，老友沉痛万分地告诉他："启老离我们而去，我们失去了一位'益友'……"这位中国著名的教育家、书画家、文物鉴定家、中央文史研究馆馆长、中国书法家协会名誉主席、中国佛教协会顾问、故宫博物院顾问、国家博物馆顾问、西泠印社社长、北京师范大学教授与欧初有三十多年的文人情谊，欧初早就读过启功写于 1978 年、时年 66 岁的《自撰墓志铭》，这篇只有 72 字的极简文字，综述一生，可谓精练绝伦。既有形与容的描绘，又有昨与今的追溯，活画出启老去留无意、荣辱不惊、大彻大悟的恬淡心态。

20 世纪 90 年代欧初（左）到北京探望启功（右）①

欧初初次见到启功是在 1975 年。经王贵忱介绍，欧初第一次拜访被称为"国宝"的学者启功。当时他住在北京西直门小乘

① 图片由欧伟明提供。

巷的小乘庵，几平方米大小的房间，除了一张小床，只有半张书桌、一张小茶几。启功独处斗室，却未中止研究学问。谈起他们共同关心的文史话题，启功马上神采飞扬，谈兴愈来愈浓。

凭借过人的学识与深厚的积累，启功评鉴古书画眼力过人，往往一语中的。

欧初手中有一册《董其昌临宋四家》，但书家未署名款。启功鉴阅后认为，"此册殆当时一轶中之一册"，并说，"真迹故不待款也"。

欧初心中长久的悬疑，凭着这一句话迎刃而解。欧初十分敬佩启功的学识，每到北京必去拜候他，还经常携带自己收藏的书画请他鉴定题跋。启功每次都很快为欧初题就，有时还亲自送到宾馆。他为欧初所作题跋共有40多款。他手书的题跋，或为隽雅的古文，或为朴素明快的诗词，内容包括作品真伪、品位、流派以及收藏流传历史，考证翔实，更兼以高洁雅丽的"启功体"书就。

在启功生命的最后几年，他受到多种疾病困扰，但他乐观依旧。2003年，欧初来到北京师范大学宿舍6号楼24号，看望刚出院不久的启功。

当时启功行走仍不方便，欧初见到启功，便关切地问："您最近身体如何？"

启功回答："鸟乎了。"

"何谓鸟乎？"欧初问。

启功笑眯眯地答道："就是差一点就乌乎（呜呼）了！"

虽在病中，老人却幽默不减。他们谈起互相关心的老朋友赵朴初。启功与赵朴初，既是书法家又是诗人，还是著名的社会活动家。他们有几十年的交往，友谊深厚，可谓惺惺相惜，颇有"重其笔墨重其人"之感。

启功对欧初说："朴老字好，诗也好，总是慈眉善目，他有佛缘啊！"

欧初点头道："朴老遗嘱中的八句偈语：'生固欣然，死亦无憾，花落还开，水流不断；我今何有，谁欤安息，明月清风，不劳寻觅。'可谓哲理深博，诗意高雅。"

启功与赵朴初都对佛学深有研究，听欧初谈起赵朴初所留的遗嘱，便说："朴老对自己一生可说是无愧无憾。佛学里说生死是因缘，生是因死是果，生死乃因果关系。唯物辩证法说生死是自然现象。有生就有死，这是事物发展的必然规律。朴老生于乱世，辞于盛世，一生安安心心做人，踏踏实实做事，花开见佛，果满成功啊！"

欧初听着启功的这一解说，自觉已然受益。启功自幼家境贫寒，1933 年受业于著名史学家陈垣，涉足中国文学史、中国美术史与考证之学，先后被聘为北京辅仁中学国文教员、辅仁大学美术系助教、辅仁大学国文系讲师兼北京大学博物馆系副教授。为报答老师的教育之恩，启功用出售字画所得的 200 余万元，在纪念陈垣一百二十周年诞辰时，设立了"北京师范大学励耘奖学助学基金会"，以延绵陈垣先生的教泽。

欧初接着说："'明月清风，不劳寻觅。'我读着这句，感觉朴老是在表达他的精神世界达到了大彻大悟。他把自己的一生和未来融入宇宙自然之中，到了清净的世界。既然这样，也就不要烦劳生者为他寻觅。他在遗嘱中说：'不留骨灰，不要骨灰盒，不搞遗体告别。'就是不劳寻觅的具体体现吧。"

启功肯定地点头："觉者辞世，风范长存。人生可长可短，当以慈悲为怀，悲天悯人，关切众生；以博爱为怀，与人为善。"

启功在 66 岁之时撰写了一篇《自撰墓志铭》，而在二十七年后，墓志铭最终镌刻在他的墓碑上。

第二天一早，欧初在他的书房"用斋"临摹字帖，那一幅幅的汉字如同一个个心地清明的朋友，那泛起的月白色的光，就如同他们柔和的眼神。他想着周增源、肖强、杨日韶几位烈士的信仰，想着赵朴初、启功、容庚几位大师的豁达与幽默，欧初似乎参透了生命的个中要义，心绪变得平和、恬静。

他踱出房间，练着五禽戏。清晨，阳光普照大地，露台上沉睡了一夜的茉莉、茶树、君子兰相继开花，此起彼伏。经过暗夜里无声漫长的成长，这一刻，它们美得令人惊叹。而在清新的花香中，欧初突然明白了自己接下来要做的事情。

和李经纶同志①

书剑无成渐老身，珠江水暖仗人民。
闲谈笑说少年事，烈士暮年尚有春。
骚坛活跃赖诸公，扢雅扬风意志向。
今日相逢宜互勉，艺林深处路千重。

---

① 欧初写于 1992 年。

第二节　广州欧初文化教育基金会

· · · · · · ·

　　"您真的舍得吗？拿走您的宝贝，心疼不心疼啊？"女儿小云正按着欧初所说，一件一件地把他藏在书房里的古字画、古陶瓷按册整理出来，放在一边，准备捐赠给广州图书馆和即将落成开馆的广州艺术博物院。每清点一件，她就问一句父亲，也看一眼坐在一旁的母亲。

　　容海云一直默默地看着欧初和小云在整理藏品，思绪早被摆在眼前的这些大小物件拉回到已经过去的岁月，多少往事逐一浮现心头。

　　她了解自己的老伴。独享，远不是欧初的格局。容海云对女儿说："每一件都是你爸的宝贝，当年用工资跑遍全国淘回来的，说一点都不心疼，那是假的。"

　　欧初点点头："其实真有点舍不得，心情挺复杂的。"

　　欧初的这些藏品当中，不少是多年来书画界朋友陆续馈赠的作品，每一件都凝聚着深厚的友情。其他的历代书画，是他从各地文物店、旧货市场一一寻觅、购置所得，当年售价确实很低，但在低工资的年代，购买文物都免不了要节衣缩食，有时还要花一笔钱修补。

　　欧初弯腰捧起一幅齐白石的《虾》，这是他在1958年花了45元钱买下的，相当于他当时半个月的工资。他放下《虾》，又拿起一幅罗聘的《竹石幽兰图》。这是 20 世纪 60 年代初，欧初有一次出差到郴州，与湖南省有关部门商谈完煤炭供应的公务之后，立即跑到旧货市场淘宝，只花了 5 元钱购得"扬州八怪"之一罗聘所作的《竹石幽兰图》，重新装裱却花了半个月的工资。"无价之宝实无价，重金难得心头好呢！"容海云总是笑一笑。

这时，他像是对自己说，也像是对妻子和女儿说："收藏不能秘不示众，应该是与众同赏、同乐。这些宝贝如果一直放在我们家书房，能欣赏它们的人总是有限。毕竟，我们不能永远保存它们，将来也不能带走它们。现在小云帮我搜集了艺术藏品拍卖的法律条文资料以及相关细则，这个办法不错，捐给博物馆，或者公开拍卖，它们就会成为社会的宝贝，将来由艺博院、图书馆来收藏和护理。拍卖得到的钱，我们就可以用来搞文化、办教育、做慈善，何乐而不为呢？容姑，你说是吗？"

容海云慢慢地说了四个字："舍也是得。"

欧初在妻子身旁坐下，把自己的手掌贴着她的手背。他俩轻轻地、长时间地把手放在一起，互相传递着理解、信任和感激。

直到容海云感到有点累，就由小云扶着先回房间休息了。走到房门口，她回过头来提醒道："老欧，找个时间跟孩子们说一说。"欧初点头答应了。

欧初对每一件藏品都视为珍宝，出差也不忘带一两件随时欣赏。他藏有一副近代学者罗振玉的手书对联，每逢有人来访，他都会提出挑战：来者如能读出对联，便以联相赠。而令他十分得意的是，一直没有人能够准确地读出来。这副对联后来一直长时间悬挂在欧初的书房"五桂山房"里。

五十年的收藏历程中，欧初经历了三个阶段：第一是单纯的欣赏阶段，这一时期收藏的目的就是欣赏；第二是研究阶段，随着收藏的不断深入，他对各个名家的书画风格、流派等都进行了研究；第三是学习临摹阶段。

欧初以"五桂山人"自称，这个雅朴之号源于他曾在中山五桂山区一带"舞红缨"。他凭着一种混沌初开的心态向书画家探讨请益,与当代书画鉴定界巨擘张葱玉、谢稚柳、启功等结为密友。由于收藏起点高,石涛、八大山人、徐渭、文徵明、王鉴等明清时期著名画家的作品以及王铎、郑簠、伊秉绶、刘墉等人的书法是欧初选择的对象。到20世纪60年代初,欧初收集的古代书画已初具规模。

欧初在家中书房整理书画藏品①

　　欧初的藏画大多有当代名鉴定家、名书画家的题识与品鉴。这些书画,部分原附有前人和今人的题跋,到了欧初手中之后,

---

① 图片由欧伟明提供。

他又请当代著名书画家、鉴藏家刘海粟、赵朴初、吴作人、启功、张珩、徐邦达、杨仁恺、谢稚柳、唐云、关山月、黎雄才、赵少昂、杨善深、李苦禅、陆俨少、何海霞、陈大羽等鉴赏并题咏。当中，启功的题跋最多。

中国科学院自然科学史研究所研究员、国际易学联合会副会长董光璧时不时从北京到广州来，与欧初探讨易学。欧初经常请他到"五桂山房"聊天，并拿出自己的"宝贝"让他把玩、品鉴一番。聊起自己收藏的数百件作品，欧初神清气爽："徐渭的《葡萄图》明朝就有著录，非常难得；石涛的《冬晴放棹图》是胡佩衡先生旧藏；董其昌的《清溪闲钓图》是一幅青山绿水图，人们说董其昌'目中无人'，这张画却有人物，比较罕见；还有傅山的书法十二条屏、王翚《仿倪高士师子林图》，'扬州八怪'也都有了。"

董光璧看着眼前丰富的藏品，不禁惊叹道："原来你还是一位收藏大家啊！"

他翻开欧初的一本书《五桂山房藏古书画题跋选》，念起了"序"中的一段："是卷经我数年之努力，敦请当代名家34人为之题跋，内容丰富，笔墨淋漓，每读一次题跋，如服一次保健药，令我神清目明、心胸豁畅。而黄永玉一跋则别开生面：既品味画之精密，风格介于廊庙江湖间，又论及八仙掌故之品类纷扰，社会复杂，时代穿错。并细数卷中人物，除随侍人员外，有刘海戏蟾在内，颇超八仙编制之数，有似今日'政协委员特邀代表'之安排。他的跋语真是谐趣横生。"念罢，董光璧也忍俊不禁。

"见笑了！见笑了！"欧初递给董光璧一本册页，上面写着："作者：大振和尚，金陵人，工画。"

画册的记载仅此数字。画则除此册之外未见流传。欧初对董光璧说："正是有了这本册页，今人才知道他是清初一个以画为寄的僧人，他以冷寂的笔墨，描绘着他落寞的心境。"

第五章　但求天下暖

欧初在家中作画①

欧初对这本册页的珍爱不啻那些大名家的作品，曾请谢稚柳、赖少其、唐云、黄永玉、黄胄、周怀民、李苦禅、何海霞、陈大羽、陆俨少等为之题跋。一位不为人知的画家，一本貌似平凡而气韵古雅的画册就这样得以传世。

董光璧环顾满满一书房的宝贝，轻轻合上这本册页，说："收藏本身是一门学问，题跋更是学问。欧老，您这五桂山房真正是黄金屋呐。"

欧初笑一笑说："海云当年曾开玩笑地说我的收藏是'无价之宝实无价'，意思就是这批宝贝其实卖不出价钱。"

董光璧摇摇头："时至今日，书画文物能公开拍卖，我估计，您的藏品应该价钱不低的。"

欧初实在没有想到，不知不觉间，自己手头的藏品竟可以转化成一笔可观的物质财富。

---

① 图片由欧伟明提供。

欧初（前）向广州市政府提议把文德路兴建为文化街，做大文化产业，建议得到采纳①

　　欧初要把几十年来自己收藏的艺术品捐赠或拍卖出去，这件事非同小可。几天之后，欧初把伟明、伟雄、小云、伟建几个儿女都叫到家里，把准备捐赠、拍卖一批藏品，建立一个文化教育基金会的想法，跟他们说了。

　　欧初说："1983 年我写过一首诗，写红棉的，我的心愿没有变，'但求天下暖，尽瘁济时功'。"

　　伟明他们马上想起来了。1982 年广州市人民政府发动市民评选市花，红棉是岭南树种，每年春天时，万花竞开，蓝天下的绿树丛中，红棉花开得灿烂夺目，整个城里一片红艳绚彩，民众一致推选红棉花为广州市市花。经广州市政府批准，红棉花被定为广州市市花。时任广州市委书记、常务副市长的欧初极为感慨，即兴赋六首《红棉颂》五言诗，表达心迹。在诗中，欧初吟咏了红棉花的"正直不斜倚""绚烂无浮饰"与"名利耻相从"，这都是一种品格与志趣的自我抒怀。最后，他笔锋一转感慨道：

----

① 图片由欧伟明提供。

"但求天下暖，尽瘁济时功"，指出红棉"鞠躬尽瘁"后还能留给普天下人以温暖。

此刻，伟明、伟雄、小云、伟建都明白了，父亲前半生戎马倥偬、视死如归，后半生身居公职、勤恳劳碌。在这个时候重提《红棉颂》，是把自己一生追求的精神目标再次亮了出来，就是要广济天下。

伟雄早已料到父亲有这样的想法，内心十分敬服。

小云一直在照料爸爸妈妈的生活起居，对父亲的捐赠和拍卖大计，她已经在参与筹备。

伟建是最小的儿子，他记得父亲经常说，希望天下百姓能过好日子。因此，他很能理解父亲。

伟明是大哥，在兄弟姐妹当中，向来稳重周到，他跟弟弟妹妹们交换了一下意见，然后对父亲说："爸爸，这些艺术品都是您和妈妈用节衣缩食攒下的钱一点一点收藏起来的，用什么样的方式让它们发挥最大最好的作用，只要您和妈妈决定就行了，我们都支持。"

欧初见几个孩子深明大义，很是欣慰，说："青出于蓝，这是我很高兴看到的，你们各自都有自己的事业，希望以后建起来的这个文化教育基金会，不会给你们添太多麻烦。"

伟明说："爸爸，这不是给我们添麻烦，这是值得我们当儿女的珍惜的精神财富。爸爸，我在这里表个态，我也是已经退休的人了，如果我能加入文化教育基金会这个事业，是我的荣幸。"

接着，伟雄、小云、伟建都不约而同地要求加入基金会，一致同意把基金会命名为"广州欧初文化教育基金会"。他们一起献计献策，补充和完善了这个宏大的文化教育计划。

于是，从 1999 年开始，欧初陆续将自己多年来积累的珍贵藏品捐赠给广州艺术博物院和广州图书馆。他在儿女们的协助下，起草了欧初文化教育基金会的基本章程，并于 2013 年 3 月 21 日正式注册。

在欧初艺术作品及藏品捐赠仪式上，朱小丹（右三）致辞，欧初（左三）出席①

欧初（主席台中）在广州美术馆举办的"欧初业余书画习作暨诸家合璧展览"开幕式上致辞并剪彩②

---

① 图片由欧伟明提供。
② 图片由欧伟明提供。

章程规定，基金会通过定向募捐筹集资金，原始基金数额为200万元，来源于发起人欧初的个人捐赠。基金会的宗旨是弘扬中华传统美德，扶贫济困，助学育人；动员社会各方面力量捐资助教，奖励优秀山村教师；推动特殊教育，捐资助残和扩大文化及教育对外交流。

广州欧初文化教育基金会与广州市乐善助学促进会（以下简称"乐助会"）在2013年成立了"五桂山房奖学金"项目，对当年参加高考，高考成绩在二本A类以上，但家庭生活困难，难以支付学杂费的学生，由乐助会负责审核资格及款项发放，广州欧初文化教育基金会对通过乐助会审核的应届大学生提供资助，每人资助5000元。

2000年7月，由广州市政府投资建设的广州艺术博物院落成开馆。观众发现，这里有一个以欧初名字命名的藏品馆，里面展出了495件艺术藏品，全部由欧初捐赠，名曰"欧初艺术博物馆"。2006年10月，欧初又在广州艺术博物院的历代绘画馆展出了"五桂山房藏元明清书法展"。它与以岭南画派大师关山月、赵少昂、黎雄才、杨善深、杨之光，书画艺术大家赖少其、廖冰兄等名人名字命名的艺术馆一起，相映生辉。

走进欧初艺术博物馆，这里有不可多见的名家书画，不少作品有当代名家的题跋；这里有收集得较为细致的文房杂项，诸如古人看帖用的帖架，承墨块的墨床、木雕，还有古琴形的搁臂；这里还有涵盖时期较广的历代陶瓷器；最有意思的应属欧初与诸名家合作的83件书画作品。"诸家"包括刘海粟、李可染、赵少昂、赖少其、关山月、黎雄才、启功、谢稚柳、唐云、黄胄、杨善深、程十发等。这些艺术品都是欧初多年集腋成裘的珍藏。在"五桂山房藏元明清书法展"上，展出了包括元代赵子昂，明代董其昌、傅山、文徵明、张瑞图，清代朱耷、洪吉亮、王铎等大师的佳构。

2008年春季，在中国嘉德举行的"五桂山房藏珍"专场中，欧初拍出了一批书画精品，包括八大山人的《临河序》、文徵明的《杉林清话图》、赵左的《溪山无尽图》、王翚的《访倪高士师子林图》、罗聘的《竹石幽兰图》以及王铎、郑簠、尹秉绶、刘墉等人的书法。欧初决定，这个专场拍得的款项全数列入将要设立的广州欧初文化教育基金会。

2013年6月，92岁高龄的欧初再次向广州艺术博物院捐赠了6件珍贵青铜器及1件铜器。这次捐赠的6件青铜器分别是：战国早期的青铜蟠螭纹瓠壶、西周的青铜有铭凤鸟纹双耳三足圆鼎、春秋时期的青铜蟠虺纹双耳三足带盖鼎、春秋晚期至战国早期的青铜蟠蝉纹双耳三足带盖圆鼎、战国时期的青铜人墩把长勺、春秋晚期的青铜水涡浴缶。还有一件宋代的铜器——铜有铭双耳行军吊煲。

欧初参加广州地区老游击战士、中山市老年书画家作品巡回展①

广州艺术博物院院长陈伟安向媒体表示："收藏青铜器是收藏家、鉴赏家的最高境界，欧老把自己收藏的青铜器捐赠给我们，是拿出了自己最好的东西，功德无量。"

同时，欧初还向广州图书馆捐赠书籍2 208册，其中平装书

---

① 图片由欧伟明提供。

1 831 册、线装书94 种377 册。广州图书馆馆长方家忠认为，这批图书具有极高的文献保存和研究价值。欧初所赠的线装书中，明清版本文献共33 种200 册，内以明刻本《武夷志》《世说新语》《鸟鼠山人小集》《南华真经旁注》4 种18 册最为珍贵，其中《武夷志》未见近时公私书目著录，甚为珍贵。为此，广州图书馆将这批捐赠书籍作为广州名人专藏的重要组成部分。

2013 年6 月18 日，广州艺术博物院举行了欧初藏品及书籍捐赠仪式。广州市委常委、宣传部部长甘新，老领导吴南生、张汉青、王骏、伲志广、康乐书、欧初、黎子流、黄伟宁、邬梦兆、关相生、郑国强、何流端等出席捐赠仪式。广州市副市长王东代表广州市政府向欧初颁发感谢状及收藏证。

欧初把自己收藏的艺术品在广州艺术博物院公开展出①

　　白云山脚，麓湖岸边，有一处占地面积近2 万平方米的现代建筑。1997 年以前，这里还是一片只有翠竹和水松的湖边地。到

---

① 图片由欧伟明提供。

2013 年，6 年之间，这片寂静山林已然变成一个让人惊叹的藏宝之地。

欧初请篆刻家卢炜圻将自己的诗句"但求天下暖"刻作印章。广州欧初文化教育基金会理事会确认，把会长欧初的这个印章作为该基金会的徽标，以及基金会的网页图徽，旨在传承、弘扬为社会奉献的精神，激励基金会同人不断努力推广助学、支教等各种慈善事业，并与有共同理想的各界人士共勉。

"但求天下暖"印章

红棉颂①

破夏蝉初唱，落絮谢东风。婆娑舒绿叶，一片喜荫浓。
正直不斜倚，光明信所宗。举头迎旭日，不作恶邪躬。
绚烂无浮饰，何须着态秾。落开知有意，名利耻相从。
恰是惊天柱，巍峨世景崇。高标虽出众，相照百花中。
古贝时珍采，祛寒有絮茸。但求天下暖，尽瘁济时功。
棉市昔称颂，今朝更郁葱。文明扬四化，心逐此花红。

---

① 欧初写于 1983 年。

第三节　因清得闲为善乐

⋮

　　2008 年 5 月，电视新闻播音员正在密集播报有关四川汶川地震的消息："2008 年 5 月 12 日 14 时 28 分，四川省汶川、北川、青川等地山崩地裂，超过 10 万平方千米的土地遭到严重破坏。这场 8 级大地震造成 69 227 人遇难，374 643 人受伤，17 923 人失踪。汶川大地震是中国 1949 年以来破坏性最强、波及范围最大的一次地震，地震的强度、烈度都超过了 1976 年的唐山大地震。"

　　这段播报，强烈地冲击着欧初的心灵。早在几个月前，他接到广州市委宣传部和有关方面的通知，请他作为参与者和亲历者，撰写广东改革开放初期的回忆文章，准备用于改革开放三十周年纪念活动。欧初欣然接受了任务。对于改革开放 30 年的收获与经验，欧初感受深切，他正准备从当年筹建全国第一座收费的洛溪大桥写起，探讨改革过程中的经验、教训，加深对社会主义市场经济体制的认识，但是要捋清思路，还需颇费思量。

　　而在此刻，欧初实在没办法专心写下去。他的目光被拉到电视画面上，只见到处是山村陷埋、桥梁断毁、房屋倾塌的灾难情景。看着满目的断壁残垣、受灾群众的哭诉以及救援人员忙碌的身影，欧初感到自己的身体在不由自主地颤抖，他努力控制住悲切的情绪，把陈秘书叫到跟前："你帮我办一下这件事，我要向党组织缴纳特殊党费，支援灾区。"

然后，他走到书桌前，摊开纸张写上附信："每看电视，无端风雨，令我潸然泪下。我虽年事已高，也极想和解放军一样，到救灾前线去！"

这场悲壮的灾难是中华民族共同的记忆和伤痛。欧初每天都在关注着灾区的最新报道。他看到，解放军抗震救援部队、民兵预备役部队、医疗队、防疫队先后到达灾区一线，展开救灾工作。随后，急救药品、医疗设备等卫生物资以及国内外社会各界的捐赠款物都运抵灾区。国际社会向中国政府和人民表达慰问，并提供了各种形式的支持和援助。来自中国香港、中国台湾、日本、俄罗斯、韩国、新加坡的救援队伍也纷纷抵达灾区开展救援。

"天灾面前，人类只能携起手来一起面对，这是人类共同的命运。地球村就应该是个大家庭，邻里之间要守望相助。"欧初自言自语道。

这次地震中，最让欧初揪心的，是 7 000 所校舍垮塌，数万名学生和教师死难。这一份惨烈，刺痛着欧初和他全家人的心。

这天，欧初一大早就接到伟明的电话："爸爸，我们是不是要商量一下援助汶川灾区的事？"

容海云这时正坐在客厅，和欧初同时听到了伟明在电话里的声音，她连连点头。欧初明白，容海云一来很同意援助灾区的想法，二来很赞赏伟明在家里确实有大哥的风范。

"好，当然要商量一下，尽快拿一个方案出来。"

午饭之前，伟明、伟雄、小云、伟建四家的两口子都来到欧初夫妇住的"德正居"。欧初对孩子们说："大家讨论一下我们能够做些什么。我是希望基金会能对灾区援助和重建起到实实在在的作用。"

小云，广州欧初文化教育基金会的秘书长，事前已经做了一些资料搜集工作，她向大家报告："广元市的转斗小学损失很严重，多座教学楼倒塌，之后全体师生一直在板房中工作和学习，基本上不能正常工作和学习。很多学生的父母已经在地震中受伤甚至遇难，孩子们面临着家庭和学业的双重变故。关键是，这所学校目前还没有接到任何方面援建的信息。"

　　经过讨论，大家一致同意，一方面跟专业救援志愿者组织联系，派出基金会的代表人员随救援队到这所小学考察具体的受损情况。伟雄和小云当即表示，要前往灾区。另一方面在当地找专业的建筑维修队招投标，在当地招募工程监理。投入资金后尽快把这所学校重建起来，想办法解决这943名灾区学生"无校可上"的问题，让孩子们的生活尽快回归正常轨道。一个由广州欧初文化教育基金会出资重建汶川灾区广元市小学的方案就此初步形成。

　　8月中旬，小云踏上了前往汶川灾区的路途。欧初要求她每天都必须给家里打电话。父女俩每天都在跨越2131公里进行长途通话：

　　"你现在到哪里了？"

　　"在进广元的高速公路上。在下雨，一片苍凉……"

　　"有谁和你一起进去？"

　　"航航陪我一起去，她是绿丝带志愿者组织的一名志愿者。"

　　"她是当地人吗？一定要找愿意负起责任的人。"

　　"是的，是当地人，能吃苦，有经验。她很愿意负起重建家园的使命，我准备委托她接受我们基金会这个维修项目的监督权，担任工程监理。"

　　"好，什么时候投标？"

　　"明天下午，我们重建广元市小学校舍的招投标时间就在明天下午。"

　　"明天等你消息。一定要注意安全！"

　　第二天晚饭时，欧初接到小云在广元打来的电话：

　　"我们见了几家施工队，准备敲定广元六星公司。"

　　"这家公司实在吗？"

"他们的项目经理说了一句话，他说：'我们要以最快的速度、最好的质量、最低的利润来重建。'我就倾向于给他们做了。"

"嗯，这句话是他们取得转斗小学 3 000 平方米的教学楼加固维修工程的关键，能通得过你的考察就行。"

"放心吧，明天开始动工，用不了多久，转斗小学 943 个学生就可以在教室里上课了。"

"小云，爸爸让你代劳受累了。安全第一啊！"

汶川地震后，广州欧初文化教育基金会于 2008 年捐资建设的广元市转斗小学教学楼①

更早一些时候，伟雄也加入了救灾志愿者小分队去到汶川灾区，开展帮助灾区重建的工程。出发前，伟雄与父亲充分交换了意见。他记住父亲说的这句话："我们去汶川灾区要做的事情，不光要帮助那里的人重建有形的建筑，而且要在精神上、心灵上帮助他们重建尊严、自信、勇气。"

伟雄出发了。他并没有每天给父亲打电话。他去汶川灾区跑了一圈，回到广州仍是天天没日没夜地忙。一个月后，伟雄又带好些物资去了一趟什邡。

他再回来的时候，第一时间来到"德正居"探望爸妈。欧初问他："任务完成了？"

伟雄说："只能说是阶段性地做了一点事。"

"愿闻其详。"

"上个月，我在什邡的医院见到一个男孩，只有 8 岁，他在

① 图片由欧伟明提供。

地震中失去了右腿，正在学习用双臂操纵轮椅。我跟他交谈，觉得他非常开朗和乐观。但我总觉得他太小了，他未必知道自己将来的人生会有多少艰难险阻。我就问他，有没有看过《真正的人》这本书。"

欧初插话问道："你是说那本讲一个无腿飞行员阿列克谢的苏联小说吗？"

伟雄点头说："是的。爸爸，您的记性真是超级好。那书就是讲一个被截断双脚的飞行员重上蓝天的故事。当时我跟这个叫代鹏的小男孩聊了起来。我告诉他，以前，有好多叔叔阿姨跟他一样，在战争年代中失去了腿或者胳膊，但他们最后变成了了不起的大英雄。这个小男孩很认真地听我讲这个故事。当时，我发现他和他的父母都没有看过这本书，也不知道这个故事，我就回来找到这本书的原版，捐资 20 万元再版《真正的人》，重印了几千本送去灾区学校。"

欧初听到这里，感慨地说："那是个尘封了半个多世纪的故事，它曾经激励了整整一代人。"

伟雄接着说："您说，从苏联的卫国战争时期到今天，世界发生了多大的变化啊！曾经敌对的国家，现在变成了友邦；曾经相互仇视的民族，今天学会了和睦相处。在汶川地震的灾害中，中国人民接受了数十个国家和地区的援助，我看到，在救援的队伍中有俄罗斯人、德国人，还有日本人、美国人。选择一个什么概念，才能够诠释在这场重大的自然灾变中人人都能感受到的、潜藏于每个人心中的慈悲和全人类共同的善举呢？是同情？是怜悯？是国际主义？是人道主义？还是某种抽象的仁慈之心呢？好像都是，又好像都不是。"

这时，欧初慢慢地站了起来，在屋里来回踱着步。过了一会儿，他停下脚步，对伟雄说："你这个问题提得很好。我想，应该存在一种不同于世俗的精神境界。这种理想的意识形态就是，人的价值高于一切，人的尊严高于一切。"

伟雄听了父亲这番话，马上说："对对对，应该就是这样，这种精神境界会让人类有别于其他生物，承担起呵护大自然的崇高使命。从这个意义上说，《真正的人》讴歌人的价值和尊严，它的主题是永恒的、不变的！"

"伟雄，这件事你做得非常对。希望灾区的人们早日获得身心的康复，勇敢地走向新的生活。"

"如果这些因为地震承受了巨大创痛的人们能够从这本书中获得精神的启迪和力量，我就觉得很宽慰了。"

欧初让以他名字命名的文化教育基金会为汶川大地震做了实在又富有价值的重建工作。

2008 年，是一个特别的年份。这一年，是中国实行改革开放的第三十年；这一年，中国四川省汶川县发生里氏 8.0 级特大地震；这一年，北京奥运会举行……中国政府和中国人民在灾难面前经受了严峻的考验，正从站起来、富起来到一天天走向强大。

年底到了，欧初以老同志的身份出席了广东省改革开放三十周年纪念大会，以及多个相关座谈会。会上，欧初热情地发言，他以亲身经历肯定中国改革开放三十年来在经济发展取得巨大进步的同时，社会经济思想理论也发生了积极的转变。他说："这些转变包括：阶级斗争理论转向经济建设理论、国际战争理论转向国际和平理论、计划经济理论转向市场经济理论、自力更生理论转向对外开放理论等。这些转变，如果从思维模式上说，实质上是由二值逻辑转向三值逻辑的改变。我们懂得了，不是非此即彼，非黑即白，而是合二而一。这三十年，我们看到，1997 年香港回归，1998 年面对南方历史上罕见的特大洪水，1999 年澳门回归，2003 年面对"非典"疫情，2008 年面对十几个省份百年不遇的冰雪灾害，还有四川汶川大地震，中华儿女众志成城，手挽手克服一个个磨难，奋力前行。"

欧初所讲的每一句话，都来源于他这些日子以来的深刻思考。

散会了，欧初兴致勃勃地步行回家。经过楼下的保安亭时，欧初跟保安员老董聊了一会儿天。闲谈中，欧初听老董说起，他们家乡的变化很大，但是也有一些不正之风，令他觉得很困惑。欧初听后，愤怒地连说了三句话："不像样，不像样，不像样！"

回到家里，欧初沉思良久，随即在书房展开宣纸，写下"因清得闲"四个大字。这原是欧初在北京琉璃厂买的一方印章上面所刻的字。此时，欧初有感而发，把它写成条幅，作为自己和全家的座右铭。

练习书法成为欧初日常的功课①

中华一代凌云志②

中华一代凌云志，民族自豪钟鼓鸣。

不畏艰难不惧险，欲强祖国奋争拼。

---

① 图片由欧伟明提供。
② 欧初写于 1987 年，改于 2008 年。

第五章　但求天下暖

东方巨龙腾飞起，灿烁金牌亮晶晶。
今日兴来参盛典，回顾当年路不平。
三中路线辟新境，开放改革赋前程。
心花笔花竞璀璨，雀跃高歌颂政亨。

第四节　永远的老战士

∶

2011 年 11 月 11 日 11 时，容海云走完了她人生所有的路程。

七天后，淡红色的玫瑰花装饰着银河园告别会门口的牌匾，灵堂上整齐有序地摆满了鲜花，肃穆而温馨。堂中写着八个大字：怀念老战士容海云。屏幕上不断播放着容海云各个年代的照片，人们印象最深的是她英姿飒爽的军装照，还有她那灿烂依旧的笑容。

欧初领着儿子、儿媳、女儿、女婿等全家共二十余人，一起肃立堂前，向容海云作最后的告别。他们没有佩戴白花和黑纱，而是按照容海云生前遗愿，系着红领带、红围巾。三鞠躬之后，大厅响起的不是悲伤的哀乐，而是音乐家施万春为这个特别的追思礼送上的交响乐《怀念曲》，难舍与怀念绵绵不绝。

欧初回到家里，长时间地沉默寡言，他天天临帖写字，似乎那些字，每一个都是能跟他对话的容海云。

虽然这一天的到来早已经在欧初的意料之中，但他依然不能接受容海云永远离开自己的现实。在中山九区的那一个月色皎洁的夜晚，容海云坐着小船来到自己身边，仿佛就在昨天一样。一晃，他们已经共同生活了近七十年。妻子的喜怒哀乐，他是那样的熟悉，他觉得自己无法适应容海云不在自己身边的生活。瞬间，一种前所未有的孤寂爬上欧初的心头。

2002 年 10 月容海云（前）参加珠江纵队、粤桂湘边纵队老战士中秋、国庆联谊活动①

珠江纵队成立五十五周年纪念大会，容海云（圆桌后中间站立者）和战友们欢聚一堂②

写完了字，欧初就去翻日记和老照片。他一直有写日记和收藏照片的习惯，此时，自己和容海云过往生活的点点滴滴浮现在眼前。

他想起，容海云和自己一起，举起中山抗日义勇大队的旗

① 图片由欧伟明提供。
② 图片由欧伟明提供。

帜，在五桂山区抗击日军。

他想起，自己率领东征纵队准备出发之际，容海云特意从香港赶来，和他一起在遂溪下洋村誓师，战友们都称他们俩是军中情侣。

他想起，他们在行军路上有了第一个孩子，由于战事紧迫只好把女儿寄养给当地村民，后来不幸生病夭折了。当容海云怀着第二个孩子的时候，因为遇上追兵而大腿中弹，在面临绝路的时候，是她说服欧初保存实力冲出了重围，她所经历的爱与痛都是非比寻常的。

他想起，解放江门前夕，为了最大限度地保护好城市，入城前，欧初派出包括容海云在内的三人先遣小组在大部队先与工商界代表沟通座谈，为解放军和平入城铺平了道路，容海云功不可没，但她从不以此而居功。

他想起，中华人民共和国成立之初的经济困难时期，家里有老有小，容海云自己吃双蒸饭、红薯，缝缝补补，把一家大小照顾得妥妥当当，让欧初有足够的时间和精力处理双肩上的烦琐公务。

他想起，"文化大革命"期间，自己曾深陷囹圄，与容海云之间杳无音讯，他们仍然能够坚持到七年后重逢，一家团聚，全凭着相互间毋庸置疑的爱与信任。在一家聚少离多的环境下，容海云一直坚持写家书，使两人的感情历久弥新，使每一个儿女得到从不缺位的关爱和教育，也培育了良好的家风。这就是容海云的慈悲与智慧。

他想起，改革开放之后，自己有许多对外交往的公务，也有许多文人艺术家朋友，一旦自己忙不过来，容海云就一如既往地成为自己得力的左右手，代表他办妥接待友人的事宜。她也与这些艺术大家结为朋友，待人接物的方式让人觉得恰到好处而又润物细无声。

他想起，自己迷上收藏艺术品以来，时不时花费掉不少家里的储蓄，容海云总是理解地笑一笑，一句"无价之宝实无价"，包含了多少机智与体贴！

对妻子的思念像巨大的海浪一样汹涌而来，裹挟着欧初的心灵，把他的思绪冲上一个又一个往事的孤岛。

阳台上的盆栽由于没有了女主人勤快的浇水和修剪，要么枯萎，要么杂草丛生。欧初看着很是心疼，却又提不起劲去打理。忽然，客厅里传来若有若无的音乐，慢慢地由远而近，沁入欧初的心头。它是那样的体贴舒服，又是那样的自信向前，一丝一丝地把他的悲伤抚平。

是啊，那是他和容海云很喜欢的舞曲《爱情的使者》，是20世纪40年代美国电影《出水芙蓉》中的一首插曲。他们曾经反复看过这部轻松活泼的电影，家里的孩子知道他们喜欢这种经典的舞曲音乐，就专门刻了几张光盘，买了音乐播放器放在客厅，老两口一想起来就打开来听。

欧初早年担任广东省政府秘书长的时候，组织交谊舞会是他的其中一项工作任务，他能把交谊舞跳得非常出色。容海云虽然甚少和欧初一起下舞池，但她和欧初一样，喜欢轻音乐，喜欢外国电影译制片。

"老欧，这《出水芙蓉》的电影插曲，听了这么多年了，还是觉得好听。"

欧初笑了，妻子到现在还依然纯真得像个孩子，喜欢某样东西就一直喜欢，不会改变。

2005年以后，容海云的身体出现了越来越多健康问题，诸如肾盂肾炎、心脏病、高血压、糖尿病等。后来她被检查出乳腺肿瘤，需要做手术。

手术前几天，儿子伟雄一直陪着她，推她进手术室之前，伟雄在母亲耳边宽慰她："妈妈，您不用怕，现在医学都很先进的。"

容海云拍拍伟雄的手，微笑着说："我怕什么，我当年被子弹打中了大腿，后来都把你们几个生了下来，今天我有什么好怕的？"

是的，对经历过枪林弹雨，早在 1946 年受过枪伤的容海云来说，对于生与死、血与火，早已视如云烟。眼前的一场小手术，真是没什么好怕的。但是，孩子们怕，欧初也怕，怕失去她。幸运的是，那次手术成功了，容海云痊愈出院。她又迈过一劫。

2000 年 9 月 18 日，欧初、容海云夫妇重访中山五桂山，在当年的抗日战场留影，欧初题写诗句："当年沙场留倩影，如今喜看好山川。"[①]

伟雄自从把家搬到二沙岛后，经常把母亲接过来和自己同住。欧初也常常推掉一些不太要紧的事务和应酬，陪容海云聊天、听音乐。他们喜欢在阳光下散步，沿着紫荆花树成荫的人行道，手搀着手慢慢向前走着。两人坐在珠江边的椅子上，前面是波光潋滟的江水，四周一片清静。

2009 年 9 月 13 日，广州交响乐团与上海歌剧院合唱团在广州星海音乐厅共同演绎交响乐《红棉颂》，这是中国音乐学院教授、作曲家施万春根据欧初的诗作写成的作品。欧初与施万春是

① 图片由欧伟明提供。

多年的好朋友，当晚，施万春亲自上场指挥。欧初和伟明、伟雄来到音乐厅欣赏。这时，容海云的身体已经很不乐观了，无法和老欧一起前往。演出很成功，观众们热烈地鼓掌。欧初却没有自己预想的那么开心，他一路沉默着走回家。

一回到家，欧初就坐在妻子身边，向她描述刚刚音乐厅里的盛况。他俩低声谈着，欧初从管弦乐说到他的诗，说到从前的斗争、过去的苦恼、未来的计划……在她身旁，在她的目光之下，一切都很单纯。

而今，容海云所喜欢的音乐为什么会重新响起？欧初慢慢站起来，走到客厅。哦，原来是伟雄悄悄打开了音乐播放器，见到父亲走出来，伟雄上前拉着他的手，没有说什么，但关切的眼神早已传递了一切。

这天，伟雄从外地回来，给欧初带来好些新鲜的虾，想让他尝尝白灼鲜虾。欧初吃了几口虾，沉吟了一下，问伟雄："这是什么虾呀？好像特别鲜甜呢。"

伟雄笑着说："爸爸很厉害，一下子就发现了不一样的地方。这是用超离子水养殖出来的虾。"

"超离子水是什么水啊？"

"这是一种新概念的水。这种水产品通过独特的制备工艺，改变了水的深层次结构，使它产生大量的裂解氧和生物酶；用这种水养出来的虾，相当于对虾做了一次去污处理，所以它的鲜甜味道就突出来了。"伟雄边说边又抓了几只虾放到父亲的碗里。

"听说你最近经常去阳江和湛江，在忙些什么？"

"就是忙这个，把超离子水运用于水资源治理、农产品去除毒残留、高密度水产养殖和功能化饮水，按照这个方向，我们应该可以在粤西成功养殖出南美的白对虾品种，经济价值会很可观的！"伟雄把自己团队的一些最新进展向父亲作了汇报。

原来，从1997年开始，伟雄把关注的目光投向"哲学""文化""数学""科技"的关联研究，提出了"广州国际生物岛"的概念，与中国科学院理论物理研究所的专家郭汉英、中山大学物理系关洪教授共同研究广州国际生物岛的科学产业规划。2002年11月18日至22日，伟雄参加了中国科学院中国高等科学技术中心召开的中国计算蛋白质组学研讨会。当时，来自国内16个单位的40多位代表出席了此次会议。这是一次具有历史意义的交叉科学会议。全国政协原副主席、科技部部长、中国工程院院长、两院院士宋健，在听了伟雄的工作汇报后说："如果中国人能够创造出一套可以描述生命的数学，那将是中华民族对人类作出的重大贡献。"

经过十多年的研究，量子数学研究团队在对立统一哲学思想之上，建立起一种全新的数学方法。伟雄的科学研究团队把这种群控理论应用于生物领域，先后在阳江海陵岛、湛江遂溪县开辟了实验基地，已经取得了初步的成果。

欧初越听越有兴趣。当他听到"湛江遂溪县"的时候，示意伟雄停下来，问道："遂溪？是我当年东征的出发地吗？"

伟雄说："正是。"

欧初马上高兴地说："1948年，我带着800个东征战士，从遂溪的下洋村誓师出发，那时候，全村的老百姓听说部队要远征的消息，都不约而同地带着鸡蛋、番薯、茶水赶来送我们。中华人民共和国成立六十多年了，希望他们的生活更好一点。"

伟雄肯定地说："超离子水这个项目在污水处理方面，实现了不添加任何化学药剂，就可以将生产、生活污水进行脱毒处理，达到零污染排放，起到生态保护和可持续发展的积极作用。同时我们也将成熟、先进的技术运用到更多的生产养殖上，这将对农民脱贫致富有很大的帮助。"

欧初点着头说："好，要帮助那里的农民养出安全、可靠、环保的优质大虾，希望能在两年之内做出成效来，到时候我也去下洋村看一看。我们千万不能忘记人民啊！"

第五章 但求天下暖

八十回眸之十二[①]

俯仰人生八十年，为民劳逸到华颠。

丹心不贰惟兴国，跬步临深自凛渊。

热血虽曾捐点滴，庸工犹感失雕镌。

抚膺每觉心还热，不为老龄卸仔肩。

---

① 欧初写于 2001 年。

第五节　天下为公众心同

⋮

"喜来，喜来!"

清晨，欧初走出房门，来到阳台和鹩哥聊天。这只鹩哥可是2013 年夏天来到的。好几天它飞到阳台上盘旋，欧初闻声过来，它就轻轻地停在栏杆上，对着欧初不停地唱歌。一连几天，它总是待在欧初的身边不肯离去。欧初给它起名叫"喜来"，并找来一个鸟笼，让它住进去。喜来的出现，给"德正居"带来了好些生气。

容海云离开之后，欧初也上九十高龄了，除了习字练笔，偶尔也参加一些社会活动，他每天坚持读报和看电视新闻。

这天，欧初正从电视上收看 2014 年全国两会的新闻回放。他看到，中国共产党将要带领全国人民踏上建设社会主义现代化国家的新征程，要全面建成小康社会，实现"两个一百年"的奋斗目标，实现中华民族的伟大复兴。欧初感奋非常，他觉得，历史真要进入一个新的时代了。

"为中国人民谋幸福，为中华民族谋复兴，为世界谋大同。多么有气魄的目标构想啊!"

正在这时，门铃响了，伟雄陪着董光璧走了进来，后面还跟着年轻的数学博士肖恒辉，他随伟雄一起进行量子数学的课题研究，也经常来与欧初聊天。董光璧气度儒雅，他在中国科学院从事自然科学史的研究，对中华文化也有研究，尤其是易学的研究，时常与欧初交换意见。这会儿，他一见到欧初，便疾步上前，握着欧初的手说："欧老，您好吗？我看您来啦！"

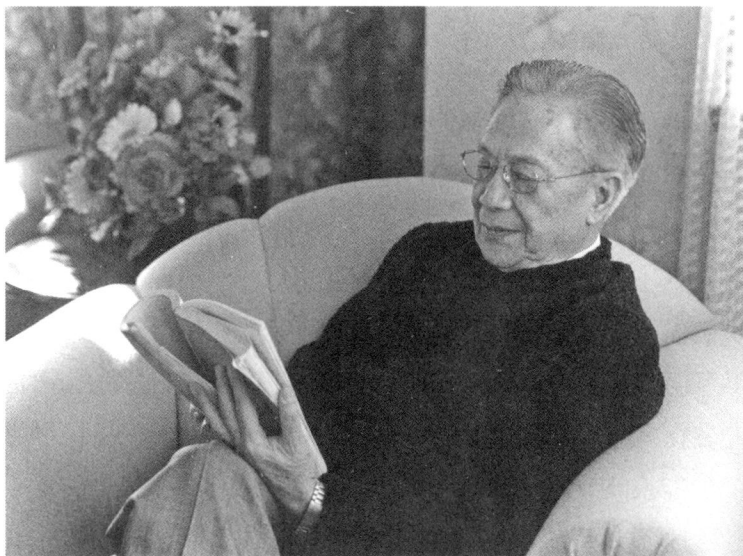

手不释卷的欧初①

欧初起身相迎道："董老师，您来得正好，请坐，请坐！我正想向您请教学习十八大的精神。"

董光璧马上躬身说："我们互相学习，互相学习。"

伟雄笑起来："爸爸，董老师刚从北京来，您也不让董老师休息一下吗？"

欧初和董光璧都笑了起来。伟雄连忙安排好茶席，大家重新落座。伟雄递给父亲一沓照片说："爸爸，这是中山那边寄来的。"

欧初问："这是什么？"

"您忘了吗？去年9月，中山市委宣传部请您回去参加纪录

---

① 图片由欧伟明提供。

片《文化人生——欧初》开机仪式的拍摄，我陪您回去了。我们还参观了刚刚开馆的左步人文历史展馆。他们很感谢您的支持，把您做专访和参观的照片发给了我们。"

自从母亲去世之后，伟明、伟雄、小云、伟建都比以前更常回家看望父亲，陪父亲吃顿饭、聊会儿天。伟雄回来得很多，也经常陪父亲参加一些有意义的、力所能及的社会活动。

欧初接过照片，高兴地看着，对伟雄说："口述历史和办展览，都是对历史的记录。把应该传承的好东西留下来，是一件好事情，他们需要我，我就去。"

董光璧不由得向欧初竖起大拇指。

欧初摆摆手，向董光璧表白自己做这件事的内心想法："我虽然年事已高，也还能向摄制组讲讲自己在五桂山打游击时的故事，讲讲在珠江纵队时的故事，能做一点有用的事就尽量多做一点吧。左步人文历史展馆是我在 2011 年提议建的，左步是孙中山的祖籍地，几位民族工业的先驱都诞生在左步，并从左步去到上海修铁路、办实业。抗日战争在五桂山地区也留下很多值得纪念的印记，我跟他们说，希望在左步办一个展览馆，通过图文、实物、影像等多种方式来再现当年的历史。中山市的党史办主任郭昉凌对这件事很上心，每次见面就向我汇报。他们组织了一个小组到北京、上海、天津等地去搜集资料，我也向他们提供了一些。"

董光璧说："欧老，您比我年长，但是我觉得您比我还有干劲啊。广东是革命的策源地，近现代革命的史迹很丰富，可以充分利用历史、文物、民俗风情、文化艺术这些特色资源来发展旅游。"

伟雄在旁边插话说："董老师，您和我父亲想到一块去了。"

欧初有点不好意思："董老师是大学问家，我怎敢和董老师相比呢？"

董光璧举起茶杯："欧老，我借您的茶敬您一杯，活到老学到老，我该以您为榜样才是啊！"

欧初欠了欠身，举杯把茶喝了，又给董光璧的茶杯添了些茶，然后正身坐好，向董光璧请教："董老师，我有一个问题想请您指教——"

董光璧忙说："您请说。"

欧初说："近两年中美贸易冲突不断，如今冲突有升温的趋势。您觉得这和中国的强大崛起有关系吗？"

董光璧说："欧老，您看问题敏锐啊！许多历史事件，诸如1900 年的八国联军入侵、1950 年的朝鲜战争、1993 年的银河号事件、1999 年的所谓误炸使馆事件……无一例外，中国都受到来自西方的挑战。为什么会出现这种情况呢？说到底，这是两种文明的冲突。"

欧初说："您的意思是，中国要努力进入先进强大的国家和民族之林，引起别人不安了，担心了。其实他们大可不必担心。中华文明不是一种非此即彼的文化，我们强调的是和而不同，合二为一，我们寻求的是共同发展。"

董光璧拍了一下手掌说："说得对！在农耕文明的阶段，不同的文明争夺的目的主要是土地与人口，工业革命是人类生产力的第一次飞跃，在现有的科技水平下，现有的生产力水平也只能让相对少数人过上比较舒适的生活。但是，我们中国有一个体制上的优势，可以作为后发国家去挑战发达的国家。我国体制最大的特点就是可以集中力量在一个点上突破。你们看，从改革开放到现在不过 36 年，我们从无到有地从发达国家手里拿下多少产业？"

董光璧看了一看肖恒辉博士，说："小肖，你数一数看，这些产业有多少？"

肖恒辉正在专心地听着欧老和董老的对话，此时听到董老提问自己，立刻接上去说："嗯，有不少的，像白色家电、通信设备、安防、光伏、高铁、核电、面板等，这些都是。所以，有的西方媒体称中国为发达国家粉碎机不是没有原因的。"他的语气充满自信。

欧初默默地听着，面露微笑。

董光璧接着说："我国正在制定一个叫作"中国制造 2025"的方案，这是一个雄心勃勃的产业升级计划，希望通过几个阶段在我国实现制造业强国的战略目标，第一步，就是要在 2025 年迈入制造强国的行列。最终目标是让我国的综合实力进入世界制造强国前列。这意味着我们不仅要在一般消费品领域，更要在技术含量高的重大装备等先进制造领域勇于争先。如无意外，明年将要公布这个计划。一旦这个计划推进实施，中国崛起的势头是很让人震撼的。"

肖恒辉再次插话："其实中国崛起的势头现在已经很让人震撼。从 21 世纪开始，全球电力消耗增长率开始放慢了，发达国家的用电量增速都变小了，只有中国在大幅增长。

欧初皱起了眉头，他问："为什么 21 世纪之后，发达国家的电力消耗会变为缓慢增长呢？"

董光璧明确地回答："原因很简单：人类科技发展已经到了一个瓶颈期。基础理论不突破，应用科技发展是有极限的。"

这时，伟雄向父亲解释说："20 世纪初，美国就成为全球最大的工业国家，人类基础科学理论有了重大突破，代表成果就是量子力学与爱因斯坦的相对论，这两项成就让人类对自然与宇宙的认识上了一个新台阶。基础理论的突破带来了'二战'后应用科技的爆炸式繁荣。20 世纪 70 年代到 80 年代，美国基于对未来科技发展的乐观判断，主动地将自己的中低端制造业转移出去，只做战略性的高端产业，包括金融与高科技，主要就是高科技产业，它希望依靠自己最强大的科技力量不断推动科技发展、产业升级来领跑全世界。然而，到了 21 世纪，美国有个别决策者突然发现，中国正在用体制凝聚整个国家的力量，如同一匹烈马正加紧赶上来。这个时候，他们就陷入一种科技发展停滞的焦虑中。"

肖恒辉在一旁补充说："其实，这个时候最好的选择是自己加快前进的步伐，但是这非常不容易，会感觉前进越来越困难。"

欧初开腔说道："明白了，用什么谋略，用什么妙计都无法从根本上解决这个问题，唯一的出路还是科技突破，让大家看到共同生存和共同发展的前景。"

董光璧肯定地点点头："从工业革命开始，人类就陷入一种能源焦虑中。18 世纪和 19 世纪，人们担心煤炭还能支撑人类多久。20 世纪，石油替代煤炭之后，人类就开始担心石油能支撑人类多久。现在这种能源焦虑症基本消失了。因为页岩气、可燃冰、干热岩等新型能源的出现，让人类发现，过去几百年的能源焦虑症本质上是一种低科技水平时的杞人忧天。现在的能源问题根本不是石油耗尽了怎么办的问题，而是越来越多能效更高的新型能源逐渐替代石油的问题。我国现在人才、技术储备都有，资金也敢用，加上'全国一盘棋'，我们的体制最善于打'组合拳'，在税收政策、金融政策、财政补贴、产业政策、教育资源配置上合力出击，有干大事的优势，所以这个底气我们还是有的。"

肖恒辉被董光璧的分析折服了，不由得憧憬着未来："到那时，我们建立了对立统一轴的数学基础理论，攻克了人工智能、量子科技与可控核聚变商用。谁能不与时俱进？能源价格变成了'白菜价'。中国国家电网凭着能够解决远距离、大容量、低损耗、经济性等电力传输问题的特高压技术，去到更多的国家和地区服务。"

伟雄更是兴致勃勃："到了那时，大量的煤电厂被废弃，农田变成草地、森林、湖泊与公园。那句话是怎么说的？贫穷限制了想象力。是的，低科技水平也会限制人类的想象力。我们正在进行的水科技研究也正在解决人类的水资源缺乏焦虑症。农业产业将进入超级农业工厂时代——一个生产车间就跟足球场一样大，生产车间就是几十层粮食蔬菜的栽培面、几十个养鱼养虾池、几十个养牛养羊场，几百万吨的粮食蔬菜、上千万吨的鱼虾或者牛羊，用一个超级工厂就可以生产出来，而且是用没有被污染的水栽培出来的粮食蔬菜、用没有被污染的水养出来的鱼虾、用没有被污染的牧草养出来的牛羊，食用口感还能跟野生种植、深海养殖和自由放养的一样好！"

"哈哈哈哈哈！"听到这里，众人都放声大笑起来。

欧初高兴地说："真是不能小看科技发展对人类社会的影响，关键还是要有一个全人类共同生存和共同发展的思维理念。我相信这就是我们党所提出的中国特色社会主义的理论自信、制度自信和文化自信吧！"

董光璧由衷地说："欧老，您对于党的十八大精神的领会真是比我深刻透彻多了。"

欧初连忙说："哪里哪里，我特别想听听您对于这场博弈的历史和文化的思考。"

董光璧思索了一下说："人类文明经历了从农业文明到工业文明的转变。未来的新文明必将在工业文明与农业文明的冲突融合中产生。工业文明的当代霸主美国，旨在遏制中国的崛起，迫使中国就范既有的世界秩序。以冲突为代价的文明创新的必要条件是，对挑战作出适当的应战。中国在国际贸易冲突中的前景，中国被同化还是创新，取决于所作出的应战是否得当。"

董光璧停顿了一下，用更加有力的语气接着说："工业文明的文化结构，除技术和制度的缺陷之外，更有观念层面的矛盾。而新的文明必定在工业文明的基础上建立。新文明是两种文化融合的产物，农业文明传统成为必要条件。中国悠久的农业文明遗惠，为这种融合创新准备了丰富的文化资源。从中鉴别和挑选出能与当代科学文化融合的成分，无论是对世界的未来发展还是对中华民族的振兴，应该说都具有十分重要的意义。从宏观的尺度上，从未来 30 年的前景来看，中国在国际贸易中的博弈难道不就是中华民族未来复兴路上的一粒尘埃吗？"

听到这里，欧初和在座的伟雄、肖恒辉情不自禁地鼓起掌来……

董光璧准备告辞，临行前，他对欧初说："欧老，人类的健康寿命未来将有一个飞跃，科技进步必将带来一场让人类更加健康的医疗革命。我国不仅要进入发达国家的行列，老百姓过上小康舒适的生活也是指日可待。您一定要保重身体，我们要在未来共同见证这个伟大的时刻啊。"

欧初微笑着说："好，中华民族实现伟大复兴，我做梦都想见到那一天啊！"

时间来到 2015 年 11 月 7 日，海峡两岸的领导人习近平、马英九在新加坡见面，他们就推进两岸关系和平发展交换了意见。这是两岸领导人自 1949 年后的第一次会面，成为两岸关系发展史上具有里程碑意义的大事。

欧初得知这个消息，对伟雄说："'习马会'就是为了让我们的子孙后代共享美好的未来。我们的党很有气魄啊！回顾中国的百年变革，人民不会忘记孙中山这位世纪伟人。他以振兴中华为己任，愈挫愈奋，天下为公是他很高的理念，希望把中国建设成为世界上最富强的国家。我们要继续发掘孙先生丰富的思想遗产，这对于实现统一大业和更高层次的现代化建设，对于人类的和平进步事业，意义非比寻常啊！"

伟雄思考着说："为什么孙中山先生提出的'天下为公'到今天仍然能够为海内外华人所接受？一定有一些很重要的理念隐藏在里面。到了 21 世纪，思想领域和科学技术领域都出现了更多重大突破，但是中国科技发展要赶上世界先进水平还有待时日，明年是孙中山先生 150 周年诞辰，能不能做一个舞台作品来表达我们的想法呢？"

　　这天，伟雄的一位老朋友，从事舞台编导的徐东刚好来探望欧初。他主动请缨，准备编剧并导演一台以"天下为公"为题材的音乐舞蹈史诗，以此纪念孙中山先生150周年诞辰。欧初和伟雄都非常支持，并把这台舞台作品定名为"天下为公"。欧初牵头担任文化顾问，广东省社科院原院长、孙中山研究专家张磊担任学术顾问，伟雄担任策划人，编剧除了徐东，还聘请了中山市委党史办主任郭昉凌加盟。演员方面，广州市中老年文化艺术协会的秘书长欧阳丹协调了十多个艺术团队，组织了300多位演员参与排练和演出。

　　历时十个月的反复排练，音乐舞蹈史诗《天下为公》终于创作完成。这部音乐舞蹈作品没有局限于叙述孙中山的生平故事，它以"天下为公"的理念为主线，展示了孙中山的思想主张和文化精神对于中国近代、现代乃至当代历史发展所产生的深刻影响。

2016年11月，音乐舞蹈史诗《天下为公》在广州中山纪念堂演出①

① 徐东摄影。

无　题①

纵横风雨水东流，一笑相逢宿怨收。

昔日是非争战尽，今朝重叙举杯酬。

舒怀家国新天地，放眼亲朋满五洲。

更喜后生多俊彦，驰驱世纪作骅骝。

----

① 欧初写于1999年。

第六节　初心未敢忘

⋮
⋮

这天，欧初和鹩哥喜来都很高兴，因为家里来了好些年轻的客人。他们是乐助会会长李锦文、白翎等几名年轻学生。

"欧爷爷好！小云姐好！"有一个女孩叫林文彩，毕业于始兴中学，是受广州欧初文化教育基金会和乐助会资助的其中一位大学生，现就读于广东工业大学会计专业。2015 年 12 月被批准成为乐助会志愿者，现任乐助会助学部学生成长组预备志愿者。

当她把大学生们培训的照片和培训心得拿给欧初看时，欧初很开心，脸上露出了笑容。

2010 年开始，广州欧初文化教育基金会与乐助会合作成立资助贫困大学生项目。到 2017 年，共资助了全国范围内 970 名大学生，共投入约 450 万元人民币，举办了 19 场大学生交流培训会，组织了两年的大学生实习活动。这些善举让更多的孩子圆了读书梦并健康成长，成为懂得感恩的充满正能量的阳光青年。

广州欧初文化教育基金会的秘书长、乐助会的顾问小云总是坐着公交车去参加培训活动，给大学生讲课，讲"人生即选择"，讲"怎样开发自身的潜力"……

现在，小云招呼年轻人坐下，让他们和欧初聊天，大家一下子就聊得不亦乐乎。喜来在旁边高兴地连连叫着："你好，你好！"客人们要告别了，喜来也在旁边热情地叫："Byebye，byebye!""德正居"平添了许多欢声笑语。

林文彩后来在日记中写道:"欧爷爷用他的行动影响着我们,而作为一名受助学生我着实倍感荣幸。因为你们,我学会了乐观自信,学会了勇敢坚强。而我同样也想用自己的行动去表达对你们的感恩,我想好好学习,不断提高自己的各种能力,为社会尽一份绵薄之力……我要把这种正能量传递得更远更久,去温暖更多的人。感谢在我少年的时光里遇到你们,青春的坎坷路上,我并不孤独。"

客人走后。欧初走到书桌旁坐下,埋头在日记本上写着什么。

看书、记事、写回忆录,成为欧初的生活常态,从《少年心事要天知——抗战时期回忆录》,到《有志尚如年少时——解放战争回忆录》,再到《我亲见的名人与逸事》。每写一行字,他就像安安静静地和他心坎里的人作无声的谈话。他只要坐在书桌旁,就能享受着自己的手指几个小时地说着话,把自己的所思所感写下来,有时候他心里难过极了,眼睛含着泪;有时候他特别激动,大声笑了出来。

"咔嚓——"

"爸爸,好开心呐!"

原来,欧初最小的儿子伟建不知道什么时候出现在自己跟前,欧初刚才每个细微的表情已经被伟建抓拍下来。

伟建是一位业余摄影家。近年,他每次来家里看望父亲,都要给父亲拍一张独照,再跟他拍一张合照。他要把每一个和父亲在一起的瞬间用影像留存下来。这种习惯其实是受父亲的影响。

欧初从少年时开始收藏照片,至今有上万张。他养成了在照片后面做标记的习惯,闲来无事,就翻出看看。过往岁月一幅幅精彩、生动的生活图景马上浮现在眼前。

他跟伟建说,我们的生活其实也很丰富,很值得写下来、拍下来,变成一种记录。

　　儿女们把欧初当作知心忘年交，乐意和他分享各种收获。自从欧初知道伟雄在进行量子数学研究，心里就多了一份思考的执着。他隔三岔五让司机送自己到二沙岛伟雄的住处。如果科学家们正在开会，他就饶有兴趣地当"旁听生"。会议一结束，伟雄就会激情充沛地跟父亲讲述研究的最新进展。进展尽管是细微的，但父子俩都会忍不住高兴得手舞足蹈。

　　这让伟雄想起父亲支持自己创作长篇小说《商界》的情形。欧初的忧患意识与他对人类命运的关爱情怀一脉相承。

　　1997 年，欧初从伟雄设计的《中国广州国际生物岛高科技区划设计模式》策划书上，读到了这样一段文字，当中提出广州国际生物岛概念，引发了量子数学研究的起源：

　　21 世纪初，基因工程、细胞工程、酶工程、发酵工程的大量研究成果已经直接造福于人类；克隆技术的发展，以"多利"羊的降生为标志，震撼了全世界，它无异于告诉人们：人类有能力打破自然规律，有能力操纵生命的遗传、发育和进化过程。我们不禁为人类自身的智能感到颤怵了！甚至迫使自己不得不去思考那些古老而富有宗教意味的话题：谁是宇宙的造物主？谁是"生命天书"的作者？人类有权力去参与宇宙和生命的设计吗？

　　比如量子真空涨落的理论，实际上打破了有和无的界线，暗示着宇宙的创始可以"无中生有"，不需要一个造物主来施加外力。然而，没有了造物主，谁应该对宇宙的秩序负责呢？生物学家或者能够回答这另一半问题。假如（我说的是假如）宇宙中智能生命的总和就是上帝，那么人类就应该对宇宙的秩序负责，参与宇宙和生命的设计就是理所当然的事了。

　　欧初读得兴趣盎然，似乎脑洞大开。

　　2009 年 10 月，欧初又读到伟雄从美国圣地亚哥发来的一篇杂感《又见彩虹》：

第五章　但求天下暖

结束了阿拉斯加的冰河之旅，雨过天晴，我们见到了彩虹，也平添了几分忧患意识。人们最为关注的还是冰川的高速消融、萎缩会给世界带来什么影响。

人们感叹，对全球气候变暖，人类是否应承担责任？但是，更困难的问题被提了出来：人与自然和谐相处，首先要人同人和谐相处。难道不是吗？节能减排，此富彼穷，减谁、怎么减才算公平？发展中国家与发达国吵得不可开交。"和谐"是什么？和谐，仿佛是对某种不平衡状态的终极忧患。

文化的了解和理解，比政治谅解更重要、更基本吗？人类最终会接受"非单一意识形态"的框架吗？最近在匹兹堡召开的20国元首峰会，那些代表各自利益集团的政治人物聚在一起，谈论如何共同应对金融海啸、核扩散以及全球气候变暖。这有点像一出隐约奏起的以和谐为主轴的序曲。当人们背负着对历史和现状的沉重思考，猛然看见前面那道绚丽迷人的彩虹，她执着地用阳光和水，把"和谐"两个大字写在天上，又怎能不为之动容？

欧初反复看了好几遍，对伟雄说："伟雄啊，关心人类共同命运，是一个和谐的主题。虽然有不少艰难和阻力，但它是一个很好的方向。写得好啊！"

几年后，伟雄的量子数学研究又取得更新的进展。2017年人类健康与量子数学智能计算会议在北京召开。北京大学理论物理学家王国文，中科院自然科学史所的科学方法史、自然科学史专家董光璧，中科院计算所智能计算专家史忠植作主题演讲。

随后，海南文昌数学城总体规划出台。伟雄来到父亲的住处，跟父亲详细分享数学城的创办立意："海南是一片自然环境和自然资源都很好的福地，我们准备在文昌建造一个科技文化基地，以研究中华易理数学为核心元素，同时也是一个让市民休息的数学公园。"

欧初连连说："这个创意不错！"

当欧初得知，文昌数学城的建筑设计师就是自己的长孙、伟明的儿子欧晖时，他更是高兴得眉飞色舞："我就说过，阿晖是个有想法的好孩子！"

欧晖上幼儿园时，就生活在爷爷奶奶身边。欧晖大学读的是澳大利亚墨尔本皇家理工学院建筑学系，之后又接连获得美国哈佛大学设计研究硕士、香港中文大学哲学文学硕士，受聘为香港大学建筑系的助理教授。欧晖在建筑设计专业屡获大奖，如2007年成为香港青年建筑师奖冠军得主。2009年，他创建了构诗建筑，带领事务所参与多个重大国际设计项目并获得多项殊荣，其中包括：2013年获得香港西九文化区小型艺术展馆设计比赛优异奖；2011年构诗建筑作为历年最年轻的事务所获得香港建筑师学会境外建筑全年大奖殊荣；2012年获透视四十骄子得主，并获提名2010年中国建筑传媒奖青年建筑师奖。这不是年轻有为的写照吗？

欧初很疼爱这个孙子是有理由的。20世纪60年代，伟明是哈尔滨军事工程学院核潜艇专业的第一批大学生，如果不是受"走资派"的父亲牵连，伟明极有可能成为中华人民共和国第一批核潜艇专家之一。对此，欧初的内心总怀着一丝愧疚。如今，他希望更年轻的后辈都能成长得更好，事业上都有所建树。除了长孙，他对其他孙儿也是鼓励有加。孙儿欧艺、欧鹏和欧扬分别在美国知名学府加州大学及哈佛大学学有所成（欧扬还获得了博士学位），加上外孙梁衡（小云的儿子），现今各人都在自己的职场中发光发热，造福社会。

那也是后来发生的事了。

这天，欧初正准备跟鹩哥喜来练练说话。喜来很兴奋，"喜来，喜来——"地叫个不停。这时，电话铃响，正是伟明打来的：

"爸爸，欧晖的儿子出生啦！恭喜您当太爷爷了。曾孙满月，您能来抱抱他，尝尝猪脚姜醋吗？"

"好好好！我一定来！"欧初高兴地答应。

是啊，人生大事，欧家的大事，他一定要到场。

不久，欧初由伟明、伟雄陪着，乘小车过罗湖，来到香港。在长孙欧晖的家里，他抱着刚刚满月的曾孙软软的身体，看着那粉嘟嘟的小脸，欧初感到一种血脉相连的激动。

小曾孙出生前，伟明夫妇和伟雄、小云安排过一次家人、朋友聚会，欧晖夫妇特意为长辈们设计了一个小游戏，请大家以不记名投票的方式为婴儿选定名字。

结果出来，欧初选的是一个"逊"字。

由此，欧晖特别满意地把儿子的名字定为"欧逊"。

"谦逊恭让，和善待人，韬光养晦，这是我们家的家风。"

欧初感觉到，自己的生命在延续。

在驱车回程途中，欧初对伟雄说："我们回一趟左步吧。"

伟雄点点头，他知道，每年的清明节，都是父亲回乡祭拜烈士的日子。

最近这几年，每当夜深人静，欧初常常魂牵梦绕的，是家乡左步村的河塘山坳，是五桂山的山山水水，是他早年挥师东征的誓师出发点——遂溪下洋村……欧初一次次带着儿孙晚辈们回到当年战斗过的地方，怀念烈士和战友。

1998年，欧初曾带着孙子欧扬（伟建的儿子）、外孙梁衡走进五桂山。他攀缘小路，登临绝顶，在那里俯瞰低谷，沐浴山风。万树千花已遮蔽了旧战场的断壁残垣，他仍依稀记得战友们走过的山间小道，欧初极目远望，感慨万千。他告诉孩子们，抗日战争时期，自己带领的中山部队就牺牲了340多人。这郁郁葱葱的山林之下，埋葬着肖强、缪雨天、黄鞅、梁伯雄、郑文、杨日韶、黎民伟、关晃明、唐仕峰等先驱的忠骨。"万紫千红总逊他"，眼前永恒的绿树、延绵的杜鹃，正是他们不朽灵魂的化身。

2011 年 11 月 8 日中山市南蓢镇的左步人文历史展馆落成，欧初到场剪彩①

　　"孩子们，记住啊，这就是我们英雄的人民！"

　　2017 年 4 月 12 日，欧初再一次踏上中山南蓢镇左步村。他来到中山烈士陵园，在革命烈士纪念碑前拜祭先烈，应村里年轻人的请求，吟诵起他的《红棉颂》："但求天下暖，尽瘁济时功。"

　　临别，他像以往那样，庄重地敬了一个军礼。

　　回广州的路上，欧初把视线投向车窗外。伟雄把窗门摇下，欧初久久地看着那一片生养自己的土地，嗅着那一道山梁散发出的田野气息。

　　"我们的田野，美丽的田野，碧绿的河水，流过无边的稻田，无边的稻田，好像起伏的海面……"忽然，一首歌曲从脑海中出现，是什么歌？这么熟悉，对，是《我们的田野》！这是自己在英德茶场，和知青们与那些"需要改造"的人们一起唱过的歌。那年月，这些歌曲，唱这些歌曲的人，曾经给过自己无法计量的精神支持。他们现在在哪？欧初想念他们。

---

① 图片由欧伟明提供。

欧初敬礼①

欧初每日坚持临摹练字②

---

① 图片由欧伟明提供。
② 图片由欧伟明提供。

回到家，欧初让女儿小云把"但求天下暖"的印章拿出来，他要写字，他不能停下写字。这段日子，他常常容易激动，他要借助写字使自己的情绪平复下来。

他吩咐小云，帮他找寻当年在英德茶场那个唱歌特别好听的小姑娘——黄海英。

经过欧小云（右）的多方寻找，欧初（中）终于在家里和当年英德茶场的黄海英（左）等知青朋友重逢了[1]

小云说，大海捞针，不容易找呢。

功夫不负有心人。通过几位当年在英德茶场一起劳动的知青朋友，终于找到了黄海英！

黄海英和当年歌咏队的年轻人，哦，不，他们现在都是已过

---

[1] 图片由黄海英提供。

花甲的老年人了，他们一起来到欧初家里，别后重逢，大家开心地笑着。黄海英从英德回到广州后，当了几十年的小学音乐老师，现在已是华人音乐家协会的会员，她的世界，歌声朗朗，桃李满天下。

见到当年的欧主任，黄海英又变回当年那个活泼、爱笑、爱唱的小姑娘。她拿出随身带来的一条红领巾，给欧初戴上。她和英德茶场的农友们也都戴上红领巾，大家打着拍子，唱起他们最喜欢的歌《我们的田野》：

我们的田野，美丽的田野，碧绿的河水，流过无边的稻田，无边的稻田，好像起伏的海面。平静的湖中，开满了荷花，金色的鲤鱼，长得多么肥大。湖边的芦苇中，藏着成群的野鸭。风吹着森林，雷一样的轰响。伐木的工人，请出一棵棵大树，去建造楼房，去建造矿山和工厂。森林的背后，有浅蓝色的群山，在那些山里，有野鹿和山羊。人们在勘测，那里埋藏着多少宝藏。高高的天空，雄鹰在飞翔，好像在守卫，辽阔美丽的土地，一会儿在草原，一会儿又向森林飞去。

歌声里，有欧初一直追逐的梦想。

尾　声

⋮
⋮

广州中山纪念堂，音乐舞蹈史诗《天下为公》的演出仍在继续。

欧初从回忆的思绪中回到现实，舞台上，一曲嘹亮、豪迈的女声独唱《一路同心》响起，带起了近百名舞者的群舞，象征着五彩风帆的鼓荡、波峰浪谷的穿越——

是那跨海的航程，把流逝的岁月记录
是那漫天的星光，把远方的朋友眷顾
带去我的问候，捎回你的祝福
鼓荡起五彩风帆，穿越了波峰浪谷
来去多相知，风雨过险阻
丝路在延伸，天下皆通途
⋯⋯⋯⋯
一带一路，绘出心中的蓝图
牵手远亲近邻，岁岁繁荣互动
一带一路，唤起征人无数
时代新的起点，我们同心上路

尾 声

这歌声，让欧初想起，三十多年前，自己与进藤一马、阿曼森夫人友好交往的点点滴滴。1979 年广州与日本福冈、1981 年广州与美国洛杉矶先后缔结友好城市关系的情形又重现眼前。他深深怀念这些老朋友。

如今，广州已与全球五十多个国家八十多个城市建立了友好关系。广州正在更高的水平上扩大开放，参与"一带一路"建设，以更加开放的姿态拥抱经济全球化。

今天的中国，正被更多国家和地区的人们所接受和认可。欧初始终相信，中华文化有一种独特的包容力。邻里间，包容越多相处越好；朋友间，包容越多友谊越长。人与人之间，多一分理解就会少一些误会；心与心之间，多一分包容就会少一些纷争。

欧初看到，中国正和越来越多的国家和地区共享发展机遇，实现合作共赢，构建人类命运共同体。这，就是文化的力量。

"世界大同，天下为公。一带一路，一路同心！这是人民的福祉啊！"

在回家的车上，欧初对伟明和伟雄说，自己有一个小心愿，希望把这辈子经历过的一些重要事件，把思考过的一些想法记录下来，但不是以往那种回忆录的方式，要更为提炼一些，深度和广度都要上一个台阶。

欧初恳切地接着说："我积累的资料还算不少，希望能找到有缘的人来做这个事情。"

伟雄理解地点点头，和父亲商量了一个大致的方案。

伟明听了兴奋不已，对二弟说："爸爸所经历的百年的历史，浸透着文化的无声的涓流、一辈子的文化思考，编织出岁月人生的长卷。确实很值得写下来！"

日子过得很快。2017 年 10 月 13 日，欧初被广州市直属机关评选为优秀共产党员。

2017 年 10 月 27 日，伟雄把路卫国、张蔚妍夫妇约到家里，与父亲详谈。

让双方甚感惊讶的是，老少两辈人无话不谈，未有片刻冷场。

倾谈中，欧初不时发出笑声，或爽朗，或认真，有时甚至还带着一丝调皮。

说到年龄，欧初爽朗地大笑道："本人年方九十八耳！"

聊得熟络时，路卫国就问："欧伯，您可有养生的秘诀啊？"

欧初又笑了起来："秘诀是有的，一是'发吽窦'，二是伸懒腰。"

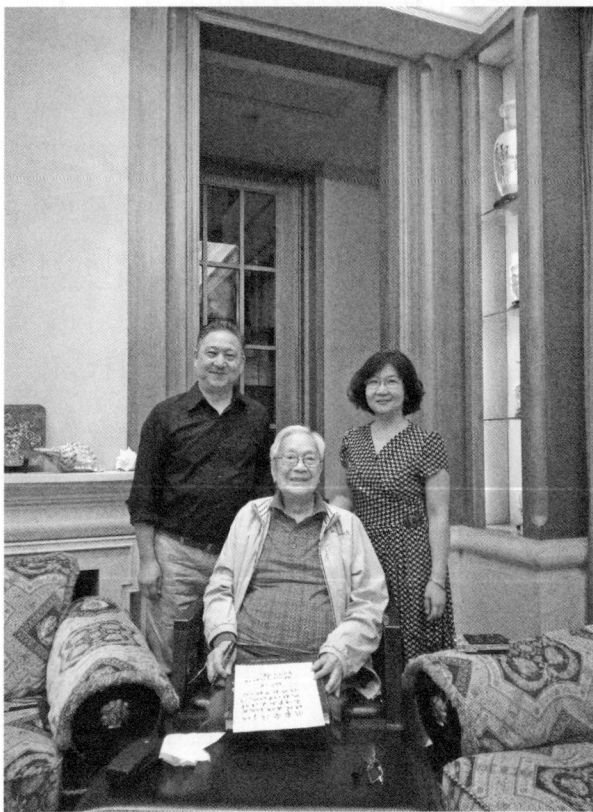

2017 年 10 月 27 日欧初（中）和本书作者张蔚妍（右）、路卫国（左）的最后一次会面①

---

① 梁康摄影。

欧初写的条幅"中国梦，我的梦"①

---

① 本书作者摄影。

粤方言中的"发吽哣"很难找到确切对应的普通话字眼，欧初解释说不是简单的"发呆"，而是集"静心打坐"与"放飞思绪"于一体，每天坚持半小时。至于伸懒腰，则比较简单，也就是拉筋舒骨怡然自得。不过，欧初认真地说："其实秘诀都是靠各人自己悟出来的，世界上不会有一个秘诀是通吃的。所以还是要根据实际情况，不断调整，才能摸索到最适合自己的方法，这才是真正的秘诀。大事小事，都是一个道理。"补充完这句，他又哈哈大笑。

当路卫国提及抗日战争时期，欧初身边发生了那么多可歌可泣的好故事时，欧初马上打断他，一字一顿地告诫道："那些都是'真'故事，不能用'好'字，我们干革命都是真刀真枪地干出来的，唯有真，才能对得起那些英勇的事迹。"

看到路卫国流露出的不安，欧初马上又开起玩笑："你当过十八年的兵，我才当了十年，我的军龄不如你长啊！"

老人悄悄地朝路卫国眨眨眼，嘴角挂起一串笑意，那"捉弄成功"的神情，俨然像个"老顽童"。

回首百年人生，欧初热情、豪迈、风趣。他希望把对自己过往岁月的总结以及对文化的思考，凝练成书，留给后来者。

话别前，欧初欣然朗诵了他校对修正过的自序"初心未敢忘"。

我仰视云天，未能忘，那年月，有说不尽的金戈铁马，英雄无悔；那年月，更有道不完的剑胆琴心，啸歌如在。
…………

守真者，常怀赤子之心，保持纯真本性之谓也。保持初心，即不作假，不虚妄，言行统一；保持初心，不违科学规律，实事求是，追求真理；保持初心，忠以任事，诚以待人，互挹清芬，体恤黎民。故曰，不忘初心乃中国共产党人立身之本，当下神州广宇倡导之风也。凡我同辈以及后辈，尤应惕厉。

尾　声

谁也没有想到，这次咏叹竟成为绝唱。

三天之后，10 月 31 日，欧初在广州市第一人民医院磐松楼安然辞世。

再说什么似乎已是多余的了。

一种自我解脱、自我完善的浩然大气，正从简短、凝练的中国语言中流淌出来。人们仿佛听到，这位中国老人，这位共产党人，在顷刻之间将获得的升华变得更加完美。这里所喻示的人生哲理与精神境界，是极其深邃且无法言尽的。

也许终会有一天，他的声音将被传到苍穹，传向不同国家、不同种族，并最终实现他的理想和愿望——

中华文脉如凤凰浴火重生，拓展国际文化交流，嘉誉渐满寰中。……国家繁荣富强，世界一流可望；而今海洋文化蓝图已具，禅宗鲲鹏正举。

这正是一位中国共产党人的气势和力度！

中国，乃至中国人、中华文化，都在努力地走向与人类命运共同融合的完善之路——这是一个伟大的、不可动摇的信念，也是人类行为最为深刻的一个动机。自我完善也许不可能达到，但可以无限趋近。这是一个永恒的生命的主题。

"但求天下暖，尽瘁济时功。"

第二稿完成于 2019 年 7 月 20 日

第三稿完成于 2019 年 9 月 30 日

第四稿完成于 2019 年 10 月 23 日

欧初生平大事年表

········

1921 年 6 月，欧初出生于广州，乳名"舜初""帝尧"。家住黄沙居安北街，父亲欧毓鸿，又名欧成逵，中山县南朗镇左步村人，粤汉铁路的户籍职员。母亲李珍，中山县南蓢镇李屋边村人。

小时候，欧初曾在八和小学、市立六十四小学就读。

1937 年 6 月，欧初从广州市第二中学初中部考上广东省立广雅中学高中部。

1938 年 5 月，广雅中学因战时迁往顺德碧江校区，欧初在此聆听到时任十八集团军参谋长叶剑英的抗日宣传演讲，随后加入"广东青年抗日先锋队广雅支队"。

1938 年 10 月，广州沦陷后，欧初先后到澳门和香港寻找抗日团体联系人，未果。

1938 年 11 月，欧初回到家乡中山县南蓢镇左步村，和父母、弟弟、妹妹住在祖居——欧家上村一巷 3 号。

1939 年 4 月，欧初在本村左埗头学校任教，担任小学五年级的班主任，投入抗日救亡宣传，任中共（广东中山）四区区委青年干事。

1939 年 7 月，日本军大举进犯中山横门。欧初参加横门保卫战，任"横门前线支前指挥部"总务部部长，带着粮食队、弹药队、担架队冲上前线。这是欧初生平第一次上战场。

1939 年冬天，欧初加入中国共产党。左埗头学校校长欧晴雨是其入党介绍人。

同期，欧初参加了中共中山县委举办的首期游击干部培训班，培训班由中山县委书记孙康领导。欧初任中山四区青年委员、四区抗日先锋队队长。

1940 年 4 月，欧初受中共南番中顺中心县委委派到中山九区（小榄、沙栏、黄圃、孖沙、南头、浮墟一带）建立一支由共产党直接领导的独立主力武装。

1940 年，欧初（化名梁初仁）作为抗日游击队主力中队的队长在中山县阜沙镇牛角村初识容海云（化名梁金好），她由中共南番中顺中心县委派来开展群众工作。两人以兄妹相称。容海云已于 1938 年入党。

1941 年下半年，中共南番中顺中心县委把欧初调到顺德，担任广州市区游击第二支队第一中队的指导员兼支部代理书记，肖强为代理中队长。

1941 年底，中共南番中顺中心县委决定开辟中山抗日游击根据地。第一主力中队的党代表是谭桂明，副中队长是罗章有；第二主力中队的党代表是欧初，副中队长是王鎏。

1942 年 5 月，中山抗日游击大队在五桂山地区成立，该武装又称五桂山抗日游击队。大队长为卫国尧（后为欧初），政委为谭桂明，副大队长为肖强（后为罗章有）、政训室主任为欧初（后为李进阶、杨子江）。

1943 年夏天，欧初兼管五桂山交通联络工作，成立交通总站，容海云任总站长，交通总站代号"白鸽队"。义勇大队指挥部转移到五桂山区之后，交通总站受中共南番中顺游击区指挥部的指挥员林锵云直接领导。

1943 年 7 月 15 日，欧初与容海云结婚。

1943 年底，珠江地区游击区指挥部决定在五桂山抗日游击队的基础上成立中山人民抗日义勇大队。欧初任义勇大队大队长，谭桂明任政委，罗章有任副大队长，杨子江任政治室主任。欧初在珠江地区游击区指挥部办的《正义报》上发表宣言。

1944年1月3日，欧初在五桂山区松埔村举行的庆典上宣告中山人民抗日义勇大队成立。中山人民抗日义勇大队赢得了南朗战斗和横门战役的胜利。

1944年3月12日，孙中山逝世19周年纪念日，中山人民抗日义勇大队在中山纪念中学演出了纪念孙中山的话剧《精神不死》。欧初请孙中山的胞姐孙妙茜到场观看。

1944年10月15日，中山人民抗日义勇大队在中山县五桂山区槟榔山村的古氏宗祠改称广东人民抗日游击队中区纵队第一支队。中区纵队成立后，由林锵云、谢立全、罗范群、刘田夫率领挺近粤中，开辟新根据地。

1944年12月，中共广东军政委员会将已挺进到粤中的主力部队与当地武装会合组成"广东人民抗日解放军"。不久，将林锵云、谢斌调回珠江三角洲，另成立珠江纵队。

1945年1月15日，广东人民抗日游击队珠江纵队宣告成立，其前身为广东人民抗日游击队中区纵队第一支队。珠江纵队司令员为林锵云，副司令员为谢斌，参谋长为周伯明，政委为梁嘉，政治部主任为刘向东。欧初任珠江纵队第一支队支队长，罗章有任副支队长，梁奇达任政委，杨子江任政治处主任。

1945年，大女儿欧玲在东江根据地出生。8月，欧玲被寄放在宝安县燕村一个妇女主任家里。后因当地爆发流行性天花而夭折。

1945年8月16日，欧初以广东人民抗日游击队珠江纵队第一支队支队长的名义签发《广东人民抗日游击队珠江纵队第一支队致敌伪军通牒》，敦促日伪军投降。

1944年至1945年间，欧初的父母欧成逵和李珍带着欧初的妹妹欧惠兰（欧燕）、欧笑兰和弟弟欧夏民为躲避日伪军追踪，随同部队转移到东江游击根据地。后由党组织安排去香港暂居。

1946 年 4 月，东江纵队大部队北撤，珠江纵队大部转至东北江。中共广东临时委员会决定派欧初带领部分兵力到从化、滠江、花县一带活动。一次战斗中，怀有身孕的容海云负伤，但成功突围。容海云到香港向广东临委尹林平汇报情况，并随即返回增城乱石坑，部队恢复了与党组织的联系。

1946 年 7 月，欧初夫妇按党组织指示到达香港。

1946 年 11 月，容海云在香港广华医院分娩，长子伟明出生。

1947 年，容海云先后在香港汉华中学、元朗小学教书。

1947 年 4 月，中共中央决定成立中共中央香港分局（后改为华南分局），方方任书记，尹林平任副书记。广东区党委决定成立中共粤桂边地方委员会，派欧初前往湛江参加南路武装斗争。

1947 年 5 月，粤桂边区人民解放军司令部正式成立，温焯华为政委，吴有恒为副政委，欧初为政治部主任。其间，南路党和部队主要领导层之间，围绕如何贯彻广东区党委关于"实行小搞、准备大搞"的方针出现争论。

1948 年春，欧初在湛江奉命担任东征支队司令员兼政治委员，向东挺进茂名、电白、信宜的云开山地区。容海云从香港调来和欧初一起参加东征。

1948 年 4 月 5 日，欧初率领东征部队在遂溪下洋村誓师出发。

1948 年 5 月 3 日，欧初率领东征部队在恩平朗底与粤中机关胜利会师。

1948 年 6 月，中共香港分局决定成立中共粤桂边区党委和临时军委，冯燊任党委副书记兼广南分委书记，谢创、吴有恒、欧初任广南分委常委。8 月，欧初代表广南分委到香港参加分局会议。其间，撰写《东征进军总结》。

1948 年秋，欧初在广南分委分管军事工作期间撰写《论提高军事思想》，作为军事干部训练班的教材。该论文发表在粤中党内刊物《方向》第 1 期，1949 年 2 月 28 日油印出版。

东征后，容海云被任命为中国人民解放军粤中纵队第二支队第七团政治处主任，主持党的组织委员训练班。

1949 年 7 月，中共中央批准成立粤中临时区党委和中国人民解放军粤中纵队，任命冯燊为粤中临时区党委书记，欧初为常委。吴有恒为粤中纵队司令员，欧初为粤中纵队副司令员兼参谋长。

1949 年 7 月 8 日，欧初带领部队经恩平朗底转往新高鹤地区时，发生了镬盖山战斗。

1949 年 8 月 1 日，欧初在高明县合水墟举行的成立大会上宣告中国人民解放军粤中纵队成立。

1949 年 10 月 25 日，容海云作为中国人民解放军粤中纵队解放江门三人先遣小组的成员之一，和独一团副政委陈军、军委会秘书陈兴中一起，入城开展接管工作。

1949 年 10 月 28 日，欧初作为中国人民解放军粤中纵队司令部江会区军事管制委员会主任，骑马率领粤中纵队与中国人民解放军第二野战军共同进驻江门，举行入城仪式。

1950 年 1 月，欧初与吴有恒、冯燊从开平县三埠镇到广州参加中共广东省委第一次党员代表大会。

1950 年 2 月，粤中专员公署成立，欧初从部队转业，卸除军管会主任职务，任粤中专署副专员，谢创任专署专员。容海云同时转业，先后任粤中区妇女联合会副主任、主任，粤中区供销社主任。

1950 年 4 月，粤中专署机关从新会迁至江门。

1950 年 5 月 1 日，次子伟雄在江门出生。

1951 年底，三子伟模在江门出生。

1952 年 6 月，粤中专员公署和粤西专员公署合并。欧初被调往粤西专员公署，先后任粤西财经委员会副主任，中共粤西区党委委员、统战部部长。欧初举家迁往湛江赤坎。

1953 年底，容海云在湛江市第一人民医院分娩，女儿欧小云出生，由妇产科主任、陈明仁将军的夫人肖毅接生。

1954 年 6 月，欧初奉调离开粤西专员公署，赴广州担任中共中央华南分局办公厅副主任。容海云随之调任广东省供销社组织指导处处长。

1954 年 7 月 15 日，欧初举家从湛江回到广州，住美华北路 4 号。

1955 年 6 月，中共华南分局奉命撤销，成立广东省委，欧初转而担任中共中央广东省委副秘书长兼办公厅主任，直至 1962 年 10 月。

1956 年 2 月，幼子欧伟建在广州出生。

1958 年，欧初举家搬进广东省委大院宿舍区美华中路 8 号。

1959 年 10 月 1 日，广东省博物馆正式开放。欧初和广东省副省长魏今非负责该馆的筹备工作，1957 年到上海等地征集字画等艺术品，奠定馆藏基础。

1962 年 10 月，欧初从广东省委副秘书长兼办公厅主任调任广东省人民委员会（后称广东省人民政府）秘书长，后兼任广东省商业、交通改善经营管理小组组长。

1963 年 8 月，欧初完成关于广东省商品流通的调查报告。

1963 年 10 月 27 日，欧初完成关于韶关改革粮食购销方法的调查报告。

1964 年，欧初作为第三届全国人大代表赴京出席人大会议。

1964 年，容海云作为广东省供销系统的先进工作者到北京开会，她和全体会议代表受到毛泽东主席、周恩来总理接见。

1964 年，欧初举家从省委大院迁出，搬到农林上路二横路 2 号。

1965 年，长子欧伟明考上哈尔滨军事工程学院海军工程系核潜艇专业。

1966 年 1 月，欧初参加广东省、广州市体育部门组织的首次冬泳，横渡珠江。

1966 年 1 月，欧初在广州接待李宗仁、郭德洁夫妇。

1966 年 7 月 15 日，二子欧伟雄考上飞行员，到北京参军。

1967 年 1 月 23 日，广东省人民委员会被造反派夺权。欧初首次被"批斗"及隔离审查"交代问题"。

1968 年到 1974 年，欧初从被关押到"解放"。其中 1968 年，欧初作为被审查的"走资本主义道路的当权派"在广州西村"广州警备区监护所"监禁。1969 年，欧初被转到粤北韶关十里亭监狱。

1970 年，欧初来到英德"五七干校"接受劳动改造。

1974 年 1 月初，母亲李珍病逝，欧初得以请假回家。

1974 年初，欧初重新工作，岗位是英德茶场总部革命委员会副主任。

1975 年 1 月 5 日，欧初从英德茶场总部革命委员会副主任调回广州，任广东省计划经济委员会副主任。

1975 年，欧初与启功在北京相识。

1975 年，欧初任广东省轻工业局党委书记兼局长。

1979 年，欧初从广东省轻工业局调到广州市委任广州市委书记兼秘书长、广州市人民政府常务副市长。

1979 年 3 月，欧初被任命兼任广州市外经委主任。

1979 年 5 月，广州市与日本福冈市结为友好城市的协议书正式签订。9 月，进藤一马市长率领福冈市友好代表团访问广州，欧初全程陪同。

1980 年 11 月，欧初向广东省委书记任仲夷写信，请求把广州农民运动讲习所的"星火燎原"馆用于建设广州市的图书馆，获得批准；12 月，广州市委办公会议决定筹建广州图书馆，"星火燎原"馆改为广州图书馆；1982 年 1 月 2 日，广州图书馆举行开馆典礼。

1981 年 12 月 4 日，以广州市市长梁灵光为团长、副市长欧初为副团长的广州市友好访问团应邀访问洛杉矶，受到当地政要的热烈欢迎。

1981 年 12 月 8 日，广州市市长梁灵光与洛杉矶市市长布雷德利共同签署了关于广州市与洛杉矶市结为友好城市的协议书，两市交往历史掀开了新的一页。

1981 年 4 月 14 日，福冈市向广州市青少年赠送了电动高速滑车和旋转秋千，安装在越秀公园内，命名为"金印游乐场"。广州各界代表举行广州市与日本福冈市结成友好城市两周年暨广州金印游乐场落成典礼大会。杨尚昆、梁灵光和欧初等成为金印游乐场高速滑车的首批乘坐者。

1982 年，欧初一家搬至法政路中段的泰来路 18 号。

1983 年，容海云从广东省饮食服务公司经理岗位上离休，享受厅级干部待遇。

1983 年 6 月 9 日，广州解放北路的象岗山下发现大规模的西汉南越王墓。广州市委决定成立由欧初担任组长的象岗古墓发掘领导小组。古墓发掘于 8 月 26 日开始，至 10 月 5 日结束，出土的文物有一万多件（套），是岭南汉墓中出土器物最多、收获最大的一座，是广州考古史上空前的发现。

1983 年 6 月 15 日，端午节，广州诗社成立，欧初任社长。

1983 年，欧初在广州市委召开的工作会议上提出重修南海神庙的提议获通过。广州海运局将南海神庙保护范围的土地全部移交给广州市文化局。欧初请华南工学院建筑学系教授龙庆忠等专家指导南海神庙的修复工程。

1983 年 7 月，欧初转任广州市人大常委会主任、党组书记。

1984 年元旦，广州诗社主办的《诗词》双周刊正式发行，刘逸生由欧初推荐担任主编。

1984 年 6 月 10 日，中国大酒店建成开业。这是欧初和广州市副市长梁尚立到香港招商引资，得到胡应湘、李嘉诚、郭得胜、冯景禧、郑裕彤、李兆基的投资，集股 10 亿港元建成的，它成为中国内地第一家粤港合资经营的五星级酒店。刘海粟应欧初发信请求，为中国大酒店题写了店名。

1984年10月，洛溪大桥正式动工。这是欧初与番禺县的梁伟苏书记一起争取，得到港澳商人霍英东、何添、何贤支持，贷款修建的一座桥梁。贷款修桥、收费还贷的做法为全国首例。

1984年，广州话剧团将欧伟雄、杨苗青、姚柱林编剧的话剧《南方的风》搬上舞台，广受欢迎。该剧表现了在改革开放前沿的广东，一个小企业运用市场经济手段发展成现代化大企业的故事。国庆期间，《南方的风》到北京演出并产生轰动效应，剧组受到习仲勋、杨尚昆的勉励。该剧成为广东省原创话剧中第一部走进中南海演出的戏。

1984年10月，中共广东省委根据欧初的报告，批准成立"岭南画派旧址修建委员会"，由欧初负责修建高剑父、陈树人两人的纪念馆。这两个纪念馆分别于1989年、1988年建成。春睡画院在广州市朱紫街87号（现为解放北路861号高剑父纪念馆），陈树人的旧居樗园位于广州市署前路10号，陈树人墓志由欧初撰文并书写。

1985年6月，由欧初担任团长的广州诗社代表团赴新加坡参加"新粤乙丑诗人节雅集"。

1985年9月18日，根据欧伟雄剧本大纲改编，杨在葆导演并主演，北京电影制片厂拍摄的电影《代理市长》在广州新华电影院首映。剧中改革者的原型带有欧初的影子。影片反映了改革开放初期的城市经济改革，肯定了改革者的创新观念与胆识。杨在葆借此获得第九届"百花奖"最佳男演员奖。

1986年2月，由欧初担任团长的广州诗社代表团赴泰国参加"丙寅元宵雅集"。

1986年1月24日，欧初参加南海神庙重修动工典礼。

1986年，欧初率领广州友好访问团访问福冈，参加广州—福冈两市缔结友好城市七周年庆祝活动。进藤一马隆重接待了广州代表团。

1988 年 3 月，欧初作为全国人大代表到北京参加第七届全国人民代表大会。

1988 年，欧初访问香港期间到赵少昂家拜访。

1988 年 6 月，欧初从广州市人大常委会主任、党组书记的职位离休，任中共广东省顾问委员会常委。其间，欧初的家搬至登瀛路光孚路 3 号 3 楼。欧初称之为"德正居"。

1988 年 8 月 28 日，中国第一座收费大桥——洛溪大桥建成通车，结束了广州与番禺之间的珠江水道没有路桥的历史。

1988 年，西汉南越王博物馆修建落成。之前，由欧初担任顾问的南越王博物馆筹建委员会决定在西汉南越王墓的原址修建博物馆。欧初拍板，划出面积为 12 万平方米的土地作建馆之用，后来土地总面积增加到 14 万多平方米。这是广州首次为一个考古发现兴建一座博物馆。

1988 年 10 月，广东省委书记集体办公会议决定设立孙中山基金会。时任广东省委书记谢非推荐，由欧初担任孙中山基金会创会会长。

1988 年，欧初到韶关出席纪念张九龄 1 310 周年诞辰学术研讨会。

1989 年 3 月，欧初到北京参加第七届全国人民代表大会二次会议。

1989 年，在欧初的关心下，南海神庙主体修复工程落成。

1990 年 3 月 11 日，孙中山基金会成立大会在中山市翠亨村举行，欧初作为孙中山基金会创会会长致开幕词。中共广东省委、省政府、省顾委、省人大、省政协、新华社澳门分社、广州市、中山市等的负责同志，香港、澳门、台湾地区以及日本、美国等国家的知名人士共 300 余人出席了会议。

1990 年 6 月，在广东炎黄文化研究会创会会长和广东省国际文化交流中心名誉理事长欧初的推动下，由上述两个机构主办的第一届羊城国际粤剧节在广州开幕，欧初发表题为"春来红豆发新枝"的祝贺文章。时任广东省省长叶选平致开幕词。

1990年，南雄珠玑巷南迁后裔联谊会成立，欧初担任筹委会名誉主任，组织"珠玑巷与广府文化研讨会"，组织出版"珠玑巷丛书"。

1991年，时任广州市市长的黎子流和广东省顾问委员会常委欧初率领友好代表团到洛杉矶访问，市长布雷德利到洛杉矶国际机场迎接。

1991年，中华炎黄文化研究会在北京成立，欧初担任常务副会长。

1992年7月，广东炎黄文化研究会成立，欧初担任创会会长。该会创办《炎黄世界》杂志，欧初发表创刊词。

1992年，在欧初的力证下，中山市人民法院为抗日将领萧祖强平反，恢复他"爱国将领，抗日功臣"的名誉。欧初为此宴请萧祖强的后人。

1993年12月，欧初不再担任广东省顾问委员会常委。

1993年，欧初牵头在广州组织由广东炎黄文化研究会、广州振兴粤剧基金会、香港文化艺术基金会、香港《大公报》、《澳门日报》、澳门工会联合总会联合主办的"粤韵春华——省港澳群众粤曲大赛"。1994年，欧初撰写《粤韵春华》特刊发刊辞——《感心悦耳，荡气回肠》。

1994年，欧初把与多位当代画家合作的画合编为《五桂山房书画集》，由广东人民出版社出版。

1995年6月，欧初牵头在珠海市召开广东炎黄文化研究会第一次海洋文化研究笔会。

1995年9月，"岭南文化论丛"编委会成立，欧初任编委会主任、"岭南文化论丛"主编，欧初为这套丛书作序。

1996年1月，欧初正式离休。

1996年，欧初、王贵忱合作主编的《屈大均全集》由人民文学出版社出版。耗时 10 年，全集编成八册，共 400 万字，成为国家古籍整理出版规划项目中的重点项目。屈大均的重要史学、文学、思想价值重新被人们认知。

1996 年，由欧初任会长的孙中山基金会主办"孙中山研究现状与展望"研讨会。

1996 年，孙中山基金会与台北"中华会"在广州联合举办"粤台文化交流座谈会"。

1996 年，欧初出席在南雄举行的"珠玑巷与广府文化研讨会"并发表讲话。

1996 年，孙穗华回国参加孙中山先生 130 周年诞辰纪念活动，欧初专程到广东迎宾馆看望。

1996 年 12 月，欧初牵头在深圳市召开广东炎黄文化研究会第二次海洋文化研讨会。

1997 年 6 月 16 日，欧初参加广州市荔湾区政府组织的西关文化研讨会并发表题为"别有深情寄荔湾"的讲话。

1997 年 11 月 11 日，广东省第三次海洋文化研讨会在湛江举行。欧初代表中华炎黄文化研究会和广东炎黄文化研究会致开幕词。

1997 年，由孙中山基金会主编"孙中山研究丛书"一套 10 本，共 400 多万字，由广东人民出版社出版，获广东省社会主义精神文明建设第二届"五个一工程"入选作品奖。

1998 年，欧初带着孙子欧扬（伟建的儿子）、外孙梁衡（小云的儿子）重访五桂山。

1998 年，欧初到香港参加"中华文化与 21 世纪"国际学术研讨会，作题为"中华文化与生态文明"的主题发言。

1999 年，欧初为庆祝粤中纵队成立五十周年撰文《一寸丹心惟报国》。

1999 年，欧初夫妇由伟明安排到澳大利亚旅游，途中拜访黄苗子家。

2000 年，孙中山基金会与孙中山故居纪念馆联合举办"孙中山与 20 世纪中国的社会变革"学术讨论会。

2000 年，欧初著写的回忆录《少年心事要天知——抗战时期回忆录》由广东人民出版社出版。

2000 年 7 月，欧初为广州艺术博物院捐赠了 495 件艺术品，广州艺术博物院由此设"欧初艺术博物馆"。

2000 年 8 月 1 日，欧初为纪念抗战胜利五十五周年发表回忆文章《莫教杜宇重啼血——纪念抗战胜利五十五周年》。

2000 年 9 月，欧初到杨善深在香港的寓所祝贺他 90 岁生日。

2001 年，欧初撰写的《五桂山房诗文集》由广东人民出版社出版。

2003 年，欧初著写的回忆录《有志尚如年少时——解放战争回忆录》由广东人民出版社出版。同期出版的还有《五桂山房丛稿》《五桂山房用印藏印集》《芸窗清供——五桂山房藏文房用品集》《五桂山房藏古书画题跋选》等书。

2005—2010 年，广东省委宣传部与广东炎黄文化研究会联合组织编撰"广东历史文化名人丛书"，由广东人民出版社出版，共出版了 50 册，该丛书由广东省委宣传部部长（初为朱小丹，后为林雄）和欧初共同主编。

2006 年 10 月 18 日至 11 月 5 日，欧初于广州艺术博物院历代绘画馆举办"五桂山房藏元明清书法展"。

2006 年，孙穗华回国参加庆祝孙中山先生 140 周年诞辰活动，欧初在家中接待她。

2006 年 11 月，欧初赴香港参加饶宗颐九十寿宴。

2008 年 4 月 28 日，在中国嘉德举行的"五桂山房藏珍"专场中，欧初拍出一批书画精品，集得数千万元，用作广州欧初文化教育基金会的善款。

2008 年，欧初撰写的《我亲见的名人与逸事》由广东人民出版社出版。

2008 年 5 月 12 日汶川大地震后，广州欧初文化教育基金会出资重建四川汶川地震灾区广元市的小学。

2009 年 9 月 13 日，广州交响音乐季在广州星海音乐厅开演，其中的交响乐作品《红棉颂》由中国音乐学院教授、作曲家施万春根据欧初六首有关红棉的五言诗写成，当晚施万春亲自指挥。欧初到场观看。

2010 年 9 月 15 日至 19 日，欧初到香港出席第五届"国际易学与现代文明学术研讨会"，来自全球近十个国家和地区的易学专家汇聚香江。

2010 年 9 月 25 日至 10 月 1 日，欧初以孙中山基金会创会会长的身份应台北"中华会"的邀请，带领孙中山基金会代表团访问台湾，与台北的学者进行孙中山研究的学术交流。

2010 年开始，广州欧初文化教育基金会与乐助会合作成立资助贫困大学生项目，到 2017 年共资助了全国范围的 970 名大学生，共投入约 450 万元人民币，举办了 19 场大学生交流培训会，组织了两年的大学生实习活动。

2010 年 4 月底，欧初向玉树灾区（4 月 14 日发生地震）捐款 10 万元，广州市委办公厅、广州市民政局和广州市慈善会的有关负责人在欧初家里举行简单的捐款仪式。

2011 年 11 月 8 日，欧初回中山南蓢镇参加左步人文历史展馆的落成庆典。

2011 年 11 月 11 日 11 时，容海云在广州病逝，享年 90 岁。

2013 年 6 月 18 日，欧初再次向广州艺术博物院捐赠了 6 件珍贵青铜器及 1 件铜器。同时，欧初向广州图书馆捐赠书籍 2 208 册，其中平装书 1 831 册、线装书 94 种 377 册。

2013 年 9 月 2 日，欧初受中山市委宣传部的邀请，回到家乡南蓢镇左步村，参加纪录片《文化人生——欧初》的拍摄。

2016 年 11 月 7 日，由欧初担任文化顾问、欧伟雄担任策划人、欧伟明担任出品人的音乐舞蹈史诗《天下为公》在广州中山纪念堂上演，以纪念孙中山 150 周年诞辰。孙中山的孙女孙穗瑛、孙穗华给剧组寄来贺信和近照。

2017 年 7 月，欧初到香港参加幼子欧伟建的儿子欧扬的婚礼。

2017 年 8 月，欧初赴香港，在长孙欧晖家庆祝曾孙欧逊满月。

2017 年 4 月 12 日，欧初到中山烈士陵园在革命烈士纪念碑前拜祭先烈。

2017 年 10 月 13 日，欧初作为广州市直属机关的优秀共产党员在广州广播电视台参加《我是共产党员》节目录制。

2017 年 10 月 26 日，欧初与英德茶场"五七干校"宣传队的知青黄海英等在家里重聚。

2017 年 10 月 27 日，欧初与路卫国、张蔚妍在伟雄家见面，录制自述《初心未敢忘》。

2017 年 10 月 31 日 9 时 38 分，欧初在广州市第一人民医院病逝，享年 96 岁。

2017 年 11 月 8 日 10 时，"怀念老战士欧初同志告别仪式"在广州银河园白云厅举行。时任广东省、广州市领导，离退休的老同志，粤中纵队和珠江纵队的老战士，广州欧初文化教育基金会和乐助会的受助大学生，以及欧初的家人、朋友约 1 000 人参加了仪式。追思活动全文播放了欧初本人诵读的自述《初心未敢忘》。

后　记

⋮

我们一直觉得，与欧公的缘分并非起始于音乐舞蹈史诗《天下为公》的幕间闲聊，以及那几次饭聚与笑谈。

那么到底缘于何时？是我们一次次在广州图书馆前、红棉树下的吟诵，在文德路上的拾趣，在南越王博物馆前的留影，在南海神庙、余荫山房、春睡画院、陈树人纪念馆里的驻足，在洛溪大桥上跨过珠江时的远眺……这些无声的触动，是否就是一种文化的力量？当我们得知这些无形的力量都与一位阅历丰富而精彩的老人连在一起时，个中的震撼，让我们听命于内心，不敢也不愿错失这次艰难而快乐的写作旅程。

我们和传主一起经历着一团团看似非此即彼的矛盾——

一个跃马提枪、挥师征战的豪迈军人，又是一个搬砖加瓦、事无巨细的勤勉行政；一个大刀阔斧的改革先锋，又是一个中华文化的赤诚传人；一个抗日战争时向日军发出投降通牒的英勇将领，又是一个和平时促成广州与日本福冈建立友好城市的外交家；一个用半个月工资买回心头之好的字画收藏家，又是一个把大批收藏品拍卖捐出用于社会助学的慈善长者。不论是战争中还是中华人民共和国成立后，总有攻或守、左或右、斗争或建设的矛盾在身边此起彼伏，到底是你死我活，还是求同存异？

怎样把握欧初真实的思想脉搏？怎样才算懂得他内心的能与不能？这段日子以来，我们阅读欧初留下的文稿，我们走访欧初的同事、朋友、亲人，试图可以无限趋近。终于，我们似乎明白，什么是合二而一的力量，这种文化的力量，可以将人类的命运联结到一个共同整体之中。其精髓，是阴阳、正反的平衡，是中华文化中的三值逻辑。

远看成岭，侧看成峰。

他，离我们越来越远了，又让我们看得越来越清晰，尤其是他对于当今、后世所起的影响及作用。

我们感受着他的内心冲突，也感受着他的平和；我们感受着他的深邃，也感受着他的包容。当我们在写作中看到了迷雾后面的敞亮，以为即将告别痛苦与艰难，我们释然大笑……却突然之间发现，浩繁的写作工程竣工之时，伴随其中的快乐也即将结束。

无法忘怀 2017 年 10 月 27 日在金亚花园"八分耳"的门前一别。

无法忘怀 2017 年 10 月 31 日在盘福路磐松楼上的郑重相握。

感谢欧初的家人，特别是欧伟雄先生、欧伟明先生、欧小云女士、欧伟建先生给我们提供了丰富的写作素材和参考资料。我们在写作过程中，得到徐东先生，梁康先生，卢秋萍、吴建邦伉俪，郭昉凌女士，廖克雄先生，张志华先生的大力支持和诚挚协助，在此深表感谢。感谢欧初身边的工作人员陈有祥、范明丽等给予的帮助。

依依东望，天高云淡。

张蔚妍　路卫国
2020 年 1 月